dtv

W0402681

Bei Plowdiw hat man einen deutschen Touristen ermordet. Die bulgarische Polizei tappt im Dunkeln und ist deshalb dankbar, dass die Hamburger Mordkommission mit Karl Kastner und Bernd Löwitsch zwei auf Osteuropa spezialisierte Kollegen zur Unterstützung schickt. Die kunstvoll zerstückelte Leiche ist nahe einer thrakischen Kultstätte gefunden worden, dort, wo die Erinnyen Orpheus zerfetzt haben sollen. In den Fokus der Ermittlungen rückt daher bald eine Gruppe schöner bulgarischer Frauen, die mit dem Toten auf intime Weise bekannt waren und merkwürdige Kulte nach antik-heidnischen Vorbildern feiern …

Uwe Kolbe, geboren 1957 in Berlin (Ost), ist Lyriker und Prosaautor, Essayist und Übersetzer. 1980 erschien sein erster Gedichtband, seitdem arbeitet er als freier Autor. 1987 reiste er in die BRD aus und lebte zunächst in Hamburg, heute in Berlin. Von 1997 bis 2003 war er Leiter des »Studios Literatur und Theater« der Universität Tübingen. Kolbe wurde mehrfach ausgezeichnet, zuletzt mit dem Friedrich-Hölderlin-Preis.

Uwe Kolbe

Thrakische Spiele

Kriminalroman

Deutscher Taschenbuch Verlag

Die Handlung des Romans ist frei erfunden.
Ähnlichkeiten mit lebenden Personen und Zusammenhängen sind der Fantasie des Autors geschuldet und demzufolge rein zufällig.

Ungekürzte Ausgabe
Juli 2007
Deutscher Taschenbuch Verlag GmbH & Co. KG,
München
www.dtv.de
Die Dunklen Seiten bei nymphenburger,
herausgegeben von Thomas Kraft.
© 2005 nymphenburger in der
F. A. Herbig Verlagsbuchhandlung GmbH, München
Umschlagkonzept: Balk & Brumshagen
Umschlaggestaltung: Bettina Wengenmeier unter Verwendung
eines Fotos von LOOK / Millennium / Jamie Kingham
Satz: Filmsatz Schröter GmbH, München
Druck und Bindung: Druckerei C. H. Beck, Nördlingen
Gedruckt auf säurefreiem, chlorfrei gebleichtem Papier
Printed in Germany · ISBN 978-3-423-20999-1

»Erledigt«, schließt die alte Dame den Akt ab.
»Nunmehr sind Sie offiziell verstorben.«
Eve zögert und erkundigt sich dann:
»Und wo soll ich hingehen?«
»Wohin Sie wollen. Die Toten sind frei.«

Jean-Paul Sartre: »Das Spiel ist aus«

1

Am Freitag war dem Chef klar geworden, dass er doch Leute entsenden musste. Am Montag saßen die beiden, auf die die Wahl gefallen war, bereits in der Maschine nach Sofia. Bernd Löwitsch und Karl Kastner, die Mädchen für alles bei der Hamburger Mordkommission, intern bekannt als »die Zweitbesten«. In Sofia war der Mietwagen schon vorab gebucht worden. Wie sie bereits auf der Ausfallstraße zwischen maroden Hochhäusern und verrotteten Industrieanlagen feststellen mussten, war der frisch gewaschene Omega zu auffällig. Sie fuhren aus der Stadt hinaus nach Südosten, zunächst Richtung Balkangebirge. Ihr Ziel hieß Plowdiw, vierhunderttausend Einwohner, die zweitgrößte Stadt des Landes. Es war früher Nachmittag und heiß, aber drinnen im Wagen für Kastner zu kalt. Die beiden stritten sich nicht mehr um Details wie das Einstellen der Klimaanlage. Aus diesem Alter waren sie längst heraus.

Löwitsch fuhr. Er war der unbestrittene Experte. Er kam aus dem Osten. Nicht gerade vom Balkan, aber aus Ostberlin. Er war auch nicht mehr frisch im Westen. Seine Ausreise lag jetzt zwanzig Jahre zurück. Das reichte aber, um in einer westdeutschen Behörde als Experte für Osteuropa zu gelten. War doch sowieso alles das Gleiche, was da hinterm Eisernen Vorhang kaputtgegangen war. Löwitsch spielte, wenn er als »unser Mann aus dem Osten« präsentiert wurde, immer wieder gern die beleidigte Leberwurst. Er war aber nicht so dumm, seinen Expertenstatus zu untergraben. Und im Übrigen dachte er selbst nicht wesentlich anders über die Länder im Osten.

Nun sah er sich hier, wo er noch nie gewesen war, als einen, der mitreden konnte. Nach wenigen Kilometern lenkte er bereits das Auto wie ein Einheimischer und schob, was ihm zu langsam fuhr, auf die Standspur. Kastner bat um einen Stopp.

Die rote Tankstelle hatte als erste ihr Vertrauen erweckt. Was sie vorfanden, war ein Schnellrestaurant mit roten Plastikstühlen. Draußen vier robuste Holztische, drinnen ein Grüppchen Kellnerinnen am Tresen. Die machten ernste Mienen und diskutierten. Nach zehn Minuten immer noch. Sie beide waren die einzigen Kunden. Kastner gab ein Zeichen. Eine junge Frau löste sich aus der Gruppe und stakste auf sie zu. Kastner sah Löwitsch an, und das hieß: »Du bist von hier, du sprichst.« Der ließ seine anderthalb Wörter Russisch stecken. Englische Bestellung: »Cola, Kaffee, zweimal Pommes.« Die Lady schrieb und schrieb und nickte. Zehn Minuten vergingen. Auf Nachfrage erfuhren sie in eben noch verständlicher Sprache, dass die schlanke, junge Frau im roten Dress hier eigentlich gar nicht arbeite, sondern nebenan im Shop. Eine Kollegin hatte kurzfristig abgesagt. Nach einer kleinen Ewigkeit kam sie mit dem Gewünschten. Sie sei eigentlich gar keine Kellnerin, sie sei Model. – »Yes, true!« Dann wackelte sie wieder hinein. Auf kaum geformten Beinchen. Mit heftig ummaltem Augenaufschlag. Mit kurzem Rock und Plateausohlen. Die beiden prusteten. Willkommen am Balkan. Anderes Zeit-Raum-Gefüge, radikalere Ästhetik. Bei der Rechnung hat-

te sie wieder sehr lange geschrieben, gerechnet, weiß der Henker was. Sie hatten stumm auf die Wechsellappen geschaut, die aus ihrem frischen Schein geworden waren.
Man hatte ihr Kommen in Plowdiw angekündigt. Im Fall Olaf D. waren Dutzende von Telefonaten, Faxen, E-Mails und Telexen zwischen Plowdiw und Hamburg hin- und hergegangen. In ihrem Gepäck befand sich ein Mäppchen aus dem Hängeregister, das alles dokumentierte. Kastner hatte es während der Fahrt zuerst unruhig auf dem Schoß gehalten, aber schließlich auf die Rückbank geworfen. Sie waren im Flugzeug die paar Blätter durchgegangen. Wirklich interessant war nur das Ergebnis einer Befragung, die der Chef noch vorgestern mit einem Kollegen durchgeführt hatte. Ein guter Bekannter des Getöteten war ausfindig gemacht worden, da der im Gegensatz zu Olaf D. ein paar Bücher veröffentlicht hatte. Im Gegensatz deshalb, weil das Opfer als eine Art Wissenschaftler und Publizist galt, der Hamburger Buchhandel aber nichts von ihm wusste. Die Befragung war in Bremerhaven-Weddewarden durchgeführt worden. Wenn man es genau nahm, rauschten sie jetzt in Richtung Schwarzes Meer mit nichts in der Hand als ein paar losen Blättern vom Nordseedeich.
Das *Trimontium Princess* fanden sie schnell. Es sah nach dem ersten Haus am Platze aus, war aber sicher nur das zweite, vier Sterne, vom üblichen Standard. Der Platz davor war groß und leer. Eine Art Mussolini-Klotz lag gegenüber. »Poschta«, las Löwitsch und sagte es Kastner weiter: »Vermutlich Hauptpost, sehr praktisch!« Angeblich sollten sie die bulgarischen Kollegen noch heute um 18 Uhr Ortszeit treffen. Skeptisch schaute Kastner auf die Uhr. Noch

eine halbe Stunde. Der Stadtplan lag vor ihnen, die *Ulitza Petkow* schien so nahe, dass sie beschlossen, die paar Schritte zu laufen. Das Telefon ging. Sie sollten sich ruhig noch Zeit lassen, man würde gerne in der Lobby auf sie warten und sie dann in die Dienststelle mitnehmen. Kastner entfuhr ein: »Jesses!«

Die einheimischen Kollegen waren in Anzug und Krawatte gekommen. Vor der Tür spiegelten sich ihre erstaunten Gesichter im tiefen Schwarz eines neuen, blank polierten Alfa 166. So roch der auch, absolut neu und italienisch. Die Deutschen, beide etwas underdressed, stierten während der Fahrt wie zwei Halbwüchsige nach vorne ins Cockpit mit dem Display in der Konsole. Der Mann am Lenkrad, Markow, sprach erstaunlich gut Deutsch. Löwitsch verbuchte still für sich die sächsischen Vokale. Markow war ein Mann etwa seines Jahrgangs, um die fünfzig. Er dachte sich seinen Teil zu dessen Karriere.

Sie könnten heute, leider, noch nicht die Gerichtsmediziner treffen und die Leiche des Getöteten sehen. Aber vielleicht sei es auch besser, das gut ausgeschlafen anzugehen, morgen um zehn Uhr. Die jetzt anschließende Konferenz sei auf eine Stunde anberaumt. Wenn die Herren aus Deutschland nichts dagegen hätten, würde man sie anschließend gerne zu einem Abendessen einladen. Die Angesprochenen brachten nicht mehr als ein »Ja, gerne!« und: »Toll!« heraus. Die Fahrt dauerte länger, als sie vermutlich gelaufen wären. Im Entrée des Dienstgebäudes, eines zeitlosen Zehngeschossers, hatten die beiden sich wieder im Griff. Nackter Beton, eine Blechbude mit zwei lümmelnden Uniformtypen, ein Kabelbündel mit Isolierband für einen Anschluss irgendwann einmal, überall Handys und Walkie-Talkies in behaarten Händen. Der Alfa war schon fast vergessen. Aber höflich waren diese Bulgaren. Sie komplimentierten die beiden in den Fahrstuhl hinein und wieder hinaus. Eine Dame im feinen, leichten Kostüm schaute vom Bildschirm auf und begrüßte sie mit ihren Namen, fragte, wer Kastner und wer Löwitsch sei: »You are the box and you are the lion?« Ein Scherz, den die beiden hier noch einmal nett fanden, wenn auch seine deutsche Premiere schon ein paar Jahre zurücklag. Kastner war tatsächlich breit und untersetzt, und Löwitschs Backen erinnerten an den Löwendarsteller im *Zauberer von Oz.*

Ihr Englisch war akzentfrei, die Augen stachen hellblau vom schwarzen Haar ab. Schön, dass sie hier seien. Es sei gut, dass sie als Experten den hiesigen Experten und so weiter. Das Routinefremde des Vorgangs, das nur den einen Vorteil habe, dass sie beide dadurch in das wunderschöne Plowdiw gekommen seien. Sehr heitere Heiterkeit. Die Dame hatte sie beide im Sack.

Die Stunde verging wie im Flug und endete pünktlich. Von dem halben Dutzend Anwesender sprachen nur zwei, neben den paar Zwischenfragen der Deutschen. Margarita, sie sollten sie bitte für die Dauer ihrer Zusammenarbeit so nennen, »if you don't mind«, sie trug vor. Markow ergänzte gelegentlich deutsch oder sie einigten sich gemeinsam auf eine bestimmte Übersetzung. Am 13. August 2001 seien dortunddort – sie kamen mit den Ortsnamen wie bei der Vorstellung mit den Personennamen zunächst nicht mit und fragten nur wenig nach, verließen sich auf die Plastikhefter, die vor ihnen auf dem Tisch lagen, nachdem sie nachgesehen hatten, ob genug lateinische Buchstaben darin vorkamen – in den Rhodopen die Leichenteile gefunden worden. Der Mord hätte zu dem Zeitpunkt zwischen sechs und zehn Tagen zurückgelegen. Die Körperteile seien – hier sahen sie endlich die Fotos, schwarz-weiß und nur allzu brillant, per E-Mail wären sie nie angekommen – dicht bei einem Parkplatz hingeworfen worden, nein, quasi ausgelegt, »actually more displayed«, auf einer Fläche von knapp anderthalb mal sechs Metern am Waldrand. Die zu jener Zeit und noch immer herrschende Trockenheit habe einerseits zu Austrocknung und geringfügiger Zersetzung geführt, andererseits aber sei kein Wild daran gewesen. – »O ja, wir haben Wildschweine, Füchse, vereinzelt sogar Wölfe dort oben. Was meinen *Sie* denn, Gentlemen?« Dass der Körper dennoch nicht vollständig rekonstruiert werden konnte, liege daran, dass Teile fehlten. Sie seien wahrscheinlich vorher abgeschnitten worden, bevor der Körper dann zerlegt worden sei. Es würde von mehreren Tätern ausgegangen. Die Spurensicherung schließe auf mindestens vier bis fünf Beteiligte. Das sei Grundlage der Fahndung. Ein Sexualdelikt würde gerichtsmedizinisch ausgeschlossen, wenn auch Penis und Hoden des Mannes fehlten. – »Ja, bitte fragen Sie!« – »Ist bei Ihnen, ich meine irgendwo in Bulgarien, in jüngerer Zeit Ähnliches geschehen? Gibt es Parallelen?« – Schon, Zerstückelungen habe es im Laufe der Jahre immer wieder einmal gegeben, vor allem Kinder und Frauenkörper und vor allem in einem bestimmten Milieu. Im Bereich Plowdiw sei dies allerdings der erste Vorfall. Er sei neuartig, vor allem, da offenbar überhaupt nicht versucht worden sei, die Leiche verschwinden zu las-

sen. Das vorgefundene Tableau spreche sogar für das Gegenteil.
Eine überstürzte Flucht könne auch ausgeschlossen werden. – »Sehen Sie hier die Weitwinkelaufnahme des Fundorts: links die Beine, das linke Bein vorn vor der Birke, das rechte Bein dahinter an der Böschung, rechts die Arme, in der Mitte der Leib, halb in dem ausgetrockneten Bachbett. Der Kopf, ja, Gentlemen, der Kopf fehlt.«
Der Parkplatz mit seiner Feuerstelle würde eher an Wochenenden frequentiert, die Täter mussten trotzdem wegen der in der Nähe liegenden antiken Kultstätte damit rechnen, dass Zeugen auftauchen. Besiedlung und Forstwirtschaft seien für diesen Teil der Rhodopen vergleichsweise dicht und intensiv. Nein, Durchgangsstraßen gäbe es nicht, keinerlei asphaltierte Wege. Die Wahrscheinlichkeit, dass die Täter in den frühen Morgenstunden aktiv waren, sei groß. Viehauftrieb gäbe es dort kaum. Dass sie sich auskannten, stehe außer Frage. – »Sowohl am Ort als auch in einer gewissen – wenn Sie gestatten – ›art of carving‹, Tranchierkunst. Die Teile sind dorthin transportiert worden, warum, wissen wir nicht. Sie hören morgen mehr dazu.«
Kastner wiegte den Kopf, sagte aber nichts. Er jagte gelegentlich im Sachsenwald, in der Nähe des früheren Bismarckschlosses.
»Gibt es Zeugenaussagen?« – »Ja. Am Vorabend ist eine Gruppe auf dem Plateau des Observatoriums gesehen worden. Es ist ansonsten normaler Betrieb gewesen, tagsüber einige Wanderer. Das sind meist Hobby-Thrakologen, selten Touristen, so gut wie keine Ausländer.« – »Bitte, was?« – »Nun, Belintasch ist eine thrakische Kultstätte, ein bronze-

zeitliches Observatorium. Es liegt eine halbe Stunde Fußweg entfernt vom Fundort, etwas oberhalb. Es ist aufgefallen, dass die bereits erwähnte Gruppe bis in die Abendstunden blieb und ein Feuer in dem archäologisch relevanten Bereich entzündet hat. Aus der Art und Weise, wie sie sich dort bewegt haben, insbesondere weil sie tanzten, müssen wir auf eine bestimmte Art Hobby-Thrakologen schließen.« – »Wer sind die Zeugen?« – »Ein Bauer, genauer gesagt ein Ziegenhirte und seine Frau. Ihr Haus liegt unterhalb des Geländes, auf der dem Fundort abgewandten Seite des Berges. Der Mann erklärt all denen, die dorthin kommen, gerne, was es dort zu sehen gibt. An dem Abend war er aber nicht oben, das heißt, er kann nicht sagen, wer diese Leute waren. Er war krank. Vielleicht war er betrunken. Und seine Frau mochte nicht allein in der Dunkelheit hochsteigen, hatte ja auch keinen Grund dazu.« – »Wie viele Leute?« – »Die Zeugen schätzen, sieben oder acht, maximal ein Dutzend. Das Gelände ist weder abgesperrt noch gesichert. Jedermann hat freien Zugang. Es gibt in Bulgarien wahrlich viele Zeugen der Vergangenheit. Aus allen Epochen. Meine Herren, das ist von meiner Seite alles. Man wird Ihnen den gerichtsmedizinischen Befund morgen im Institut darlegen. Was haben Sie uns mitgebracht?«
Kastners und Löwitschs »Ähm!« kam zugleich heraus und sie fielen einander mit derselben Frage ins Wort: »Bitte, woher wussten Sie denn von einem kopflosen Toten in einem bulgarischen Gebirge so schnell, dass er Deutscher war, nebst Name und Herkunft?« Markow antwortete: »Es gab einen anonymen Anruf, aber das haben wir Ihnen bei der Anfrage letzte Woche doch mitgeteilt, nein?« – »Nö, das heißt,

wahrscheinlich ist das nur bei unserem Chef gelandet, und wir … Wann haben Sie denn Hamburg informiert?« – »August, 18th«, warf betont lässig der jüngste der Anwesenden ein, ein Brillenträger mit gegeltem Haar und Bartschatten.

Markow fuhr fort: »Den Anruf fassen wir als Teil des Plans der Täter auf. Um welchen Plan es sich handelt, wissen wir aber noch nicht. Sie wollten offenbar nichts vertuschen außer ihrer Identität; vielleicht wollten sie sogar Publicity für ihre Tat. Jedenfalls erhielten die Kollegen in Assenowgrad, das näher am Fundort liegt, den Anruf am 13. August mittags. Die Frau – laut Protokoll war es eine weibliche Stimme ohne weitere Kennzeichen – sagte wörtlich, der Deutsche Olaf D. aus Hamburg liege dort tot am Waldrand. Die Kollegen schickten erst einen Dorfpolizisten hoch. Als der zurückrief, ging alles rasch. Ich selbst war ab halb vier Uhr am Fundort, es dauert anderthalb Stunden, um dorthin zu kommen.« – »Er meint wahrscheinlich den Alfa«, murmelte Löwitsch. – »Für einen modernen Pkw ist übrigens die Piste in den Bergen ziemlich riskant. Der Aufwand war sowieso riesig, aber zum Glück hatten wir nur wenige Schaulustige. Presse in der ersten Woche gar keine. Was für die Kollegen in Assenowgrad spricht. Die Anfrage bei der Ausländermeldestelle lieferte noch am gleichen Tag die Daten: Olaf D., Wohnort Hamburg-Altona, eingereist am 29. Juli. Aus der korrekten Anmeldung folgt übrigens, dass er mindestens einen Monat bleiben wollte. Vor allem aber passte das Geburtsdatum zu dem vor Ort geschätzten Alter des Toten. Er war 32 Jahre alt.« – »Ähm, also, wir haben das leider hier nicht in unseren Unterla-

gen.« – »Sie bekommen es gern noch einmal in der deutschen Version, ja? Was haben Sie für uns?«
Kastner stand auf und stellte sich vor das leere Flipchart. Es sei neben einem Foto des Olaf D., hier bitte eine Kopie, vor allem das Protokoll einer Befragung. D. sei Freiberufler gewesen. Daher gebe es keine regelmäßige Arbeitsstelle, in dem Sinne keine Kollegen, die man befragen könne. Laut Auskunft einer Nachbarin war er geschieden und lebte allein. Man habe aber einen Bekannten und früheren Freund von D. ausfindig gemacht, der an seinem Wohnort in Bremerhaven befragt werden konnte. – »Ja, ich zeige Ihnen das gerne mal auf dem Atlas. Das Protokoll können Sie sich kopieren. Der Befragte und Olaf D. waren im Jahre 1992 bereits einmal in Bulgarien.« Damals habe sich der frisch gebackene Magister Olaf D. unter anderem in Sofia mit einem Professor Galla getroffen. Der Befragte klagte darüber, dass damals statt des geplanten Schwarzmeerurlaubes eher eine Bildungsreise stattgefunden hätte, und zwar in Sachen – »Wie nennen Sie das?« – Thrakologie.
Die beiden hätten sich schließlich getrennt, und zwar ausgerechnet in Plowdiw. D. habe kaum mehr die Unterkunft, ein Privatzimmer, verlassen. Der Befragte wäre dann allein weiter an die Küste, nach Burgas, und weiter an andere Orte. »Wir haben noch eine Menge von Attributen, die D. beschreiben, und zwar als ›schrullig‹ – da fehlen mir jetzt die englischen Entsprechungen –, versponnen, auch launisch, cholerisch, schließlich sogar besessen. Er stieg aus dem Leben aus, wenn er einer fixen Idee folgte. Welche das damals nun genau war, wusste der Befragte nicht mehr zu sagen, außer eben dieser Faszination für Ihre Urbevölkerung.«

D. hätte auch gedichtet. Der Befragte könne vielleicht ein Manuskript zur Verfügung stellen. Gelegentlicher Austausch von E-Mails hätte noch stattgefunden, aber er hätte diese nicht aufgehoben. Von einem Bulgarien-Projekt wäre darin schon die Rede gewesen. Es wäre etwas Dichterisches, eher Privates gewesen. Der Befragte hielt das sowieso für eine Marotte. »Das ist alles.« – »Sehr interessant. Wir freuen uns, dass Sie hier sind. Über die konkreten gemeinsamen Schritte sprechen wir morgen.«

Kastner hatte die Professionalität des bulgarischen Auftritts beeindruckt. Löwitsch reizte der Geruch von Magie und Altertum, den der Fall zu verströmen begann. Von Margaritas Souveränität waren beide hin und weg. Über Markow brauchten sie sich nicht mehr zu verständigen: sachlicher Typ, aber Pokerface, Hobby Motorsport.

Markow fuhr sie im Alfa in das Amüsierviertel der Stadt. Eine der beiden jüngeren Frauen, die bereits während der Konferenz anwesend waren, rauchte während der Fahrt. Andere Autos hatten sie nicht bemerkt. Und doch waren sie alle pünktlich wieder da, die drei Herren, deren Vorgesetzter Markow zu sein schien, sowie Margarita und die Damen, deren Dienstverhältnis und Funktion bislang unklar geblieben waren, da sie bisher außer einem »Nice to meet you!« und sehr freundlichen Blicken nichts beigetragen hatten. Hinter einem Durchgang öffnete sich die Anlage eines Gartenrestaurants mit künstlichem Wasserfall. Die Speisekarte in Englisch, die sofort vor ihnen lag, trumpfte mit eintausend Salaten unter ebenso vielen exotischen Namen auf. »Rakija« kam scheinbar auch ohne Bestellung. – »Ah, wie der türkische Raki«, begeisterte sich Kastner. Ein allgemein pikiertes Zucken der Mundwinkel übersetzte Markow mit »Na ja, so ähnlich. Nur ist unsere Rakija eben kein Anisschnaps. Den haben wir zwar auch. Aber dies hier ist unsere Art Grappa. Im Unterschied zu Grappa wird Rakija allerdings aus frischen Trauben gebrannt. Und das hier ist die beste Rakija.« – »Don't mess with Bulgaria«, wandelte Löwitsch in Gedanken einen Spruch ab, den er einmal in Texas an der Autobahn gelesen hatte. Das sind Patrioten! War da nicht etwas mit der türkischen Minderheit? War nicht vor Jahren etwas in den Nachrichten gewesen über die Vertreibung von türkischstämmigen Bulgaren? Sie politisierten nicht. Löwitsch fragte nach den Thrakern. Er nahm einen Salat auf thrakische Art. Das hieß, mit Fleisch. Danach Hähnchen in Estragon, mit einer feinen Säure, und ein ausgezeichnetes Bier, *Kamenitza swetlo*. Die Welt schien in Ordnung. Margarita saß ihnen gegenüber, ihm zur Linken rauchte die Frau nun schon als Lilja weiter und zu Kastners rechter Seite plauderte eine Rosa. Die sprach sogar Deutsch mit herrlichem Akzent, aber vor allem lachten alle fröhlich, als fände ein Treffen von alten Freunden statt. Ein erstaunlich erbaulicher Sommerabend, von den jungen Damen, die sie bedienten, ganz abgesehen. Von den schlanken, jungen Damen. Von denen, die sie dann noch auf dem Boulevard sahen. Von denen, die sie dann noch in der Hotellobby bemerkten, wo sie lieber gar nicht hinguckten, weil es da gar zu offensichtlich war, welche Absichten die Damen hegten. Die Augen gingen ihnen über. Keiner hatte sie vorgewarnt. Sie ahnten etwas von dem Termin morgen.

2

RAKIJA WAR OFFENBAR ein sauberes Getränk. Genau sieben Uhr, sechs Uhr deutscher Zeit, sah Löwitsch aus dem Hotelfenster hinaus und genoss, dort zu sein, wo er war. Rechts und links je ein Hügel über den Dächern, direkt zu seinen Füßen der Platz mit der Post und dahinter der Beginn der Flaniermeile. Geradeaus im Hintergrund ein Minarett, rosig in der Morgensonne, wie scheinbar die ganze Welt. – »Nicht schlecht, Herr Specht!« Das Frühstück hätte fantastisch sein können, wenn er außer dem Espresso mit viel Zucker und Joghurt etwas heruntergebracht hätte. Aber seine Appetitlosigkeit zum ersten Frühstück war normal. Er pappte sich etwas Wurst zwischen zwei kleine Weißbrotscheiben und wickelte eine Serviette darum. Kastner stopfte sich inzwischen voll mit Mengen von Rührei und Tomatensalat. Punkt neun Uhr standen sie vor der Tür. Die Sommerhemden mit Bügelfalten unter den geknautschten Leinensakkos, Kastner in Dunkelblau, Löwitsch in Schwarz. Kastner trug Bluejeans, Löwitsch eine helle Bundfaltenhose. Der Schuhputzautomat im ersten Stock hatte funktioniert.

Die Fahrt zur hiesigen Morgue, dem Gerichtsmedizinischen Institut der Universität, dauerte keine zwanzig Minuten. Margarita erwartete sie schon, ganz in luftigem Weiß. Sie gingen erst einmal in die Cafeteria. Margarita kam direkt zur Sache. Die Auswertung der Neuigkeiten aus

Deutschland – Wann will sie das gemacht haben? Heute früh zwischen sieben und acht? – habe begonnen. Mit Professor Gallas Büro in Sofia habe man bereits Kontakt aufgenommen. Sie waren Handy-Weltmeister, diese Bulgaren. Es sei gut möglich, dass die thrakische Strecke, »the Thracian trail«, der Schlüssel zu einem Teil des Rätsels sei. Vielleicht habe Professor Galla damals, 1992, den jungen D. weitervermittelt, vielleicht nach Plowdiw. Das sei gut möglich. Und wenn da ein »Besessener« aus Deutschland auftauchte, der sich für das eigene Gebiet erwärme … Ein Weißkittel holte sie ab. Erstaunliches Deutsch, jünger und neutral mit bulgarischem Kratzen. Oben ein weißhaariger Herr und eine Assistentin mit langen, blonden Haaren zur klassischen Nase. Der Blick auf den Torso brachte nicht das Erwartete, sondern eine Art Kunstgenuss. Seine Teile waren wie bei einer archäologischen Rekonstruktion auf dem Blechtisch aneinander gelegt. Offensichtlich im Verlauf der Untersuchungen gereinigt bis zur letzten Falte, quasi sterilisiert. Eine Gliederpuppe. Löwitsch dachte an ein Bild von de Chirico in seiner Postkartensammlung und war beeindruckt.

Die Frage nach dem Gerät der Täter. – »Wahrscheinlich ein großes Fleischerbeil. Todesursache Dekapitation, die Trennung von Kopf und Rumpf. Magen und Därme waren gut geleert. Er hatte gehungert oder gut abgeführt vor dem Exitus. Der Milchsäurespiegel spricht allerdings für reichlich Alkohol. Spannend ist die Kombination der Verletzungen, die ihm in rascher Folge beigebracht wurden. Er war festgeschnallt worden und ist wohl bei schlagendem Herzen so gut wie ausgeblutet. Für die Zeit zwischen Ab-

leben und Auffinden steht eines fest: Die Leiche war tiefgefroren. Ich nehme an, dass Sie es auch an Ihre Vorgesetzten weitergeben wollen.« Schon wieder ein Mäppchen mit lateinischen Buchstaben. Verflucht gut vorbereitet in der Kürze der Zeit, diese Bulgaren.
Sie gaben gar nichts weiter. Kastner rief kurz in Hamburg an. Der Chef antwortete ruhig, was auf seine Art Begeisterung ausdrückte. Ihr Aufenthalt war auf fünf Tage begrenzt. Und wenn es sich so gut anließe, sollte es auch dabei bleiben. In Hamburg sei das Wetter auch schön. Dennoch säßen sie dort unten und läsen. Sie selbst seien doch auch auf Bildungsreise, nicht wahr? Es gäbe ein Tagebuch von Olaf D. Nicht uninteressant. Er würde etwas faxen. Zu ihren Händen an die Kollegen. Oder, besser, ins Hotel, wenn sie daneben stünden, 16 Uhr Ortszeit. Notfalls mit Zeitautomatik, also pünktlich sein, bitte.
Margarita und Markow, seit neuestem als Wasil anzusprechen, diskutierten die Wahl des Restaurants fürs Mittagessen. Im Auto telefonierte Margarita. Professor Galla werde erst in zwei Wochen in Sofia zurückerwartet. Er sei in seinem Haus in Griechenland.
Das Hotel, für das sich D. korrekt angemeldet habe, hat ihn nur drei von den fraglichen sieben Nächten beherbergt, bis zum ersten August, meinte Markow: »*Hotel Hebros*, klein, aber fein, in der Altstadt. Wir könnten eigentlich gleich dort essen. Leider wissen die nichts. D. hat nur dort gefrühstückt, hat nicht telefoniert, ist einmal mit einem blauen Lada abgeholt worden.« Blau ist eine schöne Farbe. Hinauf ging es in die Altstadt, über grobes Pflaster. Dies sei das eigentliche Trimontium gewesen, dieser Hügel mit

den drei Kuppen. Dort die bemalte Kirche, die liebste des amtierenden Staatspräsidenten. Zwei Souvenirshops einander gegenüber. Ein Leierkastenmann. Eine Frau klöppelte Spitzendeckchen. Sie gingen ein paar Schritte den Hügel hinauf. Wasil spielte Reiseführer: »Die thrakische Burg Eumolpia, der Hügel heißt Nebet Tepe. Die Hügel werden unverändert bei ihren türkischen Namen genannt. Der mit dem Sendemast? Das ist der Sahat Tepe, der Uhrenhügel. Es gibt einen türkischen Uhrenturm drauf. Auf dem Hügel dahinter das sowjetische Befreiungsdenkmal. Wir nennen die Soldatenfigur Aljoscha und sind so frei, ihn stehen zu lassen. Die Pappelreihe, da fließt die Mariza, griechisch Hebros, der Name des Hotels.« Fünfzig Meter hügelabwärts und sie standen davor. Man platzierte sie hinter dem Haus in einem engen Hof.
Löwitsch fragte sofort nach den Salaten. Gestern der thrakische, heute bitte Schopska. Das Nationalgericht. Der Käse ist nicht vom Schaf, wie sie vermuten würden, sondern aus Kuhmilch. Man konnte sich daran satt essen. Vor allem, wenn man Margarita zum Vorbild nahm. Drei Bissen, eine Zigarette, drei Bissen, eine Zigarette und so fort. Den Rakija nicht zu vergessen. Kastner nahm ein Rumpsteak französisch. wusste der überhaupt, wo er war? Hier jedenfalls an einem Ort, den das Opfer kannte. Unter den Traufen der hölzernen Kaufmannshäuser, zwischen Feigenbäumen, Efeu- und Weinranken hatte Olaf D.s letztes Abenteuer begonnen. Löwitsch begeisterte sich für den Ort: Sommer in Plowdiw, ein Katalogangebot. Jetzt wolle er auch den Fundort der Leiche, den Tatort, sehen. Er wollte an die Stelle, unbedingt.

»You understand why. It is important for my imagination and … intuition.« Margarita wiegte den Kopf und sagte ohne Ironie: »Yes.« Wasil grinste, weil er die beiden Deutschen einer Detektivserie zuordnete: »Sie haben einen Wagen, nicht wahr? Wir schauen, ob jemand von uns …« Kastner antwortete: »Lassen Sie uns das allein unternehmen. Eine gute Karte, das wärs. Und ein Wörterbuch.« – »Das bekommen Sie in Ihrem Hotel oder an einer der Buden gegenüber.«

Die Spuren so karg wie unbestimmt: Blauer Lada und Thrakologie. Klang schon mal gut. Sie würden sich noch heute in der Stadt auffällig machen als Interessenten für die alte Geschichte Plowdiws. Den Faden aufnehmen. Sich mit touristischem Zeug eindecken und die einschlägigen Orte ablaufen. Die Bedienung brachte einen dieser kostenlosen Stadtpläne mit Werbung für die Messe, für Hotels, Nachtbars und Escort Service. Markow markierte ihnen die Orte. Sie könnten von hier aus zum Amphitheater hochlaufen. Von dort wieder abwärts Richtung Moschee. Auf dem Platz davor freigelegt die römische Arena, zum größeren Teil unter der Hauptstraße, der Flaniermeile. Bei der Hauptpost liege auch eine Menge römisches Zeug herum. Ein Fotoapparat. Einen billigen auf Spesen. In den Antiquitätenläden müssten sie gezielt fragen. Aber eigentlich gäbe es da nichts wirklich Altes. »Grabräuberei ist allerdings ein sehr alter Volkssport. Leider haben wir keine eigene Abteilung dafür. Ach ja, das Archäologische Museum. Margarita«, grinste Markow, »wann warst du das letzte Mal drin?« – »Noch nie. Sowas macht man mit der Schulklasse. Ich komme aber nicht aus Plowdiw, sondern aus der Gegend von

Sofia«. – »Das Museum ist … hier. Da haben Sie beide Ihr Tagesprogramm.« Markow notierte seine und Margaritas Mobilnummern auf eine Visitenkarte. Kastner fischte die seine aus der Brieftasche und tat das Gleiche. Der Kaffee war ausgezeichnet. Die Bedienung war sehr ernst und schüchtern. Sie trug blickdichte Strumpfhosen. Die beiden Deutschen wurden erneut von den bulgarischen Kollegen eingeladen und hofften nun auf baldige Revanche. So weit ein netter Urlaubsbeginn.
Löwitsch rammte beim Hinausgehen den Rahmen der niedrigen, alten Tür. Eben verschwand ein blaues, altmodisches Autoheck bergauf. Der Alfa fuhr ab. Wie auf Kommando machten sie kehrt und gingen zurück ins Hotel. Die ernste Bedienung holte ihren Chef. Blasser Typ, gutes Englisch. Zunächst reserviert, bot er ihnen doch noch einen Kaffee an und sie setzten sich wieder in den leeren Hof. – Ja, er wisse natürlich durch die bulgarischen Beamten. Sein in der Regel gutes Gedächtnis gäbe aber nicht mehr her. Herr D. habe außer einem Notizbuch keine Auffälligkeit gehabt. Ja, ein Notizbuch, so ein mit buntem Stoff bespanntes chinesisches. Er habe es schon beim Frühstück bei sich gehabt, darin geblättert, geschrieben.
»Konnte er Bulgarisch?« – »Er hat die Bestellung auf Bulgarisch gemacht.« – »Hat er telefoniert?«
»Ja, aber unsere Anlage zeichnet nicht die Nummern auf, meine Herren. Er hat hier nie zu Abend gegessen oder ist direkt abgeholt worden. Eben nur das eine Mal in einen blauen Lada gestiegen, wie die Mitarbeiterin schon angegeben hat.« – »War eine Frau am Steuer?«
»Hm, Walja?! … Sie meint, es sei eine Frau gewesen. Das

sei ihr aufgefallen, weil das Auto nicht zu der gepasst habe, irgendwie.« – »Wie irgendwie?« … »Zu gut angezogen. In das Auto hätte ein Mann im Arbeitszeug gehört, nicht eine Dame.« – »Wir sind im Hotel *Trimontium Princess*, falls Ihnen doch noch …« Kastner und Löwitsch: »Dankeschön.« Das Amphitheater sah aus wie eine neu erbaute Ruine. Lautsprecher standen auf dem Boden der hineingebauten Holzbühne. Joe Cocker sang etwas von »Two Souls«, das passte zum Treiben an den Cafétischchen. Zu den jungen Frauen, die auf Bänken und niedrigen Mauern herumsaßen, ein studentisches Geschwirre. Die Schule weiter hinten war offensichtlich ein Hort der besonders Schönen, eine Musikschule. Zu Füßen der Moschee tatsächlich die Kurve einer römischen Arena, die Sitzreihen freigelegt. Oben darüber die Gründerzeithäuser. – »Ein wenig wie in Seattle«, meinte Löwitsch. »Nur dass dort die untere Schicht Gründerzeit ist und bis zu Jack London reicht und nicht bis zu den alten Römern.« – »Du warst wohl noch nie in Italien, du Bildungs-Hai?« Kastner kannte Löwitschs Marotte, dass er zu jeder passenden und unpassenden Gelegenheit Orte und Landschaften mit amerikanischen verglich. Er fand das blöd und reichlich ostdeutsch.

Zunehmend, mit einer Drehung des Kopfes, schließlich schon mit dem ganzen Körper hierhin und dorthin sich wendend, ab und zu unter Ausstoß ächzender und pfeifender Töne, gestanden sie sich gegenseitig, dass es hier etwas zu sehen gab. Junge, wahnsinnig viele junge und reizende Frauen. Frauen, die alles zeigten, was öffentlich zu zeigen war. Junge Brüste in tiefen Dekolletés. Lange Beine. Ideale Pobacken winkten mit den kurzen Röcken. Das wirklich Besondere aber waren … die Blicke. Sie schauten zurück. Sie nahmen Maß. Natürlich fiel der Blick auch auf die Schuhe, immer, jedes Mal. Das Erkennen des Ausländers am Schuhwerk, Löwitsch erinnerte sich: »Weißt du, Karl, woran wir früher im Osten die Westdeutschen erkannten? Die konnten abgerissen sein, wie sie wollten, Bluejeans tragen wie wir, aber die Schuhe sagten alles, als hätten sie ein Schild um den Hals: Westler. Und dann, na klar, die obligatorische Nummer in der Kneipe, das Umstellen der Stühle, die Lautstärke, das auch. Aber vor allem die Schuhe. Kastner, wir sind im Osten. Aber in einem paradiesischen Osten. Warum hat uns bloß keiner gewarnt?« Sie bogen in einen Fotoladen ab und kauften einen einfachen japanischen Apparat. Kastner knipste in die belebte Straße hinein, mitten in die jungen Gesichter. Im Schatten der Post lagen jede Menge römischer Brocken herum, Säulen nach Größe geordnet oder als Treppenstufen hingelegt, Marmorblöcke, Reste von Grabmalen. Offenbar hatte niemand ein Interesse daran. – »Wie in Rom«, fand Kastner und kaufte einen kleinen Bulgarienführer. Löwitsch nahm ein Buch in Englisch, dessen einer Herausgeber ein Professor Galla war. Es wird doch nicht zwei mit diesem markanten Namen geben, die auf der gleichen Wiese forschen? Eine kurze Geschichte Bulgariens, die besser aussah als das bunte Zeug »mit Insider-Tipps«. Es begann mit den Thrakern. »Orpheus the Thracian.« – «Hey, Orpheus, der war ein Thraker. Hättest du das gewusst?« – »Wer Orpheus?« – »Na, der mit Eurydike. Der seine Frau wieder aus der Unterwelt zurückholen durfte, weil er den Totengott mit seinem Gesang bezirzt hatte. Dann hat er es aber verpatzt. Er durfte sich nicht umdrehen, solange sie noch unten waren. Das hat er nicht ausgehalten und hat sich umgedreht. So musste sie zurück und er lebte oben weiter und wurde nicht mehr froh.« – »Ja, sagt mir dunkel was.« – »Mensch, wo kommst du bloß her? Ich dachte immer, ich wäre der Prolet von uns beiden.«

Als sie das Archäologische Museum betraten, kamen sie sich vor wie Diebe. Hinter einem Tresen saß ein Zwerg mit schiefem Blick. Erst schien er ihnen nicht zu glauben, dass sie hereinwollten, dann kassierte er den doppelten Eintritt für Ausländer und schloss zwei der vier Türen auf. In einem Raum nur Kirchenzeug. Sie schauten es sich zwei Minuten lang geduldig an. Monstranzen, Gewänder ... Nichts, was sie unter archäologisch vermuten würden. Was taten sie hier eigentlich? Sie taten so, als wären sie Touristen. Wem präsentieren sie sich in einem offensichtlich menschenleeren Museum? Da war ja niemand, der sich jetzt neugierig an sie hängte, niemand, der ihnen etwas verkaufen wollte, etwas illegal Ausgegrabenes zum Beispiel. Das war nur so eine Idee. Ein Mordmotiv aus der hinteren Reihe. Etwas, das mit dunklen, aber nachvollziehbaren Geschäften zu tun hätte.

In der Mitte des nächsten, kleineren Raumes thronte dann doch ein richtiger Schatz in einer Vitrine. Eine große Schüssel aus Gold mit lauter kleinen Kraushaarköpfen. – »Mohrenköpfe«, sagte Kastner. Mehrere sehr schöne Trinkhörner mit ausgeformten Tier- und Frauenköpfen. Drittes Jahrhundert vor Christi Geburt. Löwitsch klebte an der Vitrine, während Kastner die Wände mit den restlichen Objekten abschritt und schon wieder zum Ausgang streb-

te. – »Hast du genug gesehen?« – »Das wird uns niemand verkaufen oder es mit uns gemeinsam klauen wollen. Sieht sowieso eher nach einer Kopie aus, findest du nicht? Glänzt wie neu.« – »Aber unerhört feine Sächelchen«, säuselte Löwitsch in die Vitrine hinein: »Guck doch mal, der Ziegenbock, der Schafskopf, der Hirsch. Das war noch eine Art zu trinken. Hab ich noch nie gesehen. Thrakisch, lieber Kastenfrosch. Ich werde, fürchte ich, gerade zum Thrakologen. Lass uns sehen, ob sie noch mehr haben.« Dies sei alles, machte ihnen der Zwerg klar. Seltsames Museum. Da waren wohl vor ihnen schon Interessenten mit klareren Absichten da gewesen. Vielleicht Museumsleute aus der Hauptstadt? Ob sie eine der Postkarten kaufen könnten? Der Zwerg ging zu einer der anderen Kafka-Türen und rief etwas in den Raum dahinter. Binnen Sekunden erschien eine alterslose Frau im grauen Pulli, die Löwitsch Karten mit dem »Goldschatz von Panagjurischte« verkaufte. – »Blagadarjá mnogo«, dankte er höflich. Kastner gratulierte ihm zu seinem fließenden Bulgarisch.
Richtung Hotel. Kastner suchte sein Handy. Löwitsch wollte ihm das seine geben: »Das kann doch nicht wahr sein!« Beide waren sie ihre Telefone los. – »Wie denn, wo denn, was denn? Wir alte Hasen. Beim Bücherkauf vorhin?« – »Na, im Museum sicher nicht. Scheiße. Los, rein ins Internetcafé und eine codierte Mail nach Hamburg absetzen.« Löwitsch verkniff sich, die private Post nachzusehen, nahm es sich aber für später vor. Vielleicht sollten sie sich trennen. Olaf D. war schließlich auch nicht im Doppelpack aufgetreten, soweit sie es wussten. Aber was wussten sie? Vielleicht hatte er eine Freundin in Plowdiw? Das

wäre doch was. Sich anmachen lassen. Hier hatte man sicher Chancen, als Westeuropäer. – Na ja, man müsste vielleicht daherkommen wie einer, bei dem es sich lohnt. War D. so einer gewesen?
An der Rezeption die Nachricht, sie sollten sich dringend in der Petkowstraße melden. Nur ein kurzes Fax aus Hamburg, sie sollten ihre bulgarischen Kollegen anrufen. Die hätten schon etwas per Botenfirma erhalten.
Von Kastners Zimmer aus riefen sie an. Ja, in einer halben Stunde, bitte, sie würden das Material sofort mit ihnen gemeinsam auswerten.
Nach einer Stunde klopfte Kastner bei Löwitsch an die Tür. Beide waren sie in ihren Zimmern eingeschlafen. – Mit dem Mietwagen, nein, zu Fuß, nein, mit dem Taxi. Wozu hatten sie diesen gottverdammten Opel in der Garage? – »Für Benitasch.« – »Für Be-lin-tasch«, belehrte Löwitsch. – Sicher, für morgen früh, für die Unabhängigkeit.
Die Verstimmung der Bulgaren hielt sich in Grenzen. Es wäre ja keine Gefahr im Verzug. Tot sei tot. Markow übergab ihnen die Kopien. Ein Tagebuch von Olaf D.
Markow verließ den Raum. Er sei gespannt auf ihre Einschätzung. Die beiden wären jetzt lieber in Hamburg gewesen, im eigenen Büro. Sich dazu in ein Café mit Aussicht zu setzen wäre auch nett gewesen. So war es eine kühlere Angelegenheit, wenn auch bei gutem Kaffee. Löwitsch fing an zu lesen: »Katharina beeilte sich nicht. Sie schob ihn von sich. Nackt und groß stand sie an der Tür. Er kniete. Er betete sie an. Er sah nur ihren Schoß, er roch ihren Schoß, er warf seinen Kopf, er wollte seinen Kopf in diesen Schoß hineinwerfen, mit seinem Mund, mit seiner Nase in die-

sen Schoß hinein. Sie traf mit beiden Handtellern seine Stirn und warf ihn zurück wie einen Volleyball. Er sah aus wie ein Hund, fühlte es aber nicht.« – »Und erstens ist es anders und zweitens als man denkt«, murmelte Löwitsch und las weiter: »Er wollte nur, er fühlte nichts, überhaupt nichts, er wollte. Da stand diese große, diese gigantische Frau über ihm, ein unerhörtes, riesiges Land, ein Bergmassiv. Die Stämme ihrer Beine, der Wald ihrer Scham, dort oben die Brüste, losgelassen, und darüber ihr breites, entspanntes Gesicht mit dem riesigen Mund. Er wollte und sie wollte, dass er wollte. Das genügte ihr.« – Sowas, das ist also, das ist das Tagebuch. »Es ist kein Tagebuch in dem Sinne, dass es Aufschluss geben würde über die Orte, an denen er sich aufgehalten hat. Oder vielleicht über Personen, die er getroffen hat. Vielleicht soll es überhaupt nur Pornografie sein? Sieht so aus, als hätte ihn nichts anderes interessiert.« »Hör mal«, sagte Löwitsch: »Ariane tauchte plötzlich nackt neben der Badewanne auf. Ihr Mann hatte vor fünf Minuten die Tür hinter sich zugezogen und war ins Büro. Ihre Brüste glänzten. Ihr Blick war unbeschreiblich. Eine Aufforderung, aber eine aus irrsinniger Tiefe. Jäh fühlte er sich in der Wanne wie ein Pubertierender, zu dem die Mutter nackt und eindeutig hereintritt. Ihre Brüste sahen ihn prall an, strahlten ihn an.« Löwitsch blätterte. – Na, gut denn. Er blätterte weiter. Er gab es Kastner. Der blätterte ebenso. Sie saßen nebeneinander, schüttelten die angegrauten Köpfe, seufzten, schwiegen.
Ob irgendeiner dieser Namen real ist? Gibt es einen Faden, an dem wir ziehen können, in dieser Pikanterie? Vielleicht hat er hier in Bulgarien ja nichts anderes gemacht. Wir

müssen die Frauen finden. Die bulgarischen Frauen eben. Löwitsch kicherte: »Die haben wir doch schon gefunden. Die zeigen alle alles auf der Hauptstraße. Was hat uns denn am meisten beeindruckt? Was machen wir denn seit unserer Ankunft? Das Maul aufreißen wie die Karpfen und die Frauen anglotzen. Ist doch wahr! Was ist das? Haben wir zu Hause keine? Ist das der übliche Dienstreise-Effekt? Nö, es ist schon etwas Besonderes. Vielleicht war unser Freund süchtig danach? Nannte ihn nicht sein Kollege einen Besessenen? Wenn sein Besessensein sich nun neben der Dichtkunst und der Antike auch auf lebende Thrakerinnen erstreckt hätte? Ist doch das Dichterklischee, die Sache mit den Musen ...« – »Womöglich war er pervers. Das mit der Katharina da klingt irgendwie nach Herbertstraße, erstes Haus rechts, findest du nicht? Domina, ach Domina, ich hab auch die Kondome da. Der Typ hat hier herumgevögelt und ist dabei oder vielleicht dadurch in Schwierigkeiten geraten. Verheiratete Frauen? Oder es waren Luden, die ihn sich vorgenommen haben? Geld für Nutten ausgegeben, nicht genug gehabt – und basta! Den Kerl zerlegt, Kopf ab und Genitalien, hochsymbolische Rache. Na?«

»Quatsch!« Löwitsch bekam einen wacheren Gesichtsausdruck. Das weiche Profil wurde spitzer. Er hätte jetzt einen guten Fuchs abgegeben: »Warum sollen die denn zu irgendeinem thrakischen Heiligtum fahren und ihn obendrein so demonstrativ kaltmachen? Er war womöglich ein Trottel, ein Spinner, der in irgendetwas hineingeraten ist. Und das, in das er hineingeriet, hat womöglich etwas mit Ritualen zu tun. Kannten die Thraker Menschenopfer? Die

Vielweiberei kann ja pure Fantasie sein. Ich meine, du könntest doch auch so was verfassen. Dein Tagebuch möchte ich gerne mal daraufhin durchsehen.« Kastner griente wie abwesend, reagierte aber: »Tagebuch, nie, lass gut sein. Das habe ich hinter mir und es war genug. Da brauche ich keine Fantasie mehr dazu, bloß noch eine ruhige Minute. Wir gehen also davon aus, dass Frauen etwas mit seinem Tod zu tun haben. Die Schickse im blauen Lada, das wäre doch einmal was. Können die nicht alle blauen Ladas, die hier noch herumfahren, überprüfen? Guck mal, die sind doch sonst alle grau oder rot oder weiß. Man sieht doch ganz selten einen, der anders ist. Wahrscheinlich privat auf dem Hinterhof gespritzt. Wenn der noch so aussieht und der einzige handfeste Hinweis ist, dann müssen die Kollegen mal jetzt ran.«
»Nun, haben Sie etwas?«, fragte Markow durch die halb offene Tür. – »Ja, Weibergeschichten. Frauen und abermals Frauen. Sieht eher nach den Fantasien eines Unterversorgten aus. Für den Moment nichts, das uns weiterbringt. Wir gehen es heute Abend genauer durch. Sind Sie denn schon an dem blauen Lada dran?« Markow schaute undurchsichtig. Er wiegte den Kopf. Das bedeutete hier Bejahung, das wussten sie schon. Seit dem Hinweis aus dem *Hebros* gibt es intensive Stichproben, seit vierzehn Tagen. – »Blaue Ladas der beschriebenen Art werden registriert, besonders ältere Modelle, auch Schigulis. Das läuft schon, meine Herren. Wir haben ständige Straßenkontrollen installiert. Die fallen nicht auf, weil die Gen ..., weil die Verkehrspolizei sie für uns durchführt.« War da eine leichte Röte über seine muskulösen Backenknochen gehuscht, weil er beinahe

»Genossen« gesagt hätte? – »Kommen Sie mit. Hier ist die Einsatzkarte.« Er führte sie vor eine Art Spinnennetz mit Signalfäden in die Rhodopen hinauf. – »Da also liegt Belintasch«, buchstabierte Löwitsch extra für Kastner. – »Bisher Fehlanzeige«, fuhr Markow fort. – »Fragen Sie konkret nach Alibis für den Zeitraum der Tat und für den 13. August?« – »Ja, das heißt nein, mit welchem Vorwand? Wir haben Gesetze, meine Herren, wie Sie in Deutschland. Wir brauchen eine Auffälligkeit. Wir suchen Kriminelle, die eines gemeinsamen Mordes fähig sind, nicht Herrn A. oder B. von der Straße. Lassen Sie es mich mit einem Ihrer großen Landsleute sagen: Wir kennen unsere Pappenheimer auch. Wir wissen, in welchen Kreisen wir suchen müssen. Liegen Indizien vor, fassen wir zu. Und dann bekommen wir auch, was wir wollen. Sie kennen einen Teil der Kommission. Insgesamt sind dreißig Leute an der Sache dran, nicht nur in diesem Haus und nicht nur in Plowdiw.«

Als sie auf der Straße standen, machte Löwitsch sich Luft: »He, das sah doch eben nicht mehr nach Kooperation aus, oder? Was ist los?«

Für den Abend hatten sie eine Empfehlung. Preiswert und echt, waren die Stichworte Margaritas gewesen. Ein Lokal in einer Parallelstraße zur Flaniermeile. Sie hätten es fast nicht gefunden, weil das Vorderhaus von einem Bauzaun verdeckt war. Es trug einen exotischen Namen und glich einem ländlichen Italiener. Man sah in die Küche hinein, wo sich kräftige Frauenarme regten. Peu à peu entdeckten sie die ausgestopften Tiere. Ein Fasan über dem Tresen, ein Bussard oben an der Decke. Hirschgeweihe. Halbhohes

Holzpaneel. – »Oberitalien, abgelegenes Südtirol«, meinte Kastner, und das war ein Kompliment des Jägers. Sie tranken Bier. Die knoblauchduftenden Brötchenhälften kamen sofort, später Omelett mit Pilzen. Dazu gab es dicke, hausgemachte Kartoffelschnitze. Eine Schale von dem feinen Joghurt. Draußen im halb überdachten Hof waren die Tische besetzt. Einer deutsch oder niederländisch, rieten sie, ziemlich laut. An einem anderen englische Brocken. Sonst einheimische Paare. Sie hatten ihre Bücher dabei und an Löwitschs rechtem Bein lehnte die Plastiktüte mit dem geilen Tagebuch.

Kastner nahm tiefernst einen Schluck Bier: »Ich glaube, der Fall ist original was für dich. Wenn ich es richtig sehe, bekommen wir die dürren Fakten problemlos von den Bulgaren. Aber die sind es nicht. Es geht um etwas anderes. Jedenfalls, wenn wir da herankommen wollen. Hier muss sich einer einlassen. So in der Stadt herumlaufen, schön und gut. Und den Tatort sehen – ganz wichtig. Aber man muss rein. Du musst rein. Vom Hotel aus zu agieren bringt nichts. Als ambitionierter deutscher Thraker-Fan, wo ist D. hingegangen? Er hatte ein privates Quartier. Etwas muss vorbereitet gewesen sein. Die finden in seiner Wohnung ein solches Casanova-Konvolut, dabei sollten sie lieber nach Korrespondenz suchen. Der kannte hier Leute. Der hat sich eingelassen. Das geht nicht per Zufall. Wir müssen es simulieren. Welche Anlaufstellen gibt es, mit denen ein Deutscher hier zu tun hat? So einer wie er. Universität, Bibliotheken, Archive, Buchhandlungen, gelehrtes Volk.«

»Nee, Buchhandlungen hab ich keine gesehen, das geht wohl alles über diese fliegenden Händler.« – »Seit wann

achtest du auf so was? Das passt! Die Kollegen sollen uns eine Liste machen mit Namen von Frauen aus diesem gelehrten, thrakisch angehauchten Milieu. Wir gehen auf diese Frauenspur. Und, sag mal, du Schlauberger, findest du unser Hotel geeignet dafür?« – »Wenn es um bezahlte Damen ginge, vielleicht. Ziehen wir um?« – »Du ziehst um. Wir trennen uns. Morgen.« – »Und Belintasch? Das ist schließlich eine Tagestour, wenn es was bringen soll.« – »Zuerst ziehst du um.« Löwitsch musste grinsen, weil er diesen Gedanken heute schon einmal verworfen hatte. – »Wohin?« – »Die Kollegen fragen. Heute Abend noch. Oder misstraust du ihnen?« – »Nee, bis auf das vorhin war alles sauber. Bisschen zu sauber, bisschen zu trocken. Man müsste Margarita mal ohne den einen oder anderen Herrn sprechen. Verschieben wir Belintasch um einen Tag, gehen wir hier in die Offensive. Ich frage Margarita nach einem privaten Quartier.«
Vom Hotel aus erreichte er ihre Mobilnummer. – »Ja, um zehn Uhr in der Lobby.« Bis dahin hätte sie etwas arrangiert. Ziemlich flinker Balkan, dachte Löwitsch vor dem Einschlafen.

3

Es WISSEN, es ganz genau wissen, dass die Traummaschine jede Nacht auf Hochtouren läuft. Und doch in der Morgendämmerung hinter sich nur die graue Ebene der Nacht. Der Blick dorthin zurück, wo Eurydike ist – oder doch nur das Nichts?
Löwitsch rieb seine Augen. Nicht wieder die Bindehautentzündung, bitte. Acht Uhr war immer noch früh genug. Später darf es nicht werden. Aufgetürmtes Grau auch vor dem Fenster. Wind in den Bäumen. Kastner hatte mit dem Chef telefoniert. Grünes Licht. Briefe seien partout nicht da. In der Wohnung auch kein Hinweis, dass es einen Computer gegeben hätte. Die Wohnung sei schon freigegeben. – »Sag ihm, sie sollen unter Orpheus suchen«, sagte Löwitsch ruhig, »Orpheus, der Thraker. Spaßeshalber.«
Margarita kam in Weiß und Blau. Wieder diese leichten, wehenden Stoffe. Die Aufmachung war Löwitsch fremd und zog ihn an. Mit ihr kam eine deutlich jüngere Frau mit tief liegenden Augen. Wera, eine Assistentin, die bei der Konferenz nicht dabei gewesen war. Kastner bekam eine Namensliste. Sie schlug ihm vor, Verabredungen mit potenziellen Kontakten D.s zu treffen. Sie trennten sich. Löwitsch klemmte sich hinter die Damen in den kleinen, neuen Peugeot, der nach einem Luftreiniger roch. Margarita zündete sich eine Marlboro an. – »You would not

smoke a cigarette?« – »Nein, manchmal Zigarren, sonst nichts. Ich habe noch nie Zigaretten geraucht.« Wera rauchte nicht. Sie fragte auf Deutsch, ob er schon wisse, wohin es ginge, und erklärte auf sein Nein hin: »Wir fahren zur Verwaltung der Häuser in der Altstadt. Sie werden in ein eigenes Haus ziehen, sozusagen.« – »Wow!«, entfuhr es ihm. »So ist es ja nicht gleich gemeint gewesen.« – »Oh, das ist kein Problem. Es gehört einem Verein, in dem die Stadt das Sagen hat. Ob Sie allerdings mit dem winzigen Bad zurechtkommen werden?« Wera schaute ihn ohne erkennbare Ironie im Rückspiegel an.
Wieder holperten sie über die fetten, schwarzen Pflastersteine. Sie parkten, als ginge es ins *Hebros*, traten jedoch oberhalb davon auf der anderen Straßenseite in einen begrünten Hof. Die Verwaltung saß in einem schicken Holzhaus. Eine blonde, großäugige Dame nahm sie in Empfang und schloss wiederum auf der Seite des *Hebros* die niedrige Tür in einem schweren Tor für sie auf. Sie standen in einem kleinen, in Mauern gefassten Garten. – »Hey, this is wonderful«, verlieh Löwitsch seiner Begeisterung Ausdruck. Er konnte sich ein Zimmer aussuchen. Holz ringsum, nur Holz. Die so genannten Bäder zu den Zimmern waren eigentlich schmale Wandschränke. Aber es war »great« und so strahlte er die Blonde an, Margarita und Wera nicht minder. – »How did you know what my dream was about?« Er unterschrieb ein Meldeformular. Wera würde noch etwas bleiben. Sie würde gern mehr über seine Pläne erfahren, um sie nach Möglichkeit zu unterstützen. Löwitsch strahlte. Es gab keine Küche, na ja, die Restaurants waren billig. Gestern hatte sie der ganze Abend

umgerechnet zwanzig D-Mark gekostet, ein Witz für zwei hungrige und durstige Kerle.
»Den Kühlschrank bekommen Sie heute Nachmittag, Besteck, Teller …« Er wusste, dass er all das hier wollte. Nicht nur für die verbleibenden drei Tage. Er wollte sich einrichten. – »Ja, gerne.« Sie gingen einkaufen, das heißt Wera ging, während er sich die Gegend einprägte. Die Verlängerung der Flaniermeile entlang bis zum Fluss. Eine Fußgängerbrücke, von Buden gesäumt. Hier verkauften sie alles, was er von polnischen Märkten kannte, von Vietnamesenmärkten jenseits der Ostgrenze oder aus Istanbul. Dieselben Jeans und Dessous, Raubkopien von CDs und DVDs, Feuerzeuge, Badetücher mit Ferrari oder orientalischer Landschaft und selbstverständlich Lederjacken.
Ob sie Orpheus kenne. Sie stutzte, schaute ihn irritiert an und hatte mit ihrem perfekten Deutsch gerade diese Frage scheinbar nicht verstanden. – »Orpheus, den mit der Eurydike.« – »Ja, selbstverständlich, ich kenne ihn, warum fragen Sie?« – »Weil er ein Thraker war, wie ich hier gelernt habe. Sind wir nicht in Thrakien?« – »Doch, wir sind ganz genau dort. Orpheus kam aus den Rhodopen, ich meine, der mythische Orpheus. Unwahrscheinlich, dass es ihn wirklich gab. Der Mythos und der von ihm ausgehende Ritus waren aber in Thrakien stark verwurzelt. Er war nicht nur der, dem die Tiere und die Pflanzen gehorchten, er war auch ein Religionsstifter. Er war … Langweile ich Sie?« – »Nein, überhaupt nicht, ich möchte alles darüber wissen. Lernt man das hier in der Schule?« – »Es hat mich interessiert während des Studiums, in Sofia.« – »Dann kennen Sie sicher Professor Galla?« – »Ja, und Sie kennen den

Namen, weil wir Kontakt zu ihm aufgenommen haben. Das ist schon merkwürdig. Ich habe bei ihm studiert. Ich mag ihn nicht sonderlich. Er war streng, irgendwie unnahbar, besonders gegenüber Frauen. Aber es ist schon ein enormer Zufall. Ich bin erst kurz in Margaritas Abteilung.« – »Ist sie denn die Leiterin?« – »Nein, nein! Ich sage das nur so, nur für mich. Ich bewundere sie.«

Die Fahrt zum Tatort war gestorben. Zu weit für den verbleibenden Nachmittag. Stattdessen Literatur, die Wera heranschaffte. Die Thraker und ihr Gott Dionysos, ja der Weingott, aber viel mehr noch, und Orpheus. Alles aus ihrer Studienzeit. Sie habe leider alles vergessen. Zum Glück waren es bulgarische Bücher mit nur kurzen englischen Zusammenfassungen. Ein bisschen viel für seinen Bedarf. Aber er war infiziert.

Er kaufte eine Telefonkarte von einer der beiden Gesellschaften. Zufällig war sie blau und er musste draußen vom blauen Telefon aus anrufen. Margarita sei im Dienstgebäude, er könne jederzeit kommen. Ob man ihn abholen solle. – Nein. Kastner war nicht im Hotel. Löwitsch verirrte sich. Statt in die Petkowstraße geriet er auf einen Wochenmarkt. Gleich dahinter begann ein Gebiet ohne Straßenpflaster, ein Zigeunerviertel. Man ignorierte ihn. Die vor den Häusern etwas zu schaffen hatten, schauten nicht einmal auf. Zwei dunkle Burschen schossen auf ihn zu und fragten dann lässig nach der Zeit. Er zeigte seine einfache Swatch. Er geriet auf eine kurze Stalinallee, schließlich stand er vor dem bekannten Betonklotz.

Oben war Margarita allein in ihrem Büro. Er suchte instinktiv den Duft ihres Parfüms. Wie das nun sei mit Belintasch. Markow habe doch eine Wegbeschreibung versprochen. – »Vergessen Sie es erst mal. Tot ist tot. Wir sind auf die Täter aus. Wie gewünscht hier ein paar Adressen: Eine Zahnarztpraxis. Ein Schwimmbad. Ein Messepavillon. Ein Café. Eine Bibliothek.« – »He, gute Arbeit!« Langsam traute er denen alles zu. Laut fragte er, ob sie die Personen schon befragt hätten. – »Nein, die Liste ist ganz frisch und wir wollen, dass Sie da hingehen.« – »Ah ja. Sie meinen aber sicher nicht, dass wir als deutsche Polizisten gehen.« – »Sie haben es erfasst. Und wir wollen auch nicht, dass Sie beide gehen. Wir finden Ihren Umzug sehr praktisch. Sie sind jetzt auf einem ordentlichen Educational Leave, auf einer Bildungsreise. Vielleicht sind Sie ein Lehrer, der seine Ferien auf den Spuren der Antike verbringt?« Diese Bulgaren waren scheißclever. Schickten ihn nach vorne. – »Und Sie bleiben im Hintergrund, ich meine, Sie beschatten mich dabei?« – »Exakt! Zwei von uns und Ihr Kollege. Sie sind der Frontmann.« – »Dann hole ich mal gleich den Wagen aus dem Hotel.« – »Den brauchen Sie nicht. Sie sind einer, der so etwas zu Fuß macht. Das sieht man gleich. Sie sind der rustikale Typ. Der Teil der Stadt, in dem Sie sich bewegen werden, ist klein. Kreuzchen im Stadtplan sind verboten!« Bei dem letzten Satz hatte sie tatsächlich den Zeigefinger gehoben. – »Im Notfall sind wir bei Ihnen.« War in dem »with you« eine Spur Wärme gewesen? Nicht, dass er da gerne etwas gehört hätte, einen veränderten Ton vielleicht. – »Fünf Uhr nachmittags Kurzkonferenz hier. Sie fangen mit dem Schwierigsten an. Hatten Sie nicht Zahnschmerzen?« Ein schönes, souveränes Lächeln aus offenem Gesicht. – »Ja, immer. In meinem Mund sieht es nicht gut aus.« – »Fein«, sagte sie, »wir fahren Sie zu Ihrem Termin.«

Ein farbloser Lada, knappe Begrüßung. Petar und Dimitar, die Namen so klar wie die Kerle. Er hievte sich neben Kastner in den Fonds. Dieses Auto roch überhaupt nicht nach Italien. Auf dem Weg sah er das sowjetische Monument auf seinem Hügel kurz einmal durch die Bäume. Sie fuhren durch Gründerzeitfassaden, grau oder in verwaschenen Gelb- und Rottönen. Rasch verlor er die Orientierung. Petar wies eine lange Straße entlang, die sie kreuzten: Bahnhof – dort, Hotel *Trimontium* – hier. Als sie hielten, schaute er auf die Uhr und sagte: »Tschüss!« Es war 15 Uhr.

Im Hof des bezeichneten Hauses der Aufgang zur Praxis. Er hatte Zahnschmerzen. Eine Frau mit wunderbar geschwungener Nase öffnete, auch die Frisur sah nach Flamenco aus, der dunkle Teint, nur die Augen hell. Ein schmales Wartezimmer und ein eher gemütlicher, bescheidener Behandlungsraum. Ein dunkler Wohnzimmerschrank mit Vitrine.

Nach kurzer Durchsicht fing sie an, die Zähne links unten abzuklopfen. Der letzte war es, nicht sehr weit hinten. Mit einem getränkten Wattebausch testete sie, ob er lebte. Zum Glück tat es weh. Röntgen! Sie malte den einfachen Weg auf ein Blatt mit deutscher Medikamentenwerbung. Danach sollte er mit der Aufnahme wiederkommen.

Er kannte Treppenhäuser wie jenes, das er zwei Querstraßen weiter erklomm, aus der DDR. Es war eine ehemalige Poliklinik, deren Ärzte sich mit dem Einzug der Marktwirtschaft hatten selbstständig machen müssen. Er ent-

zifferte die Wörter Kardio, Psychiatrie, Tomographie auf den Hinweisschildern. Die Röntgenstelle in zwei kahlen Räumen an einem langen Flur. Er wartete vor einem vollen Aschenbecher auf die Aufnahme. Nach zwanzig Minuten stand er wieder vor der Zahnärztin. Sie reichte ihm nur bis zum Kinn. Zur Behandlung setzte sie wieder die Brille auf. Dass er Deutscher war, hatte sie vorhin schon erfahren. – »Urlaub?« – »Ja.« – »Allein?« – »Allein.« – »Hotel?« – »Nein, Altstadthaus.« – »Wie?« – »Connection.« – »Hm?« – »Ein Freund, ein Geschäftsmann, der schon einmal in Plowdiw war, Olaf D.« Sie erklärte ohne Reaktion die weitere Behandlung. Er müsse entscheiden, ob sie nur die Wurzelbehandlung durchführen oder eine Krone machen sollte. – »Billiger als in Deutschland! Wie lange sind Sie hier?« – »Zwei Wochen«, hörte er sich sagen. Das war realistisch. Wenn er weiter so auf die Piste ging, würde es dauern. – »Morgen zehn Uhr.« Sie stempelte einen der Werbezettel, wegen der Telefonnummer. Sie hieß Elena.
Schwüler Mief erfüllte die nächste breitere Straße, die er ein kurzes Stück ging. Außer Sichtweite der Praxisfenster nahm ihn die Troika wieder auf. Wo kam dieses Wort jetzt her? Ein dreispänniger Schlitten im Schnee. Sonnabendnachmittags vier Uhr, Professor Flimmrich, Kinderfernsehen der DDR. Sie setzten ihn an einer Treppe ab, die unmittelbar zu seiner Straße hochführte. Seine niedrige Tür im Hoftor. Er holte die Badehose aus dem Koffer und griff das neue Badetuch. Das Schwimmbad lag jenseits des Flusses und gehörte zu einem modernen Hotelhochhaus. Vorn an der Rundbar sollte die Dame sein, um die es ging. Er sah nur eine junge Frau, vielleicht eine Studentin, die Glä-

ser putzte. Sie kassierte für den Pool. Der Preis war auf Ausländer zugeschnitten. Das Becken keine zehn Meter lang. Auf einer der Plastikliegen ein Typ mit behaartem Schmerbauch. Der Feierabendverkehr rauschte auf der Uferstraße. Er schwamm wie immer zu schnell und wenig ausdauernd. Außer Puste trocknete er sich ab und ging auf ein Bier an die Bar. Vielleicht war sie doch keine Studentin. Schulterlanges Haar, ein rundes Gesicht. Anfang zwanzig. Nach innen gekehrt. Ob hier sonst mehr Leute wären? – Ja, abends und an den Wochenenden natürlich. Das war ausführlich. Ihr Englisch klang besser als seins. Er ging es direkt an: Ob sie Tipps hätte für einen, der sich für die thrakischen Wurzeln der Stadt interessierte. – Ob er geschäftlich hier sei, fragte sie zurück.
Nein, im Urlaub, aber Lehrer und sozusagen von Berufs wegen an den alten Sachen interessiert. – Was er denn schon gesehen hätte ... Er sah sie so lange an, bis sie stutzte: »You're fine?« – »Ja, danke, mir geht es gut, gut.« Er hatte eine Tochter, er war Thraker, sie war seine thrakische Tochter. Er hatte sich übernommen. Was war das für ein Bier? Er schlotterte wie der Vater, der sich auf dem Zehnmeterbrett wiederfindet, weil er es seinem Kind versprochen hat. Er schreckte hoch: »Wie gehen Sie eigentlich mit Ihrer Vergangenheit um?« Sie riss die Augen auf, ebenfalls hochgeschreckt aus ihren somnambulen Bewegungen: »Wir leben in der Gegenwart, das ist schwer genug.« – »Aber Ihr Land, Ihre Kultur, sie sind doch uralt, sie sind schön und faszinierend.« – »Ja, und?« – »Ich wäre gerne Bulgare, ich wäre gerne Thraker. Ich hätte ein Pferd, ich ritte den Fluss entlang bis an das Meer.« – »Sie sind ... ein bisschen ver-

rückt, oder?« – »Ja, ja, verrückt. Ich habe mich verliebt.« – »Wie bitte?« – »Ich habe mich in Ihr Land verliebt. Ich bin jetzt zwei Tage hier und bin total verliebt.« – »Sie sollten ein bisschen schlafen, Sie sollten hochgehen in Ihr Zimmer.« Eine starke Bö rauschte durch die Pappeln. – »Ich bin nicht hier im Hotel, da drüben, auf dem Berg.« – »*Hebros*?« – »Jaja, da oben.«
Er zog sich an, winkte ihr zu, hatte Tränen in den Augen, war plötzlich auf dem Altstadthügel, in seinem Bett. Er schwitzte wie ein Tier. Er schaffte es, eine Mücke an die Wand zu klatschen, die andere erwischte ihn schon zweimal vor dem Einschlafen. Draußen Wind. Hier drinnen stand die Luft. Die Fenster waren zu klein. Ein Donnerschlag und fette Regentropfen. 20.08 Uhr auf dem Reisewecker. Zwei Stunden hatte er gepennt. Blitzflackern draußen, noch ein fetter Donnerschlag. Im Regenrauschen das Piepsen von mehreren Autoalarmanlagen. Martinshörner, wohl Feuerwehr. Er musste Kastner sprechen. Warum kam der nicht? Er hatte hier nicht einmal Telefon. Das war lächerlich. Wie sollte das gehen?
Eine Sirene unten vor dem Haus. Ein unerhörter Krach. Das war der Türklopfer. Kastners Organ: »Löwitsch, mach auf, es geht los.« – »Was?« Schon saß er, diesmal in einem Einsatzwagen mit dem Peugeotlöwen auf dem Lenkrad. Über das nasse Pflaster wie in Sprüngen. – »Dein Bad heute war ein Volltreffer. Die junge Frau.« – »Was?« – »Hat versucht, sich das Leben zu nehmen. Ist observiert worden, seit du da warst. Wohnt in einem Plattenbauviertel nicht weit weg. Springt aus dem fünften Stock dem Kollegen quasi vor die Füße.« – Meine Tochter. Löwitsch zitterte.

Die Reise in den Osten, in die Unterwelt hatte begonnen. – »Was ist los?« – »Extremer Tiefdruck, schlägt aufs Hirn.« Als sie ankamen, war schon alles in Auflösung. Löwitsch wollte unbedingt einen Blick auf sie werfen. Er durfte in den Krankenwagen klettern, nachdem Markow sein Okay gewinkt hatte. Ihr Kopf war verbunden. Das runde Gesicht darunter, rehbraune Augen, über die langsam die großen Lider auf und zu gingen. Sie sah ihn offenbar nicht. Kastner war inzwischen oben in der Wohnung. Löwitsch folgte ihm. Sehr aufgeräumt. Blaue Gardinen. Blaues Sofa. Blaue Vasen. Ein Poster aus Griechenland, weiße Häuser, blaues Meer. Sie hieß Kora Radowa. – Kora, meine Tochter.

Löwitsch ging zu Fuß mit Kastner über den Fluss zurück Richtung Altstadt. Der Wind zerrte an ihren Jacken. Ein Fischer stand unten im flachen Wasser, als wäre nicht dunkler Abend und als hätte es nicht eben noch gegossen. Kastner hatte sich mit den Bulgaren ins Benehmen gesetzt. – »Der Aufhänger ist eigentlich die Bibliothek. Du lachst dich tot, es ist die Deutsche Bibliothek von Plowdiw, nicht weit von deiner Edelbehausung. Da sind sie aber dran.« – »Und warum schicken sie mich verkehrt herum?« – »Das leuchtet doch ein. Aber sag lieber mal, worüber du eigentlich mit ihr gesprochen hast?« – »Ich war verrückt, ich hatte eine Vision. Es ging sehr schnell.« – »Schon gegessen? Wie gestern?« – »Gute Idee.«

4

Es war neun Uhr. Umgestellt auf Balkanzeit. Im Bad-Wandschrank zu duschen erforderte eine gewisse Technik, jedenfalls für einen schweren Mann wie Löwitsch. Zähne putzen und sich rasieren konnte man vor den geöffneten Flügeltüren, das Waschbecken war so tief wie das ganze Ding. Er ging über die Straße auf einen großen Kaffee, der genauso wenig kostete wie ein Espresso, serviert von einer freundlichen Hausfrau. Der Besuch bei Zahnärztin Elena kollidierte mit der Zeit, zu der er Hunger bekommen würde. Ein Stück weiter unten, in dem kleinen Gassennetz jenseits der Unterführung, hatte er zwei Lebensmittelgeschäfte ausgemacht. Die Grundversorgung schien gesichert. Jetzt war es aber leider zu spät dazu. Er hastete vom Dshumajaplatz die Hauptstraße entlang, bog rechts beim Rundfunksender ab, durchquerte einen Park, glaubte, er hätte sich verirrt, kreuzte nach einem Blick auf den Stadtplan, schwer atmend und angeschwitzt, dann doch die Straße »Bahnhof dort – Hotel *Trimontium* hier«, fand die Ecke, den Eingang hintenherum und war pünktlich.

»Come in!«, klang es fröhlich wie beim Wiedersehen alter Bekannter. – »Der Zahn?« – »Ruhig.« – »Na, mal sehen.« Während sie die Spritze aufzog, fragte er nach den Thrakern. – »Thraker?« Ja, er sei in einer thrakischen Stadt sozusagen. Ob sie etwas empfehlen könne. Ja, sie wisse da schon etwas. – Auto? Hm, Bus ginge auch. Ihr Mann hät-

te ein Haus in den Rhodopen. Wenn er das nächste Mal im Lande sei, vielleicht. Die linke Kinnlade war taub. Der Nerv wurde herausgefädelt. Sie wiederholte fröhlich das Angebot mit der Krone: »Billig.« – »Nein, danke.« – »Drei Stunden nichts essen. Montag nächster Termin.« Die Señora ließ sich nicht locken.
Hungrig zum Messepavillon. Die Troika nahm ihn nach ein paar Schritten wieder auf. Kastner gab einen blöden Kommentar zu seinem geröteten Mundwinkel ab. – »Leck mich.« Er wäre seinen Kompagnon jetzt liebend gerne losgeworden. Sie setzten ihn an der Brücke mit den überlebensgroßen Sandsteinfiguren ab. Er hatte keine Idee, wie er an die Chefin des Blauen Pavillons herankommen sollte. Ging erst einmal ein paar Schritte unter den Kastanien der verwahrlosten Promenade entlang. Schaute auf das schwere Gerät, mit dem sie unterhalb der Brücke im Flussbett herumfuhren. Zwei Angler standen unweit davon im schnell strömenden, flachen Wasser. Hier vorn, unterhalb der Begrenzungsmauer, lagen Gärtchen auf dem Gelände, das bei Hochwasser zum Flussbett gehörte.
Sie trug ein marineblaues Kostüm. Lange Kragenecken einer weißen Bluse über dem Revers der Jacke. Goldkettchen mit Herz am Hals, auch an den Handgelenken klimperte es. Ihr Büro sehr einfach. Sie bot ihm Kaffee an. Er hatte sich als Freund von Olaf D. vorgestellt, den sie ja kenne. Kein Vorbehalt, ein sachliches Lächeln. Mr. D. sei ein Agent gewesen, hm, einer, der Kontakte vermittelt: »Ein Agent, der Leute zueinander bringt, die einander kennen sollten. Kommen Sie selbst auch aus Hamburg?« – »Ja, ich bin eigentlich mit ihm hier in der Stadt verabredet. Es geht um

sein Orpheusprojekt.« Davon wusste sie nichts. Sie kenne nur den Freund von Freunden. Wenn er wolle, kommenden Montagabend sei im – »ich schreibe es Ihnen gern auf« – Balabanowhaus eine Vernissage. Da könnte sie ihn bekannt machen mit einigen Leuten, die auch D. kennen. Der würde sicher auch dort sein. Löwitsch staunte nicht. Sehr gerne würde er kommen. In welchem Hotel er sei. – Wie D. im *Hebros*? Sie wusste, wo D. übernachtet hatte. Jetzt musste er sich doch auf die Zunge beißen. In einem Altstadthaus eingemietet, das fände sie aber schön. Das Balabanowhaus sei direkt daneben. Noch keine Altstadtführung gemacht? Da würde es aber Zeit. Das hätte ja Olaf machen können. Er solle bei der Verwaltung seines Hauses nachfragen. Die vermittelten das. – »Bis morgen! Und bringen Sie Olaf mit.« Löwitsch konnte sich nicht verkneifen, ihr zu sagen, dass der aus dem Hotel ausgezogen wäre. Er habe ihn noch gar nicht getroffen. – »Na, da warten Sie mal ab. Er wird morgen kommen«, beruhigte sie ihn.
Und hinaus. Er wollte in die Luft springen. Unterzuckert und euphorisch, wie er war, hätte er sich beinahe in den Lada gesetzt. Die Jungs taten so, als unterhielten sie sich angeregt und zeigten ihm die breiten Rücken. Löwitsch brannte der Magen. Der Hunger ließ ihn rascher gehen, über die Brücke, an den Arbeitern mit den Teerbesen vorbei. Eine große Pizzaecke auf die Hand für einen Lew, das war in Ordnung.
Die nächste Station war das Café. Zu seiner Überraschung führte die Adresse zu dem Internetcafé, das Kastner und er schon kannten. Kastner saß an einem der Rechner, als er das Treppchen hinaufstieg, einen Kaffee und eine halbe

Stunde online orderte. Keine Frau zu sehen. Ein kantiger Unrasierter beugte sich vorn über die Zeitung. Der für die Rechner zuständige Bursche verträumt. Erst einmal online mit Hamburg. Sie gingen auf einen codierten Chat mit dem Chef. Keine Verbindung der Damen nach Deutschland. Aber Bingo bei Orpheus@zjn.net. – Gut, Löwitsch. Zu der Adresse gab es eine feine Domain. Nichts Illegales. Unser Orpheus hat Kurse angeboten, Schreibkurse. Es gingen nur Mails von Frauen ein. Callboy? Sanfte Massagen für die Hausfrau? Der Chef empfahl, den Bulgarinnen näher zu treten. Ihr Rückflug war schon auf Montag umgebucht worden. Aber Montag sollte die Vernissage mit dem Geist von Olaf D. sein. So genehmigte Hamburg eine Verlängerung bis Mittwoch. Löwitsch gab »Orpheus« in die Suchmaschine ein.

Irgendwann tippte ihm der Computertyp auf die Schulter, weil die halbe Stunde um war. Kastner hatte schon bezahlt und ihn auf die junge Frau aufmerksam gemacht, die inzwischen die Kaffeemaschine verwaltete. Sie bediente auch an den drei Tischen draußen in der Sonne. Er orderte eines der labbrigen Sandwiches bei der blassen Hochgewachsenen mit den wasserblauen Augen. Er solle sie von Olaf D. grüßen. Sie schüttelte den Kopf. Kein Englisch. – »Grüße von Olaf D.« Kein Deutsch. – »Balabanov's House on monday?« Sie stieg wortlos die kleine Treppe zum Café hoch. Der Unrasierte kam abkassieren. Löwitsch zuckte mit den Schultern, zahlte und zog ab. Dimitar stieg in der Nebenstraße aus dem Lada, um hier Stellung zu beziehen, während Löwitsch die Bibliothek ins Auge fasste. Angeblich die Höhle des Löwen.

Noch zwei Stunden bis zur Konferenz. In einer stillen Gegend der Altstadt das Tor unter einem Steinbogen. In einer überbauten Hofecke im Halbdunkel ein Tisch mit Plastikdecke, ein Bier darauf. Dahinter ein schweigender Mann. Ein Pfeil wies auf eine schwere, rohe Tür. Eine Stiege. Oben würde man als Zielscheibe auftauchen. Das erste Mal, das sich ihm hier die Nackenhaare sträubten. Ein großer Raum, ein Podest, darauf ein Schreibtisch mit Monitor, hinter dem ein dunkler Frauenkopf erschien. Von dessen Nase wurde die Brille genommen, mehr war nicht zu sehen. – »Guten Tag«, sagte sie auf Deutsch. – »Hier kommt wohl selten jemand vorbei?«, fragte er. – »Es sind genug. Mögen Sie einen Tee?« – »Gern, aber woher wussten Sie eigentlich, dass ich Deutscher bin.« – »Ach, wissen Sie …« Er ahnte ihre Gestalt mehr, als er sie ausmachen konnte unter der fließenden Kleidung unbestimmter Art. Alles schwarz, weich, warm. Es musste am Licht liegen. Er kannte sie. Er hätte es schwören können.
Der Raum war dunkelbernsteinfarben vom Holz. Sie saßen in einer Ecke, die er zunächst gar nicht bemerkt hatte, in einer Nische bei ihrem Schreibtisch, auf niedrigen Polsterbänken. Löwitsch schaute in seine Teetasse. Entgegen seiner Gewohnheit nahm er Zucker und Milch. – »Schön haben Sie es. Olaf mochte das sicher auch.« – »Wieso mochte? Er mag es. Er kommt oft, seit er wieder hier ist. Sie sind Frank, nicht?« – »Ja.« – »Er hat gesagt, dass Sie kommen werden.« Löwitsch wusste, dass es ein Fehler war. Er verlor sich. Sie fragte. – »Nicht wahr, so war es doch?« – »Ja, so war es.«

5

Sie wussten, dass er weniger als zwei Stunden geschlafen hatte. Neben der blauen Telefonkabine hielt ein blauer, schlecht lackierter Lada. Kastner öffnete den Schlag. – »Guter Gag, oder?«
Fräulein Radowa habe Glück gehabt. Ein angeknackster Halswirbel, Schädeltrauma, vergleichsweise leichte Frakturen an den Gliedmaßen. – »Sie ist noch jung, das verwächst sich«, sagte Margarita, ohne jemanden anzublicken.
Markow wollte die Pferde nicht scheu machen. Statt sie vorzuladen, hatten sie mit der Leiterin des Messepavillons eine Verabredung zum Mittagessen getroffen. Löwitschs nächster Zahnarzttermin läge gut. Bis dahin wüssten sie mehr. Die junge Frau aus dem Café, Frau Lasarowa, habe sofort nach Löwitschs Abgang telefoniert. Sonst nichts. »Wie verfahren wir in Sachen Deutsche Bibliothek, Bernd?« Er würde anrufen. Nach der Sitzung. Kastner fragte, ob sie die Mariza schon abgesucht hätten. Sie verstanden nicht. – Nach dem Kopf des Opfers natürlich. Löwitsch wusste wieder, was er an dem Typen schätzte.
Er ging ohne Umschweife zurück in die Altstadt, über den so genannten Montagsmarkt, an der kleinen romanischen Kirche vorbei, die wie tot am staubigen Hang hockte. Am liebsten hätte er etwas für Kora gekauft, ihr Obst gebracht. Absurd. Er wusste weder, in welchem Krankenhaus sie lag, noch wusste er etwas anderes von ihr als die Augenfarbe.

Wenn der Zusammenhang so stimmte, dann hatte er sich schief und krumm eingemischt. Vielleicht sollte er es jetzt endlich direkt tun. Schon stand er im Hof der Bibliothek. Der beinahe unsichtbare Mann hinter dem Tisch hatte eine Stimme: »Heute ist zu!« Er griff dennoch zur Türklinke, öffnete und stieg hoch. Als er oben war und das Damenkränzchen eben ausmachen konnte, hatte der robuste Hausmeistertyp ihn schon eingeholt und deutete unmissverständlich auf den Ausgang. Lidia, die Bibliothekarin, schickte ihren Zerberus mit einem Wink wieder hinunter. Jetzt erkannte Löwitsch die anderen beiden. Señora Elena wollte sich vielleicht einen Reiseführer Norddeutschland ausleihen? Und dem blassen Wesen aus dem Internetcafé täte sicher ein Sprachkurs gut. – »Willkommen, Hadshi Dimitar, mein Freund«, drang Lidias, der Bibliothekarin, Stimme an sein Ohr. Er verstand die Anspielung nicht: »Und Bergfeen, wunderbar im Ebenmaß, sie lassen um den Held im Kreis sich nieder. Die eine legt Heilkräuter auf die Wunde, die zweite kühlt die Stirn mit Wasser sacht, die dritte küsst ihn lind mit flinkem Munde – er sieht sie an, und sie, die liebe, lacht. Christo Botew, lieber Frank, unser größter Dichter.« Die Zahnärztin grinte ihn an: »Frank?« Sie hatte bei dem ersten Termin seinen Personalausweis gesehen. Fräulein Internet Blauauge blickte finster.
Löwitsch schaltete auf direkt. Sie sollten sich nicht wundern. Er suche seinen Freund Olaf D. Der sei verschwunden. Er sei nun in seinem Urlaub nach Bulgarien geflogen, um ihn zu suchen. Es gäbe nämlich sonst keinen, der sich kümmern würde. Ob sie ihm helfen wollten. – »Sehr ger-

ne, lieber Bernd.« Lidia machte keinen Hehl daraus, dass sie Bescheid wusste und in dem Grüppchen das Sagen hatte. Dass ihr Freund Olaf verschwunden war, veranlasste sie aber nicht zur Nachfrage. Dabei hatte sie gestern das Gegenteil behauptet. – »Wir werden dir helfen. Du brauchst dich nicht zu sorgen, Bernd. Wir werden es gleich angehen. Du solltest Urlaub machen. Weißt du eigentlich, was Olaf macht, seit er hier ist? Urlaub. Er fährt herum. Er könnte auch jetzt wieder in den Bergen sein. Seine Begeisterung für die Landschaft Bulgariens ist wie eine fixe Idee. Er meint, er sei im Paradies. Er treibt sich irgendwo in den Wäldern herum, ich bin ganz sicher.« Elena wiegte den Kopf, als hätte sie alles verstanden. – »Wir arrangieren die Reise für dich. Wie lange hast du Zeit?«, fragte Lidia. Elena antwortete zu seiner Überraschung: »Zwei Wochen.« Er taumelte. Ihn fröstelte. Das Licht. – »Wie heißt denn sie?«, fragte er nach dem großen Blauauge. – »Viktoria.« Sie war etwas größer als er. Ausgerechnet sie wurde ihm zur Seite gegeben.

Er sah sich selber, wie er zunächst den Hügel hinunterstieg, an seinem Haus und dem *Hebros* vorbei, durch die Unterführung hinüber ins Gassengewirr. Ein winziger Raum konnte vielleicht ein Reisebüro sein. Der Kalender einer Fluggesellschaft mit einem Palmenmotiv klebte auf Jahrzehnten Fliegendreck. Viktoria verhandelte. Eine Vettel am hinteren Tischende zählte ungeniert Geld. Die Dame vorne fragte ihn etwas auf Englisch. Er nickte es ab. In die Rhodopen hinauf. In die Stadt, die am weitesten oben lag, tief drinnen in den Bergen. Danach nahmen sie den Bus bis zum Bahnhof. Sie durchquerten ein Labyrinth von

Gängen, in denen alles verkauft wurde, was überall verkauft wurde. Jeder zweite Glaskasten präsentierte Spitzenunterwäsche. Was für ein Bedarf. Ihm war schlecht von dem Gedränge. Sie stiegen hoch zum Rodopi-Busbahnhof. Er hörte, wie Viktoria die Arrangements machte, und legte das Geld hin, als er aufgefordert wurde. Auf dem Ticket stand das Datum vom kommenden Dienstag. In dem Dieselgestank des scheppernden Busses, mit dem sie zurückfuhren, war er eingedöst. Er wachte erst wieder vor seiner Pforte auf, sie sagte: »Dowischdane«, und löste sich in Dunst auf.

Noch bevor er von drinnen wie üblich die Tür zuschließen konnte, polterte Kastner mit dem Türklopfer, schob den Benommenen an den Steintisch im Garten und interviewte ihn mit gezücktem Stift: Was die mit ihm vorhätten. Vorladungen für alle drei seien schon raus, aber erst für Montag. Die Kollegen sähen selbstverständlich keine Gefahr im Verzug. – »Nur unsere Zeit läuft hier. Ich will nicht ohne Ergebnis nach Hause. Und du? Mensch, du brauchst ja einen dreifachen Espresso!« Kastner schob Löwitsch aus der Tür und den Berg hinauf, an einem Lada vorbei, dem er ein Zeichen machte. Er schleppte ihn weiter hügelan. Ins Gedränge vor dem Amphitheater. Am Zaun, wo sie sich auf Caféhausstühle hockten, lungerten dunkel uniformierte Männer herum. Drüben auf den Bänken der Pizzeria saßen zwitschernde Mädels. Die schminkten sich und fädelten ihre Ärmchen in einheitliche T-Shirts, auf denen »Super Model« stand. Sie wurden von einer Dame und einem Herrn, die wie vom Staatsballett aussahen, eingewiesen. Die Bedienung klärte die Herren auf, dass morgen die

Ford-Model-Show liefe, die sie auf keinen Fall verpassen sollten.
Kastner hatte inzwischen die Namen in seinem Notizbüchlein, alles über Smoljan – so hieß der Ort, an den sie Löwitsch verschicken wollten – abgeschrieben, sich die Einladung ins Balabanowhaus wiederholen lassen. – »Hm, Olaf D. kommt dort also hin. Als Geist ganz bestimmt. Was ist unser Plan? Ich werde dich doch nicht aus den Augen lassen. Wenn es das ist, als was es gelten muss, das heißt, wenn die die sind, um die es geht, dann schwebst du, Löwitsch, in Lebensgefahr. Ist dir das bewusst?« Löwitsch wachte nicht wirklich auf. Er schaute verträumt, gab eine Art verliebten Zausel und wiegte langsam das Haupt, als ahmte er eine grazile Bulgarin nach. – »He, was haben die dir in die Suppe getan? Womit bezirzen die dich?« – »Mit nichts, mit garantiert nichts. Lidia ist wunderbar. Sie meint es sehr gut mit mir. Wie geht es meiner Tochter?« Kastner ging einfach drüber weg: »Fräulein Kora? Nichts Neues, noch immer auf der Intensivstation, über den Berg, aber noch nicht vernommen. Sie sind auch nicht sicher, ob sie es sollten. Die Zusammenhänge sind unklar. Ein blauer Lada, der in Frage kommt, ist auf keine der Frauen zugelassen. Die Namensliste ist aus einem anderen Raster gefallen. Es ist eher die ›thrakische Strecke‹. Hörst du bitte zu?«
Löwitsch glotzte hinüber zu den Mädchen, die sich auf den Werbezug durch das Ausgehviertel von Plowdiw vorbereiteten. – »He, Löwitsch, Mensch, aus dem Alter sind wir raus. Nein? Ist man nie raus. Sei's drum. Diese Frauen gehören zu Familien, die sich für rein thrakisch halten. Je-

denfalls Teile der Familien, sagen wir die Großeltern oder der mütterliche oder väterliche Zweig der Familie. Und nun treffen sich diese Frauen aus solchen Familien auf die merkwürdigste Art – und kennen, wie du herausbekommen hast, unser Opfer. Was für ein Zufall, was für eine thrakische Verschwörung in den schönen bulgarisch-deutschen Wirtschaftsbeziehungen! Was werden wohl die RWE dazu sagen, die hier in Energie machen?« Löwitsch konnte immerhin goutieren, dass Kastner sich kundig gemacht hatte. Der schloss: »Lassen wir die Kirche erst mal im Dorf. Die Damen werden nach ihren Alibis gefragt werden. Schaffst du es den Berg runter bis in die Petkowstraße? Dann bis später.«

Löwitsch nahm den kurzen Weg zu seinem Haus. Er ging noch zu der Blonden im Lädchen und nahm eine Flasche einfachen Weißwein mit. Er war schon wieder müde. Aber er rief sich zur Ordnung, trank noch einen langen Zug im Stehen aus der angebrochenen Flasche, verkorkte sie, stellte sie in den Kühlschrank und stapfte die Treppe hinunter. Das Treffen eine halbe Stunde später ergab, dass die Dame vom Messepavillon, Frau Michailowa, am fraglichen Wochenende mit ihrem Mann im Stara Planina, im Balkangebirge, bei Verwandten gewesen und an dem Montagmorgen selbstverständlich im Büro erschienen war. Um acht, wie immer, da sie stets vor den Büroangestellten dort sei. – Markow grinste: »Fräulein Radowa ist auf die Chirurgische verlegt. Sie wird jetzt nicht vernommen, um, ich wiederhole es gern, die jungen Pferde nicht scheu zu machen. Vom Kopf des Opfers keine Spur entlang dem bulgarischen Teil der Mariza, keine Meldungen bei den Polizeiwachen. Montagabend schauen wir uns die feine Gesellschaft der Bekannten von Olaf D. an. Ihnen, Löwitsch, werden als neuem Freund der Damen die Kontakte sicher zufliegen. Können Sie sich Namen merken?« – »Haha.« Wieder wollten die ihm etwas am Zeug flicken. Oder er verstand den bulgarischen Humor nicht.

Reflexhaft ging er zum Internetcafé am Zar-Simeon-Park. Viktoria begrüßte ihn mit einem nüchternen Handzeichen. Er sprach sie nicht an. Sie verstand keine seiner Sprachen und Hilfssprachen. Sie wies ihm einen Platz an und brachte ohne Nachfrage den Kaffee so, wie er ihn beim ersten Mal bestellt hatte. Statt sich mit dem Chef in Verbindung zu setzen, suchte er in der bildenden Kunst. Die Idyllen von Orpheus und Eurydike konnten ihm gestohlen bleiben. Obwohl Corots Rasenstück mit Seelen, das er gestern das erste Mal gesehen hatte, ganz hübsch war. Er brauchte die Leiche. Er wollte den Mord an Orpheus sehen. Wie zärtlich die zwei Nymphen auf das bleiche Gesicht im Wasser schauten. Auf einem anderen Gemälde das Haupt mit wallenden Locken, blassblau auf der Leier im Wasser, wie im Mondlicht, sehr hübsch. Interessanter die antiken Darstellungen. Immer hielt er die Leier hoch, der junge Mann, doch sie schützte ihn nicht die Bohne. Einmal kam ein Weib wie eine Amazone mit dem Schwert über ihn. Ein andermal eine ganze Gruppe mit Stöcken. Wie sie ihn rabiat bei den Locken griffen! Noch schärfer ging es bei Dürer zu, auf einer Website der Uni Bayreuth. Die zwei Damen hatten feiste Rutenbündel als Waffen, die Leier lag auf dem Boden, ein Erosknabe gab Fersengeld und ließ den Helden im Stich. Dessen Gesicht war von

Angst verzerrt. Schließlich aber sprang ihn ein Bild an, das ihm mal einer vorher hätte zeigen sollen. Offensichtlich eine Illustration aus einem alten Buch. Ob man hier etwas ausdrucken könne, fragte er statt Viktoria lieber den jungen Mann. Es ging. Wenn er das Markow zeigte, wäre doch alles klar. Fast alles. Nur von einem Motiv keine Spur. Er musste Lidia treffen.

Im farblosen Lada ums Eck saß nur Petar. – »McDonald's«, stieß er konspirativ kurz aus. Vor der Filiale stand ein weißer Sattelschlepper, auf dem kyrillisch die gelben Buchstaben mit schwarzer Kontur prangten. Kastner und Dimitar saßen im Fenster. Sie sahen ihn nicht. Mit ironischer Altherren-Begeisterung registrierte er die »Super Model«-Girls, die ihre Handzettel verteilten. Er holte sich eine Pizza an der kleinen Bude am Dshumajaplatz und ging die Saborna hoch. Unterhalb seiner Telefonbox vor dem Souvenirladen war kein Durchkommen. Die Eröffnung einer kleinen Galerie füllte den Platz. Die Leute waren auffällig bunt gekleidet. Es war nicht seine Szene, aber er wusste, dass so etwas in Hamburg distinguierter aussah. Zwischen Rödingsmarkt und Pöseldorf trug man sich nicht so lässig. Hier dagegen wehte es ihn richtig warm an. – »Gott, Löwitsch, du wirst sentimental auf deine alten Tage. Das Künstlermilieu macht dich an. Die ein bisschen familiärere Balkanversion.«

Inmitten der Gäste Señora Elena im Gespräch mit einem prächtigen Glatzkopf im weißen Anzug. Sie selbst trug tatsächlich ein Flamenco-Kostüm. Zumindest etwas, was ein norddeutscher Polizist dafür hielt. Löwitsch gesellte sich zu den Grüppchen vor der Tür und ließ sich ein Glas Wein kredenzen. Elena hatte ihn gesehen. Mit dem Lächeln des Erkennens kam sie herüber. Sie nahm seinen Handkuss entgegen. Sie hatte etwas getrunken. – »Lidia, ob sie ...?«, setzte Löwitsch an. – Nein, sie hat genug zu tun zwischen Bibliothek und Klub. Na ja, dem Damenkränzchen, das er zum Teil ja kenne. Über dessen Charakter solle er sich keine Sorgen machen. Es seien zwar nur Ladys dabei, aber die seien auch offen für das starke Geschlecht. Ihre Sprache war gelockert wie ihr Wesen. Löwitsch hatte einen Anflug von Stottern und die Wangen wurden ihm ein bisschen warm. Er griff sich noch ein Gläschen Mut von dem Tablett, das vorbeigetragen wurde. – »Elena, was ist das mit Ihren Augen?« – »Es ist das thrakische Element, mein deutscher Freund.« Sein Blick glitt für einen Sekundenbruchteil in ihr Spitzendecolleté. Der dunkle Teint kontrastierte göttlich mit dem weißen Stöffchen. Ob er etwas Schönes sehen wolle.

Mit den Gläsern in der Hand schlüpften sie durch mehrere Durchgänge und niedrige Türen, kletterten alte Treppchen hinauf und hinunter und standen schließlich im Hof eines hellblau leuchtenden Hauses mit geschwungener Fassade. Es war still. Ein bärtiger Herr mit einem Fez auf dem grauen Schopf schloss die dunkle Eisentür zu einem Häuschen an der Mauer auf, das wie eine Kapelle aussah. – »Die Masa«, flüsterte Elena, »das Schatzhaus.« Es krachte, als sei gestapelter Sperrmüll in Bewegung geraten. Als hätte das nichts mit ihm zu tun, trat der Mann würdevoll wieder unter der Tür hervor, schloss sie ordentlich hinter sich ab und ging hinüber zu dem herrschaftlichen Haus. Er trug gerollte Papiere unter dem Arm, aus denen mehrere rotweiße

Kordeln heraushingen. Ebenso würdevoll schloss er das blaue, weiß gerahmte Haustor auf und trat hinein in das dunkle Hausinnere. Sie hörten, wie er drei verschiedene Schlösser hinter sich abschloss. Löwitsch schaute verdutzt auf Elena, die sachte den Kopf wiegte, trank den Rest aus dem Glas und schon standen sie beide wieder in der geschwätzigen Menge. Er fragte sie nach Kora. Der Name sagte ihr nichts. Der Mann im weißen Anzug und eine junge Frau teilten die Menge mit je einem Körbchen, in dem chinesische Glückskekse lagen. Er brach seinen auf und las: »But night of poetry may catapult you out of life. O. D.« Löwitsch folgte dem Glatzkopf durch die Menge zurück in das Innere der Galerie. Er fragte ihn, woher sie diese Cookies hätten. – »Von einem Asien-Großhandel aus Solun, aus Thessaloniki.« – »Und die Zettel waren so darin?« – »Genau so.« Der Mann dankte ihm höflich für sein Interesse und fing ein anderes Gespräch an. Es war sehr warm. Er fand Elena nicht mehr und trollte sich in Richtung seiner Gasse. Er erreichte Margaritas Mobilnummer. Kastner sei bei ihr. Zwanzig Uhr zum Essen. Sie würden ihn an der Telefonbox treffen.

Sie nahmen das Abendessen auf der kleinen Terrasse eines abseits gelegenen Restaurants, ganz im Grünen. Margaritas leichte Gewänder raschelten und ab und an fiel ein Blatt von einem der Bäume auf den Tisch, länglich wie von den Trauerweiden, die an den Flussufern in Löwitschs Kindheit gestanden hatten. Die junge Wera war dabei, wieder in Pulli und Jeans. Sie wirkte noch zerbrechlicher und ziemlich abgespannt. Löwitsch hatte Schwierigkeiten, sich zu konzentrieren. Er fand den Kontakt zu den bulgarischen

Kollegen inzwischen sinnlos. Er war auf seiner eigenen Spur und dabei war ihm behaglich zu Mute. Margarita verlangte Rechenschaft. Mit welchem Recht eigentlich? Er wollte mit ihnen über etwas ganz anderes sprechen, die Berge, den Tatort. Es wäre wunderbar, wenn sie zusammen verreisten. Ansonsten sollten sie ihn in Ruhe lassen. Fragten ihn, was er mit der Adresse vom Krankenhaus wolle. Die junge Frau würde staunen, wenn er da aufkreuzte. Fräulein Radowa gehöre auf keinen Fall zum harten Kern der Gruppe. – »Was meinen Sie mit Gruppe?«, wollte er wissen. »Das ist doch alles Blödsinn.« Kastner beschwichtigte. Ob er eine Auszeit nehmen wolle, morgen. Eine knappe Stunde entfernt läge ein Kloster in den Bergen. Sie sollten sich das gönnen. – »Ist das nicht die halbe Strecke zum Tatort?« – »Nicht ganz, aber die Richtung stimmt.« – »Wenn es denn geht ...« – »Wieso geht, was sind das für Ausflüchte?« Löwitsch stand unvermittelt auf und verließ den Tisch noch vor dem Hauptgang. Kastner blieb ruhig und rief nur, er solle sich ausschlafen und: »Morgen früh um acht, claro?«

Unten am alten Burgtor hatte ihn Wera eingeholt. Sie stiegen schweigend aufwärts, bis es nicht mehr weiterging, und setzten sich auf eine befestigte Mauer der Burgruine. Die Sonne war weg, der Himmel über den Rhodopen zeigte die ganze Farbskala vom Tag bis in die Nacht. Das Gebirge verschwamm langsam. Ein paar Lampengirlanden führten auf die einzige sichtbare Ansiedlung hin. Wera erklärte ihm, auch sie entstamme einer thrakischen Familie. Sie kenne die Leute nicht näher, mit denen sie – und er speziell – in dem Fall jetzt zu tun hätten. Diese alten Geschichten seien

eigentlich nicht so lebendig im Alltag. Sie könne nicht glauben, dass das der Schlüssel zu dem Mord sei. Mord habe nichts mit der thrakischen Begeisterung zu tun. Er reagierte nicht. Sie schwiegen eine Zeit. Das Schweigen tat ihm gut. Sie gingen zu seinem Haus. Er zeigte ihr den Ausdruck des alten Stiches. Sie kannte die Fotos vom Fundort der Leiche auch: »Das ist kein Zufall«, sagte sie. Die sieben Teile – Körper, Arme, Beine, Kopf und Genitalien –, säuberlich voneinander getrennt. Er brachte sie hinunter zur Bushaltestelle. Ihnen entgegen zog das junge Volk der Stadt. Die Freitagnacht begann. Ob sie heute noch ausginge. Er sah ihr müdes Gesicht ganz deutlich in dem kalten Licht, bevor die Falttür des Busses zuflappte.
Er brauchte einen Umweg zurück, ließ sich zwischen den Leuten treiben, stand schließlich mit einem Toast in der Hand an der Ufermauer der Mariza. Es gab da einen kleinen Durchschlupf, ein Treppchen hinunter. Jetzt konnte er das Wasser hören. Der Boden schmatzte unter ihm, in einen Schuh lief Wasser. Oben lärmten die jungen Kerle und Mädchen herum. Aus offenen Autofenstern Dröhnen und Geschrei. Nicht weit von ihm am andern Ufer lagen die Messepavillons, links das Hochhaus des Hotels, zu dem das Schwimmbad gehörte. Dahinter zwischen anderen der Plattenbau, in den seine Tochter bald wieder zurückkehren würde. Er würde sie besuchen.
Der nasse Schuh quietschte auf dem Rückweg. Er wusch die Socken und hing sie über einen der schweren, alten Stühle. Er brachte kein Auge zu. Das Leben pulsierte um sein Lager herum. Zum krönenden Abschluss wurde ein schweres Motorrad kurz vor vier Uhr direkt unter seinem

Fenster angeworfen. Der Fahrer genoss den Sound. Löwitsch dachte an einen guten Freund in der Davidswache St. Pauli, der mit seinem Motorrad durch ganz Europa getourt war. Er bildete sich ein, das Geräusch noch eine Viertelstunde lang irgendwo in der Stadt zu hören.

6

Kastner war pünktlich und hielt ihm kurz nach acht eine gestauchte Papierrolle entgegen: »Steckte in deinem Briefschlitz.« Sie gingen zum Gartentisch. Es waren Kopien. Wie es aussah, von Gedichten. Handschriftlich. Deutsch. Penibel war jeweils das Datum vermerkt. Alles Ende Juli, Anfang August. – »Faszinierend«, sagte Kastner, »entzückend«, fand Löwitsch. Das war schon einen Ausflug in die Berge wert, versicherten sie einander, und nachdem Löwitsch abgewunken hatte auf die Frage »Du Ossi, du fahren?«, stiegen sie in den dunkelblauen Omega und prasselten aus der Altstadt heraus. Einmal querten sie aus Versehen den Fluss und passierten zweimal denselben Friedhof, danach stimmte am Christo-Botew-Stadion endlich die Richtung: Assenowgrad. »Hadshi Dimitar«, murmelte Löwitsch, lästerte über die unausgegorene Schrift von Olaf D. und gab seinem Chauffeur dann doch eine Lesung aus den gesammelten Werken des Toten.
Das erste Gedicht hatte er stockend gelesen und zögerlich aufgehört: »Hm, na ja, ähäm. Vielleicht irgendwo abgeschrieben? Klingt ziemlich altertümlich.« Löwitsch sah Kastner an, der stierte kommentarlos nach vorne, auf den porösen Asphalt.
Beim zweiten hatte Kastner weiter konzentriert auf die Straße geschaut und den Mund zusammengepresst, als habe jetzt er Zahnschmerzen. – »Wie findest du es?«, fragte

Löwitsch trotzdem. Er presste irgendetwas durch die Lippen, das klang wie »Gar nicht mal so übel, du kannst weiterlesen«. Löwitsch las:

»Istok (Osten)

Die Königin von Plowdiw
tritt aus dem Osten hervor.
Sie trägt die Krone aus dem Staub,
die alte Männer geschmiedet haben
in einer dunklen Werkstatt.

Aus krummen Hütten und Trümmern
von Karawansereien tritt sie,
die Königin von Plowdiw schreitet
über Stufen umgelegter Säulen,
die einst vor Tempeln ragten.

Ihr Kleid ist nicht von dem Markt,
Näherinnen vom Rande der Steppe
schufen nach Mustern aus Schiras.
Das ist so lange her, die Königin
weiß es und trägt ihre Würde,

wenn sie den Platz quert
und aller Blicke ihr nachgehn,
sonst nämlich kaum einer Frau,
die Stadt ist Schönheit gewohnt
auf ihrer Promenade.

Die Königin wird für uns lachen,
wenn sie den Bräutigam trifft
vor dem Caféhaus *Dreams*.«

Nun machte Kastner von selbst den Mund auf, obwohl sich seine Art zu fahren noch nicht entspannt hatte: »Ist irgendwie nett, wenn man weiß, wo es spielt.« Er lachte auf: »Café *Dreams,* hm, denkst du, er meint mit der Königin eine konkrete Person?« Löwitsch wusste es auch nicht. Er hatte seit der Schulzeit nichts mehr in dieser Art gelesen. Rechts die Kette der Rhodopen, die langsam näher kam, links irgendwelche Anlagen, die einen Flugplatz vermuten ließen. Er fragte sich, was dieser D. wohl für einer gewesen sei. Kastner sinnierte: »Wir sind ja auf seinen Spuren unterwegs. Er hat vor uns gesehen, was wir sehen. Klar, normal. Es liegt am Ausland, dass es anders wirkt. Vor wenigen Wochen ist er durch die gleiche Stadt gelaufen, nur dass er sie besser kannte als wir. Es war genauso warm. Die Mädels machten ihn genauso an.« – »Am Bahnhof finden wir den Bus, der wird uns in die Berge fahren zu dem alten Gott. Es könnte die Beschreibung seiner letzten Reise sein. Wer hat uns das durchgesteckt, ich meine, mir?« Kastner tippte für den Moment: »Wohl eine der Grazien.« Wer wohl in dem Gedicht in den Bus steige, zwei oder mehr Leute, spekulierten sie wie die Unterterzianer. Oder war es doch nur einer, der träumte oder größenwahnsinnig war? Löwitsch löste sich allmählich vom Papier: »Es wäre doch albern, wenn wir jedem dieser Stückchen Bedeutung beimessen würden. Was will der Dichter damit sagen? Sieht er sein Ende voraus? Hat er Depressionen? Das einzig Konkrete, wenn man es ernst nehmen könnte, ist, dass er es aufgeschrieben hat. Für wen? Orpheus für seine Eurydike?« Kastner zog kurz die Augenbrauen hoch: »Das weißt nur du allein, mein Freund und Kenner thrakischer Gesänge!«

Rechts tauchte eine Fabrik auf. Kastner referierte, dass hier Buntmetalle produziert würden, sehr rein und wertvoll und wichtig für das kleine Land. – »Klasse«, meinte Löwitsch, »wir spezialisieren uns. Du Landeskunde mit allem, was man sehen kann, und ich mehr so das Geistige, das, was über den Wassern der Mariza schwebt. Also höre weiter, du Mann des Realismus, was der Dichter spricht.«

»He, der war auch Realist«, sagte Kastner mit inzwischen gelösterer Fahrweise. Sie kamen durch Weinberge, die irgendwie ungepflegt wirkten und denen man keinen hohen Ertrag zutraute. Hier hatte es keine Flurbereinigung gegeben. Vermutlich gab es vor allem die Maschinen nicht, die den deutschen Wein immer so exakt frisierten. Während der letzten Epistel hatte Kastner mehrfach vor Begeisterung das Lenkrad geschlagen und gehupt. Löwitsch schwieg, merkwürdig berührt, nachdem er sich zu einem echten Singsang gesteigert hatte. Kastner fragte grinsend: »Wie heißt der Ort, für den sie dir die Fahrkarte gekauft haben?« – »Smoljan«, krächzte Löwitsch. – »Du schreibst vor Ort was Besseres, versprochen? Vielleicht einen historischen Roman über die Thraker. Aber schön mit Wald und Wiesen und Vögelchen.« Löwitsch bot noch ein letztes Gedicht an. Sie passierten währenddessen die Weinfabrik von Assenowgrad. Weißwein und den roten Mawrud kannten sie schon. Hier wurde angeblich sogar Whisky hergestellt.

Noch in der Stadt begannen die Berge, ging es aufwärts den Schildern nach zu einer Burgruine und zum Batschkowokloster. Die letzten Verse hatten sie wieder schwierig und auch nicht mehr lustig gefunden. Der Typ hatte vielleicht sein eigenes Ende vorhergesehen.

Hinter ihnen hatte schon eine Weile eine Sirene geheult. Jetzt kam das Heulen deutlich näher. Kastner nickte in den Rückspiegel und wiegte bulgarisch den Kopf. Löwitsch drehte sich um und schaute auf die Frontscheibe des allzu bekannten Alfas, auf dessen Dach eine blaue Haftleuchte saß. Markow, der am Lenkrad saß, überholte riskant vor einem Holztransporter, sein Beifahrer winkte, sie sollten folgen. Das Auto war voller Männer. Kastner gab ihrer Zweilitermaschine die Sporen. Im Ort Batschkowo bogen sie ab und rasten hoch bis vor das Kloster. Die Verkaufsstände mit ihrem Holzkitsch versanken in der Staubfahne, die sie hinter sich stehen ließen.

Drei Herren im schwarzen Ornat und der hohen Kopfbedeckung der orthodoxen Priester erwarteten sie schon. Sie schafften es keine Minute, die Würde zu wahren. Sie schnatterten und ruderten mit den Händen durch die Luft, während es den steilen Weg hochging in die geweihte Grotte. Davor zwei Polizisten, die Markow respektvoll salutierten.

»Hier ist die silberbeschlagene Ikone wieder aufgetaucht, die Muttergottes von 1311, nach einer Belagerung des Klosters«, wollte Kastner sein Wissen loswerden. Er hatte sich für ihren Ausflug etwas angelesen, brach aber ab, als er sah, was die ganze Gesellschaft zum Verstummen brachte. Auf dem Boden der Eremitengrotte stand in einer Pfütze ein Würfel aus klarem Eis, in den ein menschlicher Kopf eingeschlossen war. Löwitsch dachte: Es ist der Falsche. Alle waren fasziniert. Unten im Tal heulte es noch zwei- oder dreimal. Die Gerichtsmediziner kamen mit einem Kühlgefäß. Auf diese Art sahen sie die klassische Blonde wieder.

Und den jungen Mann mit dem dialektfreien Deutsch. – »Hübsch«, sagte der, »das ist doch einmal eine gute Idee.« – »So jung und schon so verdorben«, fand Kastner.
Der Kopf wurde abtransportiert. Markow klang irgendwie fröhlich und sein Tonfall wurde deutlich sächsisch, als er sagte: »Nu, das ist doch fein, nu braucht es bloß noch den Pimmel. Und wenn der auch so gut konserviert des Weges kommt, können Sie Ihren Landsmann bald vollständig mitnehmen nach Hamburg.« Sie stiegen wieder ab Richtung Kloster. Im Hof herrschte touristisches Gedränge. Ihre Gruppe erregte dennoch Aufmerksamkeit.
Die Vorsteher des Klosters hatten sich wieder gefangen. Im Büro des Abtes wurde ruhig und ernsthaft gesprochen. Er hatte die beiden Deutschen noch einmal ausdrücklich begrüßt. Dennoch gingen sie nach einer höflichen Viertelstunde, weil sie mangels Übersetzung nichts verstanden und sich überflüssig vorkamen.
In der Kirche im Zentrum des Klosterhofes konnte man vor Weihrauch, brennenden Kerzen und Andrang kaum atmen. Die Menschenschlange endete bei der heiligen Ikone. Die Leute stifteten Kerze um Kerze. Alte und Junge, Paare, Familien. Die Kerzen, verschieden weit heruntergebrannt, steckten so dicht nebeneinander in den eisernen Stellagen, dass die Hitze der einen die nächste krümmte und sie sich wie lebendig voreinander verneigten, ein Ballett mit unberechenbaren Figuren von Ruhe und Bewegung. Das Gesicht der Madonna, der dies galt, war dahinter kaum auszumachen. Von hier aus dachte man, sie trage einen gut gestutzten Vollbart. Er schaute sich unwillkürlich um, bevor Löwitsch eine Kerze vor einer weni-

ger begehrten Ikone derselben Dame mit Kind platzierte. Es war eine Angewohnheit aus seiner Zeit als verheirateter Mann. Birgit hatte in jeder Kirche immer sehr ernsthaft innegehalten vor dem Marienaltar. Hier in Batschkowo fiel ihm auf, dass sie nie über ihre Angewohnheit gesprochen hatten. Ihr sonstiges Leben war vollkommen unreligiös verlaufen.

Im Klosterhof machte sich ein Kamerateam zu schaffen. Kastner wies Löwitsch auf zwei große Blechkoffer hin, die beiseite standen: »Kopfformat, findest du nicht?« Und schön unauffällig. Seit Entdeckung des Kopfes waren jetzt drei Stunden vergangen. Da wären die Burschen aber beknackt. Sie wiesen Markow dennoch darauf hin, der dieselbe Idee gehabt hatte und tatsächlich zwei Beamte hinüberschickte. Eine Box zeigte innen die saubere Polsterform der Kamera und enthielt ein paar Objektive, die andere war voll gestopft mit Kabeln. Die Uniformierten prüften mit der Hand, ob die Kisten feucht waren. Eine Schnapsflasche kullerte aufs Pflaster. Eine Entschuldigung erhielten die verblüfften Jungs aber nicht.

Hinter Markow und seinen Leuten her ging es anschließend zu einem Kewabtscheta-Imbiss. Löwitsch erklärte, dass er den aus der Grotte nicht für den Kopf »unseres« Toten halte. Markow zog die Augenbrauen hoch. Man würde das sicher rasch klären. Das wüsste die Gerichtsmedizin Montag früh. Kastner konnte ein leichtes Grinsen zu Löwitsch hinüber nicht unterdrücken. Das hieß übermorgen. Am Wochenende soll man aber auch wirklich nicht arbeiten! Markow fuhr fort: »Ich halte das hier für alles andere als Zufall. Wir haben nicht alle Tage Leichenfunde, schon

gar nicht solche. Vielleicht ist das bei Ihnen im Westen verbreitet. Es gibt zwei Übereinstimmungen: Beide Mal ein besonderer, kultischer Ort, beide Mal Teile einer Leiche. So weit, so gut. Beide Mal fällt der Aufwand auf, der getrieben worden ist. Wer hat schon ein Eisfach zu Hause, in dem er einen Eiswürfel von diesen Ausmaßen herstellen kann? Ein Kühlhaus, ein Schlachthaus vielleicht.«
Sie stellten eine Liste der Abfragen zusammen. Löwitsch bestellte Rakija und es kamen hundert Gramm. Kastner probierte etwas mit Namen Bosa. Es lief unter Landeskunde. Ein Getränk, mit dem die Kinder aufwuchsen. Auf Malz- und Milchbasis. Schon ein kleiner Schluck machte die Zunge filzig. – »Sehr gehaltvoll!« Löwitsch schwärmte von Berliner Weiße. Das sei das Getränk, womit die Gören in Berlin frühzeitig an den Stoff gewöhnt würden, der das Abendland zusammenhielte. Apropos Abend: »Wie geht es denn weiter mit dem angebrochenen Tag?« Was er nicht sagte, war, dass er die Ford Model Show nicht verpassen wollte.
Auf dem Rückweg legte Kastner noch einmal los: »Das Buntmetallkombinat, der Baumwollanbau in der Thrakischen Ebene.« – »Wie bitte, Ebene?« – »Ja, das platte Land hier heißt so, Schwemmland der Mariza alias Thrakische Ebene.« – »Wohin auch das Auge blicket«, summte Löwitsch, aber »Moor und Heide« passten nicht. Am liebsten wäre er, Löwitsch, wieder zurückgefahren, tiefer in die Rhodopen hinein. Kastner hätte den nördlichen Höhenzug vorgezogen, das Balkangebirge. – »Es zieht uns zu Höherem, haha.« Löwitsch empfahl Kastner die Strategie für den Abend: »Du gehst mit Margarita zur Ford Model

Show.« Der ging vom Gas und schaute ihn so lang an, wie ein Fahrer den Beifahrer nur anschauen kann, während vor ihnen ein russischer Lkw und ein W 50 (seligen Angedenkens, zuckte es in Löwitschs halb besoffenem Kopf) nebeneinander qualmend die Straße blockierten. Kastner wurde dienstlich: »Ich sage dir, was wir machen. Du nimmst eine Dusche bei mir im Hotel. Dann einen doppelten Espresso auf meine Kosten. Und anschließend gibt's Gedichtanalyse. Will sagen: Zusammenhänge. Ich habe da vorhin etwas gehört, das mich richtig neugierig gemacht hat. Um wen es sich bei den angedichteten Damen handelt, können wir uns ja ungefähr vorstellen. Dann machst du Besuche und gibst immer gleich Bericht ab. Dumm, dass wir keine Privatadressen haben, außer von Fräulein Kora Radowa, ausgerechnet.«

In der Stadt trennten sie sich doch. Samstagabend in der Stadt der Frauen. Kastner sah nichts. Er hockte sich, mit einem Block bewaffnet, vor das Café *Dreams*, das dem Hotel nahe lag, und verband Namen, Orte und Ereignisse mit Linien.

Löwitsch sog die Backen ein und ging auf die Pirsch. Unwillkürlich fand er sich zunächst am Fuß des so genannten Uhrenhügels wieder. Eine ruhige Wohngegend, die er von vorletzter Nacht kannte. Nur das Haus fand er nicht wieder. Die Gründerzeitvillen waren vergleichsweise intakt. Die schmiedeeisernen Tore in den Zäunen auch. Er suchte vergeblich den Namen Alexandrowa, wenn es überhaupt Namensschilder gab. Was hätte er auch gefragt, hätte vielleicht ihr Mann geöffnet? Warum sollte sie keinen Mann haben und Kinder und Enkel womöglich?

»Du gottverdammter Laie!«, schrie es in seiner Kopflosigkeit. Er stolperte zum Internetcafé hinunter. Viktoria war nicht dort. Die Finger hackten wieder Orpheus in die verschiedenen Suchmaschinen. Nichts Neues unter der Sonne des World Wide Web. Ausgelatschte Pfade. Das Ding war immer nur so schlau wie der Nutzer vor der Mattscheibe. Schließlich gab es nicht einmal neue Mails. Seine Schnellpost-Partner setzten aus, nur weil er verreist war. Als sei das hier der Briefkasten am Haus. Der unrasierte Mann am Rechner verfiel ins Brabbeln, während die Selbstbeobachtung immer schlimmer wurde. Das Odeur des eigenen Achselschweißes scheuchte ihn davon.
Nach kurzem Zögern und Hinaufschauen – er erinnerte sich nicht im Geringsten daran, wie die Wohnung lag, welche Fenster es sein mochten – klingelte er bei Radowa. Der Summer in dem angenagten Türrahmen ging, er drückte die vergitterte Glastüre auf. Es war kurz nach acht Uhr. Der Fahrstuhl in der düstersten Ecke. Er drückte den schiefen Knopf neben der oberen der Ziffern, die laienhaft ins Aluminium geschlagen worden war. Eine schlanke, männliche Person stand in der Türe links am Ende des Flurs. Kein Ärger zu befürchten. Leider kein Deutsch und kein Englisch. Er nannte Koras Namen. – »Nicht zu Hause.« Löwitsch zeigte mit dem Finger auf den jungen Mann und fragte, wer er sei. Der verstand und es kam im herrlichsten Russisch der ersten Schullektion: »Menja sowut Angel.« Ein Engel für Kora. Löwitsch ließ die Schilde ganz runter, nur Nase und Augen auf. Vertrauensbildend sagte er selbst seinen Namen und zeigte, dass er gern eintreten würde.
Es klappte unverschämt gut. Alles roch sauber und sicher,

passend zu dem Blau-Weiß. Auf den ersten Blick war nichts verändert. Nur ein kleiner Fernseher lief, den er beim ersten Mal nicht wahrgenommen hatte. Eine Flasche Bier stand auf dem niedrigen Tisch mit dem gehäkelten Tischläufer. – »Germanija?« – Ja, er sei aus Deutschland. – »Snajetje Kora ot Gostinize?« Ob er sie aus dem Hotel kenne. – Ja, von der Bar beim Schwimmbad. – »Gdje ona?«, fragte er. – »Hospital.« – »Warum?« Was der Engel gestikulierte, meinte Unfall. – »Oh, wie schlimm! Straschno!« – »Und wer bist du, Angel?« – »Ihr Bruder aus Sofia.« Sie plänkelten noch eine Weile in ihrer Hilfsgrammatik hin und her. Löwitsch schaute sich ruhig um. – »Alles im grünen Bereich«, sagte er schließlich laut zu sich selbst und nahm nach freundlicher Verabschiedung mit schönen Grüßen – sie käme vielleicht in einer Woche aus dem Krankenhaus – den Blechkasten abwärts. Aus dem grünen Bereich fiel nur eines heraus: Die große Schrift an der Wand, die überpinselt worden war. Er hatte nicht gegafft, nicht gefragt, die einzigen Buchstaben registriert, die noch zu ahnen waren: ACC, auf lateinisch ASS. Ein Rätsel fürs Notizbuch.

Kaum war er um das Haus herum, winkte ihm Dimitar aus einem der vielen unauffälligen Wracks, die die hiesige Polizei offenbar zu laufen hatte. Er war gut aufgelegt und fuhr die Kiste schwungvoll. Markow, Margarita, ein unbekannter graugesichtiger Herr und ein Schreiber warteten im Büro. Nach kurzem Vergleich in der Gerichtsmedizin war geklärt worden, dass es sich tatsächlich nicht um Olaf D.s Kopf handelte. – »Donnerwetter!«, entfuhr es Löwitsch und Markow schaute ihn irgendwie achtungsvoller an als

in den Tagen zuvor. Kastner mümmelte Anerkennung für die rasche Arbeit. Die Sache war sehr leicht gewesen: Bei dem Kopf handelte es sich um den eines gesuchten Kriminellen. – »Er war« – Markow räusperte sich – »der Kopf einer Bande, die Reisende ausraubt. Die Bande ist überaus aktiv. Wir kennen das Netzwerk noch nicht allzu genau. Es ist grenzüberschreitend. Serben sind mit im Geschäft, Makedonier, Albaner, wahrscheinlich auch Türken. Dabei sind vor allem Türken die Opfer.«
Löwitsch und Kastner wussten nicht recht, wie der Film hieß. Das war allerdings ein anderer Horizont als Eifersucht, Familienzwist oder Ähnliches. Von den größeren Fällen hatten sie zu Hause immer nur gehört. Da war das BKA immer schneller und hielt die Hand noch auf den geschlossenen Akten. Das Wort »Mörderbande« zuckte durch Löwitschs Kopf. Kitzelte am Gaumen wie kurz gebratenes Steak mit grünem Pfeffer. Löwitsch musste dringend etwas essen. Markow sprach weiter und in dem Moment war ein helles Feuer an ihm zu beobachten: »Opfer sind vor allem türkische Transitreisende. Sie fahren mit voll beladenem Auto nach Hause. Und sie haben oft genug das Ersparte von einem halben oder ganzen Jahr Arbeit in Deutschland dabei. Wir haben von unserer Seite schon einiges angeboten, um sie unter Schutz zu stellen. Sie nehmen es aber von uns nicht an. Versuchen es auf eigene Faust mit Fahrgemeinschaften. Das reicht nicht gegen bewaffnete Banden. Die scheuen vor nichts zurück. Eine unangenehme Sache für unser Land. Es verschreckt die Touristen.«
»Ja, und nun hat uns jemand einen Kopf geliefert.« Er fragte Löwitsch, woher der sofort gewusst hätte, dass es sich

nicht um den Kopf von Olaf D. handelte. – »Intuition«, antwortete der, »ein altes Leiden. Ich kann es Ihnen wirklich nicht erklären. Nicht, dass Sie denken, ich hielte ein Passfoto von Olaf D. zurück. Das ist nicht der Fall, leider.« Sie gingen das erste Mal wirklich als Kollegen auseinander. Der morgige Sonntag wurde zum gemeinsamen Werktag erklärt. Mehr könne man jetzt nicht tun. – »Do you agree, my friends?« Margarita gab ihnen ein schönes, müdes Lächeln. Man verabschiedete sich. Sie beide liefen jetzt gern der Stimme des Magens nach. Die Köpfe hatten den Models die Show gestohlen.

Sie landeten in einem ziemlich amerikanischen Grillrestaurant. Alle naselang stand eine der magersüchtigen Kellnerinnen am Tisch und fragte, ob »everything fine« sei. Sie zahlten mit den letzten Fritten im Mund und stürzten in das nächste beste Café auf einen Espresso und das Bier danach.

»O.K., morgen sage ich denen alles, was ich weiß. Das ganze mythologische Ding, das dem Fall als Muster unterliegt.« – »Mein lieber Bernd« – mit dieser ausführlichen Anrede hatte sich Kastner in den letzten zehn Jahren erst dreimal an ihn gewandt –, »ich glaube noch nicht daran. Es wäre alles so leicht: Wir haben deine Freundinnen, diese – wie heißt das? – Bacchantinnen, diese Weingott-Mädels vor der Nase, nur alles andere als am Haken. Wir haben die Leiche, aufbereitet wie ein Opfer, und wir haben tatsächlich den Kopf nicht, weil der Richtung Griechenland unterwegs ist, vermuten wir dem alten Märchen zufolge.«

»Mythos«, verbesserte Löwitsch. – »Ich gehe mit, du weißt

das. Ich verstehe auch, dass dich die Mädels hier anmachen, dass du bei so viel dienstlichen Begegnungen mit interessanten Damen wuschig wirst, siehe Fräulein Kora. Und die Vorstellung, mit rasenden Weibern zu tun zu haben, die mindestens einem Kerl den Kopf und noch was anderes abgeschnitten haben könnten, hat schon einen schrägen Reiz. Was soll aber der zweite Kopf, der uns mitten ins harte Milieu führt? Das haben deine Mädels organisiert? Dichterisches Teekränzchen mit Rächerambitionen? Scheiß drauf, da stimmt was nicht. Hilf mir weiter!«

Löwitsch stierte auf das zweite Kamenitza, das frisch vor ihm stand. – »Nee, Recht haste, leider«, berlinerte es aus ihm heraus.

7

Die Nachbarin bürstete ihren Teppich keine zehn Meter Luftlinie neben seinem Kopfkissen. Acht Uhr Sonntagmorgen. Er schloss das winzige Fenster, das er jeden Abend – im Dunkeln, wegen der Mücken – öffnete und drehte sich noch einmal um. Der Traum war schneller als die Müllabfuhr, die dafür sorgte, dass es ihn um zehn hochriss. Ein verblüffender, schöner Traum übrigens. Er hatte sich selbst gesehen, in einem großen, schier unbegrenzten Garten. Er hatte unter einem ausladenden Baum gesessen. Hochsommer. Grillenzirpen. Ein Tisch, eine Chinakladde, ein Stift. Der Traumlöwitsch schaute auf und ließ den Blick in die blassblaue Weite der Ebene schweifen, an deren nördlichem Rand der Garten lag. Die Frau kam barfuß mit einem hölzernen, vergoldeten Tablett und durchscheinendem Porzellan darauf. Jetzt saß sie auf dem zweiten Stuhl mit geflochtenem Sitz und schenkte ihm ein. Er fiel durch ihre Augen hindurch. Er sah zwei Kinder, die halb nackt unter demselben Baum standen und Früchte ernteten. Wenn sie die Früchte berührten, platzte deren zarte, gespannte Oberfläche, und der Saft lief über ihre Hände. Sie leckten sich den Saft von Händen und Armen. Sie strahlten über alle Backen. Es war ein Maulbeerbaum. Die Frau war Lidia.

»Maulbeerbaum«, hatte Löwitsch beim Aufwachen dem Wort nachgeschmeckt. – Wann und wo hatte er in seinem

Leben einen gesehen, der Früchte trug? Er näselte vor dem Spiegel ins eigene Grinsen: »Tag, Olaf, altes Träumerchen«, griff vom Tisch das billig kartonierte Buch mit dem unscharfen Foto eines antiken Reliefs auf dem Einband und setzte sich gegenüber vor das Café, an dessen Tresen die Hausfrau den Kaffee bereitete. Er lächelte hinüber zu der Kellnerin mit den blickdichten Strümpfen auf der anderen Straßenseite. Sie befreite Stühle und Tische vor dem Hotel von einer Kette.

Drei Tage blieben, nach Vorgabe des Chefs. Lidia war erst morgen wieder in der Bibliothek. Die Vorladungen liefen ab Montag, das war morgen. So ging es eben doch balkanisch einher. Er dagegen kannte in vergleichbaren Fällen die 24-Stunden-Jobs. Hier kaute er an seinem »guljam«, an seinem großen Mokka, herum und überließ sich der Verlangsamung bei vollem Bewusstsein.

8

Am Montag war er fit aus dem Bett gesprungen, dann sogar gelaufen, einmal um den Altstadthügel herum. Als er gemeinsam mit Kastner in Margaritas Büro trat, zum 17-Uhr-Treffen am Tag der Vernehmungen, stand der graue Dampf ihrer Zigarette dick vor ihrem bleichen Gesicht. Wie steinern schaute sie ihnen entgegen, Kastner und Löwitsch verkniffen sich jede Bemerkung. Ihre abweisende Ausstrahlung war beträchtlich. Dennoch war sie in der Form perfekt. Das Hallo kam wie immer und die Frage nach dem Befinden. Löwitschs Antwort tönte etwas zu überschwänglich. Die Augenbrauen der Dame zuckten. Ihre Contenance war wie eine straff gespannte, dünne Folie. – »Öha!«, knödelte Kastner, während sie zum Sitzungszimmer durchgingen. Jetzt würde es Aufklärung geben.

Genosse Markow sächselte jovial etwas mit: »Liebe Freunde …« Er sah gar nicht nach einem Tag angestrengter Vernehmungen aus. Die mussten aber heute über den ganzen Tag gelaufen sein, inklusive des Mittagessens mit der Messedame. Markow teilte ihnen mit, die Alibis der Damen seien überprüft und hielten stand. Die Bekanntschaft mit Olaf D. sei nicht bestritten worden, aber sowohl Frau Michailowa von der Internationalen Plowdiwmesse, Frau Alexandrowa von der Deutschen Bibliothek als auch die Studentin Frau Lasarowa – das war Viktoria, die demnach im Café nur jobbte – hätten Zeugen benannt, die ihre Tat-

ortferne belegten. – »He«, dachte Löwitsch, »der kennt ja Wörter!«
Olaf D. war durch Frau Alexandrowa mit den anderen Damen bekannt gemacht worden. Dort sei er auf der Suche nach deutschen Übersetzungen bulgarischer Literatur vor drei Jahren das erste Mal aufgetaucht. Frau Michailowa hätte noch einmal bestätigt, dass sie von D.s Erscheinen im Balabanowhaus heute Abend ausgehe. Er habe diesen Termin seiner Rückkehr von mehreren Reisen innerhalb Bulgariens genannt. Er wollte »den verehrten Freundinnen die Aufwartung machen« – so als Olaf D.s eigener Ausdruck wiedergegeben – vor der Rückreise nach Hamburg. Er hätte sie auf die Zeitungsmeldungen hingewiesen von Ende August, aber nur Schulterzucken geerntet. Die Damen hielten das übereinstimmend für eine Verwechslung. Weil es kein Motiv geben kann. – »Ja, so apodiktisch kam das! Vielleicht taucht ja tatsächlich heute Abend einer auf, der den Olaf D. gibt, ein Zwilling, ein Doppelgänger, einer, der ihn spielt, wer weiß? Schlanker Mann, ca. 1,80 Meter, blond. Jeans und Polo-Shirt oder kurzärmelige Hemden. Helles Sakko, gelegentlich Krawatte. Die Haare nach hiesigen Maßstäben nicht sehr ordentlich, im Nacken nicht rasiert. Am Kinn meistens auch nicht. Halten Sie Ausschau. Wir sind auch dort, unsere Observationstechnik ist installiert. Fotografen tummeln sich dort sowieso.«
Kastner bat darum, von hier aus nach Deutschland telefonieren zu dürfen. – »Warum tun Sie das nicht regelmäßig?«, gab Markow zurück. Kastner hatte den Chef dran. Den Toten lebendig zu sehen sei Grund genug für erneute Verlängerung: »Handfest, ja, zehn Tage, bis Donnerstag,

13. September. Dann ist aber Schluss mit lustig. Zum ersten Monatsjubiläum des Fundes will ich mir hier bei einer Tasse Kaffee die Ergebnisse anhören. Folgt die geordnete Übergabe an die Staatsanwaltschaften beider Städte und wir können uns dann gemeinsam die Urlaubsfotos ansehen. Es gibt doch welche, oder? Mobiltelefone kommen auch neue, ja.« Er schloss damit, sie fehlten schon zu Hause, aber es flössen noch keine Tränen. – »Hat er wirklich zu Hause gesagt?« Kastner wiegte den Kopf zum bulgarischen Ja und Löwitsch quittierte mit den Augenbrauen.
Sie standen auf der Straße, wo es ihnen Herbstblätter um die Schädel pustete. Sie gingen an der lauten, mehrspurigen Straße entlang, auf den Tunnel zu, der den Altstadthügel durchstach. Ein schmutzverkrusteter, früher vermutlich schwarzer Wolga mit einem Stapel verschnürter grauer Pakete auf dem Dachgepäckträger schwankte vorbei. Die Frauen an den Bushaltestellen zogen Kopftücher und Mäntel fester um sich. Über die römischen Trümmer unterhalb der Post strich eine Windhose. In der Parallelstraße zum Boulevard passierten sie die Glasfront eines Whiskey-und-Zigarren-Geschäfts. Der vornehme Verkäufer hantierte gerade vor einem mondänen Paar. Daneben vor einem Kellerfenster Fanta- und Colaflaschen, einer dieser 24-Stunden-Kioske. Kastner bückte sich und ließ sich einheimische Zigaretten herausreichen. Löwitsch ging weiter, als wäre er schon die ganze Zeit allein gewesen. Schon an der Mauer des Konstantin-und-Elena-Kirchleins standen Autos auf der Straße, obwohl die Straßen zu seinem Altstadthügel nur mit Sondergenehmigung befahren werden durften. Es sah nach einem großen Ereignis aus.

Ein bunt gemischtes Völkchen drängte sich durch die schmale Mauerpforte in den Vorgarten des Balabanowhauses. Das war eines der prächtigsten der alten Kaufmannshäuser, heute diente es als Museum. Musiker auf einem Podest intonierten etwas, das klassisch sein sollte, in dem Gewusel aber unterging. Löwitsch machte zunächst keine seiner Zielpersonen aus. Auch dieses Wort war ihm übrigens unangenehm. Margarita durfte er ja nicht kennen. Obwohl sie unübersehbar war. Und obwohl sie regelrecht die Honneurs machte, Hände um Hände schüttelte, dieser und jenem zuwinkte. Eine mit der Kulturszene liierte Kriminalpolizistin. Es passte nicht recht zu seinem eigenen Milieu und auch nicht zu dem Bild, das er von seiner Arbeit hatte. Er war da etwas verklemmt. Andererseits wartete er auf Damen, mit denen ihn schon Begegnungen der eigensten Art verbanden. Immerhin würde er morgen in die Rhodopen hinauffahren auf deren Empfehlung. Das war etwas fürs heutige Tête-à-tête, wenn es denn zu einem käme. Warum sollte er dorthin fahren und nicht nach Belintasch? Er könnte doch direkt nach dem berühmten Observatorium fragen. Bei dem Gedanken an Lidia atmete er tief ein und aus.

Im Haus entdeckte er Viktoria. Sie trug einen langen Umhang und unterhielt sich mit einem kleinen Dicken, der eine ziemlich hohe Stirn für sein jugendliches Aussehen hatte. Dabei lehnte sie sich immer zurück, wenn er sprach, offenbar, um die alberne Pose des Hinunterbeugens zu vermeiden. Er nickte ihr zu und sie erwiderte mit einem Zucken der Mundwinkel. Sie war der Kältepol des Kränzchens. Plötzlich hob sie die langen Arme hoch und flog auf

etwas zu, das sich in Löwitschs Rücken befinden musste. Lidia. Was über die Umarmung der Freundin hinweg in den Raum blitzte, mussten ihre Augen sein. Margarita stand lächelnd hinter ihr.
Kastner machte im selben Augenblick draußen ein Zeichen. Die Reden begannen. Ein Herr im grauen Zweireiher, angenehme Stimme, angenehm kurz. Es gab ein Treppchen in das Souterrain hinab. Ein Teil der Ausstellung war dort untergebracht. Kastner meinte offensichtlich die Fotografien. Es waren große Formate, vielleicht ein mal ein Meter fünfzig. Sie waren geschmacklos und unerotisch, fand Löwitsch, obwohl sie alles zeigten. Eine Vagina neben der anderen in Großaufnahme. Auf den Schamlippen oder weiter drinnen jeweils etwas drapiert: Zähne, ein Glasauge, ein Eigelb. »My beast and my beauty« hieß die Serie. Ergo Selbstporträts. Ob die Künstlerin anwesend war?
Die Räume hier unten waren gefliest im Stil öffentlicher Toiletten. In der Ecke eine Blechtür. Ein hoch gewachsener jüngerer Mann in Anzug und Krawatte trat heraus, schloss hinter sich zu und ging so nah und ohne einen Blick an Löwitsch vorbei, als hätte er ihn überhaupt nicht wahrgenommen. Löwitsch räusperte sich laut, der Mann ging weiter, das Betontreppchen hinauf, an den Vaginas vorbei. Löwitsch schüttelte den Kopf und ging rasch hinterher. Der Mann war weg. Es konnte nicht sein. Was Löwitsch dachte, konnte nicht sein. So wie er in Batschkowo gewusst hatte, dass dies der falsche Kopf, so war das der richtige gewesen. Auf einem anderen Körper?
Er trat ohne Umschweife zu den Damen, begrüßte mit einem angedeuteten Handkuss zuerst Lidia, dann erneut

Viktoria, die Dame Michailowa sowie Elena, die wieder im hispanischen Kostüm erschienen war, jedenfalls in etwas, das ihm so erschien. Ob sie Olaf D. schon gesehen hätten? O ja, er hätte sie eben begrüßt, sei aber schon, ja, Gott, er sei gleich hoch in einen der Ausstellungsräume mit Barbara, einer der Künstlerinnen. Sie versicherten sich gegenseitig etwas über Olaf D.s Geschmack und Feinsinn. In Löwitschs Kopf sagte es so, dass sie es hätten hören müssen: »Blabla, blabla!« Was machten die hier mit ihm? Was sollte dieser Blödsinn? Warum wurde ihm das Hirn so schwammig, während er einer so klaren Spur nachging? Er gab Kastner, der an einem O-Saft schlürfte, einen Wink. Sie gingen gleichzeitig die Treppe hinauf in die oberen Ausstellungsräume. Tatsächlich stand da der Herr von vorhin in dem anthrazitfarbenen Anzug mit einer Dame im wallenden Gewand. Sie sprachen Bulgarisch miteinander. Löwitsch wollte nur, dass Kastner ihn auch sah, den Geist. Der schüttelte nach kurzer Besichtigung den Kopf, tat, als reagierte er damit auf eine der Grafiken an den Wänden. Dabei waren die für Löwitsch ein Lichtblick. Das Zeug interessierte ihn insgesamt nicht, aber diese netzartigen, harmonischen Linien auf gelblichem Papier, darauf erkennbar einmal ein Urvogel oder Phönix, ein andermal angedeutete alte Architekturen, fein fand er das. Erstaunlich, dass es von einer Frau sein sollte. Kunst von Frauen war ihm immer eher extrem vorgekommen, auf den Nerv bohrend. Dafür standen die Scheidendurchblicke da unten.

Während er abdriftete, dem Magnetismus des schwarzen Zentrums anheim fiel, indem er Lidia nah zu sein versuchte, hatte sich Kastner an den Kopfträger herangemacht.

Der Weg hatte zunächst durch das ganze Haus geführt, hinauf in die hohen, ausgemalten Räume, Regionen voller riesiger, schwerer Schränke und seltsamer Nischen. Der Mann hatte erst mit der einen Frau, dann mit der anderen gesprochen, den Arm um diese oder jene gelegt, mit ihnen an Gläsern genippt. Eine hatte er schließlich über eine dicke Absperrkordel gehoben und ... – Wenn Kastner nicht so ein nüchterner Mensch wäre, hätte er das in dem Raum mit dem riesigen, barocken, blutrot drapierten Bettmonstrum womöglich missverstanden. Die folgende Szene hatte ihn Schachmatt gesetzt. Er war dem Mann noch in treuer Pflichterfüllung bis in den Keller zurück gefolgt und hatte ihn dort nach einem kurzen, unangenehmen Blickwechsel – »Weiter war es nichts!«, schwor Kastner – verloren. So berichtete er es tags drauf seinem Partner Löwitsch, der es aufmerksam registrierte: Hypnose müsste so wirken, eine andere Erklärung dafür, dass der kühle Kastner das Verschwinden eines Mannes durch eine geschlossene Tür beobachtet hatte, eine andere, nein, gäbe es nicht, verdammt noch mal, eine andere Erklärung, nein.

9

Ach, wenn ihm doch der Schädel brummte! Stattdessen war er einfach immer noch blau an diesem herrlich klaren Tag. Die sichtbare Welt hatte Tiefe und Kontur. Rosa Morgensonne auf den unregelmäßigen Ziegeln der Moschee. Heller Glanz auf den Bodenplatten der Fußgängerzone. Sonnengleißen im Gezweig der Bäume im Park. Hier trübte sich das Bild etwas, weil Löwitsch sich verlaufen hatte und einen Schweißausbruch erlitt. Dabei war es ihm so leicht erschienen, nach der Himmelsrichtung zu gehen, nach dem inneren Kompass. Endlich fand er die breite Straße Richtung Bahnhof und Busbahnhof. Die Tabakkontore leuchteten ocker. Das Gewusel der Leute. Der große Kreisel vor dem Bahnhof im Dieseldunst. Die fast halbmeterhohen Betonkanten zwischen Straße und Gehweg. Die blauen und roten Buden, aus denen es schon duftete oder in deren Auslagen sich die bulgarischen Gazetten stapelten. Treppab die Dessous. Dazwischen Baniza, das wunderbare Blätterteiggebäck. Er nahm eine. Das Butterbrotpapier fettete sofort durch.

Der Bus war voll und roch solide und alt. Löwitsch sank in das Plüschpolster und schlief ein. An einer Haltestelle oben im Gebirge erkannte er durch die schmutzige Scheibe hindurch erst Viktoria an ihrer Größe, dann Kora. Es könnte auch Lidia dabeigestanden haben. Er rieb sich die Augen. Er rührte sich nicht, solange der Bus hielt. Er

schaute den Frauen zu, die miteinander lachten, er versuchte, Lidia genauer zu sehen, aber es gelang ihm nicht. Viktoria kletterte in den Bus und setzte sich vorne hin, nahe beim Fahrer. Löwitsch war wie angenagelt. Er winkte nach draußen, aber sie nahmen ihn nicht wahr. Er starrte auf Viktorias aschblonden Haarschopf. Aus irgendeinem Grund ging er nicht vor und sprach sie einfach an. Weiter ging es in die Kurven, die Berge hoch, an maroder Industrie vorbei. Der Bus hielt, offenbar auf ein Zeichen von Viktoria. Sie trat an eine Felswand und pinkelte im Stehen. Außer ihm fand niemand etwas dabei, schaute keiner auch nur auf. Löwitsch starrte hin, wollte genauer sehen, wie sie das zustande brachte. Als sie wieder einstieg, fixierte sie ihn mit den Augen. Er bekam rote Wangen. Er wollte nach vorne gehen, blieb aber sitzen, winkelte irgendwie die Beine an, tat, als schliefe er, wollte schlafen, wickelte den Kopf in die muffige blaugraue Gardine. Im Halbschlaf bekam er einen Steifen. Da war die Endhaltestelle.
Viktoria fixierte ihn durch die Scheibe mit hellblauen Augen, die in der riesigen Fläche des blassen Gesichtes lagen wie offene Seen in einer Schneelandschaft. Er ejakulierte in die Hose. Das Gesicht war verschwunden. Der Busfahrer erhob sich halb von seinem Sitz und sprach her zu ihm, der als Einziger noch sitzen geblieben war. Ja, er wollte auch aussteigen, jaja, ist schon gut. Er hielt sich den Aktenkoffer vor den Schoß und stieg aus. Er stand in der Nachmittagssonne im Staub eines kleinen, rundum betonierten Busbahnhofes. Eine Alte hinkte vorbei. Ein krummer Kerl packte seine Geige in den abgewetzten Kasten. Der Besitzer einer Bar schloss die Glastür und ging zurück an den Tresen.

Eine leichte Steigung hoch ging es Richtung Stadt. Ringsum Berge. Er hatte das Gefühl sich auszukennen. Geradeaus, nur geradeaus. Hotel *Smoljan*. Niemand schaute ihn an. Es war eine andere als die Welt von Plowdiw, diese alte Zivilisation mit schönen, schlanken, jungen Frauen. Es war eine Stadt aus den sozialistischen sechziger Jahren, mancher Betonklotz später noch dazugekommen. Es war Schiwkow, es war beschissen in die Berge geklatscht. Er spürte den Sog, von dem Lidia im Zusammenhang mit Olaf D. gesprochen hatte, dass der gar nicht anders gekonnt hatte, nicht konnte, wenn er denn noch lebte und dies hier eine Fälschung war oder die Leiche eine Fälschung war oder die Fotos und Gutachten.

Er fragte eine Frau nach dem Weg, als es ihm so vorkam, die Stadt sei schon wieder zu Ende. Ohne eine sonstige Reaktion rief sie eine andere herbei, eine schwarze, krumme Alte, die auf die Frage nach dem Hotel den krummen Finger in die Richtung seines Weges reckte. Ein riesiger Postklotz, etwas wie ein Theater mit Namen *Dionysos Sabazios*, ein Musicalhaus, das *Orpheus* hieß, ein Kulturhaus aus den letzten Tagen des Sozialismus, an dem *Eurydike* stand, monströs in das Tal gesetzt. Ein Bus mit der Aufschrift *Orfee* brummte vorbei. Da rechts das Hotel. Löwitsch bekämpfte den Knoten im Hals. In der Empfangshalle kräftige Kerle, die bei der Frau an der Rezeption lümmelten. Seinen Pass musste er über den Tresen reichen, der blieb gleich dort. Sie wollte Geld haben – 5 Lew, wenn er sie recht verstand, fürs Auto. – »Kein Auto, sorry.« Ob sie Deutsch oder Englisch oder Russisch verstand, war nicht herauszubekommen.

Er fuhr fünf Etagen mit dem Blechfahrstuhl. Es gab kein Licht im Gang. Ganz hinten lag sein Zimmer. Der Sozialismus hatte auf der ganzen Linie gesiegt. Ein Kofferfernseher mit den üblichen Privatsendern markierte die neue Zeit. Aus dem leichten, eckigen Telefongerät drang ein Knistern. Auf Tastendruck änderte sich nichts. Er warf sein Köfferchen ab und ging wieder hinaus, sicherte instinktiv den Gang entlang, sogar noch vorn an der Ecke zum Fahrstuhl, wo ein schäbiger Sessel stand und ein großer Aschenbecher auf einem Blechfuß und die Fenster vergittert waren. Er stürzte an der Rezeption vorbei. An einem Kiosk bedeuteten sie ihm, dass es Wanderkarten und Stadtpläne nur in der Post gäbe. Die war aber heute – wie immer dienstags – zu, wie er vor der Tür des monströsen Gebäudes feststellte. Aus einem sozialistischen Gemüseladen holte er sich etwas Matschiges auf die Faust und aß davon, was ihm nicht durch die Finger rann. Rannte dann über eine Betonbrücke von der einen Betonseite zur andern, passierte eine Kaserne. Aus einem tief liegenden Fenster ragten blasse Soldatenbeine heraus und Rauchwölkchen stiegen auf.

Er querte den schwarzen Bach im Tal auf einer Betonpiste. An einem Straßenkreisel zwei Bulgaren in Betrachtung des Motors in einem Wartburg. Gegenüber eine moderne Tankstelle. Rechts davon der Pfad, den er instinktiv gesucht hatte. Schafsmist war das Zeichen, es war sein Pfad. Der führte steil bergan durch niedrige Nadelbäume und Brombeerbüsche. Löwitsch hatte beschlossen, nach Süden zu gehen. Oben stand noch die Sonne. Da musste Griechenland sein, hinter dem Kamm, sagte er zu sich, als wüss-

te er es. Hier lag das Paradies des Olaf D. Hier war er seinem Dichterspleen am nächsten gekommen.
Löwitsch schnaufte, blieb stehen, atmete durch. Das Hotel lag ihm jetzt gegenüber, auf der Seite des Tals, die er hinter sich gelassen hatte. Er atmete die Luft mit Olaf D. Das Tagebuch war in seinem Koffer geblieben, aber im Tagebuch spielte die Natur ohnehin nie eine Rolle. Nur Räume. Und der Auftritt von Mann und Frau. Dennoch schnaufte Löwitsch den Hang empor in der Gewissheit, auf der rechten Spur zu sein. Immer wenn er ein Waldstück hinter sich hatte, folgte eine Böschung und oberhalb der Böschung lag ein winziger Acker mit trockenem Zeug darauf, Mais, Hafer, Sonnenblumen, Disteln über Disteln. An einem Hang ein Esel und die bunte Hüterin des Esels. An einem anderen eine Ziege und ihr Hütejunge.
Als er aus einem Waldstück trat, stand vor ihm ein alter Mann mit nacktem Oberkörper. Um seine Hüfte baumelten mehrere Plastiktüten, seine Faust lag auf einem robusten Knüppel. – »Guten Tag«, rief Löwitsch auf Deutsch. Der Mann schien gehen zu wollen, reagierte nicht, drehte ihm den Rücken zu und verharrte so. Er wiederholte den Gruß: »Dobr den!« Der Mann murmelte etwas, das wie »Guten Tag« klang. Löwitsch hatte schon weitergehen wollen, drehte sich aber nun noch einmal zu ihm hin: »Sie verstehen Deutsch?« – »Nein«, sagte der Mann, »das verstehe ich nicht.« – »Was«, fragte Löwitsch zurück, »was verstehen Sie nicht? Sie sprechen doch Deutsch und Sie verstehen mich offensichtlich.« – »Ei, gewiss«, erwiderte der Mann mit dem Rücken zu Löwitsch, ohne sich zu rühren: »Das war der Rabe, das war der Rabe«, sagte er und schaute in

den Wipfel einer Fichte hoch. Rabengekrächz war zu hören, hohl wie von sehr großen Vögeln. – »Das war der Fink, das war der Fink.« Unweit von ihnen kollerte ein Buchfink.

Als Löwitsch wieder hinsah, war der Alte in den Wald eingetreten. Er ging ihm nach. Sie gingen einen Wildpfad entlang. Sie querten eine Wiese voller Herbstzeitloser. – »Jessenen Minsuchar«, belehrte ihn der Alte. Unterhalb von ihnen mähten zwei Männer mit Sensen aus hellem Holz. Unter einem prächtigen Nussbaum gestikulierte ein Völkchen in bunten Kleidern. Sie erklommen die nächste Böschung. Löwitsch ächzte, während der Alte gemessenen Schrittes seinen Weg nahm. Sie kreuzten Feldwege, immer in dieselbe Richtung, die er von sich aus hatte einschlagen wollen, der Sonne nach, auf den Kamm zu. Einmal hatte er den Alten verloren, weil er zu lange zurück ins Tal geschaut hatte. Da lag die Stadt, durch das Panorama der Berge und Felsen und durch die Entfernung gnädig ihrer Tristesse enthoben. Er sog den Duft von wilder Pfefferminze ein und stieg weiter. Der Alte stand und wies hinüber auf eine Reihe von ausladenden Obstbäumen. Am Feldrain davor lag ein Mann in Arbeitskluft, die Augen unter der Schirmmütze geborgen, seitwärts auf einen Arm aufgestützt. Er lag im Schatten eines Widders, der unbeweglich über ihm stand.

Wiederum ein Stück oberhalb trafen sie auf eine Versammlung von kugeligen, hell leuchtenden Fliegenpilzen. Der Alte schnitt sie nebenher ab und verstaute sie in seinen Tüten. Sie stiegen bei einem Rinnsal weiter, auf feuchter, schmatzender Erde. Neben ihnen war jetzt ein künstlicher Wall. Oberhalb erreichten sie ein kleines Bohnenfeld und hinter der letzten Biegung des Weges standen sie vor einer winzigen Hütte. Die schmiegte sich an den steilen Hang, der nebenan in eine Felsklippe überging, die in der Abendsonne leuchtete. Unterhalb des Hauses verlief die hölzerne Wasserrinne, die der Quell des Rinnsals war. Der Alte holte zwei Plastikbecher aus dem Haus und füllte in einem Verschlag nebenan etwas hinein. Als er es mit Wasser verdünnt hatte, gab er einen Becher Löwitsch und hielt den anderen in die Höhe. Es schmeckte wie junger Wein mit Honig oder Honigwein, etwas, das Löwitsch noch nie getrunken hatte. Der Alte schob ihn weiter: »Gehen Sie, gehen Sie nach vorne.« Ein Pfad zog sich unterhalb des Felsens hin. Wo er endete, lag das gewaltige Tal zu seinen Füßen. Er lehnte sich an den sonnenwarmen Berg. Fliegen summten. Die Sonne blendete ihn, während sie die Baumwipfel gegenüber schon berührte. Unbekannte Kräuter verströmten ihren Duft. Löwitsch hörte die Glocken einer Herde.

Als er aufwachte, hatte der Bus auf der Betonplattform des Busbahnhofs von Smoljan gehalten. Draußen räumte ein Mann Gläser ab vor der schäbigen Bar. Löwitsch fand rasch das Hotel. Er packte sein Notizheft und die Bögen von Olaf D.s Tagebuch aus. Gleich wollte er hinauf in die Berge. Er wollte ja nur wissen, wo er war, sich und den Damen einen Gefallen tun, ihre Offerte angenommen haben. Die Eintrittskarte in der Hand halten zu ihrem Club, so wie Olaf D. sie wohl einmal gehalten hatte. Jetzt nur kurz hinlegen auf die lächerliche Liege, die nach Sozialismus roch.

Löwitsch wachte auf. Es war dunkel. Vor dem Fenster die Betonbunker-Architektur der Stadt. Er schüttelte den Kopf. Er zitterte. Er hatte den Traum eines Fremden geträumt, der in diesem Zimmer auf ihn gewartet hatte. Zum Glück knurrte sein Magen, ein Zeichen aus der Wirklichkeit. In dem Fenster am Ende des Hotelgangs stand fett der Mond. Der Gang lag verlassen und war trübe beleuchtet. Er nahm das Blechding von Fahrstuhl. Den Zimmerschlüssel gab er lieber nicht ab. Draußen stand noch laue Luft. Er meinte, Viktoria bei einer dunklen Limousine stehen zu sehen. Er wollte auf den Parkplatz gehen, aber der Lederjackentyp am Lenkrad gab Gas.

Er fand ein kleines Lokal über dem Tal. Ein großes Bier und Forelle vom Grill. Er setzte sich auf die Terrasse, die im Halbdunkel lag. Man hörte das Flüsschen rauschen. Die Bedienung stellte ein Friedhofslicht neben Löwitschs Bier. Das Lokal wurde beherrscht von Grüppchen grauhaariger Frauen, die zu ihm herausschauten. Sie schienen gar kein anderes Thema zu haben. Als die Forelle kam, war ihm eiskalt. Er schlang sie herunter, bezahlte und hetzte auf der Suche nach einer Bar zurück Richtung Hotel.

Die Bar hatte einen sechseckigen Grundriss und den Tresen in der Mitte. Die Schöne des Abends stand dort. Sie lächelte nur beim Bedienen am Tisch. Nun denn, Grosdowa Rakija, die Welt sollte ins Lot kommen. Die thrakischen Mädels hatten ihn, wie es aussah, in die Wüste geschickt. In seinem Rücken turtelte ein Paar. Zwei alte Leutchen traten ein, bestellten sich etwas zu essen, tranken Kaffee und Schnaps. Die Dorfschönen trudelten ein mit ihren hungrigen Blicken. Sie schminkten sich und quatschten in das Mobiltelefon, das die Runde unter ihnen machte. Sie schauten aus dem Fenster, wo ab und zu ein Motor aufheulte, ein Lederjackentyp mit einem anderen Plausch hielt und wieder abzog. Elf Uhr abends Downtown Smoljan. Willkommen in der Hölle.

Löwitsch war uralt. Was rauchen, das wäre gut. Er fragte an der Rezeption nach »Zigari«. In der Diskothek, unten, im Keller. Ab in die Katakomben. Eine verschlafene Garderobiere. Ein Zerberus, dem er was von »Zigari« sagte. Eine Dame, der er dasselbe sagte. Links die nackte, wie gläserne Tanzfläche unter dem Hall irgendeiner Musik, rechts eine riesige Ansammlung metallener Tischflächen und schwarz bezogener Stühle. Eine Frau nach der anderen fragte: »Tanzen? Tanzen?« Er schob sie beiseite, so höflich es eben ging. Am Tresen holte die Dame auf wiederholtes Fragen eine Zigarette aus der eigenen Schachtel. Da fiel es ihm ein: »Puri molja«, sagte er. Sie schüttelte den Kopf. Sie schaute so bedauernd, so reizend. Sie hob den Finger, er sollte warten. Sie stellte die Rakijaflasche vor ihn, ein Glas daneben und goss fünfzig Gramm ein. Das war gut, das war eine schöne Geste. Er brauchte das jetzt, das war tröstlich. Er kippte das scharfe Zeug. Dankte artig. Versuchte ein paar Schritte. Ein dicker Mann saß in der Tiefe des Raums. Um ihn herum standen und saßen vielleicht sechs, sieben Frauen. Löwitsch bat um noch einen Rakija. Sie lächelte und er lächelte.

Er wachte in seinem Zimmer auf. Eine undeutliche Person zog sich vor seinen unscharf fokussierenden Augen rote Spitzenunterwäsche an. Die undeutliche Person hatte überdimensionale Brüste. Sie schaute ihn so nett an, so un-

endlich nett, dass es wie Mitleid aussah. Er fühlte sich wie ein Hund. Er musste an Olaf D.s Beschreibungen seiner verschiedenen Verhältnisse denken. Er dachte, nee, das ist nicht erfunden, das hat der erlebt. Er sah Haare am blassen Bein der undeutlichen Frau. Er winkte sie her zu sich, und sie schüttelte traurig den Kopf. Er wollte zärtlich sein zu dieser großen, irgendwie unförmigen Frau. Sie beide passten zueinander. Also hatte er doch noch eine der Nummern auf diesem Faltblatt gewählt? Sie zeigte auf einen Zettel mit einer Telefonnummer, die er selbst aufgeschrieben haben musste, und sagte: »Cheute Chabend!« Dann zog sie sacht die Türe zu in ihrem roten Fähnchenmantel. Und ging in ihren Fleischerladen oder an ihren Gemüsestand und stand ihre Frau. Löwitsch schlief wieder ein.
Der Busfahrer wurde laut. Löwitsch riss die Augen auf. Hinter der Betonfläche des Busbahnhofs von Smoljan das Tal und jenseits die Berge. Das war in Ordnung. Das Hotel fand er rasch genug, warf sein Köfferchen oben auf das Bett. Am liebsten wäre er gleich hoch in die Berge gerannt, hätte das sozialistische Ambiente verlassen. Alles kam ihm vertraut vor, obwohl er diese Art von Urlaub noch nie gemacht hatte. Zu seinen DDR-Zeiten hatte ihm das Geld gefehlt, in einem Wintersportort zu logieren. Aber er hatte sowieso nie weiter als bis nach Budapest gewollt. Rumänien war ihm immer zu weit weg gewesen. Nicht Abenteuerlust hatte ihn getrieben, er hatte es auf Konzertbesuche abgesehen, Ruinen römischer Bäder und Wein und laue Nächte in kitschigen Nestern an Donau und Plattensee. Das hier hatte er sich immer vorstellen können. Es roch noch so. War noch immer verkommen und borniert.

Er hielt der wortlosen Frau an der Hotelrezeption das alte Bild von Olaf D. entgegen. Nach einigem Hantieren gab sie ihm Zettel und Stift und er notierte die Daten, zwischen denen D. hier oben gewesen sein könnte. Immerhin winkte sie die zwei Lederjackenkerle herbei, die ihm sowieso auf den Nacken geglotzt hatten. Sie schauten so flüchtig und desinteressiert wie möglich, nickten ihr Nein und schauten ihm dann so lange ins Gesicht, bis er ging. Sonst wäre ihm für die beiden leicht etwas Passendes eingefallen. Er war so beschissen höflich.

Die Atmosphäre machte ihn aggressiv. Es war der Plattenbeton. Es war das Glotzen. Es war die hässlich aufgeblasene Kleinstadt in ihrem Tal. Er wollte hoch, nur hoch hinaus. Nahm ein schlabbriges, eiskaltes Brötchen mit schlabbriger, lauwarmer Wurst, auf das er zehn Minuten am Kiosk warten musste. Und stapfte los.

An wessen Arm ging Kora dort? Ihr Bruder? Zu dick. Ein feister Kerl, ein Goldkettchenkerl, St. Pauli ganz unten, ein Dreckskerl, einer von denen, die immer lachten bei der Vernehmung, an deren Lachen man lange arbeiten musste, damit es mal in den Hals zurückfiel, damit so ein Kerl mal spürte, dass auch sein Hals eng werden konnte, dass auch er unfreiwillig schlucken musste, dass überhaupt noch jemand anders über ihn verfügen konnte, nicht bloß er über die Mädels links und rechts und über die Flaschen in der Bar und über einen kräftigen, schweigsamen Russen im Hintergrund. Mein Gott, so ein Kerl ging da mit Kora vor ihm her die Straße in dem Nest entlang. Wo war der Puff, den er abkassieren ließ? Vielleicht gehörte ihm eines der Hotels von Pamporowo mit Panoramablick?

Er sprach sie an. Kora sah aus wie bei ihrer ersten Begegnung, als habe sie nicht noch eben im Krankenhaus gelegen mit ihren Glück-im-Unglück-Verletzungen. Sie erkannte ihn nicht wieder, sondern nickte unwillig mit dem Kopf. Der Kerl hatte ein Handy in seiner freien Klaue, einer fetten Klaue mit fetten Ringen. Er schürzte die Augenbrauen Marke Breschnew. Gab sich jovial, lachte auf. Gurgelnder Bass: »Whaddojuwant, Sir?« – »Oh«, erwiderte Löwitsch, »just wanna say hello to the Lady.« – »What Lady, hahaha? Mindyourownbissinesmistr!« – »Kora, was machen Sie hier? Wie geht es Ihnen? Sind Sie aus dem Hospital heraus? Erholen Sie sich hier in Smoljan?« Die junge Frau, die Kora war, wandte sich an den Dicken mit seinem Vornamen, Löwitsch verstand Lubomir oder Bogumil. Er tippte etwas in sein Telefon und versuchte, Löwitsch beiseite zu schieben. Da heulte schon die Sirene. Er hatte die Polizei gerufen!

Reflexhaft versuchte Löwitsch, eine der Treppen hinabzuspringen, sich unsichtbar zu machen. Ein junger Kerl in Uniform war schneller. Mit einem zweiten zusammen schob er ihn mit verdrehtem Arm zur Straße hoch und auf die Rückbank eines Lada Niva. Flugs stand er hinter ein paar grauen Türen in einem Bunker. Sie schauten kaum auf seine Papiere, unter denen immerhin ein Schreiben der bulgarischen Behörden war, das ihn als Kollegen auswies. Zeit verging. Ihm kam es vor wie Stunden. Irgendwo gingen Telefone. Niemand hatte ihn etwas gefragt. Er stand wieder auf der Hauptstraße, von einem unsichtbaren Tunnel ausgespuckt in den frühen Abend. Er hatte Hunger und schlich mit bleiernen Beinen in das nächste hässliche Lokal.

Beim Aufwachen stand der Mond gegenüber dem Fenster in einem blassen Himmel. Eine Nebelbank lag auf dem Felskamm, der über der Stadt die Berge abschloss. Das Telefon schrillte. Frau Lasarowa warte an der Rezeption auf ihn. Sie war also doch mit heraufgefahren. Was sollte das jetzt? Er machte Licht und schaute auf seine flache Swatch: Zwei Uhr. Trotzdem hatte er sich brummen hören, er käme gleich. Dienst ist Dienst. Und dass die Ladys offenbar gern im Dunkeln munkelten, passte ins Ambiente. Bist du nüchtern genug, alter Freund? Er hatte drei Bier und zwei Whisky intus. Löwitsch wog sechsundachtzig Kilo auf einszweiundachtzig. Er vertrug schon etwas.
Viktoria stand hoch aufgerichtet in der öden Halle, in eine Parkajacke gehüllt. Sie wünschte ihm auf Bulgarisch einen guten Tag. Er fragte sie auf Deutsch, was das hier sollte. Sie forderte ihn auf mitzukommen. Sie gingen eine Weile die Straße hinauf Richtung Stadt. Dabei konnte von Stadt oder von Leben darin nicht die Rede sein. In der sechseckigen Bar stellte die Bardame gemeinsam mit einem dunklen Kerl die Stühle hoch. Mehr Zeichen von Nachtleben nahm er nicht wahr. Er fragte sie erneut, was das solle. Auf Englisch. In seinem Restrussisch: »Was machen wir hier? Wo gehen wir hin?« Sie drehte sich abrupt zu ihm um. In ihren Blauaugen stand der Mond und sie lächelte mit offenem Mund, ohne ein Wort zu sagen. Sie sagte wortlos: »Es ist doch alles klar.« So klar, wie er eben auch hier heraufgefahren war.
Eine bröcklige Betontreppe ohne Geländer führte von der Straße weg steil hinunter zu dem Flüsschen. Kurz davor leuchtete irgendeine unleserliche Leuchtröhrenschrift über einer Tür, die von innen geöffnet wurde. – Herrjemineh,

das wollt ihr mir doch nicht antun! Das ist doch nicht des Pudels Kern? Männerfantasien in balkanischen Bergen? Das hatten wir schon, danke! Entspannung für deutsche Beamte, nein danke! Wer weiß, was für Krankheiten hier wuchern? Die Bude war selbstverständlich holzverschalt. Kerzen flackerten, als sie eintraten. Es war eng. Die kleinen Tische besetzt, der Tresen bot die üblichen Getränke. In der hintersten Ecke war ein Platz frei. Viktoria hatte sich in Luft aufgelöst und Löwitsch saß neben Lidia. Er räusperte sich. Wo ihr Gesicht hätte sein können, standen Begriffe: Gelassenheit und Entspannung. Ein Getränk kam in der Teetasse. Ein paar Cracker in der Schale. Eine Schachtel Zigaretten auf einer folkloristischen Untertasse. Ihn fröstelte erst jetzt. Er war den ganzen Weg nur im Sakko gegangen. An der Tasse verbrühte er sich die Lippen. Das Getränk war scharf von Schnaps.

Die Wand, vor der Lidia saß, war zugerankt, ihren schwarzen Schopf umkränzte Efeu. Was er eben noch als die übliche Austattung eines Grillrestaurants gesehen hatte, war so frisches Holz, dass es überall kleine Sprossen trieb, Zweiglein und Blättchen. Zart wie Bambussprossen. Rote Beerenbüschel dazwischen – Eberesche? Es war echt. Das alles könnte gut und gerne dem Gehirn eines Freundes entstammen, der es seinerzeit mit Themenkneipen in St. Pauli versucht hatte. Einmal mit katholischem Kitsch, der Tresen dornengekrönt, über den Tischen tränende Herzen und Madonnen mit dem ewigen Licht, ein anderes Mal die Simulation des Winters in Wladiwostok, Marke aufgelassene Fabrik, verrottete Atom-U-Boote inklusive, am Stahltresen Wodka, sonst gar nichts. Das Thema hier war …

»Orpheus, mein Freund.« Lidia sprach noch langsamer als sonst. »Ich muss dir wohl etwas erklären. Du hast Olaf ja nicht sprechen können in Plowdiw. Wir sind weit weg. Das Thema ist so alt wie die Berge ringsum. Olaf ist sehr engagiert in dieser Sache. Was er schreibt und was er erforscht, wir nehmen das alles sehr ernst. Es geht um die Wurzel, um die Rasse, um die Tiefe dessen, was uns bewegt. Was bewegt dich, Bernd?« Löwitsch hatte die kleine Bühne nicht gewahrt, auf der nun zwei Männer in Tracht standen. Im Nu bliesen sie ihre Dudelsäcke auf, die irgendwie roh wirkten, wie frisch abgezogene Bälger, schneeweiß. Mit den beiden war ein Luftzug hereingeweht, der den ganzen Raum auf einen Schlag gereinigt hatte. Was er eben noch albern fand, war fortgeblasen. Einer der beiden, ein Hüne, begann zu spielen, trat dabei den Rhythmus mit dem Stiefel. Der andere spielte ein paar Töne und begann zu singen. Löwitsch kräuselten sich bei Folklore sonst immer die Ohrläppchen. Er kannte sie eigentlich nur vom Fernsehen, wenn er rasend schnell den Sender wechselte. Ihm standen so genannte Estradenprogramme vor Augen, sozialistische Massenveranstaltungen zur Förderung der Brüderlichkeit. Dies hier war verblüffend anders. Ohne zu verstehen, sang er leise mit.
Er schwamm vor der leuchtenden Küste eines Meeres. Er erklomm eine Klippe und fand eine Herde Ziegen. Er schöpfte sich Quellwasser ins Gesicht. Er kam nicht mehr zurück. Beinahe nicht. Er wich Lidias Willen aus, der irgendwo aus dem Dunkel kam, aus dem Geranke an der Wand. – »Mein Gott, ich, ich, ich suche meinen Freund. Wenn er wirklich im Balabanowhaus war, warum hast du

nicht einfach gesagt: Hallo, Bernd, hier ist Olaf, und basta?« – »Mir genügte, dass du ihn gesehen hast. Ihr seid Freunde. Wir wollten uns da nicht einmischen.« – »Wir! Was ist das für ein Wir, was seid ihr für ein Verein? Schenk mir reinen Wein ein, wenn du verstehst, was ich meine. Ich fahre gleich wieder ab und weiß partout nichts.« – »Bernd, beruhige dich!«, sagte Lidia. »Du verstehst es schon. Du bist in den Bergen, auf die es ankommt. Du bist richtig. Wie Olaf. Schau mich an!« Er sah die Gelassenheit. Er sah die Tiefe. Er konnte und wollte sich nicht entziehen. Sie gab ihm eine Serviette für die feuchte Stirn.

Als er aufwachte, war es acht Uhr und die Sonne stand hoch. Er schnappte seine Sachen und fragte die dumme Gans an der Rezeption nach den Busverbindungen. Vor dem Fenster der Cafeteria, in der Löwitsch ausnahmsweise ein Rührei nahm, machte es sich ein unrasierter Typ bequem. Er warf eine Hand voll Zeitungen auf den Tisch, ließ Kaffee kommen, blinzelte in die Sonne und faltete eine der Zeitungen auseinander. – »O.K., das mach ich dann auch, bald, sehr bald«, nörgelte Löwitsch. Er ging zurück zum Busbahnhof. An den sonnenbeschienenen Hausmauern lümmelten Hunde, Rottweiler- und Retriever-Mischlinge und Schlappohren aller Art. Am schönsten in Smoljan sind die Hunde. Zehn Uhr. Der Bus fuhr sofort ab, er schoss die Kurven hinunter. Am Straßenrand sah er ab und zu das Schild mit dem türkischen Namen für ein einfaches Restaurant: *Mechana*. – Da sitzen, sich voll laufen lassen, basta! Die Maschine des Busses heulte. Löwitsch war still und blass wie die anderen Passagiere.

10

Am Busbahnhof in Plowdiw hupte der Omega. – »Woher wusstest du?« – »Das haben die drauf hier!« Kastner war vergleichsweise atemlos: »Du kommst jetzt mit nach Sofia, zum Flughafen. Unterwegs können wir alles besprechen. Wir nehmen die Mobiltelefone in Empfang, die mit derselben Maschine kommen, mit der ich aber zurückfliege. Und dann kannst du gemütlich wieder nach Plowdiw tuckern. Ja, du hörst recht. Es leuchtet doch ein. Die Bulgaren achten schon genug auf dich. Und der Chef braucht jetzt doch mehr Leute wegen einer Entführung.«
Löwitsch klang wie ein enttäuschtes Kind: »Nö! Ich meine, ja, klar, immerhin wusstest du von den Kollegen, dass ich jetzt hier ankomme. Die Überwachung funktioniert anscheinend. Hat vielleicht noch mit dem zu tun, was bis 1990 hier war. Mit allem anderen stehen wir aber am Anfang. Wir waren noch nicht einmal in Belintasch! Wir haben uns den Opferkult noch nicht erklären lassen von dem Professor, das Muster hinter der Tat. Komm, für Griechenland gibt es doch grünes Licht aus Hamburg. Ist doch nicht weit. Ein Tag, eine Übernachtung. Bis 13. ist genehmigt!« Er fischte die Landkarte von der Mietwagenfirma aus dem Handschuhfach: »Die Adresse von diesem Galla dort, Hotel, Tagungsort, habe ich alles in der Kladde. Komm! Du kannst mich hier nicht sitzen lassen. Ich ruf den Chef an. Fahr los, zum Hotel.«

Kastner fuhr zur Stadt hinaus, ohne auf das Lamento zu hören. Er kodderte heraus, sie seien schließlich abhängig beschäftigt, und Feierabend! Löwitsch solle nicht hier so balkanesisch werden. Soll lieber präzise sagen, was in Smoljan war. – »Die Bulgaren staunen, dass du dir nicht einmal die Gegend angeschaut hast. Wolltest dich doch inspirieren lassen, ein paar Blüten sammeln à la Dichter D.«

Löwitsch glotzte: »Was heißt hier, ich habe das Hotel nicht verlassen? Ein gut Teil der Verdächtigen hat sich dort oben herumgetrieben. Frag mich, was die da machen? Okkultes? Ich habe es nicht rausbekommen. Aber ich habe Viktoria, Lidia und Kora wiedergetroffen unter den seltsamsten Umständen. Kora hat dort einen schrägen Freund, einen Onkel aus der Provinzunterwelt. Das könnte die Verbindung zu der Mafia-Sache, zu dem zweiten Kopf sein. Viktoria hat mich dann zu Lidia gebracht. Die residierte in einer hübschen Folklore-Bar und hat mir etwas aus dem Leben des Olaf D. vorgeführt. Die wollen mich einlullen, wie sie es vielleicht auch mit dem gemacht haben, hm, fällt ihnen nicht schwer …«

Kastner ging vor und zurück auf seinem Sitz, als hätte er Hämorrhoiden: »Was soll das? Was haben die gemacht? Wo war das? Die Bulgaren sagen, du warst die ganze Zeit im Hotel. Was stimmt denn nun?«

»Glaubst du deren Spitzeln oder mir?« Nach kurzem Zögern schlug Kastner das Lenkrad ein, legte einen U-Turn der Spitzenklasse hin und ging aufs Gas. – »So gefällst du mir«, krächzte Löwitsch, froh, dass ihn Kastner – sein Freund und Kupferstecher Kastner – nicht für meschugge

hielt. – »Die sollen uns Rede und Antwort stehen«, zischte der Kupferstecher.
Halb drei telefonierte Kastner mit dem Chef, um drei standen sie bei Margarita auf der Matte, wenig später hatten sie Markow dabei und einen Unbekannten. Löwitsch erkannte den Kerl sofort. Ein unscheinbarer älterer Herr, der mit ihm im Bus hochgefahren war. Er hatte auch in dem Schleuderbus heute Vormittag talabwärts gesessen, unter den blassen Fahrgästen. Der Spitzeltyp aus dem Schwarzweißprogramm – Hut, Mantel, eigenartiger Schnauzbart. Wirkte unglaublich seriös. Markow befragte ihn, es wurde hin und her übersetzt. Es gab keinen Zweifel. Der Mann hatte ihn begleitet. Nach seiner Aussage war er ab 14 Uhr in dem Hotel gewesen und am nächsten Morgen zum Frühstück wieder erschienen, um danach durch die Stadt zum Busbahnhof zu gehen und zurückzufahren.
Markow sah Löwitsch scharf in die Augen: »Zimmer Nummer 517? Heute früh Rührei?« Kastner schaute auf. Demnach hatte ansonsten nichts von dem stattgefunden, woran Löwitsch sich erinnerte? Der ältere Herr verabschiedete sich höflich und ging. Markow und Margarita, aber auch Kastner wandten sich in Zeitlupe zu ihm um. Er sagte: »Es war alles ganz anders.«
Sie gingen zur Tagesordnung über. Die Expertin, mit der sie nach Belintasch fahren würden, stehe noch nicht zur Verfügung. Ohne sie hätte es nach Lage der Dinge keinen Zweck. – »Aber bitte sehr!« So sprach Markow plötzlich: »Wenn meine deutschen Freunde Zeit im Überfluss haben?! Zweitens: Das Treffen mit Galla in Griechenland. Übermorgen. Das ist nun wirklich ein wichtiger Zeuge in

der Sache Orpheus.« Kastner schickte seinem Partner einen prüfenden Blick hinüber und die Bulgaren taten dasselbe. – »Sehr gut«, sagte Löwitsch mit Betonung auf beiden Wörtern. – »Und drittens«, meinte Kastner, »sollten wir dein Engagement zu einer handfesten Falle ausbauen. Ihr macht mir da zu viel rum, du und die Mädels.« Margarita nickte, als hätte sie diesen Satz verstanden, den Markow ihr nicht übersetzte. Löwitsch unterstellte inzwischen Absprachen zwischen ihr und Kastner. Den musste er doch gleich mal interviewen. »Man wird also etwas arrangieren«, fuhr Margarita fort, »während Sie beide in Griechenland Informationen über Olaf D. sammeln und über antike Poesie.« Was für ein Lächeln hinter dem Rauch der Marlboro! – »Morgen ist übrigens Feiertag, eine gute Gelegenheit, Verdächtige anzutreffen.« Schon im Aufbruch, fragten sie noch, was für ein Feiertag das sei. Der Tag der Vereinigung Bulgariens von 1885, besonders wichtig für Plowdiw. Es gebe ein öffentliches Zeremoniell mit dem Präsidenten. Ob sie Interesse hätten?

»Also, bitte sehr!«, fuhr Löwitsch Kastner vor der Tür an: »Was habt ihr mit mir vor, die Diva und du?« Kastner machte eine beruhigende Geste: »He, das verstehst du wohl! Ich will hier nicht meinen Lebensabend verbringen. Du sicher auch nicht, obwohl mir schon Zweifel kommen. Jedenfalls müssen wir ran an den Speck. Du lässt es zu sehr laufen, finde ich. Kannst gerne widersprechen, sehr gerne sogar. Fang am besten mit deiner netten Reise an. Ich kann es nicht glauben!« Löwitsch fing von vorn an: »Es war vollkommen anders. Ich werde wohl kaum im Bus in Trance gefallen sein! Auf der Fahrt hoch entdeckte ich bei einem

Halt die drei Frauen. Ich war nicht darauf gefasst. Habe es aber laufen lassen, habe gedacht, es wird schon was bedeuten. Die werden schon auf mich zukommen. Haben mich schließlich zu der Reise eingeladen. Sie taten aber gar nichts. Viktoria fuhr als Einzige mit im Bus. Vom Hotel aus bin ich dann als Erstes hoch in die Berge. Da war ein seltsamer Alter, der Giftpilze sammelte ...« Sie gingen, Löwitsch sprach und Kastner unterbrach ihn nur selten.

Als sie das *Terassite*, das Restaurant im Grünen, errreicht hatten, verlangte Kastner lautstark nach einem Rakija. »Das glaubst du doch alles selber nicht! Mit was für einer Droge haben sie dich behandelt da oben? Mit einem Betäubungsgewehr angeschossen? Hat der Alte dir seine Pilze verabreicht? Bist du liebestoll? Hat es dir deine Lidia so angetan? Hör mal zu: Die Frau ist verheiratet mit einem Mann, der hier nicht ganz ohne Einfluss ist. Sie hat keine Kinder, betreut aber über ihre Bibliothek verschiedene pädagogische Projekte. Der Verein der echten Thrakerinnen ist übrigens eine vollkommen legale Sache. Warum weiß ich das eigentlich und du machst hier ein Teekränzchen und da einen netten Ausflug mit Dudelsackmusik, weißt aber gar nichts? Die Orpheus-Sache sehe ich wie du. Das ist aber auch das Einzige! Wir müssen uns sofort die Handys schicken lassen aus Sofia. Ich bleibe. Bedingung ist aber, dass du wieder mit mir zusammenarbeitest. Wir sprechen ab sofort jeden popligen Schritt ab. Wir beide liefern hier eine ganz schlaffe Performance. Die deutsche Polizei ist so lahmarschig, dass sie ihre Leute offenbar zur Nachschulung auf den Balkan schickt. So sieht das aus. Die Bulgaren arbeiten prächtig. Es ist ein Vergnügen, mit denen

auf die Pirsch zu gehen. Das sag ich dir. Das sind Jäger. Du dagegen – du spielst den Fasanengockel auf der Rhodopenwiese. Wenn es denn stimmt ...«
Auf einer der Terrassen des Restaurants saß Wera mit einem Kerl, der ausschaute wie ein Rockmusiker alter Schule, langhaarig und mit hängendem Schnauzbart im unrasierten Gesicht, schwarzes Leder und Nieten. Löwitsch versuchte erst gar nicht, sie anzusprechen. Auch weil er innerlich kochte und nach Luft schnappte.
Sie tranken beide einen so genannten kleinen Schnaps. Kastner schüttelte sich: »O.K., wenn es um Drogen geht, wann hast du was genommen? Hast du an der Busstation vorher noch eine von denen getroffen? Wirklich nicht, nein?« Er sprach inzwischen wie mit einem Kranken.
»Das verstehe einer. Haben sie dir gestern einen Keks untergejubelt? Was wirkt so lange? Hast du in Smoljan doch was genommen?« – »Nur so einen ekligen Wurst-Burger, Mineralwasser und Äpfel.« – »Vielleicht war der Burger schlecht«, lachte Kastner auf. »Ok, noch einen Rakija, bitte. Damit wir auf das 100-Gramm-Maß kommen. Damit wir bulgarisch draufkommen oder meinetwegen thrakisch.«
Vorsichtshalber aßen beide einen Schopskasalat und nahmen von den hausgemachten Pommes frites, eine Speisekombination, die sie sich bei den Bulgarinnen abgesehen hatten. Vielleicht brachte das die schlanke Linie. Kastner blieb in Fahrt. So viel hatte er seit ihrer Ankunft noch nicht zusammenhängend geredet. Löwitsch hatte währenddessen allen Grund zu grübeln. Er kletterte Stockwerk um Stockwerk in die letzte Nacht hinab und sah sich noch einmal darin um.

Sie nahmen den Weg zur Burgruine. Während der fünf Minuten beruhigte sich Kastner allmählich wieder und wurde konstruktiv, so, wie Löwitsch ihn brauchte, weil sie sich dann ergänzten und in der Regel auch vorwärts kamen. Löwitsch sah die Gefahr selbst: »Ich drifte hier nicht ab. Ich schaffe das. War doch noch nie mein Problem. Zu Lidia muss ich auf Distanz. Sie hält mich hin. Obwohl ich mich frage, wer, wenn das mit den Alibis stimmt, die Tat begangen hat, womöglich im Auftrag. Galla ist unser Mann, auch was die früheren Besuche D.s betrifft. Ich bin so fixiert auf das Muster. Dabei kann alles viel kleiner und einfacher sein. Ich bin blind auf dem Auge, das heißt nein, ich sehe umso verschwommener, je näher ich dran bin. Das hört jetzt auf.« Löwitsch nahm es sich vor, obwohl er wusste, wie es im Augenblick um ihn stand.
Kastner nickte ernst: »Ich kümmere mich um die Telefone, du drängst bei den Frauen auf die Zeit, die Ferien sind schließlich bald um, Herr Lehrer. Lass dir den Aufenthaltsort des angeblichen D. sagen. Was soll das? Lass dich nicht abspeisen. Die Damen nerven. Vielleicht gibt es ja eine Mutter, einen Vater von D., die in Deutschland auf Kohlen sitzen und endlich etwas wissen wollen? Die Frauen hier werden seine Verwandtschaftsverhältnisse kaum so genau kennen. Petar und Dimitar werden sowieso an dir dran bleiben. Ich selbst auch. Plan A, die zweite, forcierte Version!«
Sie verabschiedeten sich in der Nähe von Löwitschs Holzhaus. Er holte die Plastiktüte mit seinen Klamotten und ging zu der schicken, kleinen Wäscherei gegenüber der Moschee. Genau genommen war gar nichts klar, weder in-

nen noch außen. Die Dame am Bügelbrett verstand kein Deutsch und er ließ sein Portemonnaie liegen. Sie rief ihn mit schriller Stimme zurück. Wo er ansetzen wollte, war ihm schleierhaft. Smoljan saß ihm in den Knochen. Er befand sich auf einer weiten Reise und das Land schien ihm jetzt erst recht vollkommen unbekannt. Ein Mord nach Muster, das ging ja so halbwegs noch durch. Aber das Nachtleben der Frauen dort oben, ihr Doppelleben – was sollte er davon halten, wenn er es erlebt hatte, aber sie es so geschickt anstellten, dass ein Polizeispitzel es nicht mitbekam? Wenn er gleichsam entführt worden war? Löwitsch schaufelte sich Hände voll Wasser ins Gesicht. Auf den hell gescheuerten Dielen wuchs der nasse Fleck. Seine Socken waren nass, die Hose, das Hemd. Er schrie.
Im Hof der Bibliothek saß der Typ wie immer mit seiner Flasche Bier. Sie grinsten einander an. Lidia stand im Raum mit ein paar Oberschülerinnen. Er nahm sich eine deutsche Tageszeitung von vorgestern und setzte sich in das Lesezimmer, bis das leise Stimmengewirr aufhörte. Sie kam so unglaublich freundlich auf ihn zu, dass er die Geste der Umarmung mit geschlossenen Augen gerade noch zum Handkuss umdeuten konnte. Sie sagte etwas wie »Olalá«, hatte sich schon umgewandt und brachte ihm einen Tee. – »Ich habe dich erwartet.« Löwitsch erklärte, dass ihm die Zeit knapp werde. In Smoljan, das hätte er wohl ganz hübsch gefunden, aber es habe ihn seinem Freund praktisch keinen Deut näher gebracht. Ob sie nicht eine Adresse hätte, eine Telefonnummer. – »Das tut mir Leid, nein, das hatte ich noch nie. Hat dir Smoljan gefallen? Olaf mag es da oben. Ich hätte gewettet, euch führt der Zufall zu-

sammen. Schade. Ich war schon lange nicht mehr dort, aber Viktoria hat dir sicher gute Empfehlungen gegeben.«
Löwitsch klirrte die Tasse auf die Untertasse, dass der Tee schwappte: »Waren Sie nicht, ähm, haben wir uns nicht …?« Er verlor die Kontrolle. Lächerlich. Er spürte seinen Puls gehen: »Stellen Sie sich vor, ich habe in einer Nachtbar gemeint, Sie erkannt zu haben. Sie haben nicht etwa eine Schwester dort oben?« – »Ach, Bernd, lieber Bernd«, sagte sie, »bitte lass uns Du zueinander sagen, ja? Wir werden nachher gemeinsam Kora im Krankenhaus besuchen. Sie hatte einen Unfall, wie du weißt. Du hast ihren Bruder in ihrer Wohnung angetroffen. Danach könntest du mich zu einem Konzert im Amphitheater begleiten.« Sie war genau im Bilde, ging aber nicht weiter darauf ein oder fand nichts dabei. Er dagegen sah zwar Fäden, unklar blieb nur das gut gewickelte Knäuel, aus dem sie hervorgingen oder wo sie zusammenliefen.
Jedenfalls nickte er zu der frohen Botschaft der Abendgestaltung mit Dame. Das Du ging ihm stockend über die Lippen: »Was sagt deine Familie, wenn du so spontan ausgehst?« – »Mein Mann hat viel zu tun und arbeitet sowieso oft abends«. – »Was ist er denn von Beruf?« – »Er leitet einen Betrieb«, antwortete sie so, dass weitere Nachfragen unhöflich gewesen wären. – »Ich gehe schon einmal hinaus«, sagte er, »den Wind genießen. In einer halben Stunde vor der Pforte.« Tatsächlich zerrte starker Wind an den Bäumen. Ein kleines Stück die Straße runter ging hinter einem staubigen Oldtimer mit platten Weißwandreifen die Beifahrertür eines hellblauen Saporoshez auf. Kastner reichte ein Telefon raus, seine Nummer sei als erste gespeichert.

Löwitsch schaltete es sofort aus. Er konnte das erste Mal wieder grinsen an diesem scheußlichen Tag: »Mensch, was die alles im Fuhrpark haben. Holen sie eigens für dich aus dem Polizeimuseum, oder?« Dimitar zeigte er den O.K.-Daumen und der grinste zurück und krächzte: »Sowjet Formula. One. Motor-Sound gut!«
Löwitsch kaufte Blumen auf dem Markt. Lidia hatte zu seiner Überraschung kein Auto oder keines dabei. Sie fuhren mit dem Trolleybus. Als er an einer riesigen Kreuzung Boulevard Christo Botew entzifferte, versuchte er es mit einem Scherz: »Hadshi Dimitar?« Sie reagierte gar nicht. Und als er fragte, ob Wojenna Bolnitza tatsächlich das Militärkrankenhaus sei, kam nur ein trockenes: »Ja.« Sie konzentrierte sich auf etwas, das sie nicht teilen wollte. Auf der Strecke hatte es außer der kleinen Stalinallee keine Sehenswürdigkeit gegeben. In einem Ölpaneel-Flur hinter einer grauen Türe lag Kora, in einem von sechs Betten. Löwitsch fühlte den Vaterreflex so stark wie beim ersten Mal. Er hatte sich nur besser im Griff, überreichte die Blumen mit einem Scherz, genoss, wie sie über sein Kommen staunte. Endlich schien hier einmal jemand nicht mehr zu wissen als er selbst.
Die Halskrause aus Plastik ließ sie ausschauen wie ein Burgfräulein. Ein Bein war dick von bekritzeltem Gips umschlossen. Ein dickes rotes Herz war dabei und »Angel« stand dort, wo der große Onkel herausschaute. – »Sie haben einen sehr netten Bruder.« – »Ja, er hat gesagt, dass Sie gekommen sind! Woher wussten Sie meine Adresse?« – »Vom Hotel.« Nun fragte sie ihn ernsthaft, ob es *ihm* gut gehe: »Das letzte Mal, wissen Sie noch? Wie sind Sie da

nach Hause gekommen?« Lidia konnte sich unsichtbar machen, obwohl er sie im Augenwinkel behielt. Es war der normalste Krankenbesuch. Die beiden Frauen sprachen noch etwas miteinander und lachten und nach einer langen Umarmung und Löwitschs Winken zum Abschied standen sie wieder draußen an der Haltestelle. Er fragte, ob Kora schon lange in ihrem Verein sei. Sie schaute ihn an und er sah immerhin so viel von ihrem Gesicht, dass er vermutete, ihre Augenlider flatterten: »Sie ist meine Halbschwester, wir haben dieselbe Mutter.«
Als sie beim Amphitheater ankamen, hatte der Wind noch mehr aufgefrischt. Die Farbe des Himmels gab sich dramatisch wie auf einem Ölschinken. Sie gingen nicht durch den Einlass hinunter ins Rund, sondern setzten sich an einen der Cafétische vor dem hohen Zaun. Auf Löwitschs Frage, warum so viele Sicherheitsleute herumstünden, wusste Lidia, dass zu diesem Ereignis der Patriarch von Bulgarien und der von Moskau erwartet würden, hohe Würdenträger der orthodoxen Kirche. Weil morgen der Feiertag sei. Löwitsch zeigte sich beeindruckt und versteckte sein Gesicht hinter einem langen Zug aus dem Bierglas. Es ging auf halb neun. Das Theater war nicht einmal halb voll. Alles schaute sorgenvoll in den Himmel. Dann kam Bewegung in die Leute. Die zwei Würdenträger, einer in Weiß, der andere im üblichen Schwarz, waren plötzlich mit einem Rattenschwanz von Priestern und Anzugtypen aufgetaucht. Lidia wies ihn respektvoll auf den Bürgermeister hin: »Übrigens ein angenehmer Zeitgenosse.«
Die Show begann. Das Moderatorenpärchen nahm sich lächerlich aus, aber die Chöre, die auftraten, machten das

wett. Vor allem ein serbischer Kirchenchor, wie Lidia wusste. So etwas hatte Löwitsch noch nie gehört. Er gestattete sich eine Gänsehaut, fühlte sich in Katakomben mittelalterlicher Städte versetzt. Nach der nächsten Ansage des Pärchens forderte ihn Lidia auf, kurz mit ihr hinunterzusteigen in das Theaterhalbrund: »Es ist in den siebziger Jahren überhaupt erst freigelegt worden. Ich habe als Kind hier noch auf der Wiese gespielt.« Ein paar Männer und Frauen in bunten Trachten stürmten die Bühne. Sie trommelten und fiedelten wie wild auf ihren Instrumenten und tanzten und sangen so schnell in wechselnden Posen, dass alles ein einziges großes Wirbeln war. – »Das Thrakia-Ensemble, das beste, was wir haben an Volkskunst«, sagte Lidia. »Was ist das für eine Fiedel, die sie so merkwürdig halten«, fragte Löwitsch. – »Godulka«, antwortete sie, »die bulgarische Leier.«

Der Wirbel war knapp vorbei, da brach der Himmel mit fetten Tropfen über die Welt herein. Die Patriarchen und die Stadtoberen verschwanden unter großen Schirmen und wurden vom Platz geschleust. Lidia ließ sich ein Taxi rufen und bestand darauf, ihn um die Ecke bis zu seinem Haus zu bringen. Unter dem Torbogen schaute er zu, wie das Gefährt wendete und die regendunklen Steine hinaufholperte mit ihrem Schopf hinter der beschlagenen Heckscheibe. Sein Telefon fiepte sofort nach dem Anschalten. – »Ja, ich habe einen netten Abend gehabt und jetzt liegt doch nichts mehr an?« – »Nein, aber morgen hundert Prozent, ja?« – »Versprochen!«

Einem der zwei bulgarischen Fernsehkanäle, die er mit dem winzigen Apparat und der Zimmerantenne empfangen konnte, war zu entnehmen, dass Dänemark in der WM-Qualifikation 1:0 gespielt hatte. Das bedeutete irgendetwas für die bulgarische Mannschaft. Was, verstand der Fußball-Laie Löwitsch nicht. Am Millerntor liebte er die Atmosphäre, was ihn ein paar Mal mit Kollegen zu wichtigen St.-Pauli-Spielen gebracht hatte, aber ein engagierter Zuschauer war er nicht.

Es stürmte um sein Haus und goss ohne Unterlass bis Mitternacht. Gegen zwei polterten die ausgetrunkenen Flaschen vom *Hebros* in den Container. Zum Katzenkonzert schaute er nicht mehr auf die Uhr. Auch nicht zum Jucken der Mückenstiche, das ihn bis zum endgültigen Einschlafen verfolgte.

11

Das Wecken besorgten helle Frauenstimmen. Sie riefen einander etwas zu und kicherten eins ums andere Mal. Als er aus seinem Türchen trat, um drüben mit Kastner den Kaffee zu nehmen, sah Löwitsch, dass es Schülerinnen waren, die überall in der Straße auf den Schwellen saßen, Zeichenblöcke auf den Knien, und brav die Häuser aus der Zeit der bulgarischen Renaissance abzeichneten. Heute vor hundertsechzehn Jahren war die Südhälfte des Landes mit der Hauptstadt Plowdiw aus der türkischen Verwaltung entlassen und damit der Staat Bulgarien souverän geworden. Die Mädchen kamen hier einer patriotischen Pflicht nach. Er linste nach dem Blatt der einen, die seinem Haus genau gegenüber saß. Zu seiner Enttäuschung zeichnete sie die Fassade des Hotels nebenan und gab sich Mühe mit jedem Zweiglein der Glyzinie vor dem Eingang.
Kastner und er zogen sich bald ins Haus zurück. Sie eröffneten auf dem Tisch im ersten Stock das Büro, indem sie auslegten, was sich angesammelt hatte: die Unterlagen aus Hamburg, das Protokoll, das Foto, D.s Tagebuch und die Kopien der Gedichte, den Stadtplan von Plowdiw, eine Landkarte und das Geschichtsbuch des Herrn Professor, den Ausdruck des alten Stichs mit dem zerstückelten Leichnam des Orpheus, die grauen Ordner der Bulgaren mit der Beschreibung des Fundorts und mit der Kladde der Gerichtsmediziner. Das Ambiente, das Mobiliar und selbst

der Geruch ließen sie eine Zeitreise antreten: »Alles in Ordnung, Dr. Watson?«, brach Löwitsch anfangs einmal das Schweigen. Kastner antwortete zwar nicht, aber vertiefte sich mit noch steilerer Stirnfalte zum Zeichen, dass er mitspielte. Sie schwiegen, lasen, schauten und wiesen im Wechsel einander auf Funde oder Möglichkeiten hin, schüttelten die Köpfe oder nickten. Es war wie zu Hause im Büro, nur diesmal besser, weil kein Telefon dazwischen klingelte und auch sonst niemand etwas von ihnen wollte.

Sie tauchten erst auf, als von irgendwoher ein Muezzin rief. Löwitschs Uhr sagte halb zwei. Kastner rückte seinen Stuhl neben Löwitschs und räumte eine Fläche auf dem Tisch frei. Er legte zwei leere Blätter nebeneinander, kringelte links den Namen Olaf D. ein und rechts den Namen Lidia A. Löwitsch schrieb Kora A. und »Schwester« neben Lidia. Kastner zog zwei Linien von links nach rechts und gab ihnen an beiden Enden Pfeilspitzen. Löwitsch schnaufte, zeichnete Herzchen über die Linien und schrieb links den Namen Borjan K. mit Kringel drum (das war der ehemalige Besitzer des Kopfes im Eisklotz von Batschkowo), zog eine Linie nach rechts, und kringelte dort Viktoria L. ein. Kastner gab beiden Enden dieser Linie ebenfalls Pfeilspitzen mit einem Extranicken zu Löwitsch. Der versah eine zarte Linie zwischen den Männernamen mit einem Fragezeichen. Kastner schnaufte. Die beiden anderen bekannten Damen, Zahnärztin Elena S. und Messedame Rumiana M. bekamen oberhalb von Lidia ihre Kringel. Löwitsch konnte sich nicht verkneifen, alle Frauen gemeinsam in einen Kreis einzuschließen, den er mit Blättchen verzierte.

Kastner schrieb dünn Margarita M. in eine Ecke und schrieb »Kunstszene« mit Ausrufezeichen dazu. Löwitsch notierte ebenso dünn: Wera L. Professor Galla rückte nah an Olaf D. Ein Platzhalterfragezeichen auf der Männerseite mit zwei Blitzpfeilen zu den Opfern hin. Die Orte bekamen eine Leiste unter dem hübschen Bildwerk: Plowdiw, Belintasch (mit Totenkopf), Smoljan (mit Ziegenhörnern), Batschkowo – und für das Haus der Zahnärztin wiederum einen Platzhalter.
Sie saßen auf einer Bank, und jeder hatte ein großes Stück Pizza und eine Cola hinuntergewürgt. – »Nur wer mit Toten vom Mohn aß, von dem ihren, wird nicht den leisesten Ton wieder verlieren«, las Löwitsch etwas von D. vor und Kastner reagierte folgerichtig: »Ob eine Abhörgenehmigung hier ein Problem darstellt?« Er versuchte, Markow und Margarita zu erreichen. Fehlanzeige.
Die Mädchen mit den Zeichenblöcken hatten tatsächlich den ganzen Schultag in der Altstadt abgesessen und zogen jetzt lärmend über den Platz. Kühler Wind kam auf. – »Wann fahren wir morgen?«, fragte Kastner – »Früh«, kam es forsch von Löwitsch. »Lass uns auf eigene Faust Zimmer buchen.« Erstaunlicherweise erreichten sie Galla auf Anhieb. Offenbar verstand er Kastners klares Idiom. Er sei nicht nur in Saloniki, sondern er empfehle wegen Meerblick und Nähe zu seinem Appartement auch gleich ein Hotel: *Makedonia Palace*. Danach Treffpunkt *Wiener Café*. Löwitsch genoss die Promenade. Es gab die üblichen Einblicke, die nun nicht mehr gar so irritierten. »Mein lieber Schwan! Was fangen nur die bulgarischen Männer damit an? Die schlendern so normal nebenher, als sähen sie

nichts.« Der Wind lupfte die ohnehin kurzen Röcke. Die Bäuche der jungen Frauen glänzten. Die Busen manch reiferer Damen sprengten die Blusen. Die übertrieben geschminkten Münder küssten die Luft. Nichts davon wäre zu Hause sein Geschmack gewesen. Hier aber beschwingte es seinen Schritt. Hier widmete er alldem ein immer weniger scheues Auge und bekam ein warmes Ohr zurück, weil er sich von den Ladys wahrgenommen fand. Mister Löwitsch strich das dünne, aber immerhin noch flächendeckende Haar, das im Wind hochstand, von den grauen Schläfen nach hinten.

Via Internet buchte er in dem besagten Hotel zwei Zimmer für einen viersternigen Dollarpreis. Der Unrasierte machte den Administrator, erkannte ihn aber nicht. Als er schon gehen wollte, kam Viktoria. Sie trug die Parkajacke, die er von Smoljan her kannte. Ihr »Hallo« war erstaunlich ungezwungen. Er setzte sich draußen auf einen der Plastikstühle, ließ sich von ihr einen Tee mit Milch bringen und fragte nach Smoljan. Er sah sie das erste Mal lachen. Ihre wortlose Gegenfrage übersetzte er sich so: »War doch schön, oder?«

Er schüttelte sich noch einmal, als er vor Kastner stand. Der hatte Wera entdeckt, drüben, wieder mit diesem Rocker. Sie kam herüber und stellte ihn vor: »Mein Freund. Wollen wir nicht gemeinsam zu der Zeremonie gehen? Der bulgarische Präsident wird dort sein. Ich kenne das nur aus dem Fernsehen, aber da es heute schon einmal in Plowdiw stattfindet …« Sie schaute Löwitsch an und sagte unbeschwert: »Kommt doch mit.« Kastner und er warfen einander den internen Blick zu.

Ein paar hundert Leute standen auf der Straße vor einem Denkmal herum, das ihnen den Rücken zukehrte. Militär verschiedener Waffengattungen, rote und blaue Barette. Bei den Limousinen, die Anzugleute ausspien, war der bayrische Hersteller hier offenbar schneller gewesen als der schwäbische. Wera kommentierte für sie beide: »Bürgermeister Tschomakow, sehr nett. Der Patriarch von Moskau …« – »Die beiden Herren kenne ich von gestern Abend«, punktete Löwitsch. – »Unser Präsident Stojanow.«
Kommandorufe und Ansprache eines hohen Offiziers. Sowohl der Bürgermeister als auch der Präsident mit kurzen Reden. Diverse Meldungen diverser Ehrenkompanien. Aufzählung von Helden des nationalen Befreiungskampfes. Eine Dame und ein Herr, beinahe so penetrant wie die Moderatoren des gestrigen Abends. Die Dame zeigte ihr flaches Dekolleté im schulterfreien Abendkleid und das Vibrato ihres Diskants drang unangenehm ins Gehör. Meldung durch einen General. Eine Fackel wurde entzündet. Das Hurra der Soldaten wie aus einem Sowjetfilm über den Großen Vaterländischen Krieg. Bei der Kranzniederlegung zu dramatischer Blasmusik gingen alle auf die Knie, nur der Patriarch von Moskau nicht und ein Priester neben ihm. Die Nationalhymne, tragisch aufbegehrend, sich aus vergangenem Leiden zur Zukunft emporringend. Der Befehl »Stoj!« zum Aufstehen brachte das Publikum zum Lachen. Daraufhin brüllte jemand »Salut!« und es begann ein zweiminütiges Knattern aus automatischen Waffen von den Dächern zweier nebenstehender Plattenbauten. Irgendwo in ihrem Rücken am Himmel Spuren eines Feuerwerks. Der Spuk löste sich auf. Sie bedankten sich bei Wera und

ihrem Rocker und gingen ihrer Wege. – »Hast du gesehen«, fragte Kastner echauffiert, »hast du gesehen, wie ernst der Rocker das genommen hat?« Löwitsch spekulierte: »Vielleicht ist er ja ein Beamter wie wir?«

12

Kurz nach acht am nächsten Morgen waren sie schon aus der Stadt hinaus. Margarita rief auf Kastners Handy an: »Gute Reise, und bitte halten Sie uns auf dem Laufenden.« Man musste über Sofia fahren, nordwestlich, um in den Süden zu gelangen. Zu Zeiten der Römer hatte es angeblich noch Verbindungsstraßen nach Griechenland durch die Rhodopen gegeben. Bis Sofia wussten sie noch, welches Gebirge sie vor sich hatten. Ab Sofia gab die Karte nicht mehr so viel her. Jenseits der Hauptstadt Witoscha, übergehend in das Rilagebirge, dann hieß es irgendwann Pirin. Schön war das Tal, dem sie stundenlang folgten, in allen Partien, auch regenverhangen, wie es über eine lange Strecke blieb. Irgendwann tauchte rechts ein Fluss auf. Sie einigten sich, es sei die Struma, das bedeutete, dass sie in die richtige Richtung fuhren, denn im gleichnamigen Tal würden sie die Grenze überqueren. Als weniger Pferdefuhrwerke den Verkehr aufhielten, war es eine endlose Folge von Baustellen. Große Schilder verkündeten, dass hier Geld der Europäischen Union verbaut wurde. Die Straße hatte es nötig. Sie versicherten einander, dass sie beide die erste Truthahnherde ihres Lebens sahen. Die ersten Ölbäume auf bulgarischem Boden. Bunt gekleidete alte Frauen hüteten ein Dutzend Ziegen. Im Vergleich mit den Rhodopen eine reichere Gegend. Schließlich riss der graue Himmel auf und zeigte ein feines Lichtblau. Griechisches

Licht. Irgendwann war es tatsächlich so weit, die Grenze. Zwei Stunden dauerte der Spaß. Vor ihnen wurden Busse kontrolliert, wurde diskutiert. Mehrere Viehtransporter mit Schafen aus Rumänien passierten rascher. Gut für die Tiere. So kamen sie rechtzeitig auf die griechischen Grillroste. Löwitsch stand kurz vor der Gallenkolik. Der einzige Kiosk war dicht. Ein kleiner Pferdetransporter passierte nach nur zehn Minuten. War da Geld an einen Uniformierten gegangen? Kastner legte die Hand auf Löwitschs Arm und frohlockte: »Wir fahren in den Süden!« Es ging weiter. Auf der griechischen Seite ein Imbiss. Essen, trinken, entspannen. Sie mussten heute nur ankommen und Galla anrufen. Und vielleicht guten Fisch essen?

Als sie aus dem oberen Stockwerk des Hotelklotzes auf die Bucht und in die schon tief stehende Sonne schauten, rief Kastner zu Löwitschs Entzücken Margarita an, sagte den Namen des Hotels und dass sie morgen mehr wüssten. – »He«, raunzte ihn der offenbar schon wieder unterzuckerte Löwitsch an: »He, du säuselst aber ganz schön mit der stolzen Lady, wie?« Kastner zuckte die Schultern und fragte zurück: »Fisch oder Fleisch?«

Sie inhalierten die Seeluft. Sie querten lärmende Straßen und nahmen die Schaufenster der Großstadt wahr. Schließlich landeten sie wieder am Wasser und fanden in der Nähe des Weißen Turmes ein Restaurant. Hätte sie einer von Bulgarien aus hierher begleitet, er hätte festgestellt, um wie viel vertrauter ihnen die griechische Atmosphäre war. Sie bestellten ungezwungener, sie begannen miteinander zu plaudern, als hätte es da oben im balkanischen Norden einen dauernden Zwang gegeben. Sie stellten es fest, sie lachten, sie vergewisserten sich ihrer Kreditkarten und ließen sich den teuren Fisch zeigen, dem sie die üblichen Vorspeisen vorlagerten. Sie tranken Bier und orderten Weißwein, zwei deutsche Beamte auf Urlaub im Süden.

13

Galla hatte sie früh in die nahe gelegene Pädagogische Akademie bestellt. Sie sollten sich seinen Vortrag anhören und nach der Diskussion mit ihm zu Mittag essen. Es war eine spezielle Gesellschaft, die das Foyer füllte: Weißhaarige, Graubärtige, Langbärtige, Einstein-Typen. Hier fielen sie beide nicht auf, sie hatten vielleicht zu schicke Schuhe an und sie drückten den Altersdurchschnitt, wenn man von den Studentinnen absah. Es waren tatsächlich fast nur junge Frauen, die ringsum schwatzten. Löwitsch konnte sich nicht enthalten, innerlich zu vergleichen. Der slawische Einschlag fehlte hier zu seinem Bedauern. Die Art, wie diese Reise seinen Blick verfeinerte, wäre zu Hause ein Skandal.

Sie sahen ihn erst, als er das Podium betrat. Galla war ein kugelrunder Zwerg. Sein Gesicht ähnelte entfernt dem Löwitschs, war aber offensichtlich stärkerem Raubbau und weniger Frischluft ausgesetzt. Die Augen sahen sie von ihren Klappsitzen aus überhaupt nicht. Seine Lider schienen zu schwer zu sein. Eine alterslose Blondierte rückte ihm das Lämpchen zurecht und er verstaute zwei Plastikbecher im Pult. Zu welchem Thema er mit raschem, aber vernuscheltem Englisch sprach, war nicht auszumachen. Irgendetwas mit Religion und Altertum.

Nach einer Weile hörte sich Löwitsch besser ein, während Kastner den Saal verlassen hatte. Die antiken Religionen seien ausgesprochene Festreligionen gewesen. Das katholische Christentum habe noch etwas davon bewahrt, das orthodoxe sicher auch, nur der Protestantismus sei eher der Gegenrichtung zuzurechnen. Merkwürdigerweise traf das Löwitsch. Seine Vorfahren standen ihm vor Augen, mehr oder minder brave Preußen, Leute östlicher Herkunft, denen jeglicher katholische Hintergrund abhanden gekommen war, alle unter Luthers und Melanchthons gestrengen Bildnissen getauft so wie er selbst. Warum war jetzt plötzlich von Südamerika die Rede, von einem Maisgott, der stirbt und doch nicht stirbt? Das Fest, die heilige Tradition, die ernste Pflicht des Opfers? Doch wer sich dem Zwang zum Opfer hingebe, der finde sich plötzlich im freien Spiel der Götter. Das war ihr Thema. So kann es gewesen sein.

Löwitsch nahm die Spur auf. Doch gut, dass sie die Reise unternommen hatten. Sie waren mittendrin. Am liebsten hätte er Kastner wieder reingezerrt. Galla fuhr fort: »Die Unterscheidung von Subjektivem und Objektivem ist in dieser Erfahrung belanglos.« – »Ist ja hochinteressant! Das entschuldigt ja alles!« – »Recht war alles, was den Göttern gefiel. Man machte sich schön für die Götter und also für sich zum Fest und schön waren die Opfertiere, die schönsten.« – »He, wovon redete der Mann da?« – »Nach der einen Idee war das Opfer heilig, nach der anderen nicht. Es war Mord.« Löwitsch blickte durch. Was kein griechischer Kaffee geschafft hatte, schaffte dieser schmerbäuchige Faun dort vorne mit seinem Sprachfehler. Die Rede war von Mord, rituellem Mord, der nach dem Recht gesühnt werden musste, aber das Sühnen wurde im Ritual immer weiter verschoben. Schuld war am Schluss nicht derjenige, der getötet hatte, sondern das Beil, mit dem er zugeschlagen hatte. – »Das Beil! Was?« – Nein, auch das Beil war nicht schuld, sondern das Messer, mit dem das Opfer zerlegt worden ist. Und so wurde das Messer im Meer versenkt und kein Schuldiger blieb zurück. Für Löwitsch sprengte das den Rahmen, nahm ihm die Luft. Hatte der Professor das eigens für sie vorbereitet? Hatte er zu dem Mordfall Olaf D. gesprochen?

Man klopfte auf die Bänke. Das Gespräch interessierte Löwitsch nicht die Bohne. Er wollte jetzt an Galla ran. Er ging raus und fand Kastner im Foyer in Betrachtung des stockenden Straßenverkehrs. – »Hör zu, der Mann bringt uns die Lösung. Worüber er eben gesprochen hat, das war's! Erstens: Selbst wenn unsere Ladys einen Mörder beauftragt haben, sehen sie es rituell. Das bedeutet zweitens: Nicht einmal der Mörder ist schuld, sondern das Messer, mit dem er es getan hat. Blendend, nicht wahr? Die können uns natürlich mit gutem Gewissen und guter Laune gegenübertreten. Es ist ja alles – wie würde Galla sagen? – gesühnt. Es war ja das Messer. Die Götter haben es so gewollt. Wenn die das wirklich glauben – und den Anschein hat es –, dann ist ihr Verhalten erklärbar. Nur Kora ist zu fein dazu, hält die Last nicht aus. So liegt der Fall doch klar.«

Kastner ließ ihn erst ausreden und fragte dann: »Selbst wenn du schon in Plowdiw so weit gewesen wärst, hättest du noch ein kleines Problem: Wie beweist du es?« Löwitsch schluckte und bekam warme Backen: »O.K., o.k., mein Freund. Du turtelst da mit Frau Margarita herum! Läuft die Abhöraktion schon? Werden die überhaupt noch observiert oder nur noch ich, weil ich zu blöd bin, allein über die Straße zu gehen?« Kastner hatte ihn auf dem kürzesten Weg aus dem Himmel geholt. Zum Glück ging die Tür auf und die Leute strömten in die Mittagspause. Nur der Professor nicht. Der stand plötzlich hinter ihnen. Sie müssten ja wohl die beiden Herren aus Deutschland sein. Ob er ihnen Professor Immann vorstellen dürfe, einen Kollegen aus Prag. Ein Altphilologe wie er, aber zudem versiert in der alten Geschichte der slawischen Völker. Immann war ein Riese, verglichen mit Galla, dessen helle Augen unter den schweren Lidern übrigens tatsächlich selten zu sehen waren. Der Riese sprach mit einem österreichischen Dialekt, hatte die dünnen Haare nach hinten an den mächtigen Schädel geklebt und besaß beeindruckende fleischige Ohren. Sein Teint war von hellerem Grau als der von Galla, aber Kettenraucher mussten beide sein. Der Riese lachte und schlenkerte seine altmodische, karierte Tasche. Er müsse danach direkt zum Flughafen. Galla bot allen aus seiner zerknautschten Schachtel bulgarische Zigaretten an. Kastner nahm eine.

Auf dem Weg ins Restaurant fragte Galla, wie der Vortrag gefallen habe. Löwitsch zähmte sich, vor Kastner von seiner Begeisterung zu reden, und fragte nach einer Höflichkeitsfloskel nur, ob darin von thrakischen Ritualen die Rede gewesen sei oder eher so allgemein. – »Nun, am Schluss meines eher religionswissenschaftlichen Vortrags habe ich von einem Fest im antiken Athen gesprochen. Dessen Höhepunkt stellte ein Stieropfer dar, bei dem das Blut des Tieres sich direkt über den Geweihten ergoss, na und so weiter. Den anderen über ein rein thrakologisches

Thema habe ich bereits gehalten.« Sie landeten in einem Schnellrestaurant. Die Osteuropäer wollten offenbar billig essen. Trotzdem lud Kastner beide ein. Man saß auf zu kleinen Stühlen am Resopaltisch und aß etwas mit Pommes frites. Löwitsch stellte den Fall dar, soweit er es nötig fand. Vor allem ginge es ihnen um den Fundort und die Aufbereitung der Leiche. Was er, Galla, dazu meine, aber auch gerne sein Kollege aus Prag.
Galla, der aus der Nähe leider nicht gut roch, wusste, dass es sich bei dem Toten um Olaf D. handelte – das stand im »Standard«! –, einen jungen Mann, der ihm vor ein paar Jahren auch einmal begegnet sei, sehr beflissen, sehr interessiert. Hätte sich aber dann ganz auf Plowdiw und das gute Leben dort kapriziert. Sie hätten sich aus den Augen verloren. Und nun das! Er teile ihre Theorie, dass es sich um etwas nachgestellt Rituelles handele. Es gebe zwei Parallelen in der Mythologie: Das sei der Tod des Dionysos zum einen und der Tod des Orpheus zum anderen. Es sei im Grunde nur eine, weil schon der Tod des Orpheus den des Dionysos gewissermaßen zitiert. Hier hätte man je nach Sichtweise den zweiten oder eben den dritten Fall, wenn man den ernst nehmen könnte. Er hustete und fiel fast vom Stuhl.
Auf die Frage, ob sie einen Verdacht hätten, bedauerten Kastner und Löwitsch. Galla zeigte Verständnis, besonders wenn ihnen die hiesigen Verhältnisse so unbekannt seien, erwähnte dann aber »militante Gruppen«. Es gäbe auch eine durchaus unangenehme Szene um sein Fach herum, wo er sich manches vorstellen könnte. Das seien Formen von Nationalismus, die sich da ihren Honig aus uralten Ge-

schichten zögen. Er betonte, wie fremd ihm das sei. Mit Wissenschaft habe das sowieso nichts zu tun. Natürlich seien auch ein paar okkulte Spinner darunter, eher harmlos, vor allem Frauen seien darin tonangebend, reine Thrakerinnen usw. Kastner hakte nach, ob er denn vorhin mit dem »guten Leben« auch den Umgang Olaf D.s mit einer oder mehreren Bulgarinnen gemeint habe. – »Dazu kann ich nichts Genaues sagen. Mag sein, dass sich so etwas auch schon vorletztes Jahr angebahnt hatte, aber«, grinste er nun, »wissen Sie, meine Herren, mein Fach sind die Toten und in manchen Fällen auch deren Liebesleben, aber so ein junger Mann, der sich von der Wissenschaft weg dem so genannten Leben zuwendet – vergessen Sie ihn!«

Immann, der ruhig dabeigesessen und die weichen Pommes in sich hineingeschaufelt hatte, meinte ganz sanft, auch Wissenschaftler seien da nicht alle gleich. Er wollte ihnen vor seiner Abreise noch etwas mit auf den Weg geben, das durchaus mit dem aktuellen Leben zu tun hätte. Es sei keine Besserwisserei, nur etwas für die Westeuropäer gesagt, die das manchmal vergäßen: In einem Land wie Bulgarien immer das Herz zuerst befragen und danach den Verstand. Wörtlich sagte er: »Tun Sie nichts, von dem Sie nicht tief überzeugt sind. Es muss Ihnen selbst nahe gehen, das heißt wehtun, nur dann ist es richtig. Sonst verstehen Sie nichts, selbst wenn Sie etwas aufklären sollten.«

Bei Kastner zuckte ein Mundwinkel und Löwitsch lächelte den Prager an. Als deutlich wurde, dass die Herren Professoren noch unter vier Augen sprechen wollten, verabschiedeten sich beide höflich mit der Frage, ob sie Galla abends noch einmal treffen könnten. Kastner schrieb ihm

beide Mobilnummern auf und sagte leise, er könnte wirklich zu jeder Zeit anrufen. Löwitsch nickte. Keine drei Minuten später registrierten sie, wie der Prager ein Taxi heranwinkte und dass nach dem Abschied mit Umarmung Galla statt zur Akademie in die Gegenrichtung eilte.
Sie fanden sich heftig hantierend am Quai wieder, an der unbewegten und schiffslosen Bucht. Das Wasser roch kaum, doch seine flache Anwesenheit mit dem üblichen Rand von Plastiktüten, Bruchholz und Tang genügte. Einer telefonierte mit Hamburg, der andere mit Plowdiw. Sie gestikulierten dabei, sogar Kastner. Dann tranken sie Mokka und genehmigten sich einen Ouzo auf den Abhör-Antrag: »Längst raus und überhaupt kein Problem!« Trübe golden ging die Sonne unter, es war noch nicht sieben Uhr und sie waren so etwas wie Helden. Der Rest war Routine und musste nicht von ihnen bewältigt werden. Galla würde Gutachter beim Verfahren sein. Sie riefen ihn lieber von sich aus an. Er habe noch ein Dinner zu absolvieren im engeren Kreis einiger Kollegen. Danach in ihrem Hotel. Die Whiskyauswahl dort sei beeindruckend. Eine bulgarische Professorenmurmel, die sich an den Tresen von Thessaloniki auskannte. Sieh mal einer an!
Kastner las in den Kopien der Gedichte, als Löwitsch klopfte. Sie sollten doch schon einmal nach dem Whisky sehen. Kastner las laut von dem Blatt in seiner Hand: »Niemand bezeugt den Tag, an dem ihn das Höllenkind schlug, Efeu ihn peitschte, Stiere aufstanden, Tiger brüllten über dem Land und Schlangen züngelten über dem roten Geröll. Glauben musst du es nicht …« Löwitsch schüttelte den Kopf: »Ja, sage ich doch. Wir waren von Anfang an ganz

nahe dran. Das muss Galla lesen. Nimm es mit an die Bar. Ob er es irgendwo abgeschrieben hat? Klingt sehr, sehr altertümlich«, fand Kastner, der frisch gebackene Lyrikexperte, und machte eine Denkerstirn.

Galla kam auch gegen elf noch nicht, als Löwitsch den dritten Cold Turkey orderte, ein Getränk, das ihn zeitlich etwa zwanzig Jahre zurückkatapultierte, in die ersten Hotelbars im Westen. War wirklich noch immer trinkbar! Kastner nippte an seinem Single Malt, der das Doppelte kostete. Er versuchte Galla zu erreichen: »Please call again later«, war die Botschaft. Das blieb sie auch für die nächsten zwei Stunden. Außer den Telefonnummern hatten sie nichts. Gegen halb zwei strichen sie die Segel, und zwar ziemlich blau, jedenfalls Löwitsch, auch ohne den verehrten Wissenschaftler.

14

Kastner versuchte vom Frühstückstisch aus vergeblich, Galla zu erreichen. Es klingelte bei Löwitsch. Der Professor entschuldigte sich, hatte gestern nicht mehr weggekonnt: »Die Kollegen, die Kollegen.« Ob sie ihn heute ein Stück weit bringen könnten. Wenn es ihnen nichts ausmachte. Auf der Fahrt wäre doch ausreichend Gelegenheit, miteinander zu reden. In einer Stunde an der und der Straßenecke. Sie riefen den Chef in Hamburg an, der schon auf dem Golfplatz war, und meldeten den Stand der Dinge. Verblüffend, wie viel Geduld der aufbrachte und wie viel Spesen drin waren. War ihr Fall inzwischen prestigeträchtig? Gute Kontakte zu einem EU-Beitritts-Kandidaten? Wie auch immer – sie pflückten Galla vom Wegesrand mit seiner militärisch anmutenden Umhängetasche und seinem Koffer, den zwei Riemen in Form hielten.

»Transportieren Sie junge Felsen?« – »Ach nein, wissen Sie, Papier ist schwer.«

Und hinaus ging es aus der Stadt. Kastner war inzwischen schon gewohnheitsmäßig der Chauffeur. Für ihn bedeutete Opelfahren etwas Sentimentales, während Löwitsch sich darin immer ein wenig in den Streifendienst zurückversetzt fühlte. Galla hatte eine Fahne, die Löwitschs Restalkohol ausstach. Er wies ihnen den Weg. Es ging gehörig im Zickzack. Sie sollten sich am Verlauf der Bucht orientieren, verfehlten aber alle größeren Straßen, die nach sei-

nen Angaben da sein sollten. Wohin er eigentlich wollte, verriet er ihnen nicht. Sie begannen zu hoffen, er wüsste es wenigstens selbst.
Er unterhielt sie mit einem Vortrag über den Tod des Weingotts und über seine Wiedergeburt, über die Vorstellung, eine Göttin habe das Herz gerettet und daraus habe Zeus dann eine Suppe gekocht und die wiederum habe die Nymphe Semele gegessen, womit sie nach der Vereinigung mit ihm den Gott Dionysos erneut gebären konnte. Zeus' berüchtigte Ehefrau mit ihrer noch berüchtigteren Eifersucht habe aber der Nymphe eingegeben, den Gott in seiner wahren Erscheinung sehen zu wollen, wobei es sich bekanntlich um Blitz und Donner handelte, und das war ihr Ende. Zeus nähte sich den ungeborenen Sohn in den Schenkel und gebar ihn so schließlich selbst. Wer hätte das gedacht? Was für Geschichten!
»Meinen Sie wirklich«, fragte Galla, »dass es das Herz war, was von dem Kleinen übrig geblieben war? Es war das Gemächt, was sonst?« Er hustete erneut ausführlich. – »Nur dadurch hat er den Mordanschlag der Titanen überlebt, die ihn zerlegt und gekocht hatten.« Kastner zeigte sich beeindruckt: »Ich habe zwar von solchen Fällen gelesen – mit Einwecken und so –, aber in meiner über zwanzigjährigen Praxis als Polizist ist es mir noch nicht begegnet. Da ging es ja zu wie in Sodom und Gomorra. Der Hamburger Kiez ist verglichen mit dem Altertum eine vornehme Gegend, wo die Menschen einander bei weitem nicht mit so viel Grausamkeit zurichten. Da werden zwar schon auch Messer gezückt, aber mehr im raschen Affekt, und Schüsse fallen auch, aber eher aus geschäftlichen Gründen als aus rei-

ner Mordlust.« Inzwischen hatten sie über eine Militärpiste an einem Stacheldrahtverhau entlang die Straße erreicht, um die es ging. – »Ja, Richtung Sithonia, wir sind richtig,« frohlockte Galla: »Nur eine kleine Stunde, weiter ist es nicht. Wenn Sie beide diese Gegend nicht kennen, umso besser! Ist ein sehr schöner Teil des Landes.« Der Professor plauderte unverdrossen fort.

Löwitsch kämpfte mit dem Schlaf, als es einen heftigen Schlag gab. Etwas großes Funkelndes saß hinten auf ihrem Auto und versetzte ihm erneut einen kräftigen Stoß. Es war ein Pickup, ein amerikanisches Modeauto mit wuchtiger Stoßstange und einem Dutzend Lampen auf dem Verdeck, die sinnlos angeschaltet waren. – »Zwei große Jungs«, sagte Kastner ruhig. Galla kreischte hysterisch. Kastner gab Gas und fegte schließlich in einen Sandweg. Die Kerle hinterher. Der Weg bestand aus geborstenen groben Schollen und bevor Kastner stoppen konnte, saß der Omega schon auf. Das Monster strahlte aus einer Staubwolke auf sie nieder. Der Wagenschlag wurde aufgerissen und jemand packte Galla. Der schrie und schrie, während der Kerl ihn scheinbar beruhigen wollte. Löwitschs Tür blockierte.

Kastner war draußen und riss die Fahrertür des Pickup auf, hinter der ein beträchtliches Kaliber auf seine Nasenwurzel zielte. Er warf die Tür wieder zu, rannte um das Auto und versuchte den schreienden Professor zu befreien, während Löwitsch zur Fahrertür des Omega herausgekrochen kam. Die Prügelei wirbelte beträchtlichen Staub auf, aber der Typ mit der Kanone stand dann doch sehr eindeutig hinter ihnen. Galla wurde umplatziert. Sein Koffer interessierte offenbar nicht. Der Rückwärtsgang des Pickup heulte und das Gefährt schoss Richtung Süden davon. Sie klopften sich den Staub ab. Löwitsch hielt sich die Nase und sein linkes Schienbein schmerzte. Kastners Hemdsärmel hing in Fetzen. Der Autonotruf brachte einen rostigen Abschleppwagen und der rief die Polizei. Das war nicht schön.

Man brachte sie auf die Polizeiwache in einem Nest namens Plagiatri. Dort wurden sie von einer höheren Charge aus Thessaloniki abgeholt. Kleine Eskorte. Die Jungs grienten ziemlich unverhohlen. Zwei deutsche Kriminalbeamte in einem bulgarischen Mietwagen unterwegs. Und aus dem heraus wird ihnen ein bulgarischer Professor geklaut. War doch saukomisch. Sie durften sich einen Nachmittag lang das Grienen von einem Hochhaus voller griechischer Cops angucken, die sie anstaunten wie blödes Vieh, das sich im Stall geirrt und obendrein das Bein verknackst hatte. Nichts Kollegiales kam auf. Sie mussten lang und breit etwas in Hamburg erklären; was noch eben nach triumphaler Heimkehr ausgesehen hatte, war jetzt ein Desaster. Der Chef blieb cool, aber er hatte auch einen Chef. Das griechische Protokoll wurde lang und länger und ging sofort rüber nach Hamburg. Als man sie runterbrachte, um sie ins Hotel zu fahren, sahen sie im Hof noch einmal den blauen Omega mit dem lädierten Heck stehen und mit deutlicher Ölpfütze drunter. – »Vollkasko«, laut Kastner. Gallas kurioser Koffer war einmal an ihnen vorbei zur Identifizierung getragen worden. Es war dunkel. – »Montagmorgen bitte nicht gleich wieder nach Bulgarien fahren!«, hieß es noch: »Sie müssen vielleicht noch offene Fragen be-

antworten.« – »Danke«, sagte Löwitsch laut und ergänzte leise: »Scheiße! Scheiße!! Scheiße!!!«
O.K., die Burschen im Pickup hatten nicht gewusst, dass sie Deutsche waren und noch dazu Polizisten. Sie wollten Galla. Wozu so einen Kerl? Das Schlimmste war, dass das alles keinen Sinn ergab, je mehr man es hin und her schob. Was Löwitsch und Kastner erst vage in der Magengrube saß und beim zweiten Bierchen und ruhigerem Puls so weit hochstieg, dass sie nicht anders konnten, als es auszusprechen: Sie beide hatten das Ding ausgelöst. Es war womöglich für sie inszeniert worden. Aber warum? Galla, der Zwerg, der alte Knabe mit dem Charme eines Grammofons, der Thrakologe, war hier am Südrand des thrakischen Stammesgebietes einkassiert worden.

15

Wo HATTE GALLA hingewollt? Warum hatte er es ihnen nicht klipp und klar gesagt? Diesmal brachte auch Kastner die übliche Frühstücksration nicht herunter. Sie becherten den Hotelkaffee, bis es nicht mehr ging, und bestellten sich noch Mokka hinterher. Es war keine prominente Verabredung gewesen. Nur er und die Kollegen in Plowdiw hatten gewusst, warum sie ihn aufsuchen wollten. »Wera ist die einzige persönliche Verbindung zu ihm, sie hat mal bei ihm studiert«, spekulierte Löwitsch. – »Quark«, meinte Kastner. Sie fühlten sich beschissen verantwortlich für das, was geschehen war. Die Mietwagenfirma saß weiter weg, als sie laut Stadtplan gedacht hatten. Sie gingen zu Fuß am Wasser entlang. Es fühlte sich nicht mehr so schön mediterran an wie gestern.
Der Chef am Telefon, schon wieder grünes Licht. Löwitsch ließ durchblicken, dass er eigentlich die Nase voll habe und dass ihm diese Art Urlaub sauer aufstoße. Wenn, dann sollten sie aber gerade jetzt beide die Sache abschließen. Um den Professor kümmerten sich die Griechen. – »Ab nach Plowdiw«, hallte es über Satellit: »Kooperieren bei den nächsten Schritten und dann nach Hause zu Rapport und Labskaus!« Sekunden später war der Polizeidolmetscher von gestern am Telefon. Sie hätten freie Hand. Sie könnten das Land verlassen. Man würde sich allerdings freuen, sie noch einmal kurz zu sehen. Ob zehn Uhr recht wäre.

Anderthalb Stunden und einige Telefonate später war klar, dass sie nicht mit einem Mietwagen zurückfahren könnten. Sie nahmen ein Taxi zum Präsidium. Sie durften sich noch einmal etwas anhören, sich durch eine Fotokartei klicken, ohne fündig zu werden, den Hergang erzählen. Sie durften schließlich gehen, wurden dann aber doch zu ihrem Hotel gefahren und freundlicherweise von dort auch zum Hauptbahnhof. Hier ging der Bus Richtung Bulgarien. Ein Traum wurde Wirklichkeit.

Es war ein bulgarischer Reisebus, an dem »Air Condition« stand. Drinnen war schlechte Luft, bis sie aus der Stadt heraus waren und die Maschine ihre Leistung brachte. Der Bus war bis auf den letzten Platz besetzt, sie hatten Glück gehabt. Jetzt konnten sie entspannen, besser gesagt, sie hätten entspannen können. Der Sitz vor Löwitsch war kaputt und sank immer wieder bis auf seine Knie herunter. Das allein wäre nicht weiter schlimm gewesen, wenn der Inhaber des betreffenden Sitzplatzes sich nicht so darüber aufgeregt hätte. Jedes Mal, wenn er die Lehne wieder hochstellte, ächzte und stöhnte er seinen Ärger heraus. Seiner Frau daneben war es peinlich und Löwitsch litt mit ihr. Das ging vielleicht zwei Stunden so, bis der Herr doch noch einschlief.

Das andere Problem war das Pinkeln. Von der Grenze bis Sofia gab es keinen Halt und der Halt in Sofia war nur ein Buswechsel ohne öffentliche Toilette oder Café, das noch offen gewesen wäre. Nachts halb ein Uhr irgendwo am Stadtrand. Alle Mann bewässerten die Bäume an der Straße. Man sah auch Frauen dabei. Um drei Uhr kamen sie in Plowdiw an, drei Uhr nachts bei dreißig Grad Celsius.

Kastner fiel von der Haltestelle unmittelbar in seinen Hoteleingang. Löwitsch schleppte sich den Hügel hinauf, knipste sich hoch in sein Holzgemach und lauschte im Bett auf die Mücken bis gegen vier.

16

DREI STUNDEN SPÄTER sägte ihm die Handymelodie am Hirnstamm. So etwas stellte man sich auch noch selbst ein. Der Weckruf von Kastner. Eine halbe Stunde danach saßen Löwitsch und er beim Frühstück im *Trimontium Princess*. Sie hatten vereinbart, sich für das bevorstehende Spiel mit Markow und Margarita zu präparieren, das für neun Uhr angesetzt war. Die schweren Jungs aus dem modischen Auto würde man finden. Hatte Galla nicht einen Tick zu hysterisch geschrien? Waren es Bulgaren, womöglich ebenfalls von einem Verein »echter Thraker«? Türkische »Thraker« von der anderen Seite des Evros alias Mariza? In der Freizeit hervorragende Dudelsackspieler, ganz bestimmt. Eine unangenehme Spezies jedenfalls, die hinter Verschrobenheit verbirgt, wie gerissen sie ist. Löwitsch schämte sich etwas seiner Begeisterung bei dem Vortrag. Aber nur etwas, denn von dem Gehörten brodelte genug weiter in ihm. Gallas Sätze vom Nationalismus, der sich thrakischer Wurzeln bediente, und auch das von den harmlosen, esoterisch angehauchten Frauen – das hieß doch, er kannte den Verein. Es könnte gezielte Ablenkung gewesen sein. Doch wovon? Vielleicht von einem etwas zu cleveren alten Professor, den üble Burschen kidnappen, weil er in etwas verstrickt ist …

»Sag mal«, mümmelte Kastner über Rührei und cross gebratenem Speck, »wie wäre es denn, wenn unseren Freun-

den von der Landstraße ein wichtiger Kopf abhanden gekommen und in jemandes Eisfach geraten wäre? Dass sie Galla mal was fragen mussten, passt dazu.« Löwitsch stimmte ein: »Und der hat sich uns auserkoren, ihn vor dieser hochnotpeinlichen Befragung zu schützen. Hat nur nicht so geklappt, wie er sich's dachte. Dass die Truppe sich wenig um Grenzen schert, wissen wir von Markow. Gibt es in Makedonien auch Thraker?« Löwitsch holte sich vom Buffet einen Fruchtsalat: Heißt das nicht beim Italiener Macedonia di frutta?
Markow begrüßte sie mit hektischen Flecken, die unter dem blütenweißen Hemdkragen hervorkrochen. Das war neu. Margarita rauchte die zweite Zigarette in fünf Minuten und schenkte ihnen ihr feines Lächeln, obwohl sie telefonierte. Es käme noch jemand dazu, von einem anderen Dezernat. Da waren sie auch schon, zwei Herren mit der Art Präsenz, wie sie höhere Chargen ausstrahlen, wenn sie dem gemeinen Volk begegnen. Einer elegant und grau meliert, der sich jovial gab. Bei dem anderen spannte das Jackett über dem Bauch, er vernuschelte ein: »Howdoyoudo!« unter einem nicht dazu passenden, kalten Blick. Löwitsch referierte die Absicht ihrer Griechenlandfahrt, die hier gutgeheißen worden war, und legte das Ergebnis der Gespräche mit Galla dar: »Der Mord an Olaf D. war ein Ritualmord nach dem Vorbild frühantiker Opferzeremonien. Es geht eigentlich nur noch darum, mit den üblichen Methoden die oder den Täter zu überführen, die den Mord im Auftrag ausgeführt haben. Alle Hinweise dazu liegen auf dem Tisch.« Markow blieb gespannt. Margarita schrieb mit. Die beiden Herren verzo-

gen keine Miene. Es übersetzte niemand irgendetwas und Löwitschs Englisch hätte zu viel Präzisierungen auch nicht vertragen.
Wera servierte den Kaffee. Einen Augenblick lang war Löwitschs Irritation spürbar. Kastner übernahm souverän und erklärte, was am vergangenen Sonntag auf der Landstraße nach Sithonia geschehen war. Er wolle es mal in einem mathematischen Bild sagen: »Eins plus eins ergibt hier eins, sprich beide Morde, der am Kopf und der am Kopflosen, können von ein und derselben Hand ausgeführt worden sein.« Markow platzte jetzt förmlich, sagte aber nichts. Margarita holte wortlos das Einverständnis der beiden Chargen ein und erklärte dann: »Galla ist bereits auf dem Weg zurück nach Bulgarien. Man erwartet ihn noch heute im Innenministerium in Sofia, wo die beiden hier anwesenden Herren ihn befragen werden.« Das lockerte Markow die Zunge und er konnte sie an einen Bildschirm bitten, wo sie das griechische Spiel noch einmal spielten. Nur diesmal mit Erfolg, und zwar sofort. Zweimal Bingo in fünf Minuten. Die Typen konnten zur Fahndung ausgeschrieben werden. Die Spekulation vom Frühstück traf zu, der Kopf von Batschkowo gehörte zu ihrem Umfeld. Anders gesagt, die Jungs waren Männer fürs Grobe vom selben Erwerbszweig. Georgi und Kristof hießen sie, passend fromme Namen für Burschen mit Knastkarriere. Kastner und Löwitsch dachten gleichzeitig, dass sie den beiden gerne noch einmal begegnen würden, einfach so, unter leicht modifizierten Umständen.
Die Herren vom Innenministerium ließen sich bereits entschuldigen, waren auf dem Weg nach Sofia. Keine Fragen,

rein gar nichts. Toller Job. War das jetzt eine diplomatisch bedeutsame Begegnung gewesen, wo der symbolische Händedruck ausreichte?
Margarita trank noch einen Kaffee mit ihnen beiden, während Markow davonsprang, als stünde unten sein neues Auto. Sie telefonierte zwar mindestens siebenmal in der Viertelstunde, teilte ihnen aber doch nebenbei mit, dass neun dienstliche und private Telefonanschlüsse angezapft worden wären und die Protokolle nun online hereinkämen. – »Jederzeit für euch einsehbar!« Beim letzten Satz hatte sie die Lesebrille auf die Nasenspitze geschoben und dem braven Löwitsch einen ganzen Strahl ihrer blauen Augen geschenkt. Während er ging, goss sie Kastner den nächsten dampfenden Kaffee ein.
Lidia war in der Bibliothek. Etwas, woran sich Löwitsch gern gewöhnte. Dass sie da war.
Buchausleihen gingen hin und her, sie hatte zu tun. – »Schön, dass du kommst«, sagte sie dennoch zwischen den Stempeleien und ihre Stimme klang froh. Wie sie eigentlich aussah, ihr Gesicht, ihre Augenfarbe, die Augenwinkel, ob sie Krähenfüße hatte, lagen ihre Augen etwas tief? Sie verabredeten sich zum Mittag. Er geriet auf die Brücke über die Mariza mit den roten und blauen Buden, in denen alles verkauft wurde, was niemand brauchte. Gelegenheit, für seine Patenkinder, einen Fünf- und einen Zwölfjährigen, etwas mitzunehmen. Er feilschte um ein Ferrari-Handtuch.
Gut angewärmt kam er zurück und wurde in ihrer Nähe sofort wieder ruhig. Sie brachte ihn dahin, wo er sich wohl fühlte, nahm ihn in ihren Kreis hinein, als kennten sie sich

von Kindesbeinen auf. Auch geschwisterlich wäre das O.K. Doch es war anders. Löwitsch fiel, weiß der Himmel woher, ein Fremdwort ein: Adoration. Er hätte vor ihr auf die Knie gehen können. Sie nahmen den Weg zu einem Restaurant, das er bisher nicht entdeckt hatte, obwohl es an einer Ecke seines Hügels lag, von dem er inzwischen meinte, er hätte ihn selbst entdeckt. Das Haus wirkte griechisch. Es war frisch verputzt. Man saß draußen in Hellblau und strahlendem Weiß an einem schmiedeeisernen Geländer mit Blick hinüber auf die Kuppeln des ehemaligen türkisches Bads.

Er sollte erklären, warum er sich nicht gemeldet hatte. »Ich bin etwas angeschlagen gewesen, habe einfach nur gelesen. Habe eigentlich nur in meinem Garten gesessen. Ja, viel über die alte Geschichte gelesen, so Sachen von dem Galla. Kennst du ihn?« – »Ja, selbstverständlich. Eine Koryphäe. Der Doyen der Thrakologie in Bulgarien. Ich habe ein Semester bei ihm gehört. Leider hat er ein Problem mit Frauen. Verklemmt, vielleicht schwierige Kindheit, weiß Gott was.« Sie lehnte sich zurück. Er ahnte Silber in ihrem Haar. Fast konnte er die Farbe ihrer Augen ausmachen, aber er vermochte nicht, sie lange genug anzuschauen. Sie wirkte frischer als er, dabei war sie sicher sein Jahrgang. – »Welcher Religion gehörst du an?« – »Evangelisch getauft.« – »Dafür habe ich ein Faible«, sagte sie. »Beim Deutschlernen habe ich viel Luther gelesen. Sehr beeindruckende Sprache, so deutlich.« Er musste am Thema Galla bleiben, doch nun kam das Essen und er trank von dem kräftigen Weißwein, den sie empfohlen hatte. – »Khan Chrum«, ein interessanter Mann, sagte sie, als sie mit schönem Klang anstie-

ßen: »Anfang neuntes Jahrhundert. Er hat Byzanz genommen und sich einen Kelch machen lassen aus dem Schädel des unterlegenen Feldherrn. Zum Wohl!« Löwitsch verschluckte sich. Sie klopfte ihm ganz leicht auf den Rücken. Ein Rest von Pflichtgefühl ließ ihn fragen: »Wer ist denn die Frau, die mich nach Belintasch begleiten soll, und wann und wo kann ich sie treffen? Ich sitze jetzt doch auf Kohlen. Die Ferien sind gleich zu Ende.«
Als habe er mit diesem Gedanken bei sich selbst einen Stein losgetreten, erzählte er plötzlich von Hamburg, von seinen Patenkindern, was er ihnen eben gekauft hat, von den Freunden und deren schönem Haus an der Nordsee, von dem Sommerhaus in Dänemark, wo er jedes Jahr wenigstens einmal hinfuhr, von gedünstetem Steinbutt, dass seine eigene Wohnung ja ein bisschen klein sei, aber auch schön ruhig gelegen: »Wenn du das nächste Mal nach Deutschland kommst, musst du mich besuchen, bitte.« Er driftete und driftete, halb bewusst, um seine direkte Frage zu kaschieren. Der Polizist öffnete ein Auge, als er meinte, Lidia nickte einen Tick zu verständnisvoll zu seiner Suada. Er stockte. – »Ich kann noch nichts sagen, werde aber gleich heute Nachmittag gern für dich telefonieren.« – »Und Galla, hast du noch Kontakt zu ihm?« – »Ich lese gelegentlich Artikel von ihm«, sagte sie etwas misslaunig. Als er sie die alten Treppchen und Gassen hinauf und hinab zurück zur Bibliothek begleitete, war die kleine Verstimmung schon wieder verflogen. An ihrer Seite war das Sonnenlicht goldene Patina auf einer friedvollen Welt. – »Bis später!« – »Ja, bis gleich!«
Er hatte eine Stunde auf der Terrasse irgendeines Cafés ge-

sessen, als Kastner ihn aufspürte. Sie gingen getrennt zum Internetcafé. Rapport nach Hamburg. In Löwitschs Privat-Mail nur Angebote wie »Be the first!« oder »Hot Teens«. Plötzlich unter einer unbekannten Adresse etwas, das er erst nicht öffnen wollte. Es war ein Gedicht. Es war unterzeichnet mit Wera Ljubina, Margaritas Assistentin, ohne Kommentar. Es hieß »Schlaflosigkeit« und darin ging es mehrere Zeilen lang wie folgt: »Ich gehe auf zerborstnen Muschelschalen, im Spiegel hinter mir die Wüste.« Er verstand es nicht. Er ließ es sich ausdrucken. Er hatte keine Telefonnummer von ihr, schrieb zurück und tippte seine Mobilnummer dazu. Sollte er in der Dienststelle deswegen anrufen?

Im Park gingen Kastner und er wieder nebeneinander. Er sagte ihm nichts. Ein gewaltiges Rauschen ging durch die Bäume. Die Mädchen schienen an den staksigen Beinen nicht zu frieren. Heute waren die dünnsten unterwegs, die zartesten. Die Augenringe, die Haut am Hals, am Kinn, die Armgelenke und die Schenkel zeugten von vorsätzlichem Hungern. Er konnte es sich nicht anders erklären. Wenn es nicht dazu diente, die bulgarischen untersetzten Männer anzumachen, wozu dann dieser Aufwand? Wollten sie alle Model werden, strebten sie alle einem Vorbild nach, das ihm nur noch niemand gezeigt hatte? Im bulgarischen Fernsehen sahen die Ansagerinnen und Moderatorinnen auch so aus. Sie alle warteten auf den Helden, der sie vom Drachen befreien sollte. – »Westeuropäische Männer, rettet die Slawinnen!« Löwitsch dachte an die tschechische Grenze und an die einschlägigen Stadtteile von Hamburg, an jene westeuropäischen Männer, die gerne und für billig Geld zu hoher Rendite Slawinnen und Asiatinnen retteten.

»Konzentriere dich, alter Affe, konzentriere dich!«

Endlich wieder auf dem Weg zu Lidia. Der Biertrinker stand oben an den Tresen der Bibliothek gelehnt und sprach mit einer grauhaarigen Frau mit Schürze. Nein, »Frau Alexandrowa schon Feierabend«, grinste er ihn an, als hätten sie zusammen Schweine gehütet. Er fragte nach ihrer Telefonnummer. Schulterzucken. – »Adresse?« Ein Straßenname wurde genuschelt. Er ging Richtung Post, um im Telefonbuch zu suchen, rief bei den bulgarischen Kollegen an. Es war ein Radebrechen mit einer unbekannten Männerstimme, aber es führte zu Nummer und Adresse. Wera rief zurück: »Wir können uns treffen, später.« – »Wo kann ich dich erreichen?« – »Leider gar nicht. Ich rufe wieder an, in zwei Stunden.«

Er fand Lidias Straße auf dem Stadtplan, lief Richtung Sahat Tepe, den Berg mit dem Uhrturm. Die Gegend lag da wie ausgestorben, nur der Wind frischte mehr und mehr auf und pustete ihm andauernd etwas in die Augen. Von einer Kirche kamen ein paar verlorene Schläge, als er vor dem Tor stand. Ein weinberankter Laubengang führte zum Haus. Im Garten ringsum hatte der Efeu gesiegt, rankte an den Obstbäumen und Fliederbüschen empor und verdeckte den Giebel des Hauses bis zur Traufe. Er kam sich zu laut vor, jeder seiner Schritte knirschte durch die Abenddämmerung, die in diesem Viertel früher einzutreten schien als im Rest der Stadt. Die Klingel schlug nicht an. Zu laut sein Klopfen. Dass der Biertrinker aus der Bibliothek öffnete, brachte Löwitsch aus dem Konzept: »Alexandrowa nicht da!« variierte er den Satz aus der Bibliothek, hob aber immerhin bedauernd die Schultern. Ob es denn keine Nachricht für ihn gäbe. – »Frau Alexandrowa hatte dringende Verabredung!« – »Na ja, schön und gut, aber mit mir auch! Ist denn nicht ein Brief da, ein Zettel?« Er drückte auf die Tube: »Ich fliege bald wieder, wissen Sie. Ich bin doch nur noch zwei Tage hier, ich muss etwas von ihr wissen. Ist vielleicht ihr Mann da und kann mir Auskunft geben?« – »Nicht da, arbeitet.« – »Es ist wirklich sehr dringend!« Löwitsch faltete ihm einen 20-Mark-Schein in die Pranke. Das Wunder geschah. Die Anweisungen, ihn abzuwimmeln, waren offenbar nicht deutlich genug gewesen. Er dankte, er hätte seinen Stadtplan dabei, er würde das Restaurant finden. Aus irgendeinem Grunde sagte er dem Zerberus nicht, dass er genau wusste, wo es lag. Es war nicht weit entfernt vom *Tschutschura*, jenem, in das Kastner und er am liebsten gingen, und war zu modern, als dass es sie bisher hatte locken können, zu sehr einem westlichen Vorbild nachempfunden, einem, an dem man sich erkältet.

Er ging schnell. Er raffte das Sakko vor der Brust, so gut es ging, und rannte los. Im Restaurant war niemand, überhaupt niemand außer der gelangweilten und maulfaulen Bedienung. Löwitsch ging noch einmal hinaus auf die Hauptstraße, schaute in umliegende Lokalitäten und ging zurück. – »Gibt es ein Hinterzimmer?« Er fragte in irgendeinem Englisch und die spillrigen jungen Damen verstanden nichts. Er hockte sich vor dem Lokal auf einen Plastikstuhl ins Dunkel, spürte aber etwas in seiner Nähe. Da war es auch schon, keine drei Meter von ihm entfernt: Eine Gottesanbeterin. Sie war groß und in dem Moment, als er sich auf die Speisekarte konzentrierte, saß sie schon auf dem Tisch. Er setzte sie herunter, ein Stück weg auf ein Rasenstück. Minuten später – eine Bestellung würde er hier sowieso nicht loswerden – war ihm schon wieder mulmig. Er wandte sachte den Kopf und schaute in ihre aufmerksamen Augen. Sie saß auf seiner linken Schulter. Ihre Mitteilung war dringlich, er verstand nur die Sprache nicht. Insekten hatte er lieber auf Distanz. Er sprang auf und suchte das Weite.

Als er sich noch einmal nach dem grünlichen Glaskasten umsah, war es Wera, die ihm als Erste auffiel. Sie kam mit mehreren Frauen aus dem Lokal. – »Das ist ja ganz reizend!« Sie zückte ein Telefon und kurz darauf klingelte seines. Er gab zu, ganz in der Nähe zu sein, und sie sollten sich doch dort und dort an der Ecke treffen. Er beobachtete, wie sie sich umständlich von etwa einem Dutzend Frauen verabschiedete. Viktoria überragte alle. Die Zahnärztin Elena war selbstverständlich dabei und da kam auch Lidia, dunkel strahlendes Zentrum des Schwarms. Also doch ein Hinterzimmer. Eines, in dem sich die Thrakerinnen getroffen hatten. Nur kurz, wie es schien, nach ihrem Tagesgeschäft noch auf ein Plauderstündchen. Da hätte er Mäuschen spielen mögen. Vielleicht gehörte die Belintasch-Expertin zu dem Schwarm und Lidia könnte sie ihm gleich vorstellen. Wera sollte endlich losgehen. Wurde ihr Telefon auch abgehört? War er der Einzige, der das hier wusste? Hatte sie den Damen schon Tipps gegeben? War sie eingeschleust worden? Warum hatte man es Kastner und ihm dann nicht gesagt?

Wera drehte sich noch einmal um, winkte und ging. Die

Autos der Frauen kamen in Bewegung und Lidia würde wohl auch in einem verschwinden. Sie erschrak leicht, als er sie vor dem Leuchtkasten des Lokals ansprach. Sie nahm es launig: »Das hat Ihnen der Teufel gesagt!« Er ging nicht darauf ein: »Lidia, Sie hatten doch …« – »Es tut mir Leid. Nein, ich habe nichts erreicht, nein, die Betreffende ist nicht hier, Marta, nein, ja, so heißt sie. Nein, sie gehört nicht zum Verein. Ich würde schon gern noch mit dir auf einen Tee, aber mein Mann …« Löwitsch lächelte sie an, sagte, wie bezaubernd er sie finde und ob sie nicht morgen Mittag wieder, sie wisse doch, seine Zeit und er wollte doch noch … – »Bernd, komm bitte unbedingt, ja? Morgen habe ich Zeit, gleich morgen früh, Mittwoch, ein sehr guter Tag, ja? Ich muss dir dann auch noch mehr sagen, über deinen Freund, aber, bitte, habe Geduld bis morgen.« Sie entschlüpfte in ein japanisches Cabrio, das nicht zu ihr passte und sofort losfuhr, während sie tatsächlich noch Zeichen machte, die aussahen, als wiederholte sie: »Gleich morgen, unbedingt!«

Etwas wie das hier war ihm noch nie untergekommen. Sicher hatte er schon wohlhabende Damen in merkwürdigen Zusammenhängen erlebt. Natürlich hatte er in Hamburg von Hohenzollernstraße bis Hirschpark Zugang zu parkartigen Gärten und versteckt liegenden Villen gehabt und in denen waren wunderliche Dinge geschehen. Bandenkriminalität war für einen mit seinem Dienstort sowieso ein Dauerbrenner. Aber was sich hier herausschälte, war schräger. Die Anspannung wischte mit klärender Hand über die Großhirnrinde. Ihm war, als wachte er seit der Ankunft heute das erste Mal auf.

Wera stand wie verabredet am Dshumajaplatz, dort, wo der ausgegrabene Teil der römischen Arena offen lag, wo tagsüber kitschige Stadtansichten und billige Ikonen feilgeboten wurden. Sie schaute aufmerksam zu ihm auf. Nahtlos schlossen sie an die Vertrautheit und das Gespräch oben auf der Ruine an, das inzwischen die kleine Ewigkeit von zehn Tagen zurücklag. Er sah keinen Grund, um den heißen Brei herumzureden. Dass sie informiert sei wie Margarita und andere im Hohen Haus in der Petkowstraße, musste er voraussetzen. Falls nicht, musste er ihr jetzt trotzdem auf den Zahn fühlen. Nachdem sie sich in einer Bar mit stuckverziertem Plafond in riesengroße Sessel fallen hatten lassen, fragte Löwitsch: »Sind Sie immer noch davon überzeugt, dass die thrakische Sache nichts mit unserem Fall zu tun hat?« Sie lächelte mit geöffnetem Mund und neigte seitlich den Kopf, als sie zurückfragte: »Schließen Sie das aus dem Überfall auf Professor Galla?« – »Damit ist es immerhin auf den Punkt gebracht. Mein Kollege und ich, wir sind wie Ihre Vorgesetzten, nicht wahr, wir sind doch gemeinsam zu diesem Schluss gekommen?«
Sie wusste, dass Galla in Sofia war, dass die Herren von heute Morgen ihn sicher schon längst befragt hatten. Löwitsch bluffte. Er hatte nichts weiter in der Hand, es gab nichts als seine »Konstruktion«. Sie konnte sich Galla, in diese Sache verstrickt, nicht vorstellen. – »Warum wiegeln Sie immer ab?«, wollte Löwitsch jetzt wissen. – »Verstehen Sie doch … wie sagt man das auf Deutsch: Weil ich parteilich bin!« Löwitsch schmunzelte über den Klang des Wortes und verbesserte sie nicht. Obwohl sie darum gebeten hatte. Sie war ehrgeizig. – »Ach«, fragte er, »Sie sind so-

zusagen Mitglied der thrakischen Partei?« – »Ja, schon!« Sie wiegelte zugleich mit einer Geste ab. – »Dann erzählen Sie mehr davon.«

Sie schaute ihn groß an. Ihre Augen, strahlend hellblau die Iris in einem makellosen, blau schimmernden Weiß. Sie war halb so alt wie er selbst. Unschuldig, hätte er über die Augäpfel gedacht, wenn die Schatten um sie herum nicht gewesen wären. Was antwortete sie? Sagte sie etwas mit diesem Flüstern? – »Ich streue ringsum Stille wirr auf Glut von unerlebtem Brand. Mit starren Beinen geh ich durch die glühend heißen Straßen draußen, wo dein Bewusstsein ist. Holzscheite meine Sohlen, Scheite von Geduld … Das heuchlerische Hemd des Anstands. Ich entkleide meine Augen …« Löwitsch neigte sich immer weiter ihrem Mund zu. Er glaubte nicht, was er hörte. – »Es ist ein Gedicht«, lispelte sie, »es ist von mir, ich dachte, da Sie die Gedichte von Olaf mochten …«

Hölle!, zischte es in Löwitschs Kopf. – »Ja«, sagte er laut. »Sie haben mir das Gedicht per Mail geschickt. Und die Gedichte von Olaf D., kennen Sie die auch?« – »Ja, ich habe sie Ihnen in den Briefkasten gesteckt.« Er fragte: »Kannten Sie ihn?« Sie: »Ja.« – »Wer weiß das noch?« – »Margarita.« – »Ach«, staunte Löwitsch. »Und?!« Sie sprach sehr leise, aber sachlich weiter: »Bulgarien ist ein kleines Land, die Szene ist überschaubar. Wenn man sich interessiert, ich meine, wenn man sich für Musik und Literatur interessiert, dann trifft man rasch auf die immer gleichen Leute. Das ist gut. Man gehört auch schnell dazu. Und Olaf war viel unterwegs hier. Er kam im Jahr drei-, manchmal viermal. Mein Freund kannte ihn länger. Sie sehen, er

hatte nicht nur Frauenbekanntschaften! Lidia Alexandrowa …« Sie hielt inne. – »Ja, was wissen Sie? Wenn Sie es nicht anders wollen, werden wir beide jetzt die Treppe hinuntergehen. Dort treffen wir sicher meinen Kollegen Kastner und seine Freunde Dimitar und Petar, die kennen Sie doch? Und dann fahren wir in die Dienststelle, die Ihre Dienststelle ist, und dort wird man sich bulgarisch mit Ihnen unterhalten. Sie wollen doch aber Ihr Deutsch verbessern?«
Das war streng. Aber es war so weit. Sie ließ die Arme über die Sessellehne hängen und legte den Kopf zurück. Die Sehnen und Adern am Hals traten hervor. Es mutete seltsam an bei der zarten Person in dem Pulli mit dem zartblauen Muster und dem weiten, runden Ausschnitt. Sie hatte ein Problem. Und er war bereit, es mit ihr zu lösen. »Warum tun die Frauen so, als lebte Olaf D. noch? Sie, Wera, kennen doch das ganze Kränzchen. Sie waren doch vorhin mit ihnen zusammen. Sie müssen verstehen, dass ich vom Fach bin. Es ist mein Beruf und ich bin nicht zum Spaß hier. Ich spiele diesen Freund, den Lehrer, der staunend und wissbegierig mitgeht, aber ich möchte nicht, dass Sie mich für einen Trottel halten.« Sie blieb zurückhaltend: »Man wollte Ihnen nicht wehtun, glaube ich, also dem Freund von Olaf. Es hat ja hier in den Zeitungen gestanden, aber der Freund konnte das nicht wissen. So sollte er, also sollten Sie langsam eingeführt werden, sollten Sie es gut haben und außerdem, vielleicht vor allem …« Er schlug auf den Tisch: »Vielleicht vor allem was?!« – »Vor allem wollten die Frauen wissen, ob Sie nicht ein guter Freund wie Olaf werden könnten.«

»Was zum Teufel ist denn in diesem Fall ein guter Freund?«
Jetzt war sie sehr bestimmt: »Einer, der wiederkehrt, einer, der sich einlässt, einer, der versteht.«
Löwitsch schwammen schon wieder die Felle davon. Er konnte das nicht. Es ging überhaupt gar nicht. Aber er rang sich durch: »Wera, jetzt hör mir zu! Wenn du zu der Gruppe gehörst, die unter zweifachem Mordverdacht steht, und gleichzeitig Polizistin bist, dann ist das unerhört genug. Aber wenn du Erkenntnisse zurückhältst, bringst du dich und alle anderen in Gefahr, und zwar vorsätzlich. Wenn ich hier das Sagen hätte, würde ich dich auf der Stelle verhaften lassen. Deckt Margarita dich? Oder hast du einen Auftrag?« Wera schaute unvermindert mild und freundlich. War es aus Chuzpe oder aus Naivität oder was war es? Sie sagte: »Margarita hat alle Informationen.« – »Markow doch auch?« – »Ja, soweit es notwendig ist, auch er.« Löwitsch bebte, aber er hatte sich unter Kontrolle. – »Na, dann schieß einmal los, zum Beispiel mit der Abhöraktion. Die ist doch kalter Kaffee, wenn du die Frauen gewarnt hast.« – »Ich habe sie nicht gewarnt. Sie wissen nicht einmal, dass ich Polizistin bin. Ich bin als Sprachenstudentin zu der Gruppe gekommen. Am Anfang habe ich in Sofia studiert, der Wechsel hierher war plausibel. Einfach, weil ich dachte, es passt nicht. Egal. Jedenfalls weiß ich, die Frauen sind unschuldig. Ich finde die Abhöraktion nicht gerade toll, aber sie könnte doch zum Nachweis der Unschuld führen, nicht wahr? Olaf D. ist wie gesagt über das Schreiben, über sein Interesse an Orpheus und dessen Landschaft an die Bassarides geraten.«
»Was, was hast du gesagt?« – Bassarides! Löwitsch sah das

Wort an Koras Wand, das Wort, von dem nur noch drei blasse Buchstaben geblieben waren: BASSARIDES. – »So nennt ihr euch?« – »Es ist nicht so lächerlich wie Bacchantinnen. Der oder die Mörder haben etwas über uns gewusst. Sie haben es missbraucht, den guten Ort Belintasch selbst und die rituelle Darstellung der Leiche. Es muss jemand aus der Nähe sein. Aber keine von uns. Für einen Auftragsmord haben die Frauen, haben wir überhaupt kein Motiv. Wir haben ihn alle geliebt.«

»Na gut!« Löwitsch ging über das Letzte weg: »Aber wenn ihr ihn so genau kanntet und ohnehin so clever seid, warum wisst ihr noch nichts über Täter und Motiv? Ihr sucht doch auf eigene Faust, oder?« – »Nicht direkt«, sagte sie, »aber von Galla wüssten wir schon gern einmal, wie er den Fall seines früheren Bekannten Olaf D. sieht.«

Als Löwitsch auf dem Weg zu seinem Haus war, sprang Kastner plötzlich neben ihm aus einem jaulenden Trabant, in dem Petar anschließend grinsend noch einmal an ihnen vorbeiholperte: »Und? Die kleine Wera?« Löwitsch sah ihn nur an. Eine Variante des internen Blicks, das langte für den Moment. Sie kletterten die Stiege in Löwitschs Haus hoch: »Einen Schluck Wein?« Vielleicht sah es für Kastner jetzt so aus wie der Anfall mit Kora. Das war ihm egal. Er sollte ihm lieber sagen, was in Sofia herausgekommen war. Das tat er: »Galla hat es dargestellt als eine versuchte Entführung, um Lösegeld zu erpressen. Die Kerle, über deren Herkunft er angeblich nichts sagen konnte, hätten rasch begriffen, dass er bloß ein armer Bulgare sei, kein Geschäftsmann mit Devisen, und dass bei ihm nichts zu holen wäre. Da hätten sie ihn irgendwo auf freien Fuß gesetzt. Mehr weiß Markow nicht. Galla ist als Opfer aus dem Innenministerium entlassen worden. Der unantastbare Herr Professor war er für die bulgarischen Behörden wohl ohnehin. So hat man auch den Auftritt der Typen in Plowdiw zu verstehen. Es war um den Schutz einer hoch gestellten Persönlichkeit gegangen. Witz, lass nach! Er muss einen Verwandten in der Politik haben. So geht das doch in kleinen Ländern. Sonst hätten die doch genauer hingeschaut und auch gesehen, was sonnenklar war. Dieser Giftzwerg steckt in der Belintasch-Sache mit drin. Olaf D. hatte sich auf die falschen Leute eingelassen. Galla hat eine hübsche Version geliefert, als D. beseitigt werden sollte: thrakische Kulthandlung. Eine falsche Fährte für einen Mord mit einem anderen Hintergrund, den wir allerdings nicht kennen.«

»Das würde heißen, die Ladys sind nicht die Täterinnen, sondern Galla hat nur dafür gesorgt, dass sie unter Verdacht gerieten?« – »Sieht so aus«, sinnierte Kastner. »Der abgeschnittene Kopf von Nummer zwei war kein Zufall. Galla war möglicherweise ein Amigo des Körperlosen von Batschkowo, dieses Borjan K., und also fragten die irgendwie kopflosen Jungs mal nach bei einem, der mit abgeschnitten hatte, wenigstens geistig. Sie taten es in Griechenland, exterritorial, warum nicht?« – »Dummerweise sind wir dabei nun zu Zeugen geworden. Ich fresse einen Besen«, legte Löwitsch nach, »wenn die sich nicht kannten.« Kastner orakelte: »Hätte es Spuren gegeben, dass Galla hart angefasst, unter Druck gesetzt worden ist, dann hätten die Smarties vom Ministerium das sicher liebend gern in die Provinz weitergegeben. Vor allem, wo die Täter schon so gut wie dingfest sind.« – »Wirklich?«, staunte Löwitsch. – »Hat Markow behauptet«, erwiderte Kastner: »So gut wie …« Löwitsch fingerte die Flasche Tennessee Whisky aus der Hellenic-Duty-Free-Tüte: »Magst einen?« Er hatte sogar Eis gemacht in seinem brummenden Kühlschrank, so konnten sie stilecht aus den Wassergläsern einer auf des anderen Wohl anstoßen.

Ihr Gastspiel ging dem Ende entgegen. In zwei Tagen wurden sie in Hamburg erwartet. Sie mussten allmählich mit Margarita und Markow auf den Punkt kommen. Sie würden das Damenkränzchen entlasten und ihre Sicht der Dinge darstellen. Mit dem Tatort, das konnten sie sich schenken. Löwitsch hasste sich dafür. Was für ein Profi, der nicht als Erstes an den Tatort geht, der sich keinen eigenen Eindruck verschafft: »Schiet, Mann!« Auf Gallas Verstrickung müssten sie bestehen, ob die Bulgaren nun darauf einstiegen oder nicht. Mehr als Zweifel anmelden konnten sie allerdings nicht. Alles andere würde vertagt werden müssen. Jedenfalls sah Kastner es so und er schaute Löwitsch bei diesen Sätzen genau an. Der haderte mit dem Schicksal und Kastner boxte ihm auf den Oberarm: »Du hast noch genug Zeit, dich zu verabschieden. An der Alster ist gerade alles easy. Außerdem habe ich mir sagen lassen, dass Ausländer in Bulgarien locker ein Haus kaufen können.« Löwitsch schob ihn aus der Tür. Er stand danach noch Minuten an seinem Steintisch und sinnierte in den Lärm aus dem Garten nebenan.

Auf einem der beiden Kanäle im Fernsehen gab es Ausschnitte aus den UEFA-Champions-League-Spielen. Real Madrid – AC Mailand 2:1. Als er mit der Zahnbürste im

Mund das nächste Mal Richtung Fernseher sah, blickte er auf die brennenden Türme des World Trade Center in New York. Ein Turm brannte und in den zweiten flog ein Flugzeug. Löwitsch überlegte im Sekundentakt, ob es sich um Science Fiction oder um echte Bilder handelte. Er verstand nicht wirklich, was es war. Auf einem der Türme hatte er einmal gestanden. Er hatte Dias davon. Er sah den dicken Wachmann vor sich, der oben vor dem Ausstieg zum Dach auf der Treppe gestanden hatte. Löwitschs Augen wurden feucht. Zugleich sprach es in ihm: Das treibt die USA in die militärische Psychose. In dem hölzernen Zimmer stehend, in dem die nachgebauten Stilmöbel nicht zusammenpassen wollten, neben dem Bett mit der Häkeldecke darüber, dachte Löwitsch an die Welt.
Nach diesen Bildern gab es welche von den offiziellen Eröffnungsfeierlichkeiten der Nato-Manöver in Südbulgarien. Es passte wie Arsch auf Eimer. Der Militärflughafen östlich von Plowdiw. Er hatte die Transportflugzeuge am Himmel gesehen. Fahnenaufzug im antiken Theater zu Plowdiw aus diesem Anlass. War ihnen ganz entgangen! In Amerika, das waren entführte Flugzeuge und das Pentagon war auch betroffen. So viel bekam er noch mit. Auf dem Sender lief die Champions-League-Zusammenfassung weiter, auf dem anderen war »Klubnacht« mit der populären bulgarischen Band *Allegra*. Why not? Löwitsch rief Kastner an. Der sah CNN und deutsche Nachrichten im Wechsel: »Mensch, das kommt auf uns alle runter, das Ding. Die Palästinenser machen Party, die feiern den Erfolg ihrer Leute. Damit mauern sie sich selber ein. Was denkst du?« – »Das kommt auf uns alle runter«, wieder-

holte Löwitsch. – »Willst du lieber ins Hotel kommen und hier gucken?« – »Morgen früh, ich bin fertig. Gute Nacht, mein Lieber.« – »Halt die Ohren steif, alter Leu.«

17

Früh schaltete er sofort den Fernseher ein und sah als Erstes etwas aus San Diego. Wo hat es die Amis denn noch überall erwischt? Der bulgarische Sender hatte nur zufällig seinen Korrespondenten dort. Bei Pittsburgh, verstand Löwitsch, ist eines der entführten Flugzeuge in den Wald gestürzt. Hunderte Tote würden im Pentagon vermutet. Mein Gott, wir werden nicht mehr froh. In der Hotellobby lief ein Fernseher. Pauschalreisende wie Geschäftsleute, gegerbte englische Paare, koreanische Fotomenschen und deutsche Rucksacktouristen glotzten, kauten, tranken, schwiegen. Nur die CNN-Sprecherin blieb bei ihrem Standard-Idiom. Löwitsch fand, dass die Anschläge in einen James-Bond-Film passen würden. Das Hochsymbolische machte sie unwirklich. Alles wie ausgedacht. Natürlich traf das die symbolgewohnten Amerikaner. King Kong war nicht zufällig am Empire State Buildung herumgeklettert, das damals die Rolle der Twin Towers spielte.

Kastner stellte die immer wieder gute Frage, wem das Ganze nützte. Reagans Raketenabwehrsystem hätte gegen so etwas nichts ausgerichtet. Aber für den Sicherheitswahn gäbe es ab jetzt bestimmt kein Halten mehr! Noch mehr Kontrolle, noch mehr Big Brother – das würde daraus folgen. Und gigantische Gewinne für Waffenschmiede. – »So haben wir am Schluss auch was davon«, warf Löwitsch ein. Das sichert Arbeitsplätze in München, Stuttgart, Kiel,

Oberndorf und weiß der Kegel, wo sonst noch. Ist die P2000 eigentlich schon ausgeliefert?« – »Nö«, sagte Kastner, »unbewaffnet sein hier am Balkan gefällt mir im Moment erheblich besser.« Löwitschs Handy klingelte wie aufs Stichwort. Der Chef. Ob sie die Nachrichten gesehen hätten? – »Ja.« – »Ihr seid doch so weit klar und könntet gut übergeben?« – »Ja, nee, ja.« – »Zum Prozess dann würdet ihr sowieso noch mal …« – »Nee, ja.« – »Also packen, Zeitpunkt der Abfahrt mit den Bulgaren verabreden.« – »Ja, wie?« – »Das wird sofort geklärt. Die fahren euch nach Sofia. Elektronische Tickets. Abflug gegen 13, 14 Uhr. Genau kommt noch.« – »Ja, wie?« – »Verstanden?!« – »Ja …« Kastner stand ein Fragezeichen im Gesicht und ein Ausrufezeichen. Es folgte ein Gedankenstrich zwischen den Zirkumflexen der Augenbrauen. Löwitsch hatte nur geglotzt. Nun sagte er: »Gib mir eine Stunde.« – »Brauchst du so lange für Köfferchen und Tasche?« Löwitsch beharrte auf der Stunde. Kastner gewährte sie ihm: »Aber dann vor deiner Tür, Bude besenrein und Schlüssel übergeben. Alles klar?«

Löwitsch sah nicht, ob der Bierflaschen-Zerberus im Hof saß. Er sah auch nicht, ob irgendjemand in den Räumen der Bibliothek war. Er sah nur, dass sie da war. Er sah Zähne blitzen. Er begann sofort zu sprechen. Vielleicht sagte er unter anderem, sie müsste nur ein Wort sagen. Möglicherweise sagte er, dass es ihm ernst sei. Er sprach immerzu und die Einzige, die dieses schnelle Reden verstand, war sie, wenn außer ihnen beiden überhaupt jemand da war, was aber nicht mit Bestimmtheit zu sagen war, jedenfalls nicht von Löwitsch mit seinem offenen Mund und der

Stirn, mit deren Hilfe er von Mal zu Mal seinen Pupillen mehr Energie geben wollte, indem er die Augenbrauen hochzerrte, nicht um Lidia vielleicht endlich einmal deutlich zu sehen, sondern um ihr den Ernst klar zu machen und ihr die Frage zu stellen, die er selbst irgendwo in seiner Suada längst beantwortet hatte: »Wie geht es jetzt weiter?«

Für ihn war gar keine Frage, dass er bleiben müsste, um diesen Versuch zu unternehmen, worin immer der auch bestand. Während er redete, registrierte er genau, dass sie sich nicht wunderte, mit keinerlei Regung zeigte, dass er wirr redete. Denn sie war dabei gewesen, sie hatten sich wirklich in Smoljan getroffen und auch diese Frau, die er eine Hexe genannt hatte. Aber das sagte er jetzt nicht, auch nicht, dass es ihm scheißegal war, ob das nun wirklich gewesen war oder halb wirklich oder was auch immer, weil sie jetzt einen kleinen Zwischenraum zwischen zweien seiner Sätze bewirkt hatte, denn sie wiegte den Kopf auf die wunderbarste Art, die Löwitsch jemals gesehen hatte in diesem Land. Er hatte nämlich, seitdem er begriffen hatte, wie es sich mit dem bulgarischen Ja verhielt, eine Art Forschungsprojekt betrieben, indem er Männern und Frauen bei dieser Form der Bejahung auf das Kinn und auf den Hals gesehen hatte. Er hatte sogar vor dem Spiegel in seinem Holzhaus probiert, ob er es auch hinbekäme, vergeblich, er musste es ja auch nicht schaffen, denn jetzt, in diesem Moment nahm er diese Bewegung als eine Antwort entgegen, mit der er die Bibliothek wieder verlassen konnte, um rasch zu klären, was zu klären war.

Er rief in Hamburg an: »Ja, das ist mir schon klar. Ja, das

ist eine ganz dumme Lage, in die ich Sie, Chef, damit bringe, ja. Oh, ja, hm, wirklich? Also Hamburg selbst? Noch nichts Genaues, aber Hinweise direkt aus den USA? Eine Konferenz heute noch, ganz hoch angebunden, hm, ja, Chef, ja, das heißt nein«, sagte Löwitsch nach all diesen aufschlussreichen Begründungen und Darlegungen. »Nein, ich bleibe hier.«
Kastner sagte er es auch gleich, dass er noch in Plowdiw bliebe. Er käme aber winken. – Bis gleich! In D.s Tagebuch hatte Löwitsch den Satz gefunden: »Ich denke oft, dass im Verlauf meines Lebens ein höherer Plan vollzogen wird, und ich kann dem, mehr oder minder bewusst, nur nachgehen.« Löwitsch fühlte ähnlich. Er hatte die Hoheit über sein Handeln teilweise abgegeben. Von nun an wollte er sich darauf konzentrieren, wer hier in seinen Verstand eindrang, und würde, wenn nötig, das Ruder herumreißen. Warum einer hatte sterben müssen, dessen Empfinden offenbar in die gleiche Richtung gegangen war, das würde sich von selbst ergeben, wenn er, Löwitsch, jetzt dran bliebe. Er hatte Lidias Einverständnis, das war die Hauptsache. Er sagte es Kastner und Markow und Margarita und Wera und den jungen Herren, die da herumstanden, und es klang keck: »Ich bleibe, wenn's recht ist.« Kastner stieg in den Alfa, den sein Kumpel Dimitar zur Feier des Tages fahren durfte. Sie sahen einander fest in die Augen, als das Auto anfuhr.
Während Löwitsch sich bewusst wurde, was er eben durchgedrückt hatte und dass er ab sofort unter einem ganz anderen Druck stand, rief der Muezzin. Er aß rasch im *Hebros*, ohne den Blick vom Fernseher zu lösen. Bin

Laden – der Name kam jetzt wieder und wieder, auf unterschiedlichste Art ausgesprochen und in den durchlaufenden Schriftzeilen eines bulgarischen Senders, der das CNN-Original mit eigenem Ton zudeckte. Nach Spekulationen eines afghanischen Oppositionspolitikers von irgendwo im Exil ging Löwitsch, voll mit Gedanken über die Rüstungslobby, über den Waffenhandel, über Chinesen und Russen und Amis.
Die wirkliche Menschheit begegnete ihm erst wieder als blasse bulgarische Schönheiten in der nächsten Unterführung. Da saßen die Frauen zwischen achtzehn und achtundfünfzig und verkauften Seidenunterwäsche, Spitzenunterwäsche, Wecker, Socken, Drogerieartikel aller Art und trugen ihre Melancholie zur Schau. Die gekrümmten Schultern, die Stricknadeln, Kreuzworträtsel, die gedeckten Farben dessen, was sie selbst anzogen. Löwitsch sah sie miteinander tanzen, wenn sie so zusammenstanden, wenn sie über kleine Dinge miteinander lachten, kleine, schöne Frauen, deren Haut täglich gebleicht wurde von dem Neonlicht. Er blieb hier wegen der Frauen. Als könnte er etwas retten. O lächerliches Löwentier! Er musste das Band an den Anfang spulen: Wie war Olaf D. diesen Frauen begegnet, wofür »liebten« sie ihn und was hat das mit seinem Tod zu tun?
Im nächsten Lokal, das er wegen eines Fernsehers aufsuchte, zeigten sie das Blumenmeer vor der US-Botschaft in Moskau, die Ikonen und Kerzen, das »Myj s wami« – »Wir sind mit euch«. Die Islamische Konferenz tagte irgendwo und betonte, wie sehr der Terror gegen den Geist des Islam verstieße.

Auf dem ehemaligen Parteigebäude der Stadt, einem Hochhaus neben dem *Trimontium Princess*, flammten Schriftzüge auf: *Interamerican* und *Lucky Strike*. Gut und passend. Er ging zu *McDonald's* – eine wirklich harte Nummer. Seitdem ihn Birgit vor zehn Jahren einmal überredet hatte, ein Wiedersehen am Bahnhof Altona bei Cola und Pommes zu feiern, hatte er keine Filiale mehr betreten. Die Telefonstimmen aus Hamburg waren endlich verstummt. Wera meldete sich. Sie versprach Belintasch in drei Tagen, gemeinsam mit Margarita und einem Fahrer. Lidia meldete sich. Dass sie morgen einen freien Tag hätte und ob ein Spaziergang recht sei. – »Hm, ja!?!«

18

Lidia hatte ihm abends von sich aus Koras Nummer gesagt. Sie sei noch krankgeschrieben und würde sich freuen, wenn er vorbeikäme. Punkt zehn Uhr stand er vor ihr, unten vor dem Plattenbau, den er sofort wieder gefunden hatte. – »Ist es wirklich o.k., wenn wir ein paar Schritte ums Haus gehen«, fragte er. Sie ging nicht darauf ein und fragte wiederum ihn, ob er schon einmal im Sport- und Erholungspark gewesen sei. Löwitsch verneinte, innerlich lächelte er über die sozialistische Bezeichnung. Da könnte man gut Mittag essen. Es seien nur ein paar Stationen mit dem Bus. Sie wollte vor allem wissen, ob er wohlauf sei. Vom Krankenhaus her wusste er, wie genau sie sich an ihre Begegnung am Hotelpool erinnerte. Seltsam war die Selbstverständlichkeit hier und jetzt zwischen ihnen. Er räusperte sich, bevor er zugab: »Es ging mir noch nie so gut.« Löwitsch hörte sich dabei zu, wie er ihre erste Begegnung dumm nannte, sich entschuldigte. – »Ach«, sagte Kora, »das habe ich schon verstanden. Schließlich kenne ich einen Ausländer, dem es auch einmal so ergangen ist. Der hat mich zwar nicht für seine Tochter gehalten, aber er ist ähnlich – wie sagt man? – durchgedreht.« »Durchgeknallt?« So sprach sie, wirklich, und schaute aus rehbraunen Augen. – »Woher kannst du so gut Deutsch?« – »Schule«, erwiderte sie und er musste es glauben. – »Was war das denn für ein Ausländer?« Sie schüttelte den Kopf:

»Sind Sie nicht auf der Suche nach Olaf?« Sie stiegen in einen Linienbus, der brutal nach Diesel stank, und Löwitsch war wieder benommen. Lidia hatte ihr alles gesagt, sicher. Aber die Offenheit passte nicht in ein wie auch immer geartetes Täterprofil.

Der Park erinnerte Löwitsch an den Ostberliner Friedrichshain in den trockenen Sommern seiner Kindheit. Die Büsche und Bäume verstreut verankert in dem festen, trockenen Boden. Das Gras in durchscheinenden Büscheln, aber immerhin grün. – »Lidia ist Ihre Schwester?« – »Ja, Halbschwester. Wir haben dieselbe Mutter. Wir gehören zum Stamm der Geten, zum Clan der Bärenmutter.« Bei einem Kanal, auf dem ein paar Kanus und Kanadier unterwegs waren, ging es in einen kleinen Tierpark. Der war ebenso verdorrt wie alles hier. Ein Storchenpaar, ein Reiher und ein paar Möwen harrten in ihrer Voliere aus, an dem schmuddligen Tümpel darin tummelten sich Wasserratten. Am Zaun hingen rotweiße Kordeln. Kora wies ringsum in die Büsche und tatsächlich fanden sie sich überall, schien der ganze Park voll von ihnen. – »Das sind Marteniza, Glücksbringer. Du schenkst sie einem Freund, einer Freundin, dem Liebsten zum Anfang März und diejenige oder derjenige befestigt sie an einem Baum oder Busch, wenn er den ersten Storch sieht. Der damit verbundene Wunsch geht dann in Erfüllung. Das geht auf eine frühbulgarische Sage zurück.« – »Woher wissen Sie das alles?« – »Jedes Kind in Bulgarien weiß das.«

Nebenan hockten traurige Bussarde, denen jeweils ein Flügel hing. Tauben und Enten flatterten blöde herum. Meerkatzen fraßen Gurken. Die waren immerhin zu zweit, daneben hockte ein größerer Affe allein. Ein Löwenpärchen schlief, getrennt und in winzigen Käfigen. Drei Braunbären, jeder ein Haufen stumpfer Zotteln in einem separaten Käfig. Als sie vorübergingen, hob jeder einmal den Kopf. Kora reagierte nicht, als Löwitsch sie darauf hinwies. Die ganze Anlage bestand aus einem gestreckten Viereck von Käfigen um Versorgungsbaracken herum. Zu den Traurigkeiten gehörten noch zwei aufgescheuchte Schakale und ein Canis lupus, hochbeinig, hellbraun, mit bernsteinfarbenen Augen, den Kora ihm als Wolf vorstellte: »Die gibt es in unserem Land noch in Freiheit.« An der hinteren Schmalseite des Gevierts lag etwas, das Löwitsch auf dem dunklen Boden im Schatten von Eichen zunächst übersehen hatte. Es war ein Berg aus braunem und schwarzem Fell. Das dickere Ende bewegte sich und es erschien der Kopf des Minotaurus. Löwitsch dachte es sofort und Kora sagte es. Sie wiegte ihren Kopf und Löwitsch nickte langsam, sie standen beide ganz still. Das Auge des Minotaurus war schwarz und groß und wirkte winzig in dem massigen Kopf mit dem schwarzen Fell, aus dem die kurzen grauen Hörner ragten. »Amerikanisches Bison«, lasen sie. »Was haben sie dir getan, Tatanka yotanka?«

Was hinter der maroden Plattenbauecke hervorrollte, an der sie auf den Bus warteten, war ein rot-weißes, altes Gefährt. Schwarz abgewetzte Kunststoff-Sitze, Gestank von Diesel, die Kästen der Mechanik über den Falttüren schwarz und zerbeult. Ein alter, gebeugter Mann im taubenblauen Anzug, das Schild »Konduktor« am Revers, kontrollierte, ohne aufzuschauen. Als an der nächsten Haltestelle die Ausgangstür einmal nicht schloss, ging der Fahrer mit einem riesigen Schraubenschlüssel nach hinten. Statt etwas zu reparieren, drosch er dreimal auf den schwarzen Kasten der Mechanik. Eine Hälfte der Falttür zog sich danach wie unter Schmerzen zu. Vor ihnen blätterte ein Mädchen in einer Modezeitschrift. Kora sagte aus ihrer Plastikhalskrause heraus mit Blick auf die Hochglanzfotos, sie müsse nach dieser Geschichte endlich mal wieder zum Friseur. Löwitsch war behaglich zumute. Er fühlte sich integriert als Freund des Freundes und als Freund der Damen. Sie aßen noch etwas, dann brachte er sie nach Hause. Weitere Erkenntnisse ergaben sich nicht, formulierte der Polizist in seinem Tagesbericht.

19

Das Telefon um sechs. – »Hier Kastner! Der Chef wird dir nur vorneherum die Hölle heiß machen. Ja, das habe ich gedeichselt für dich.« – »Tausend Dank. Gute Nacht noch mal.« – »Was?« – »Wir haben die Nacht durch. Wegen New York.« – »Na, tschüs noch, tschüs!« Was wegen New York? Codename New York. Warum das jetzt, warum hatte er ihn geweckt? Es war ein Signal. Löwitsch fiel in sein ungeordnetes Denken und Planen zurück. Er arbeitete neuerdings im Traum, sich wälzend wie ein Tier. Das Laken nass und zerknittert.

Die Stadt war voller kahl rasierter Kerle, junger Nato-Schnösel. Und morgen der Krieg. So ernsthaft gaben die sich. Dabei flanierten sie vor *McDonald's* und *Dreams* auf und ab, wollten Mädels gucken und beachtet werden. Dabei war Frieden. Mit einer Hercules gelegentlich am Himmel, im trägen Sinkflug Richtung Ebene. Die Freundin von Wera, die etwas damit zu tun hatte: »Das Hohe Kommissariat für die Flüchtlinge probt hier erstmals mit Militärs zusammen die humanitäre Hilfe. Wir Zivilisten sind fröhlich dabei, die Militärs etwas verkniffen.« Löwitsch drang Schweiß in die Augen. Gestern hatte sich Lidia nicht gemeldet.

Die arabische Inschrift am Uhrturm. Der Busfahrer rauchend im lichtgrauen Turnhemd. Der Konduktor im obligaten Anzug. Piff und Paff und Gestank und Rütteln. Ein Plattenbau wieder. Wer hatte ihn herbestellt? Die andere

Fraktion. Die Petkowstraßen-Crew. Ein Knall und ein Ruck, als der Fahrstuhl ansprang. Die Bedienleiste ohne Blende, aber die Plastikknöpfe funktionierten. Oberster, sechster Stock. Ein Empfang für ihn? Kleine helle Schrankwand. Zur Küche ausgebauter Balkon. Über Nachbarblöcke ging der Blick Richtung Rhodopen. Am Abend die in den Hängen schwebenden Lichter der Dörfer. – »Die Verabredungen für Belintasch sind getroffen.« Erhoffe dir da nicht zu viel, Bernd Löwitsch. Kein Fahrer kannte den Weg genau. Zu dritt wäre es eine sichere Sache. Markow war krank. Ausgeschaltet, dachte Löwitsch. Dann trank er mit Margarita einen Rakija. Dann trank er mit Wera noch einen, die aber, wie er sah, nur nippte. Seine Portionen 50 Gramm. Sie beachteten und bedienten sowieso nur ihn den ganzen halben Tag lang. Diese verdammte, herrliche Gastfreundschaft.

Mittendrin klingelte sein Telefon zum zweiten Mal heute. – »Lidia, Lidia«, sagte er in atemloser Trunkenheit. – »Am Sonntag, nun aber ernsthaft.« Nein, sie wird ihn nicht noch einmal versetzen. »Ein Ausflug, du, Kora, ich. Das Ziel verrate ich nicht. Hat mit Olaf zu tun. Wie lange bist du überhaupt noch ...« Löwitsch sagte: »Das steht in den Sternen, wenn du verstehst.« – »In den Sternen, oh, das passt gut. Jaja, Aufklärung am Sonntag, in den Sternen sozusagen.«

Spät gab es Baniza, gute, fette Baniza aus der schmalen Küche, die einmal ein Balkon gewesen war. Der Sternenhimmel durch die Fliegenfenster. Noch ein Rakija auf gutes Gelingen. Ja, Belintasch. Alles, was er wissen wollte, könnte er morgen erfragen. Vor Ort.

20

Er tastete nach dem Wecker und fand einen Fetzen Papier auf der Marmorplatte des altmodischen Nachttischs, die Taxiquittung von letzter Nacht über 3,28 Lew. Halb neun war Abfahrt. Das Wasser kühlte die Wangen. Die Sprudeltablette wirkte nach einer halben Stunde. Er ließ grauweißes Brot und blassen Käse im Kühlschrank. Über die Straße einen Kaffee. Sie kamen. Am Lenkrad des Lada Niva saß eine unbekannte Frau. Freundliches Hallo. Ironischer Familienausflug mit dunkler Grundierung. Es war der bekannte Weg über Assenowgrad, an der provisorischen Nato-Basis vorbei, am Buntmetallwerk durch die Wein- und Baumwollfelder. Dann verließen sie die Route, die zu dem falschen Kopf geführt hatte. Weinberge, endlos. Bis sich die staubige Schotterpiste, auf die sie abgebogen waren, in die Täler hinaufkräuselte.

Es gab einen winzigen Zettel, auf den Margarita gelegentlich schaute, offensichtlich mit Angaben zu irgendwelchen Abzweigungen. Es wurde kaum gesprochen. Löwitsch genoss die Fahrt trotz seines flauen Magens. Die immer rauere Gebirgswelt war genau das Richtige für ihn. Aus der Piste wurde ein schmaler, holpriger Weg dicht am Berg. Sie schraubten sich an Rändern von Schluchten höher. Plötzlich ein Plateau. Ganz grün war es hier oben, Weiden und Wald, verstreute Feldscheunen, tief unten ein Dorf. Löwitsch wusste, dass sie am Ziel waren. Er hätte jetzt allein losgehen mögen. – »Erst das Observatorium, dann den Fundort?«, bestimmte Margarita mehr, als dass sie fragte. Er nickte Richtung Wera, neben der er die ganze Zeit im Fonds gesessen hatte.

Sie wendeten auf einem Platz mit vielen Reifenspuren, belegten ein radloses Trabant-Wrack mit einer frischen Staubschicht und fuhren in einen Hohlweg ein. Die ungünstige Federung des Wagens ließ Wera und Löwitsch noch einmal heftig an die Decke hopsen und warf sie wechselseitig aufeinander. Sie kicherten. Am rohen Weidezaun im Rücken eines Bauernhauses war Endstation. Kurz schien es, als wäre ein Mann in Arbeitskluft bei den Ziegen zu sehen gewesen. Am Zaun entlang stiegen sie die ausgedörrte, geborstene Lehmkruste des weiteren Weges bergan. Löwitsch spürte die Blicke und erspähte kurz noch einmal den Mann, der gleich wieder abtauchte. Ihre kleine Gesellschaft erregte offenbar Aufmerksamkeit. Vielleicht die Dame Margarita. Dabei trug sie vergleichsweise rustikale Kleidung, einen Hosenanzug, marineblau. Die eleganten Halbschuhe erschienen für den Parcours gewagt, aber auf ihre Art hatte sie sich für die Berge gerüstet. Die Fahrerin ging in Khaki und wirkte wie eine russische Kommissarin. Wera trug Jeans und eine Parkajacke über dem T-Shirt, was Löwitsch überraschend konkret dreißig Jahre zurückversetzte, zu einem Ausflug mit Freunden an einem Steinbruch bei Leipzig.

Aus dem steilen Feldweg war ein Pfad zwischen Krüppelkiefern geworden. Er mündete auf das Plateau einer großen Steinplatte. Links hinüber im Abstand von fünf bis zehn Kilometern Luftlinie das Halbrund eines bewaldeten

Kamms. Der Stein war unterteilt durch ungleichmäßige, flache Stufen von beträchtlicher Breite. Löcher im Boden nötigten zu vorsichtigem Gehen. Wera wies ihn darauf hin. Es waren künstliche Stufen, Kerben, Linien, kreisrunde und quadratische Löcher. Vor Zeiten in den hellen Stein geschlagen, irgendwann nicht mehr gebraucht und weichgezeichnet von zwei, drei Jahrtausenden Wind und Niederschlag.
Das Gehen selbst war schwierig genug, bei aller Neugier. Vor ihnen lag nichts, was Schatten versprach, und es kam ihm so vor, als stünde die Sonne höher als zu dieser Jahreszeit üblich. Margarita zeigte ihm, wie die Kerben und Stufen regelmäßig auf die verschiedenen Berggipfel in dem großen Rund zuliefen. Es gab zwei Zisternen, kreisrund aus dem Fels geschnittene Löcher, die voll Wasser standen. Wera erklärte ihm das Observatorium: Festlegung der Erntetermine, Voraussage bestimmter Ereignisse wie Mond- und Sonnenfinsternisse. Das konnte er sich vorstellen. Die Damen referierten es fast mit wissenschaftlichem Anspruch, wobei Wera überzeugender war als Margarita. – Gallas Schülerin, dachte Löwitsch. Sie waren draußen in dieser wunderbaren Landschaft und seit ihrem kleinen Spaziergang in Plowdiw wusste Löwitsch, wie empfänglich Wera für romantische Situationen, Aussichtsplätze und die thrakischen Angelegenheiten ohnehin war. Außer einem Observatorium habe es sich aber auch um eine Kultstätte des thrakischen Bacchus alias Sabazius gehandelt. »Es besteht ein Zusammenhang«, sagte Margarita. »Ihre und Kastners Deutung des Falles, das Muster des Mordfalles nach dem Mythos halte ich für schlüssig. Die weiblichen

Gefolgsfrauen des Gottes, die Bacchantinnen, könnten eine Neuauflage erlebt haben. Und wenn es nicht die Alibis der Damen gäbe, hätten wir das Verfahren von unserer Seite her schon abschließen können.« Sie wurde direkt: »Dear Bernd, these are point and place to ask you, if you hesitate to give us certain information? Do you hide something we should know? Do you still support the investigations? You still sit in the same boat with us?«
Löwitsch ging einen Schritt rückwärts und trat beinahe fehl. Der Abbruch des Plateaus nach Süden war steil und maß vielleicht zwanzig Meter. Ihm fiel nichts Besseres ein als zu fragen, wie sie auf diesen Blödsinn komme. Sie blieb trocken. Er kannte diese Art längst und bewunderte sie eigentlich dafür. Zum ersten Mal betraf es ihn selbst: »You know that we know. You are under permanent surveillance. That is by appointment as you know.« Der Tonfall war nicht mehr freundlich.
Er ging den Tag mit Kora noch einmal durch. Aber außer dass er eine Minderjährige im Bus angestarrt hatte, war da gar nichts. Er hatte nichts geliefert, das stimmte. Doch konnten sie wohl kaum in ihn hineinschauen. Äußerlich war er zwar nicht sehr produktiv, doch seine Tarnung brachte eben auch Leerlauf und machte vertrauensbildende Ausflüge mit Tierpark notwendig. Seine Position war natürlich schwach, sein weiterer Aufenthalt nach dem Befehl, nach Hause zurückzukehren, wäre nur durch Arbeitseifer zu decken gewesen. Was aber ging das sie an? Und wo war der konkrete Makel? Das fragte er nun zurück. Die Fahrerin stand unterdessen ein paar Meter entfernt mit dem Rücken zu ihnen. Ihre Waffe schaute aus dem schräg

sitzenden Gürtelhalfter über dem flachen Boden der kurzen Hose.
Margarita hatte mitten in seiner Verblüffung ihre Schachtel Marlboro aus der eleganten Handtasche gefischt und sich eine angebrannt. Der Blick durch die halb spiegelnden Gläser der Sonnenbrille war unmissverständlich auf ihn gerichtet geblieben. Wera konnte er in diesem Moment schlecht mit in sein Boot nehmen. Das wäre Verrat, dachte er. Margarita blieb kurz: »Ihr Kontakt zu Lidia Alexandrowa ist inzwischen sehr privat. Sie geben Ihre Mobiltelefonnummer an die Damen weiter. Sie schauen sich Wolfshunde im Zoo an statt den frei laufenden Hündinnen auf die Schliche zu kommen. Sie halten keinen Kontakt, obwohl Sie unsere Leute bei sich wissen.«
Löwitsch sah Gelegenheit zum Kontern: »Und? Und? Was haben Sie im Gegenzug für mich? Sie lassen mich mit der Stange im Nebel stochern. Sie lassen mich laufen und kleben Ihre hässlichen Typen so offensichtlich an mich dran, dass wahrscheinlich nicht nur ich sie erkenne. Jetzt setzen Sie mich auch noch unter Druck. Lassen Sie mich einfach machen. Ich weiß, was ich tue. Und ich bin wirklich nahe dran. Morgen bringen die mich irgendwohin, wo es vielleicht um diesen Kult geht. Hängen Sie sich dran meinetwegen. Wenn sie die Täter waren, weiß ich es nächste Woche. Und dann liefere ich! Versorgen Sie mich bis dahin mit brauchbaren Informationen. Neues von Galla? Oder haben Sie sich durch die Smarties aus Sofia davon abbringen lassen?«
Margarita kräuselte leicht die Oberlippe und steckte sich eine zweite Zigarette an. Sie setzten sich auf eine Felskante.

Er hatte diese Spur und es war bitte sein Spiel. Er fragte nach dem Vernehmungsprotokoll der Frau des Ziegenhirten. – »Das können Sie haben. Wie Sie überhaupt alles einsehen können, allerdings auf Bulgarisch, das heißt, wir müssten dann einen Dolmetscher abstellen. Schwierig, aber nicht unmöglich. Termin Montag neun Uhr?« – »Gut«, nickte Löwitsch und sie gingen ohne weiteres Geplänkel eine kleine Runde.

»Schön hier. Ich würde gern den Hirten und dessen Frau einmal kurz selbst befragen.« – »Warum nicht? Sie können mit Wera schon vorgehen. Wir treffen uns am Auto.« Wera und Löwitsch gingen fast zu freudigen Schritts los. Löwitsch war außer Atem, als sie das Haus erreichten. Es bestand aus einem Fachwerk grauer Holzstangen, gefüllt mit Lehm auf Stroh. Der Eingang lag vom Weg abgewandt im engen Hof. Ein kleines Fenster ging auf und die Frau sah heraus. Wera sprach sie sehr freundlich an und die Reaktion war sichtbar abweisend. Wera blieb freundlich und bedankte sich schließlich, als hätte sie eine Einladung zu Kaffee und Kuchen bekommen. Dann übersetzte sie Löwitsch: »Der Mann ist unterwegs, bei einem Verwandten. Er kommt sehr spät wieder. Warten hat keinen Zweck. Vielleicht bleibt er auch über Nacht. Sie selbst hat schon alles gesagt und wird nur noch aussagen, wenn nötig, vor Gericht.«

Am Wagen die schweigsame Fahrerin und Margarita, die sich den Schweiß aus den Augen wischte, um darauf umso energischer die Sonnenbrille wieder aufzusetzen. Nach zehn Minuten erreichten sie einen Picknickplatz. Neben dem vergleichsweise ebenen und breiten Schotterweg ein

Bachlauf, eine Quelle und ein riesiger Grillofen in einer offenen Schutzhütte. Die Spuren sprachen für reichlich Betrieb. Margarita wies Löwitsch eine bestimmte Stelle, dann erkannte er die Birke wieder. Es gab eine Gänsehaut, wirklich. In einem Flash lagen die Leichenteile wieder da, wie auf den Fotos. Ungerührt begann die Fahrerin, genau unter dieser Birke das Picknick auszubreiten. Löwitsch versuchte, sie davon abzubringen, und erregte ihren Unwillen, bis Margarita übersetzte. Der Unwillen blieb. Sie nahm ihre Decke aber doch und breitete sie ein Stück weiter oben aus, das helle Brot auf dem Brett, Tomaten und Gurken und Käse und Wein. Was für ein Tag!

Löwitsch brachte es nicht fertig, sich zu den Damen zu setzen. Er ging auf und ab. Er ging zum gegenüberliegenden Waldrand, die Böschung jenseits des Baches hoch und runter, ging so lange in den Wald hinein, bis sie ihn riefen. Dabei hielt er die ganze Zeit den Kopf gesenkt. Es war nicht die Haltung des alten Spürhundes, sondern die eines Mannes, der in Trauer ging. Die Frauen hatten längst vom Wein probiert, außer der Fahrerin, versteht sich, die übrigens Löwitsch nicht aus den Augen ließ, soweit es ging, ohne ihm nachzugehen. Sie plauderten. Löwitsch nahm dann ohne zu zögern von dem Salat, den sie inzwischen zubereitet hatten, wie auch von dem leichten roten Wein. Er trank das Glas in einem Zug aus und spülte sich damit den Staub aus der Kehle. Das Tischgespräch zwischen Margarita, Wera und ihm bestand in der Rekonstruktion der Vorgänge, die hier stattgefunden haben könnten.

»Sie haben oben auf dem Plateau übernachtet«, meinte er, »aber sicher nicht geschlafen. Sie haben getrunken, vermutlich Drogen genommen und laut Zeugenaussagen getanzt. Wer sie waren, wenn es nicht die waren, die wir kennen, weiß ich nicht. Gibt es dazu irgendeine andere Vermutung?« Wera und Margarita verneinten. Margarita hatte nach einem Happen Salat eine Zigarette angebrannt und sagte in den Rauch: »Markow lässt seit Tagen die Alibis überprüfen. Es ist kurios, aber …« – »Was?« – »… für jede der Frauen sagt mindestens ein Mann aus.« Löwitsch hätte schwören können, dass Weras Blick ihn hineinzog, ihn irgendwie und in irgendetwas hineinzog. Dabei schien sie müde zu sein, schien beinahe zu stieren. Löwitsch sprach weiter zu sich selbst: »Tatzeit eine Woche zurückliegend. Tatort unbekannt. Dort muss ja unerhört viel Blut geflossen sein. Dort muss – ja! – unerhört viel Blut geflossen sein. Dann die Leiche genau hier, wo wir jetzt sitzen. Und essen. Und Rotwein trinken. Geschmackvoll.« Er schaute von Margarita zu der farblosen Fahrerin, die aber offenbar weder Englisch noch Deutsch verstand, dann zu Wera, die sehr konzentriert Brot schnitt. – »Dann«, schloss er seine Notizen ab, »der Anruf bei der Polizei. Ein Rätsel, finden Sie nicht?«

»Keineswegs!« Margarita schoss. Sie sah ihre Arbeit infrage gestellt: »Not at all! Das Ergebnis der rituellen Handlung sollte wahrgenommen werden. Der Tod von Olaf D. wurde erklärt, indem er annonciert wurde. Zerstückelt wie Orpheus war der Dilettant Olaf D. nach seinem außerordentlich inszenierten Tod zu einem Dichter geworden.« Löwitsch fragte in seiner Verblüffung, ob sie denn seine Bulgariengedichte wirklich so schlecht finde? Das könne sie nicht sagen. Sie kenne keine englischen oder bulgari-

schen Versionen. Man habe das Konvolut nur auf Hinweise durchgesehen. Von literarischer Qualität wäre bei diesem Fall nie die Rede gewesen. Wera sagte aus ihrer scheinbaren Abwesenheit heraus etwas auf Bulgarisch zu ihr und bestätigte Löwitsch, dass sie schon Übersetzungen angefertigt hätte.
Löwitschs Backen hatten während der letzten Minuten an Farbe gewonnen. Der Wein war es nicht. Eher die Frage, warum sie das mit dem Blut bislang nicht beachtet hatten. Die Leichenteile hatten gewaschen hier gelegen, wie vom Fleischer für den Tresen aufbereitet. Wo war D. geköpft und zerlegt worden? Vielleicht war der Kopf gar nicht verbracht, schon gar nicht in die Mariza geworfen worden, um wie der des Orpheus nach Griechenland zu schwimmen? Laut fragte er, ob sie nicht noch einmal hochfahren könnten zum Heiligtum. – »Ja, sicher.« Margarita würde hier bleiben und auf sie warten. Ob eine halbe Stunde genüge? Sie sprach mit der Fahrerin. Wera und Löwitsch stiegen in den Wagen. Die farblose Polizistin ließ die Kupplung zu schnell kommen. Durch den Staub sahen sie, wie Margarita, Zigarette im Mund, ihr Telefon ans Ohr legte.
Sie hielten auf Höhe der Steinplatte, gleich bei dem Pappautowrack. Wera und er eilten durch das kleine Wäldchen, während die Fahrerin noch das Auto abschloss, um ihnen gleich darauf zu folgen. Sie telefonierte jetzt auch. Löwitsch redete ununterbrochen auf Wera ein, die den Kopf wiegte und wiegte und so ernsthaft schaute, wie sie nur konnte. Er brach sich einen übermannsgroßen Holunderstecken. Er rannte fast zur ersten Zisterne, rührte darin herum, rannte dann zur zweiten Zisterne und rührte. Außer hel-

lem Schlamm nichts. Wera musste mit ihm bis an den äußersten Rand des Plateaus gehen. Eine Kletterpartie. Sie mussten einen tiefen Spalt überwinden. Die Fahrerin war dorthin nicht nachgekommen. Auf der einzeln stehenden Felsspitze hier konnten die beiden ihr sowieso nicht abhanden kommen. Löwitsch verknackste sich prompt den Fuß, als er wieder zurücksprang.

Runter vom Plateau, nach unten auf die Wiese. Wie sah es von dort aus? Es gab sowohl ausgehauene als auch natürlich wirkende Nischen im Fels. Es gab eine Treppe und andere Anlagen, die irgendwie technisch und modern wirkten. Wera wusste, es soll hier sogar einmal Flaschenzüge gegeben haben. Das erklärte die quadratischen Aussparungen oben am Rand und die Löcher in den Felsvorsprüngen, die wie Ösen funktionierten. Da waren einmal Holzgestelle verankert und Seile aus Hanf und Leder liefen hindurch. Er kletterte in jede noch so kleine Nische hinein. Wera tat es ihm gleich. Sie trennten sich und umgingen das ganze Ding. Die Fahrerin versuchte, sie beide von oben im Auge zu behalten. Auf der Nordseite lag die Kante des Felsens nur wenige Meter oberhalb eines Trampelpfades. Wera zeigte Löwitsch eine Nische mit einer Madonnenfigur, ewigem Licht und welken Blumen. Sie waren auf ihrem Weg in eine eisige Luftschicht geraten, mehr Auffälliges gab es nicht und sie eilten rasch wieder aufwärts.

Der Aufwand hatte zum Ergebnis, dass sie atemlos und halbwegs wieder warm am Parkplatz herauskamen. Löwitsch fragte Margarita, mit wie viel Mann wie lange das Gebiet nach Spuren untersucht worden sei. – »Lange genug«, war ihre Antwort, bevor sie doch etwas ausführlicher wurde: »Nach dem ersten Tag mit dem Anruf noch zweimal zehn Stunden mit fünfundzwanzig Mann. Haben Sie etwas gefunden, das wir übersehen haben?« – »Nein, nicht direkt. Wie weit haben Sie den Radius gezogen?« – »Das wüsste Markow jetzt genauer. Der hat die Order erteilt, mit dem Staatsanwalt. Nach meiner Erinnerung hat man sehr weiträumig um den Felsen herum und in diesem Gebiet hier an den Wegrändern entlang alles durchgekämmt. Was genau hoffen Sie denn zu finden, das wir nicht bereits haben, außer fehlenden Körperteilen.« – »Die Stelle, wo D. geköpft worden ist, und wahrscheinlich auch den Kopf«, erklärte Löwitsch. – »Das passt aber nicht recht zu Ihrer Orpheus-Theorie!« – »Na ja, aber glauben Sie nicht auch, dies ist nicht nur Fund-, sondern auch Tatort? Ich kann mir nichts Magischeres vorstellen für solche Verrückten als das hier.« – »Wir müssen davon ausgehen, solange wir es nicht besser wissen«, sagte sie. »This is a rather scenic spot for murder.« – »Können Sie für eine erneute Untersuchung sorgen?« – »Mit guter Begründung schon.« – »Noch mal so viel Leute und Hunde?«

Links vor sich die Abendsonne über den Bergen, fuhren sie schon wieder die platte Schnellstraße nach Plowdiw zurück. Margarita rauchte neben der Fahrerin. Wera notierte etwas fürs Protokoll und summte dabei eine folkloristische Melodie. Löwitsch nickte ein und erwachte erst, als sie durch die Altstadt rappelten. Man verabredete sich für Montag früh und sie sagten einander halbwegs herzlich »Do wischdane«. Nur die Fahrerin schaute sich nicht um, sondern trat aufs Gas.

21

Er hatte es abends, als sie ihn anrief, erst nicht verstehen, dann nicht glauben wollen. Allerdings war Viktoria sehr bestimmt gewesen. Sie wollten also um fünf Uhr früh mit ihm los. Warum nicht. Gestern hatte es ihn zeitig genug in die Laken geworfen. Schon saß er in einem asiatischen Geländewagen. Zu seiner Überraschung war der Zerberus als Fahrer mit von der Partie. Lidia, Kora und Viktoria saßen hinten. An der kleinen Kreuzung beim *Hebros* wendete das Biertrinkergesicht und jagte das Gefährt halsbrecherisch den Hügel hinauf. Einmal wurde Löwitsch wach und es erstaunte ihn diesmal nicht, dass sie schon wieder Assenowgrad passierten, wenn auch im Dunkeln und in einer Geschwindigkeit, die besser zu ertragen war, wenn er sich dem Schlaf hingab. Noch vor Sonnenaufgang hielten sie beim Haus des Ziegenbauern, denn es war Belintasch, wo der Weg endete.
Löwitsch gratulierte sich innerlich zu diesem hübschen – ja was? Zufall? Die drei Frauen gingen allerdings sofort den direkten Weg. Sie kannten sich aus. Den Zerberus ließen sie mit der Kühltasche an einer offenbar vorher ausgemachten Stelle zurück. Schweigend erreichten sie das Plateau. Es war sieben Uhr. Kora erklärte ihm, was am Himmel zu sehen war: Venus im hell werdenden Osten und direkt auf dem Kranz der Berge, gerade noch zu erkennen, die hauchzarte Mondsichel. Sie fragte ihn, ob er Orion

kenne. In der Verlängerung der Gürtelsterne links abwärts dieser helle Stern, das ist Sirius. Für den Gott Sabazios und also für Belintasch ist der Hundsstern sehr wichtig. Sie wies auf den Boden, auf eine der langen Kerben. An einem Tag im Jahr geht in der Flucht dieser Linie Sirius auf. Das ist ein sehr hoher Feiertag für Sabazios. Er liegt im August. Über dem Orion, rechts in Richtung seines Bogens der Stier, etwas abseits davon Saturn. Löwitsch folgte fasziniert der Richtung von Koras Arm und Zeigefinger. Sie drehte sich langsam um ihre Achse zum Großen Wagen hin. Selbstverständlich sagte sie: »Die Große Bärin«, und Löwitsch wusste seit vorgestern, warum. Die Luft war so frisch hier oben, dass ihn in seiner leichten Wanderjacke fröstelte. Aber auch die Begeisterung für diese ganz andere Einführung in das Observatorium der alten Thraker trug zum Schauder bei. Als erwachte es zum Leben. Als sei es selbstverständlich in Gebrauch. Er begriff, was die Frauen hier wollten, ohne dass er es genauer hätte sagen können. Er fühlte es, obwohl ihm sein Job und seine seltsame Situation hier oben absolut bewusst blieben. Die Erinnerung an Augustnächte auf Rügen kam ihm hoch, an unerhört tiefschwarzen Himmel, der Scharen von Sternschnuppen über ihm ausgeschüttet hatte, und die Lichtfinger der Leuchttürme am Horizont.
Noch im Verlauf der kleinen Sternenkunde hatten Viktoria und Lidia an den Rändern des Plateaus kleine Feuer entzündet. Offenbar hatten sie etwas in die kreisrunden Löcher gestellt oder gegossen, Petroleum, Benzin. An einer markanten Stelle über der hohen Südkante züngelte ein kräftigeres Feuer in den Morgenhimmel. Der Stein darun-

ter hatte die Kontur eines mächtigen Tierschädels, Pferd oder Hirsch. Lidia sagte ein paar Worte mit Nachdruck und die drei Frauen verschwanden. Löwitsch genoss die Aussicht im sanften Spektakel des Sonnenaufgangs und hütete die hinterlassenen Taschen und Beutel.
Als sich eine Viertelstunde lang nichts mehr gerührt hatte und er auch keinen Laut hörte, ging er nachschauen. Er fand ein paar Stufen hinunter zu dem Trampelpfad, den er gestern auch gegangen war. Zuerst rief er nicht. Er passierte einen Felsvorsprung, über dem ein Bärenkopf thronte. Niemand. Dann sah er hinter einen Felsvorsprung in der Form eines Hundekopfes. Wieder nichts. Er geriet an einen Rinderkopf. Alle steinernen Köpfe hatten von hier unten gesehen einen leichten, zuckenden Lichtkranz von den Feuern, die oben im Stein brannten. Davon wurden die Frauen aber nicht wieder sichtbar. Er rief noch immer nicht. Die Atmosphäre des Orts und des Moments hielten ihn davon ab. Er ging noch einmal zurück und lugte über das Plateau. Als die Frauen nicht dort waren, rief er das erste Mal. Zu leise. Beim zweiten Mal antwortete immerhin ein Echo. – Der Berg-Bariton! Löwitsch musste grinsen.
Unterhalb raschelte es wie von schweren Tieren in den Eichen und Haselsträuchern. Er rief noch einmal. Nun hörte er deutlich, wie eine Herde durch das Unterholz zu Tal stürzte. Es musste eine große Herde sein, welche Tiere auch immer. Von der anderen Seite, vom Zugang des Plateaus her, rief ihn eine Männerstimme. Es war nicht der Zerberus, sondern ein Bauer, der heranhumpelte in Gummihalbschuhen und einer abgewetzten Tarnuniformhose mit dazu passender Jacke und Uniformmütze. Er begrüßte ihn

gut gelaunt als »Herrn Lewitsch« und gab ihm die Hand. Löwitsch hielt sich zurück. Vielleicht war der Mann in blauer Kluft gestern ein anderer gewesen? Ein Sohn? Vielleicht hatte es gestimmt, dass er gestern gar nicht im Haus gewesen war. Den Namen hatte er sicher vom Zerberus. Man kannte sich. Sie stiegen gemeinsam durch eine Steinspalte. Der Bauer begann offensichtlich seine Standardführung, ohne auf Löwitschs Zeichen zu achten, dass er die Sprache nicht verstand. Er wies ihn auf diese und jene Kerbe und Stufe im Boden hin, kletterte wieselflink eine über dem Abgrund endende Treppe hinunter, warnte immer wieder grinsend vor Klüften und verabschiedete sich zu Löwitschs Verblüffung blitzschnell mit einer Hand voll Haselnüssen. Sie seien von hier, betonte er immer wieder mit dem Finger und Löwitsch sagte: »Heilige Haselnüsse.« Der Alte hatte sie ihm in die Jackentaschen gestopft, während Löwitsch sich mit beiden Händen zwischen zwei Felsen hatte halten müssen.

Als er wieder auftauchte, umstanden die Damen, als wäre nichts gewesen, eine der beiden Zisternen und hielten sich bei den Händen. Leicht geniert, blieb er dem kleinen Ritual lieber fern. Er mutmaßte, es handelte sich um eine Art spätfeministischer Wiederbelebung alter Frauenriten. Ihm fiel der Name einer ostdeutschen Schriftstellerin ein, die einmal so etwas aufgeschrieben hatte. Birgit hatte ihn damals genötigt, es zu lesen. Es war ihm ziemlich blutleer erschienen.

Nun sangen sie. Er glaubte seinen Ohren nicht. Sie sangen eine Art Schlagermelodie und fingen mehr und mehr zu kichern an. Sie schütteten sich aus vor Lachen. Viktoria fiel in das Wasserloch. Oder sie war gesprungen. Löwitsch hatte es nicht genau sehen können. Warum hatten sie ihn mitgenommen? In diesem Moment schien ihm Lidia zuzuwinken. Von der Sonne geblendet, bezog Löwitsch ihre Handbewegung irgendwann doch auf sich. Er sollte Viktoria aus dem Brunnen helfen. Das Wasser, gestern dunkelgrün wirkend, spiegelte den Himmel in hellem Blau. Löwitsch stutzte im ersten Augenblick und tat gar nichts. Im Wasser unten standen helle Wolken. Ihn schwindelte. Der Wasserspiegel – oder waren es Lidias Augen – sandte einen Lichtblitz, eine jähe Reflexion des Sonnenlichtes. Wie in einer Seitenstraße an einem sonnigen Sonntagmorgen. Irritiert sucht man die Quelle der Phänomens, kann sie aber nicht gleich ausmachen. Löwitsch wusste, dass es sich nicht um eine rein optische Erscheinung handeln konnte. Die Sonne stand viel zu flach. War eine Fläche gekippt, das Wasser geschwappt? Spiegelte etwas in seinem Rücken?

Seine Hände lagen in denen der Frauen, die links und rechts von ihm standen. Sie hatten ihn, mit sanftem Ziehen, zu einer bestimmten Stelle dirigiert. Hinter ihm lag der Abgrund. Das perfekte Halbrund der Gebirgskette, in deren Fokus er nun stand, vor ihm die Frau im Wasser, den hellen Blick ihm zugewandt. Von dem Feuer auf dem großen Stierkopf neben ihnen stand ein letztes schmales Flimmern in der Luft. Löwitsch fasste sich ein Herz und nahm Viktorias nasse Hände, breitbeinig und halb in der Hocke. Als sie aus dem Loch heraus war, wandte er sich ab, aber sie legte beide Hände auf sein Gesicht und auf sein Haar.

Aus den Taschen und Tüten, die eben noch unbeachtet

herumgelegen hatten, quoll nun ein Picknick. Der Zerberus, aus dem Nichts aufgetaucht, hatte den Deckel der Kühltasche zurückgeschlagen. Lidia schenkte aus einer Thermoskanne starken Kaffee in kleine Tässchen. Kora reichte Löwitsch ein großes Weißbrot zum Schneiden. Und Viktoria, in eine bunte Wolldecke gewickelt, hantierte mit gefüllten Schalen und Alufolienpäckchen, aus denen zu Löwitschs Freude gegrillte Hühnerkeulen gewickelt wurden. Es war so einfach, weil so einleuchtend, und schien so einleuchtend, weil es so einfach war. Das Leben war leicht und tief in jedem Atemzug. Gut, es war übertrieben. Der Himmel zog sich zu. Ein Wind kam auf. Sie packten zusammen. Sie saßen plötzlich in einer Höhle unterhalb des Plateaus, im Schein eines Feuers. Löwitsch würde hinterher keinem sagen können, wo der Eingang zu dem geräumigen Platz lag. Die Zeichnungen an den Wänden hätten die Archäologen aus dem Häuschen gebracht. Sie zeugten von Jagd- und Fruchtbarkeitszeremonien. Nun befanden sie sich offenbar im Haus des Ziegenhirten. Es hatte einen großen Lehmofen. Darin wurden Fladen gebacken. Es gab Forellen und Süßwassermuscheln. Ziegenkäse. Löwitsch verstand das Bulgarisch der einfachen Leute hier oben ganz leicht mit seinem doch nicht völlig verschütteten Russisch. Eine Alte trat herein und alle berührten ihren Buckel um des Glücks willen. Dann lachte sie und deutete einen raschen Tanz mit gerafftem Rock an. Löwitsch brummte der Schädel inmitten der Seligkeit. Er strebte aus dem Haus hinaus und kotzte in eine Ecke des grob geflochtenen Zaungevierts.

Er ging ein Stück auf die Weide hinaus und vertraute sich

einer der schwarzbärtigen, großen Ziegen an. Weiter unten zog auf einer Alm eine Herde Strauße vorüber mit dem charakteristischen Gang. Er schrieb es dem Wein zu. Hatten sie schon Wein getrunken? Es durfte kaum zehn Uhr vormittags sein. Aber der Tag hatte früh begonnen. Er strebte zu dem Jeep, an dem etwas wie der Name eines Parfums stand. Er stieg ein. Der Schlüssel steckte. Es gab keinen Grund, aber er startete und versuchte zurückzustoßen. Die Pflanzen, die den Wagen umstanden, die offensichtlich mit nach Plowdiw wollten, verhinderten es. Frucht tragende Pflanzen, Weinstöcke, Maulbeerbäume, Feigen, dazwischen Efeu, der irgendwoher rankte. Grün, zu viel Grün. Stopp, schrie es erneut in ihm und: »Slow motion, rückwärts bitte, ich möchte mich in dem Traum umschauen. Zeigen Sie mir meine Hände, bitte. Und sagen Sie, wer bin ich, ja?«
Nach Mitternacht. Er stand auf dem großen Platz vor der Hauptpost in Plowdiw. Eine Autoscooter-Anlage, in deren Dach vereinzelt Wellen von Lämpchen aufleuchteten. Darunter im Dunkeln die Autos, die weißen und roten Lichter, das Auflachen der Insassen. Er begriff erst gar nicht, was daran so gute Laune machte. Die Reinheit der Geräusche war es. Keine Rummelmusik dröhnte. Auf dem kleinen Platz beim Internetcafé waren die Bäume neongrün angestrahlt und es wurde bedient wie am helllichten Tag. Drinnen waren alle Plätze an den Bildschirmen besetzt, nachts waren die Gebühren geringer. Der Mann, den er nun doch fragte, warum er ihm folgte, schaute müde und drehte ab.

22

Sie holten ihn gleich früh ab. Zwei schweigende Kerle, die er noch nie gesehen hatte. Kastner fehlte ihm sehr. Markow mit Bulldoggengesicht, in Papieren blätternd. Offensichtlich waren die Karten neu gemischt worden. – »Herr Löwitsch«, begann er, »wir erwarten präzise Auskunft von Ihnen. Sie unterhalten ein intimes Verhältnis mit einer Minderjährigen. Straftatbestand! Sie unterhalten ein intimes Verhältnis mit einer verheirateten Frau. Moralisch schwierig! Und Sie unterhalten ein intimes Verhältnis mit einer weiteren Hauptttatverdächtigen. Für einen Polizisten sträflich. Stellungnahme bitte!« Löwitsch presste die Kiefer aufeinander, sodass ihm fast die Kronen barsten. Er versuchte es mit der Otto-Waalkes-Nummer: »Ähäm, liegt vielleicht eine Verwechslung vor, huhu?«

Markows Gesicht war nicht mehr zu beschreiben. Löwitsch gegenüber saß jetzt etwas, von dem er nicht geahnt hatte, dass es ihm selbst noch so präsent wäre. Die Vergangenheit hatte ein Gesicht und war so steinern anwesend, als hätte es ’89 und die Folgen nie gegeben. Markow betonte: »Dies ist das letzte Gespräch unter vier Augen und, wenn Sie so wollen, Ihre letzte Chance.« Löwitsch wusste, dass nichts von dem wahr war, was er als Wirklichkeit erlebt hatte, aber er wusste auch, wer der Mann von gestern Abend war. Er vermutete etwas über den Zerberus von Lidia, aber vor allem etwas über Belintasch. Was war in dem Picknick

gewesen? Was war danach geschehen? Wo waren die Mittagsstunden geblieben? Warum gab ihm die eigene Erinnerung nicht einfach wieder, was doch die schönste Männerfantasie gewesen wäre? Es war wie in Smoljan.
In Markows Papieren stand alles, belegt bis hin zum Schweißgeruch. Sie würden die Hunde schicken. Sie würden Altes und Neues abgleichen. Vermutlich würde sich ohne weiteres ergeben, dass Löwitsch auch vorher schon in Bulgarien gewesen war. Er fühlte sich plötzlich allein in Markows Büro, dem schwarzen Ledersessel gegenüber. Er sprach drauflos: »Wollen Sie meine Version hören oder nicht? Sind Sie zufrieden mit dem Spitzelbericht? Wissen Sie schon alles? Stimmt, ich war mit den drei Frauen dort oben. Stimmt, sie gehören zu den Tatverdächtigen. Die Frauen haben dort oben ein Ritual gefeiert, altertümlichen Firlefanz, sich wie Priesterinnen aufgeführt, das Heiligtum belebt, weiß der Teufel. Kurz haben sie mich einbezogen, stimmt. Danach aber war alles o.k. Es war ein Picknick! Hören Sie? Picknick! Und noch eine lustige Runde mit dem Bäuerlein da oben. Sehr witzig, sehr fröhlich. Ich liebe das einfache Landleben, das es hier noch gibt. Wissen Sie, das haben wir gar nicht mehr. Das kann man sich bei uns gar nicht mehr vorstellen. Wie eine Reise in die Vergangenheit. Und dann die bulgarische Mentalität, diese Freundlichkeit und Gastfreundschaft zugleich mit dem Stolz auf das Eigene. Man glaubt, gar nicht in Europa zu sein.«
»Wen interessiert denn das?«, wurde Markow laut, der ihm erkennbar wieder gegenübersaß. Löwitsch bat um Gegenüberstellung mit demjenigen, der alles gesehen hatte. Es wurden zwei dunkle, kräftige Kerle unbestimmten Alters

geholt, die nickten und wieder nickten. Löwitsch ließ seine Fragen übersetzen, wann und wo. Es ging um die Zeit früh, wo seine Erinnerung die Einführung in den astronomischen Morgenhimmel bereithielt. Es ging um das Wasserloch, wo er Viktoria herausgeholfen hatte im Beisein der beiden anderen Frauen. Es ging um die Mittagszeit, um einen Eichenhain. Das war absolut unmöglich. Da hatten sie fröhlich auf dem Plateau gesessen, das Picknick hatte seinen Lauf genommen. Er erinnerte sich sogar an andere Besucher der Stelle, an Wanderer. Ob es da nicht Zeugen gebe, wie sie da gesessen hätten. Ja, zwei Frauen hätten da gesessen. Der Eichenhain sei unterhalb der Nordkante. Eine kleine Lichtung, ob es ihm dämmere! Hier wurde Löwitsch bockig. »Ich habe nicht mit Lidia Alexandrowa, niemals, und nicht hintereinander. Das war nicht ich! Eine Verwechslung. Ein Unsinn. Grober Unfug. Ist der Witz jetzt ausgereizt? Ich sage gerne danke für die Blumen. Bulgarische Männerfreundschaft heißt offenbar, die Potenz des Gastes auf solche Art zu feiern. Ist es vielleicht eine Aufforderung, endlich einmal über die Stränge zu schlagen? Andere Länder, andere Sitten? Kann ich jetzt bitte einen Rakija und einen kräftigen Kaffee bekommen, damit wir das weitere Vorgehen besprechen können?«
Markow erwiderte: »Weiteres Vorgehen mit Ihnen und mir gemeinsam gibt es nur noch, wenn sich Ihr Verhalten ändert. Wenn Sie sagen, was Sie wissen, und wenn Sie sagen, was Sie dort eigentlich tun. Ihre Methoden sind uns, gelinde gesagt, fremd und auch sehr unangenehm. Wenn ich Meldung mache, sind Sie in nullkommanichts des Landes verwiesen.« – »Ja, hm, stimmt wohl«, hörte Löwitsch sich

stammeln. Er hatte keine Schuldgefühle. Es brabbelte nur so aus ihm heraus, um das hier zu beenden.
Löwitsch drückte die Schultern durch, fasste sich mit der Rechten kurz an den einigermaßen festen Bauch und ging statt Richtung Altstadt entgegengesetzt. Einmal ums Karree. Die Nebenstraßen waren nicht belebt. Ab und an überholte ihn eine der Schrottkisten. Für Belintasch hatten sie zwei gebraucht, hier in der Stadt würde es vielleicht nur einer sein. Der da? Blaues Hemd, graue Hose. Relativ vornehm für einen Spaziergang in dieser Gegend. Der Mann trat zu den Leuten, die vor einer schmutzigen Werkstatt herumstanden und fuhr kurz danach mit einem 200er Mercedes davon. Auf der anderen Straßenseite sprach einer in Jeans und heller Jacke mit einer Frau, die Laub rechte. Löwitsch bog um die nächste Ecke, querte die Straße und nahm den Durchgang zwischen zwei Plattenbauten. Die helle Jacke nahm denselben Weg. Er ging um den Plattenbau linkerhand herum. Die helle Jacke folgte. Gut. Nach einer kurzen Pause in einem Treppenhaus war er ihn schon los. Löwitsch hatte den Kollegen bis heute keine Veranlassung zu mehr Aufmerksamkeit gegeben. Als ihn zwei Kinder fragten, wen er suchte, war der Weg schon frei.
Er musste wissen, was sie ihm in Smoljan und hier verabreicht hatten. Im Kaffee? Im Hühnerbein? Wo war es drin? Was war es? Was tat es noch, außer dass es ihm eine andere Wirklichkeit vorgaukelte neben der, die in die Protokolle wanderte? Es musste ein teuflisches Halluzinogen sein. Es könnte der Schlüssel sein, die Verbindung auch zwischen der kriminellen Truppe mit dem Batschkowo-Kopf und den Ladys, die für ihren thrakischen Heckmeck bunte Bil-

der brauchten. Wera! Sie besaß kein Handy. Er ließ sich in der Behörde durchstellen. Ein wenig Englisch, ein wenig Russisch, ein wenig Beschwörung. Er durfte seine Handynummer ansagen. Zehn Minuten später rief sie schon an. »Ja, nach Dienstschluss, halb sechs vor dem *Dreams*.« Was wusste sie über den aktuellen Stand der Dinge?

Er ging weiter und landete in einem billigen Imbiss am Rande des Neubaugebiets. Zwei Halbwüchsige, eine stämmige, bärbeißige Frau am Tresen. »Cola, bitte.« Vor dem Fenster das Weltende. Unter dem hohen Himmel eine staubige, steinige Fläche. Wie das Heiligengeistfeld, wenn in Hamburg kein Dom ist. Wie der Potsdamer Platz vor dem Mauerfall. Ein separierter Stadtteil, ein weiteres Zigeunerviertel. Hamburg am Telefon. Kastner fragte, warum er nicht erreichbar wäre, ja, er wollte mal entspannt mit ihm reden, am Wochenende. Nicht über die Al-Quaida-Sache. Löwitsch hatte keinen Nerv dafür: Ein Dossier über Halluzinogene wäre gut. Nichts vom Urschleim! Verabreichung und Wirkung der richtigen Sachen, Mescalin, Pilze, so was. Schon Smoljan lässt sich nicht anders erklären. – »Psychose? Gehirnerweichung?« Sie lachten beide laut. Das tat gut.

Mit Wera wechselte er als Erstes das Lokal. Sie saßen an einem abgelassenen Wasserbecken im Zar-Simeon-Park. Weil sein Radarblick nicht zu übersehen war, erklärte sie gleich: »Niemand weiß von unserer Verabredung. Ich habe von Margarita gehört, wie einfach du die Observation von dir aus beendet hast. Wir haben herzlich darüber gelacht. Was hast du vor?« – »Weiß ich selbst nicht«, gestand er. »Ich bin noch immer nicht am richtigen Punkt. Am Ausgangspunkt, wo der rote Faden befestigt ist. Belintasch gehört weiter untersucht. Ob wir beide einmal die Akten einsehen könnten, wegen der Sprache, meine ich?« – »Oh, die hat Margarita doch für dich schon bereitgelegt. Daran hat sich durch deine Auseinandersetzung mit Markow nichts geändert.« Das dritte Lachen heute. – »Halte dich an die Frauen, Männer sind nicht gut für dich«, sagte Wera, die blutjunge Wera, und kicherte noch ein wenig hinterher. Es war doppelt schön, weil es sie für einen Moment aus ihrem Ernst herausgeholt hatte. Sie steckten konspirativ die Köpfe zusammen. – »Ob du die relevanten Sachen kopieren und mit mir irgendwo hier draußen durchsprechen könntest?« – »Hm, möglich.« – »Hast du etwas von der anderen Seite gehört, von dem Ausflug gestern?« – »Ja, schon, gleich heute früh. Ich selbst bin so neugierig gewesen und habe vom Büro aus Viktoria angerufen. Die Frauen sind zufrieden.« – »Wie?« – »Ja, zufrieden war das Wort. Und sie gehen davon aus, du bist es auch.« – »Ja, wie?«, fragte Löwitsch erneut. – »Ja, nichts weiter«, erwiderte sie. »Das wäre doch ein schönes Ergebnis.« – »Ergebnis wovon?«, staunte er in ihr Gesicht. – »Na, von dem Fest, das sie mit dir gefeiert haben.« – »Hm, Fest, ja«, murmelte Löwitsch. »Ist das Fest ein ganz bestimmtes und hat vielleicht auch einen Namen?« – »So zentral ist das nun nicht in meinem Leben … Initiationsfest, kannst du das verstehen?« – »Ja, schon, aha. Bin ich jetzt Mitglied?«, wollte er wissen. – »Nein, das können nur Frauen. Aber so wie Olaf D. spielst du nun eine gewisse Rolle.« – »Ah ja. Kannst du etwas genauer werden?«

»Nur die Beteiligten wissen das genauer und, um deiner

Frage zuvorzukommen, ich habe an so etwas noch nie teilgenommen. Ich kenne dies und jenes, aber das noch nicht.« Löwitsch konnte sich nicht verkneifen nachzuhaken: »Noch?« Sie errötete tatsächlich und das reichte ihm. Ein gewisse Rolle, gewiss doch. Die würde er gerne spielen, wenn er nur bei wachem Verstand dabei wäre, mit allen Sinnen sozusagen. Er wollte doch auch genießen. – »Wera, es ist mir sehr ernst: Nehmt ihr oder nehmen die anderen Frauen bei den Ritualen Drogen?« Sie schaute völlig verständnislos. »Wera, kann es sein, dass man mir etwas eingegeben hat? Tabletten? Irgendwelche Pilze unters Essen gemischt?« Sie wich zurück. – »Was du dir denkst, nein, alles ist ganz anders. Ich kann es dir nicht genau sagen, nur so viel: Das zweite Gesicht spielte eine Rolle dabei. Lidia hat es sowieso und andere Eingeweihte oder Geweihte auch. Was ist da richtig auf Deutsch?« – »Beides«, meinte er, »es kommt darauf an. Eingeweiht sind Personen da, wo es Geheimwissen gibt. Geweiht sind Personen, die Rituale und Kulthandlungen vollziehen dürfen. Oder so ähnlich.«

Er war sich plötzlich des Gebrauchs der eigenen Sprache nicht mehr sicher. So wie er in diesem Land an seinem Verstand, besonders an seinem Gedächtnis zu zweifeln begonnen hatte, so schwand ihm allmählich auch die Sprache, gerade wenn er sie besonders exakt benutzen wollte. Hilf, Kastner, ernüchtere mich, du klarer Mensch! Doch Kastner war weit weg. Er saß mit einer jungen Frau hier, die angehende Polizistin und Angehörige einer Weiberloge zugleich war, in seltsame Machenschaften verstrickt, womöglich in Mord. Es sammelten sich Gründe, dem Bo-

den zu misstrauen. Abreisen oder Eintauchen? Kopf oder Zahl?
Lidia wusste kein Zimmer für ihn. Er sollte erst einmal in die Bibliothek kommen. So spät? Der Zerberus kam eben die Treppe herunter. Er grinste nicht. Er sagte: »Alman, du Lewitsch, ich Alman.« Sie gaben einander die Hand, und gingen ihres Weges. Lidia war in einem Nebenraum. Das leise Klimpern signalisierte Tee. Er ging von sich aus in die Ecke hinter dem Schreibtisch. Sie goss ein und er wärmte sich die Hände an der kleinen Tasse. Ihre Kleidung wirkte flauschig, schien für die kältere Jahreszeit gemacht. Ihr Gesicht war vielleicht noch blasser als sonst, noch zarter über dem hohen Kragen. Genau konnte er es nicht ausmachen im Dämmerschein der Kerzen aus dem Stövchen. Sie fragte nicht, warum er aus seinem Holzhaus herausmüsste, sondern telefonierte sofort. Sie holte unter dem Tischchen einen kleinen Lederbecher mit Würfeln hervor und bat ihn, sein Glück zu versuchen. Zuerst würfelte er eine Fünf und zwei Zweien, dann zwei, drei und vier und schließlich eins, zwei und sechs. Sie nickte. Es handelte sich wohl um das erwartete Ergebnis.
Das Telefon klingelte. »Viktoria hat ein Zimmer für dich, eine Wohnung in einem Neubau. 25 Lew die Nacht, das ist für die Messezeit und den Standard – großes Bad! – sehr günstig. Sagst du ja?« Er sagte zu. – »Viktoria bringt dich, sie kommt in einer Stunde an die Treppe unterhalb vom *Hebros*. Willst du deutsche Zeitungen lesen?« Das hatte er schon getan. Vor allem die Bilder angeschaut, immer und immer wieder, die Bilder von den brennenden Twin Towers. Der Hamburg-Harburger Aspekt, die Vermutun-

gen um die Verstrickung ehemaliger Hamburger Studenten arabischer Abkunft beunruhigten ihn nicht.
Unvermittelt fragte er Lidia, wo sie und ihre Leute seinen Freund Olaf D. versteckt hielten. Er sei in der Nähe, antwortete sie in ihrer gelassenen Art, ein freier Mann, nur so viel beschäftigt, dass sie selbst ihn auch selten sähe. Warum sie nicht einmal ihn und seinen Freund zusammenbringen könnte, fragte er weiter, nur so, dass er beruhigt wäre, dass es ihm gut ginge. Schon eine Telefonnummer wäre gut. Sie wollte schauen, ob das möglich wäre. Sie hätte nicht auf alles Einfluss und Olaf sei schließlich, wie gesagt, so frei wie er es eben sein wollte. Löwitsch nickte unwillkürlich. Es war absurd, nach so vielen Tagen sowieso. – »Was meinst du damit?«, fragte er nun doch, sich wie durch einen Schleier kämpfend. Er schnupperte an seiner Tasse. Nichts Auffälliges. Heller Tee mit einer zarten Note Earl Grey. Er drehte die Tasse vor dem Kerzenschein, aber die Flüssigkeit war klar und auch nichts Körniges im Grund. Allerdings war er nicht gerade ein Drogenexperte. Und eine Laiennummer war dieses Spiel hier sicher nicht. – »Olaf«, summte sie mit immer weicherer Stimme, »ist ein Mann, der sich dem Augenblick so hingeben konnte, als gelte es das Leben. Von entsprechender Dauer waren die Augenblicke, entsprechend gebunden sein Alltag, ohne dass ein Außenstehender es immer verstehen konnte. Ich habe in Deutschland einmal den Ausdruck Gutmensch gehört. Ich vermute, dieser Begriff könnte auf ihn passen. Er ist so gut zu so vielen unterschiedlichen Menschen, er lässt sich so sehr ein und so tief.«
»Nein, Gutmensch auf keinen Fall«, schnellte Löwitsch laut

heraus. »Ein Gutmensch ist eine Karikatur, einer, der stets auf der guten Seite ist, der immer die korrekten Wörter benutzt, der Omas über die Straße hilft, ja, auch in diesem einfachen Sinne Gutes tut. Aber vor allem protestiert er gegen Atomendlager, gegen den jeweils aktuellen Krieg mit der Sicherheit dessen, der die Schuldigen kennt. Im Zweifelsfall ist er immer gegen die amerikanische Politik. Er weiß sowieso immer Bescheid, schon vorher. Welche Eier von glücklichen Hühnern man essen kann, dass hinter der Katastrophe von Tschernobyl der weltweite Imperialismus gesteckt hat. Ein Gutmensch protestiert jetzt wieder gegen die Amerikaner, weil sie selbstverständlich selbst schuld sind an den Attentaten vom 11. September.«

Lidia wiegte den Kopf: »Logisch!« Sie lachte auf wie jemand, den eine Assoziation auf Abwege führt. Löwitsch fielen seine neuerdings beschädigten Erinnerungen ein: »Lidia, gehörten zu den Ritualen der Thraker auch Drogen? Ich meine, weißt du etwas davon, ob die alten Thraker Drogen genommen haben, Halluzinogene vielleicht?« Wie immer antwortete sie sofort. Er hatte sie überhaupt noch nie zögern sehen. Das Gefühl, an eine Grenze ihrer Offenheit zu stoßen oder vorsätzlich in die Irre geführt zu werden, hatte ihn im Umgang mit dieser Frau bisher nicht einmal gestreift. Seltsam. Sie sagte: »Ich pflücke meine Myrrhe mit meinem Balsam, ich esse meine Wabe mit meinem Honig, ich trinke meinen Wein mit meiner Milch.« Löwitsch nickte, sah sich beim Nicken zu und trank seinen Tee aus.

Sie gingen dann durch die blaue Dunkelheit hügelan und hügelab. Als sie am Tor zu seinem Holzhaus vorbeigegangen waren und Löwitsch begriff, dass sie keinen Kollegen abgestellt hatten, ihm hier aufzulauern, bat er um einen Augenblick. Oben warf er seine Sachen zusammen, wie sie waren, stemmte den kleinen Flugkoffer zu und stopfte schließlich noch die Flasche Weißwein aus dem Kühlschrank in eine Plastiktüte. Am Fuß der Treppe unter dem *Hebros* öffnete sich die Tür eines Corsa. Sie trennten sich sofort. Lidia verschwand in der Unterführung, während der Wagen sich Richtung Mariza in Bewegung setzte. Nach kurzer Fahrt ein Plattenbau. Aus einem 3er BMW, der davor gewartet hatte, kletterte eine Matrone. Sie stiegen in den zweiten Stock hinauf und traten in das Klack für Klack aufflammende Licht von immer mehr hässlichen Lampen an den niedrigen Decken der Räume und des Küchenbalkons. Dunkelbraun war die vorherrschende Farbe des Mobiliars, sogar die Küchenmöbel waren dunkel furniert. In dem unangenehmen Licht und großblumig tapeziertem Neubauambiente sorgte das Ganze dafür, dass Löwitsch augenblicklich alle Energie abfloss. Innerlich rief er etwas wie Mamamia oder Heiliger Bimbam, laut sagte er: »Ist in Ordnung.« Er zahlte für fünf Tage und leider ging mit der Matrone auch Viktoria, was die einzige helle Farbe aus dem Raum nahm. Den Wein hatte er zwar noch in der Hand gehalten, aber er hatte nicht gewagt, ihr ein Glas davon anzutragen. Keine halbe Stunde später saß er im *Tschutschura* bei Bier und »Sirene trakijski«, das war mit Ei verquirlter heller Käse, überbacken mit einer tiefgelben Käsesorte in der Auflaufform.

23

Im nächsten Laden kaufte Löwitsch ein halbes Brot, Butter, Joghurt. 61 Lew. Eine halbe Stunde vor der verabredeten Zeit verließ er die Wohnung, von der er inzwischen Bett und Bad zu schätzen gelernt hatte. Er traf Wera im *Terrasite.* Sie holte Kopien aus der Umhängetasche, eine ansehnliche Mappe. Dennoch sagte sie: »Es ist wenig. Ich hatte kaum Zeit. Ich weiß nicht, was drin steht.« Kastner rief an, nur um zu sagen, dass er keine Zeit hätte. Da wäre doch die Bibliothekarin in Plowdiw. Die könnte ihm doch sicher Lexika besorgen. – »Du alter Scheißkerl«, gab Löwitsch zurück und fragte Wera: »Sie haben doch bei Galla studiert? Ging es da auch mal um etwas Praktisches? Waren die Thraker Ackerbauern? Was haben die denn so angebaut?« Wera bekam diesen besonderen, streng wirkenden Blick, der bei ihr Konzentration ausdrückte: »Ja, sie waren Ackerbauern und Jäger und züchteten auch Vieh, ganz normal eben. Getreide hätten sie angebaut, das, was es eben damals schon gab. Für den Ackerbau war ja auch Belintasch wichtig. Ich weiß das aber nicht so genau. Ich schaue nach, wenn Sie wollen. Gerste, ja, doch, Gerste fällt mir noch ein und Mohn.«

Das genügte Löwitsch: »Mohn, na klar.« Die typische Wanderbewegung von Ost nach West. Im fernen Asien ging es los und dann so peu à peu die Seidenstraße, die Donau aufwärts bis hoch in den wilden Nordwesten, auf die Halb-

insel Europa. Aus dem Osten kam das Licht respektive die Erleuchtung. Opiate, na, das ist doch was, schloss er seinen inneren Monolog. Laut bat er Wera, das Interessanteste aus den Protokollen zu fischen. Sie hatte begonnen, die Bögen mit Texten und Skizzen zu studieren. Die Befragung des Bauern und seiner Frau, im Lichte ihrer kurzen Begegnung am letzten Samstag lasen sich ihre Antworten noch deutlicher als Verweigerung. Was Löwitsch vor allem interessierte … »Hier«, sagte Wera, »hier ist es.« Mit einem Zug Bereitschaftspolizei sei in einem Umkreis von jeweils zwei Kilometern beim Fundort und beim Observatorium nach Hinweisen gesucht worden. Mit den Spezialisten seien zwei Tage lang insgesamt fast fünfzig Leute dort beschäftigt gewesen. »Und was haben die gefunden?«, drängte er. Sie fuhr mit leicht zitterndem Zeigefinger die Zeilen entlang. Ihre Hände waren nervig und fein modelliert, die schönen Fingernägel farblos lackiert. »Nichts. Nichts, das nicht schon besprochen worden ist. Die Lage der Leichenteile. Das Fehlen von Genitalien und Kopf. Ausgießen von Reifenspuren. Spurensicherung an den zwei Feuerstellen. Untersuchung der Wege, der Grotten. Schon vor Ort telefonischer Kontakt zu einem Experten.« Der hatte merkwürdigerweise keinen Namen. Ob es Galla war? Dass der schon so zeitig im Spiel war, würde Löwitsch nicht wundern. Ein Ausflug nach Sofia wäre jetzt gut drin.
Er driftete ab, in Ausflüge, Ausflüge mit Wera zum Beispiel, mit Viktoria, mit Kora oder mit allen gemeinsam. Fünf hatten Platz in einem Pkw. Er sollte sich ein Auto besorgen und sie alle einladen. – »Was hältst du davon«, fragte er unvermittelt Wera. – »Wovon?« – Von der Idee,

dass wir einmal alle gemeinsam eine Reise unternehmen könnten.« – »Wie«, fragte sie, »mit Lidia?« – »Ja, mit Lidia, Kora, Viktoria und dir.« – »Das geht leider überhaupt nicht. Es gefällt mir, es ist eine tolle Idee. Aber es ist wenig sinnvoll, unser beider Bekanntschaft den Frauen zu offenbaren.« – So'n Schiet! Löwitsch trank seine Cola auf einen Zug aus. Zu seiner Überraschung hielt Wera eine von diesen superschlanken Zigaretten in der Hand. Er gab ihr Feuer und sie sagte: »Kim, ja, ich habe ewig nicht mehr geraucht, eigentlich will ich nicht, das ist ein Kompromiss.« Dann sprudelte es aus ihr heraus: »Die bulgarischen Verhältnisse. Mein lächerliches Gehalt und keine Überstunde bezahlt, der Chef tyrannisch, aber auch Margarita degradiert mich eigentlich, wertet meine Arbeit ab. Die jung sind, wie ich, verlassen, wenn immer es eine Chance gibt, das Land zum Studium, aber auch als Kindermädchen, als Haushaltshilfen, als Praktikanten, als Hilfsarbeiter, als was auch immer, nur weg, weg, weg. Aber auch dafür brauchst du Geld, nämlich um überhaupt ins Ausland zu kommen.«
Löwitsch wurde der Hemdkragen eng. Was sollte er darauf antworten? Alles wäre falsch. Sollte er sie heiraten? Ein auferstandener Olaf D., ein Frauenbeglücker wie jener vielleicht, ein von allen Geliebter, für alle Offener, der aber vor allem auch für das materielle Wohlergehen der Frauen Sorge trägt? Hatte Olaf D. das gekonnt oder hatte er das vermittelt? Wovon denn, halbseidene Spinner-Existenz, die er offensichtlich vorstellte? Löwitsch bestellte: Weißwein, aber schön kalt, und Wasser bitte, schön kühles Wasser! Er sah seine Pranke auf dem zerbrechlichen Unterarm von

Wera. Sie ließ es geschehen und schaute mit ihrem konzentrierten Blick direkt in seine Augen.
Später in der Nacht ging er umher, hatte keine Lust, in das tote Neubauverlies einzufahren. Vor einem Dessousgeschäft zwei junge Männer und eine Frau, die sich mit obszönen Gesten über die ausgestellte Spitzenunterwäsche amüsierten.

24

Die Zeit wurde knapp. Der Beamte Löwitsch hatte doch ein Gewissen. Der Grat, auf dem er sich bewegte, wurde schmaler. Er war nicht hier, um Landeskunde zu treiben. Mit Kastner besprach er sich kurz und der hatte tatsächlich ein Ohr für ihn, eine ganze Minute lang trotz Osama bin Laden. Dann wählte Löwitsch – morgens um neun Uhr schien ihm eine vertretbare Zeit – die Mobilnummer von Galla. Dieser war sofort am Apparat: »Ach, ich habe so ein schlechtes Gewissen wegen der Sache in Griechenland. Zum Glück habe ich nach meiner Befreiung sofort erfahren, dass meine beiden Begleiter wohlauf waren. Ich würde doch gerne einmal in aller Ruhe mit Ihnen sprechen. Der Herr Kommissar ist noch in Bulgarien. Immer noch diese Orpheus-Sache? Ach Gott. Nein, Sie sollten bloß nicht eigens deshalb nach Sofia kommen. Der Zufall gibt, dass ich sowieso kommendes Wochenende Richtung Süden fahren will, ganz privat.« Gewiss, gewiss, Thrakisches sei immer auch mit von der Partie. »Darüber dann mehr. Ach, wie ich mich freue. Am Samstag also, nein, gewiss, im *Trimontium*, gewiss.« Löwitsch fuhr sich unwillkürlich mit dem Zeigefinger ins Ohr und schüttelte ihn wie zum Druckausgleich.

»Dobr den, Alman!« – »Dobr den, Lewitsch, Chefin kurz weg, komme gleich wieder!« Über dem Hof lag ein helleres Licht, in dem Löwitsch die vertraute Treppe erklomm, sich *FAZ* und *Süddeutsche* aus der Auslage nahm und an die aus mehreren Tischen gefügte große Fläche in dem lichtdurchfluteten Lesesaal setzte. Lidia winkte flüchtig zu ihm herein. Mit ihr war ein schlanker Mann im anthrazitfarbenen Anzug gekommen. Sie sprachen am Tresen miteinander, wobei sie sich hörbar gegenseitig ins Wort fielen. Das Ganze klang wie ein einstudiertes, verblüffend harmonisches Duett. Löwitsch ging die Konzentration verloren. Er rieb sich die brennenden Augen und schaute ins Grün und auf die alten Mauern vor den Fenstern. Er sah den Mann noch kurz im Profil, dann war er verschwunden. Lidia schrieb Löwitsch eine sechsstellige Telefonnummer auf einen Zettel: »Ich selbst habe keinen Erfolg gehabt. Tut mir Leid.« – »Ob ich es gleich einmal probieren darf?«, fragte er. Es war auch bei ihm vergeblich. Immerhin existierte der Anschluss.

Schüler strömten herein, schwatzende, hoch gewachsene Zwölf- und Dreizehnjährige. Löwitsch fragte noch rasch, ob der interessante Herr eben ein regelmäßiger Leser gewesen wäre. – »Das war mein Mann«, sagte sie. – »Sehr angenehm, sehr angenehm.« Mit der ihm unwillkürlich herausgerutschten Floskel wandte Löwitsch sich schon ab, um zwei strammen Lehrerinnen zu weichen, die links und rechts von ihm zu Lidia drängten. – »Wir sehen uns. Wir telefonieren heute, ja? Bis dann«, sagte er noch und sah noch einmal in den Raum, als wäre Lidias Ehemann noch dort. Er dachte bei sich, dass er ihm schon einmal begegnet wäre. Gleich wüsste er, wo. Innerhalb der letzten drei Wochen, diese Datei müsste doch wieder herzustellen sein. Die Sache im Balabanowhaus, die schrägen Bilder, die Riesenvaginas, der Kerl, der aus der Blechtür im gekachelten Keller gekommen war und den eisernen Kastner hypnotisiert hatte. Das war der, den sie ihm damals als D. verkauft hatten! Und es hatte auch eine Ähnlichkeit gegeben, die ihn verblüfft hatte und sogar bei Kastner angekommen war. Schon ein Stück den Hügel hinab, wusste er sicher, dass es derselbe Mann war. Lidia hatte ihm ihren Mann als D. verkauft. Hübsch, irgendwie hübsch. Er ließ innerlich die Reifen quietschen und stand wieder in der Türe.

Die Schüler saßen bereits um den großen Lesesaaltisch herum über aufgeschlagenen Büchern. Lidia war nicht auszumachen hinter diesem Klotz von Monitor. Er hielt an sich und sprach sie erst direkt am Tresen an: »Lidia, warum? Dieser Mann, also dein Mann, den hast du mir damals im Balabanowhaus als Olaf verkauft. Das war doch derselbe Mann und du hast es gewusst. Warum tust du das?« Löwitsch war kurz davor, aus der Rolle zu fallen, fand sich aber gerade jetzt ganz echt. So reagierte sie auch: »Es tut mir Leid, Bernd, wir konnten doch nicht wissen …« Dieses »wir« schon wieder. Laut sagte er: »Bitte, Lidia, sage nicht wir. Ich frage dich, ich bitte dich, mir reinen Wein einzuschenken. Es handelt sich um meinen Freund und ich habe kaum noch Zeit. Ich glaube nicht mehr daran, ihn mit deiner Hilfe zu finden. Du hältst mich hin. Das tut weh, das tut wirklich weh. Ich dachte, wir sind Freunde.« Er war kurz davor, die Farbe ihrer Augen raten zu können, während sie ihn direkt über die Brille weg ansah, die sie offenbar nur an diesem Schreibtisch trug: »Bernd, ja, lieber Freund, wir …« – »Nicht wir, hör auf, wir zu sagen. Sag mir, was du denkst.« Fast hätte er eine echte Träne vergossen, er war ziemlich dicht dran. – »Gleich ist Mittag, ich mache früher Pause, bitte, die Schüler gehen in einer halben Stunde. Setz dich, nimm einen Tee, ich mache dir Tee, habe etwas Geduld, ja? Ich erkläre dir alles, wirklich, es ist ganz einfach, nun ja, auch nicht so einfach. Gleich, bitte, gleich. Beruhige dich etwas, mein Lieber.« Er stampfte einen Halbkreis und ging dann doch auf die Dämmerecke zu, in die eben ein Sonnenstrahl fiel mit den dazugehörigen Staubteilchen. Er rührte den Tee nicht an, den sie ihm hinstellte, füllte sich lieber selbst einen Becher am Wasserhahn in der kleinen Küche. Ansonsten spielte er so glaubhaft wie Robert de Niro in seinen frühen Rollen, jedenfalls fühlte er sich so. Er war ganz da, ganz echt.

Lidia erschien auch in dieser Situation völlig klar. Sie fühlte sich auf keinen Fall ertappt. Die gewohnte Freundlichkeit, das direkt Zugewandte – alles war da: »Lieber Bernd«, begann sie, »mir fällt eine Last von den Schultern.« Er schaute sie fragend an, das Oval in dem dunklen Rahmen, das ihr Gesicht war. – »Ja, ich fühle mich erleichtert. Gestatte, dass ich doch wieder wir sage, wenn von gemeinsamen Entschlüssen die Rede ist. Wir haben nämlich gemeinsam beschlossen, es dir nicht zu sagen. Wir dachten, du würdest dich ein wenig hier umschauen, wir würden dich ein wenig mit der dir unbekannten bulgarischen Welt deines Freundes bekannt machen, du könntest einen schönen Urlaub genießen, du würdest dir ausmalen können, was dein Freund so treibt, und dann …, deine Zeit wäre abgelaufen und du flögest mit gutem Gefühl wieder nach Hause. Dein Freund, Bernd, Olaf ist seit über fünf Wochen tot. Jemand hat ihn getötet.«

Wieder war es an Löwitsch, gut zu spielen. Es fiel ihm nicht allzu schwer, weil die Offenbarung zu diesem Zeitpunkt überraschend kam. Er schwieg und schaute und schluckte, nahm sein Wasserglas, hob es an, setzte es ab, nahm einen Schluck daraus, bat dann doch um einen Tee und brach noch einmal von sich aus das Schweigen mit der Frage, ob sie einen Schnaps hätte. Sie hatte. Hinter einer kleinen Schiebetür standen neben einem Wälzer und Gläsern ein paar Flaschen. Ein Obstschnaps von der Donau war noch zu. Davon nahm er. Es war ein naher und hervorragender Verwandter des ungarischen Barack Pálinka. Ein Glücksfall aus Aprikose.
»Was ist passiert?«, fragte er mit dem Ruck, mit dem er das Glas wieder hingestellt hatte. – »Leider weiß ich auch nicht mehr darüber als das, was in der Zeitung stand. Alle, die ich gesprochen habe und die Olaf kannten, haben gemeinsam viel spekuliert. Aber es ist nichts dabei herausgekommen. Die Polizei ermittelt. Nun kann ich dir endlich auch sagen, warum wir dich nach Belintasch mitgenommen haben. Es war der Versuch einer Geisterbeschwörung. Selbstverständlich hast du kaum etwas davon gemerkt, das meiste haben wir hinter deinem Rücken gemacht. Aber wir wollten dort herausbekommen, was geschehen ist, wir drei Frauen mit unserer Kraft.«
Löwitsch konnte nun ungenierter nachfragen: »Mit was für einer Kraft?« – »Lass sie mich magisch nennen. Wir wollten einen Toten im frischen, frühen Licht beschwören. Wir wollten uns von ihm sagen oder zeigen lassen, was geschehen ist.« Löwitsch lachte auf: »Eine spiritistische Sitzung im Stehen sozusagen, aber an einem sehr passenden Ort.« –

»Ja, Bernd, Belintasch ist der Ort, an dem er vermutlich ermordet wurde. Den Fundort des Leichnams selbst haben wir dir nicht gezeigt. Wir wollten dort nicht hin. Es wäre ganz nah gewesen, ein Platz, an dem Familien oder Jagdgesellschaften Picknick machen.«
»Aber ...«, begehrte er auf, »aber gerade dort hättet ihr mich hinbringen sollen.«
»Nein, Bernd, wir haben stattdessen etwas anderes getan. Wir haben dich sozusagen in unseren Weiberkreis aufgenommen. Das ist viel mehr wert. Du bist der zweite Mann und ein Ausländer dazu, wie Olaf. Ich habe das mit meinen Freundinnen lange besprochen. Wir können dir auf diese Art beistehen. Ich möchte dir mein Beileid aussprechen und ich gebe dir meine Hand im Namen des ganzen Kreises. Wir fühlen mit dir.«
Löwitsch war platt. Was sie vorbrachte, war albern, war Psycho-Quark mit Esoterik-Sülze. Es gefiel ihm ganz und gar nicht. Sie schmolz für ihn auf Normalmaß zusammen. Ihre Aura – hatte er Aura gedacht? – verlor an Energie. Nachdem er in seinem Kopf den letzten Satz etwa so zu Ende gebracht hatte, ging ihm erst der Widerspruch auf. »Mein Gott, ich bin selbst schon ganz voller Quark und Sülze.« – »Lidia«, ging er los, »Lidia! Sag, was du weißt.«
Sie holte eine Mappe mit Zeitungsausschnitten, dabei war auch ein Foto des Fundortes, das sie ihm gar nicht zeigen wollte. Dabei war es verwaschen, hiesige Boulevard-Qualität. – »Ich weiß wirklich nicht mehr als das. Die Polizei ermittelt. Es sollen sogar Polizisten aus Deutschland nach Plowdiw gekommen sein, aus Hamburg, aus Olafs Hei-

matstadt. Wie ich es einschätze, werden die bulgarischen Behörden alles daransetzen, den Fall aufzuklären, schon wegen der guten Beziehungen, wegen der europäischen Ambitionen. Es hat sicher nichts mit der Person zu tun. Das interessiert die einen Dreck. Was Olaf hier für einige Menschen bedeutet hat, können die nicht ermessen. Man will nur hohen Standard demonstrieren. Ich glaube nicht ernsthaft, dass es den gibt, aber der starke Vorsatz verleiht mitunter ja auch dem lahmen Vogel Kraft. Sie werden sicher alles daransetzen, was sie können.« Löwitsch fragte sie nach ihrer Vorstellung von einem Motiv. Ob Olaf in etwas verstrickt gewesen sein könnte. Ob sie sein bulgarisches Umfeld einschätzen könnte: »Frauen hin und her, aber« – und hier grinste er doch – »er muss doch auch Männern begegnet sein, unser Dichter.«
»Ich weiß nicht, ob das jetzt gut ist …«, sagte sie und hielt inne: »Er kannte Männer. Er kannte junge Männer, sehr junge Männer. Er hatte sexuelle Kontakte zu Jungen, zu Minderjährigen. Das nehmen wir an. Wir wissen es nicht genau.« Sie sprach wieder im Plural und es klang, als spräche sie von einer Organisation, in der sie etwas zu sagen habe, nicht von einem netten Damenkränzchen.
»Lidia, es ist nicht der Moment, mir etwas zu verheimlichen. Sucht ihr selbst nach dem Täter?«
Sie ging sehr ernsthaft und scheinbar rückhaltlos darauf ein: »Es heißt, es sind mehrere gewesen. Wir können da nicht viel tun. Wir sind ein paar Frauen, weißt du. Diejenigen unter uns, die verheiratet sind oder feste Freunde haben, kämpfen meistens mit ihrem Partner darum, nicht für vollkommen meschugge gehalten zu werden.«

Löwitsch schmunzelte. Sie hatte tatsächlich »meschugge« gesagt! Mit einem Hauch von Akzent. Es war wunderbar! Eines seiner Lieblingswörter plötzlich aus diesem Mund. Es war, als könnte er das Wasser nicht halten: »Ist jemand, Lidia, ich meine …, sind Freundinnen von dir unter Verdacht? Seid ihr als Bekannte von Olaf befragt worden?« Er sagte »befragt« und nicht »vernommen«. Ihr Deutsch war so verdammt gut.
Ihm schien, als schaute sie ihn eine Sekunde zu lange an, so nah und undeutlich, wie sie vor ihm saß, so schwarz, so schön: »Ja, Bernd, wir sind vorgeladen und befragt worden. Fast alle Freundinnen, die du kennst, waren schon deswegen bei der Polizei: Elena, Rumiana, Viktoria, ich, nur Kora nicht. Die Polizei war unterwegs zu ihr, als der Unfall passierte. Sie haben sie seither in Ruhe gelassen.«
Die Lehrerinnen standen unruhig am Bibliothekstresen. Die Schüler strömten hinaus. Auf dem Weg zum Mittagessen ließ Löwitsch nicht locker: »Könnte es ein Motiv geben aus diesem pädophilen Umfeld heraus?« Sie schaute ihn ein wenig länger an, nachdem ihm dieses Wort entschlüpft war. Scheiße. Allerdings begann seine Sache auch gerade in diesem Augenblick zu bröckeln. Er schwenkte um. Davon abgesehen, dass er Lidia verehrte und dass er den Aufwand, den diese Frauen mit ihm trieben, nicht vereinbar fand mit Mord, aus welchen Gründen auch immer, davon abgesehen glaubte er einfach nicht mehr, dass eine dieser Frauen eine Mörderin sein könnte. Jede Einzelne war vom Opfer begeistert, jede war offensichtlich »eine gute Freundin« dieses Mannes gewesen, was immer dieser an

sich gehabt hatte. Er hakte nach: »Lidia, bitte, sag mir, experimentiert ihr mit Rauschgift?«
»Nein«, kam es rasch, wenn auch in einem neuen Tonfall: »Nein, Bernd, nein.«
Er blieb mit seiner Frage an ihrem Mund. So weit, ihr direkt in die Augen zu schauen, war er noch nicht.
Irgendwas war dunkel geworden, dort, wo sie auf einer Bank saßen und jeder an seiner Pizza kaute. Als sei unter den großen, weißen Wolken, die rasch zogen, auf einmal eine dunkle. Aber es war der Blick eines schweren Mannes, der an seinem Mobiltelefon hing und in Löwitschs Richtung nickte. Vielleicht hatten die Kollegen wieder mit der Beschattung begonnen. Er hatte keine Lust, Markow etwas zu liefern. So versuchte er nach Lidias Abschied einen raschen Abgang, doch der Dunkle blieb dran. Bisher hatten sie immer taube Nüsse geschickt. Doch der hier stand im Saft. Er sollte sich offenbar zeigen. Löwitsch blieb mitten auf der Brücke stehen, die zur Messe führte, und wählte nun doch Markows Nummer. Der fragte ihn nach seinem Wohlergehen und bat darum, den »Schutz« zu akzeptieren. Ob sie sich nicht besser gleich treffen sollten, fragte Löwitsch.
Der Dunkle wartete mit ihm, bis der Alfa hielt, dann löste er sich in Luft auf. Markow war allein gekommen. Er fuhr sofort an und solange das Auto rollte, sprachen sie. Die Unschuld der Damen, aha. Harmloser Kreis befreundeter Frauen, die auf der Suche waren, ja, es erinnerte ihn, Löwitsch, an etwas, das in den späten siebziger und achtziger Jahren unter Frauen grassierte. Eine ganz normale Sache, nicht einmal wirklich männerfeindlich. Die suchten

nach antiken Vorbildern für eine friedlichere Version der Welt. Da kämen Rituale vor, meinetwegen auch Opfer, aber höchstens von Kräutern, die sie verbrannten, kein Mord. Die würden das Gegenteil favorisieren. Die würden Kanonen umschmelzen. Ob er sich noch erinnere: Schwerter zu Pflugscharen, ja, da habe er öfter in der DDR zu tun gehabt, damals. – »Wo?«, fragte Löwitsch.
»Weiterbildung«, sagte Markow, »aber nicht in Preußen. Ich meinerseits bestehe auf konkretem Beweismaterial.« Löwitsch gab also wieder, was Lidia ihm erklärt hatte, die glaubhafte Begründung für das Versteckspiel ihm gegenüber. Dann fragte er: »Warum habt ihr eigentlich Kora Lasarowa nicht vernommen?« – »Wir dachten, das läuft in diesem Fall einfacher mit Ihrer Methode.« Löwitsch war unbehaglich zumute. Sein rechtes, zum Glück Markow abgewandtes Ohr glühte, während er sich innerlich die halb freiwillige Teilnahme an einem Selbsterfahrungskurs vorwarf. Zu dem Mann am Lenkrad sagte er: »Die Frauen sind unschuldig. Ich schließe meine Arbeit noch in dieser Woche ab und bis dahin können Sie mich in Ruhe lassen.« – »Wie der Herr wünschen, dabei hätten wir beinahe noch einmal Belintasch umgepflügt. Beinahe.« Das Eis zwischen ihnen lag fest.
Löwitsch hatte die Unterlagen seit Kastners Abreise nicht mehr in die Hand genommen. Wenn es wirklich zu einer Klärung mit den Frauen kommen und er plötzlich gleichsam als ihr Anwalt auftreten sollte, dann musste er sich noch einmal die Gestalt seines angeblichen Freundes Olaf vor Augen führen. Also holte er die Sachen aus seiner braunen Bude und ging, um einen behaglicheren Ort zu su-

chen. Jetzt gab es nichts mehr zu verheimlichen. Die Laube vor dem *Hebros* war ideal zum Lesen: »Karola war keine Schönheit. Ihre Augen waren ungleich, ihr Gesicht überhaupt schief. Sie hatte sehr dünne Haare. Sie brauchte ihre Brille ständig, dieses altmodische Metallgestell, das sie wechselnd abnahm und wieder auf die Nase schob, wenn man sie in ihrer Ecke im Antiquitätengeschäft aufstöberte. Gegenüber Dritten betonte er mit einem Männerspruch, wie winzig ihre Brüste waren, dass sie eigentlich mehr wie ein Knabe war, ein gereifter Knabe, dessen Umriss aus jeder Perspektive jugendlich wirkte, der aber aus der Nähe die Zeichen des Alters nicht verhehlen konnte. Ihm war schon aufgefallen, wie Männer das Gespräch über sie suchten, wenn sie wussten, dass er sie kannte. Gerade deshalb seine Taktik. Er musste seinen kostbaren Besitz hüten. Der Weg durch die Stadt, den sie in ihrer ersten gemeinsamen Nacht genommen hatten, war extralang gewesen. Erst fröhlich nebeneinander, dann Bauch an Bauch stehend, seinen Steifen an ihren Bauch gepresst, dann Hand in Hand die Arme schlenkernd, dann mit einem langen, trockenen Kuss, währenddessen er sie bis zum Schmerz an sich zog, so hatten sie sich dem Hotel genähert, wo sie übernachtete, ein verstiegenes, chaotisches Hotel, das einen Hauch von Chelsea verströmte. Sie hatten geschwiegen, sie hatten einander ausgezogen, geschwiegen, einander in Richtung der kargen Liege gedrängt, die zusätzlich zum frisch gemachten Bett in dem quadratischen Raum stand. Er hatte sie gleich von hinten genommen, denn was seine Lust weckte, war vor allem dieser Hintern, der wie bei einer Tänzerin war, ein perfekter kleiner Arsch, den sie kokett in die Welt hinausschob mit den leichten Tanzbewegungen, mit denen sie durch den Alltag ging. Es war dieser Po, den er gewollt hatte, solange er sie kannte, der unter dem leichten Hohlkreuz schräg hinausragte in die Welt. Er hätte sie auch wie einen Knaben genommen, aber ihr Schoß kam ihm ohne Umschweife offen entgegen, sie hob sich, sie buckelte ihm entgegen, sie war nass und es gab keinen Grund, es anders zu tun. Er kniete erst, ging dann hoch, hockte sich hin, verkrallte sich in ihre trockene Haut, fühlte die Rippen, zog sich an den knochigen Schultern in sie hinein, stemmte sich auf die festen Backen, schob sie und sich hin und her und hechelte dabei immer mehr, wie ein Irrsinniger, alles in reiner Begeisterung, von keinem Gedanken oder Einfall, von keiner Überlegung gebremst oder forciert. Sie fing erst jetzt richtig an zu tanzen, zeigte ihm, was der Sinn ihrer kleinen Auftritte war, die die Männer in ihrer Umgebung immer so anschärften, ohne dass die recht begriffen, welche Würze von dieser unscheinbaren Frau her in ihre Nasen stieg und ihnen Schwellungen verursachte vom Kamm bis zum Rist. Sie rotierte, sie nahm ihn mit, ihre schlanken Glieder waren trocken raschelnde Schlangenleiber. Ihr dünner Mund war hart und blieb hart, wurde nicht weich, als sie sich ihm entgegendrehte, sich unter ihm drehte, ihm den leichten Schmerz zufügte, den er brauchte, während er verkantete in ihr, anstieß an ihre Seiten, in denen er das Schwellen und Pulsen zu fühlen meinte, in ihrem wie jungfräulichen Schoß, so, dass er, als er doch etwas dachte, etwas wie: du schöne zarte Möse, ich bete dich an, ejakulierte, als gälte es das Leben. Sie war eine seiner Jungfrauen, von diesem Moment an,

wenn sie auch schon über sechzig war, was sie ihm kurz danach verriet.«
Löwitsch schluckte und wechselte von Kaffee auf Bier. Dass er sich dieser Unterhaltungslektüre hingab, hatte mit seinem Beruf zu tun, o.k.? Ob an Olaf D. ein Talent verloren gegangen war, wagte er auch nach dieser Kostprobe nicht einzuschätzen. Er blätterte von kleinen Busen zu großen Busen, von festem Hintern zu schlaffem Hintern und wieder zurück. Sie hatten sie ja in Deutschland gefunden, diese seltsamen Papiere, Bulgarien wurde darin mit keiner Silbe erwähnt. Überhaupt waren die Lokalitäten verschleiert, fiktiv oder einfach weggelassen worden. Hatte das reale Bezüge? Erfahrungen würden dem schon zugrunde liegen, da war sich Löwitsch inzwischen sicher. Vor allem schien das Interesse Olaf D.s an Frauen eindeutig. Wenn es darauf hinauslief, dann hatte er es selbstverständlich auch hier in diesem Paradies getrieben. Er würde sie jetzt alle befragen, die Frauen, und zwar dienstlich. Er würde ihnen sagen, dass sie von ihm nichts zu befürchten hätten. Sein Abschlussbericht würde sie entlasten. Er musste sie zum Reden bringen.
Es wurde wieder dunkel. Diesmal war es wirklich der Himmel. Die vielfarbigen Weinblätter um ihn herum flatterten, eines landete in seinem Bierglas, dann patschten dicke Tropfen herab. Er ließ noch einmal die Ränder der Blätter mit den Kopien unter seinen Fingerkuppen weggleiten, als ihm auf einem Rand etwas auffiel. Auf einer Seite, die er schon einmal überflogen hatte, stand, im Original wohl mit Bleistift notiert: »Titel Bassarides oder Die Tänzerinnen?« Löwitsch tippte sich an die Stirn.

25

Freitag früh. Kastner ging doch ans Telefon. Er frohlockte zwar angesichts der Nachricht, dass er seinen Kumpel bald wieder an der Seite haben würde, gestand aber, dass er lieber mit Löwitsch in die Berge schweifen würde als in der moslemischen Kommune von Hamburg Hausdurchsuchungen durchzuführen: »Es sind schwere Kerle in der Stadt, die sonst in Wiesbaden und Frankfurt in die Sessel furzen, zum Teil sind sie sogar direkt aus Washington oder Philadelphia eingeflogen. Seltsame Atmosphäre, sag ich dir, sehr seltsam«, sagte er: Sehr seltsam! Das war für seine Verhältnisse ausführlich, er war quasi außer sich. – »Die Sache mit den BTM? Also bitte, ruf Ernst an, ja, den Polterer, beschreibe ihm die Phänomene und hol dir einen Tipp. Ich habe ihn gefragt. Du kannst es auch von mir hören. Willst du? Hm, also das gibt es nicht. Was du beschreibst, gibt es nicht. So weit kann keiner mit Drogen abdriften. Das fiktive Erleben und das tatsächliche können durch kein bekanntes Mittel derart entkoppelt werden. Nicht in dieser Klarheit, wie es bei dir der Fall war, nicht mit diesen konkreten Bildern! Denk drüber nach. He, sag was!« – »Scheiße!« – »He, ich bin bei dir. Ich glaube dir. Vor zehn Tagen hätte das Ding von New York auch noch keiner geglaubt, oder? Wer weiß, was die Bulgarinnen da hegen und pflegen hinter den sieben Weinbergen. Halt die Ohren steif und dich immer nah genug am Mineralwasser.«

Mit Wera hatte er verabredet, dass sie ein Treffen mit Margarita arrangieren würde, ohne Markow. Es klappte noch vor dem Mittagessen. Margarita, in eine Art Fliederfarbwolke gehüllt, betonte bei aller Freundlichkeit, Markow und sie beurteilten die Lage absolut gleich. Er, Löwitsch, sei den Frauen auf den Leim gegangen: »I beg your very pardon, Bernd Loewitsch! Ich bitte Sie hiermit dringlich, sich aus dem missglückten Undercover-Unternehmen zurückzuziehen. Der Personenschutz ist aufwändig und kostspielig. Man wird das den deutschen Behörden in Rechnung stellen. Die neuen Erkenntnisse sind eindeutig. Wir haben Zeugen für den Kontakt zwischen Borjan K. und Frau Serdjukowa.«
He, die Señora Zahnärztin kannte den Gangster-Schädel also noch mit Fahrgestell! Das war wirklich einmal etwas Neues. – »Worin hat der Kontakt bestanden?«
»Das wissen wir nicht. Die Vernehmung läuft zurzeit. Wir haben sie früh geholt, heute leidet kein Patient unter ihrem Bohrer.« Sie blickte ihn einen Augenblick herausfordernd an, bekam sich aber sofort wieder in den Griff: »Die Welt ist zwar sehr klein, aber Sie können davon ausgehen, dass es kein Zufall ist. Damit bekommt der Fall Olaf D. – in all likelihood – doch mit dem organisierten Verbrechen zu tun. Haben Sie das verstanden?«, fragte sie noch, drückte die Zigarette neben dem Mineralwasser aus, an dem sie nicht einmal genippt hatte, zahlte im Stehen und schwebte sehr fliederfarben davon. Wera bekam über die Schulter her noch etwas auf Bulgarisch gesteckt, das klang wie: »Noch eine Minute und keine mehr!« Wie eine strenge Mutter zum Kind.

Löwitsch versuchte, spöttisch dreinzuschauen, was aber bei Wera nicht ankam. Die presste die Augen zu Schlitzen zusammen wie unter einer Anstrengung. Ihre Backenknochen traten noch stärker hervor als gewöhnlich. Löwitsch wusste, was in ihr vorging. Die junge Polizistin kämpfte mit der echten Thrakerin. Er fummelte sein Telefon aus der Hosentasche und legte es vor sie auf den Tisch. Dann stand er auf und ging zu dem Stehklosett, dessen schmale Türe er in einer dunklen Ecke im Inneren des kleinen Ladens ausgemacht hatte. Als er gezahlt hatte und zurückkam, trocknete sie ihre Tränen. Er gab ihr einen Kuss auf die gewölbte Stirn und sie klapperte auf den Schnürsandalen mit dem etwas zu klobigen Absatz davon.
Viktoria meldete sich und gab ihm in ihrer gemeinsamen Geheimsprache den Termin bekannt. – »Wie bitte?« – »Termin, Lidia, alle zusammen. Morgen, Sonnabend, 23 Uhr, Treppe, du weißt.« Hübscher Termin. Vielleicht wollten sie am Ende doch einmal mit ihm tanzen gehen, alle zusammen? Er fragte, wo er den Schlüssel für sein Holzhaus lassen könnte, wenn er wieder nach Hause fliege. – »Box, Briefbox, einfach.« Ein Taxi brachte ihn zur Touristeninformation, mit der neuen Adresse eines Zimmers auf einem Zettel zu der braunen Bude zurück und anschließend dem Zettel nach ans Ziel. Es war ein möbliertes Zimmer mit separatem Zugang und Dusche auf dem Gang. Zehn Minuten Fußweg zum Bahnhof.
Am Imbiss an der Ecke wurde es von der Seite her dunkel. Der Mann bestellte den gleichen Burger, stellte sich an denselben Tisch und grinste ihn beim Kauen an. Es war der von gestern. Die Stadt war zu klein. Rascher hatte er nicht

umziehen können und trotzdem hatten sie ihn schon wieder. Für Markows Truppe war der Kerl untypisch. Aber Markow hatte sich ihn gestern doch angesteckt, nicht wahr?
Es fiel schwer, den Typen zu ignorieren. Kaum ein halber Meter Sicherheitsabstand. Er sprach ihn an. Doch der zog die Schultern hoch und blieb bei seinem grinsenden Kauen. Löwitsch rannte nach wenigen Metern los. Es war albern. Es war seiner Altersklasse nicht angemessen. Schon in der ersten Nebenstraße stach es im Zwerchfell. Die Achillesferse kam auch sofort, er hatte es gewusst. Ignorieren! Lauf, Löwitsch, lauf! Der Große blieb hinter ihm. Sicherung durch einen Pkw gab es offenbar nicht. Husten, heftiges Husten in einem schmalen Durchgang. Ein junger Mann ließ ihn durch. Eine Hausfrau nickte und zeigte irgendwo nach hinten durch. Wäsche im Hof, ein Schuppen, Garage, Werkstatt, ein Lada, auf Ziegel aufgebockt, Löwitsch auf der Kofferhaube, ein rostiger Zaun, Plowdiw von hinten. Ein Durchgang, gegenüber nur noch eine einzige lange, gelbliche Hauswand. Es roch wie Garbatty in Pankow. Ein Tabakkontor. Eine schwere eiserne Tür mit Hebeln. Das gab es nur noch im Osten. Die Puste war weg. Die Wand war warm. Er stützte die Hände auf die Knie und atmete.
Als er sich aufrichtete, wurde es noch dunkler in dem Raum. Der Dunkle kam gerade von vorne auf ihn zu und links und rechts standen schon zwei. Die kannte er doch! Die hier! Es waren die Jungs vom Pickup, die griechisch-thrakischen Burschen. Gallas Entführer oder Freunde oder Geschäftspartner, wie auch immer. – »O.K., in welcher Spra-

che reden wir denn? Aber lasst mich erst mal Luft holen, ja?« Auf Unterhaltungen schienen sie aber nicht aus zu sein. Sie nahmen ihm sofort seine Swatch ab, besichtigten seinen Tascheninhalt, griffen sich das Handy. In erträglicher Stellung, sitzend, ketteten sie ihn an irgendein Rohr an der Wand. Ein Raubüberfall war das schon einmal nicht. In Reichweite seines linken Armes stellten sie eine offene Weinflasche. Einer brachte noch einen Eimer und deutete mit einer Geste am Hosenstall an, wofür. Die Geister, die er nicht gerufen hatte, verließen den großen Raum durch eine andere Tür als die, durch die Löwitsch in die Falle gestolpert war. Es hatte den Anschein, als überließen sie ihn für den Abend sich selbst. Atme tief, die Luft ist selten, tönte es aus seiner Kindheit her, von den S-Bahnfahrten aus der Stadt hinaus. Er ärgerte sich eigentlich nur darüber, dass der Geruchssinn rasch nichts mehr liefern würde von den mindestens einhundert Jahren Tabak, die der Wand, an der er lehnte, entströmten. Für den richtigen Ärger sollte ihm hier offensichtlich Zeit gegeben werden. War doch keine gute Idee gewesen, für die letzten paar Tage einen auf unabhängig zu machen.

Schleierhaft blieb, was Markow für ein Spiel spielte. Wenn die alle von derselben Fraktion waren? Oder arbeiteten die auf eigene Rechnung? Was wollten sie dann? »Deutscher Bulle in Bulgarien gekidnappt« – damit hefteten sie sich nur was an die Hacken. Als sein Durst groß genug war, nahm er, nach vorsichtigem Schnuppern, einen Schluck aus der Weinflasche. Sie hatten Wasser hineingefüllt.

26

Als er aufwachte, war der Schmerz immer noch da. Er drehte sich aus seiner fatalen Haltung, ging in eine anstrengende halbe Hocke und pinkelte. Dann schob er den Eimer so weit wie möglich von sich. Die Frau musste während der Prozedur schon im Raum gewesen sein und sein Ächzen und Fluchen gehört haben. Es war Margarita! Sie war allein. Ihre Tasche enthielt offenbar doch mehr als nur Zigaretten und Feuerzeug. Einer der Schlüssel passte zu den Handschellen. Hastig sagte sie: »Löwitsch, gehen Sie, fahren Sie, verschwinden Sie so rasch wie möglich.« Leise und gehetzt kam es hinterher: »I knew very well about my recent job it is stalking in a swamp, but didn't think I myself sit in the very middle of it.« Er wollte ihr danken, doch sie war schon wieder raus.

Er stolperte mit steifen Beinen in einen noch grauen Morgen. Margarita gab ihrem Peugeot 206 die Sporen. Wie spät? Wohin jetzt? Er hatte sein Portemonnaie. Und er befand sich nicht weit vom Stadtzentrum entfernt. Eine Gruppe Zigeunerinnen in Kittelschürzen verteilte sich über die Straße und fing an zu fegen. Es musste in der Nacht geregnet haben. Er ging Richtung *Trimontium*. Dort werkelten schon Angestellte im Restaurant, er bekam sogar ein Frühstück vor der üblichen Zeit. Sie akzeptierten den derangierten Ausländer, ohne ihm besondere Aufmerksamkeit zu schenken. Nach ein paar Broten und tiefschwarzem Kaffee erkundigte er sich an der Rezeption, ob Professor Galla schon angekommen wäre. »Ja, gestern Abend.« Geduld, Löwitsch, sagte die innere Stimme. Unhöflich wäre es allemal, an einem frühen Samstagmorgen derart hineinzuplatzen. Er saß ganz gut in seiner gepolsterten Ecke und versuchte eine der wenigen, einfachen Entspannungsübungen, die er kannte. Die Hauptsache dabei war, dass die Fußsohlen Bodenberührung hatten. So konnte die schlechte Energie abfließen. Das Zittern schwand. Seine Glieder wurden langsam etwas weicher.

Von einer der Kabinen aus rief er Kastner unter dessen Privatnummer an. Zu erreichen war er dann allerdings im Büro: »Jesses, Kastner, ist es immer noch so?« – »Ja, ja, aber sag mal, bist du aus dem Bett gefallen?« Löwitsch lieferte seine Geschichte. Kastner würde den Chef informieren und nicht nur den: »Dafür haben sie uns nicht angeheuert, verstehst du? Wir hatten doch den Ferienjob gebucht. Also ab nach Hause. Hier gibt's genug zu tun. Ich führe dich dann in das ein, was uns hier den Schlaf raubt.« Löwitsch wollte noch das Wochenende. Ohne sich erneut in Gefahr zu bringen: »Nein, ich renne nicht mehr, nur Galla und Markow fühle ich heute noch auf den Zahn. Und abends dann das Abschlussgespräch mit den Damen. Ja, ich sag's dir, das geht erst nachts los. Kastner, wenn du hier wärst, dann würden wir den Laden aufrollen, was meinst du?« – »Dessen darfst du gewiss sein, mein Lieber!« Was für ein schöner Satz, mit dem sich Löwitsch innerlich aufgewärmt in seine Ecke zurückziehen konnte.

Es ging auf acht, als Markow in der Tür erschien. Löwitsch traute seinen Augen nicht, machte sich so klein wie mög-

lich und beobachtete den vertrauten Handschlag zwischen Galla und Markow. Sie ließen sich vorn an einem der hohen Fenster nieder. Er hatte ihre Silhouetten gut im Blick: die stumpfe Nase und das Doppelkinn des Professors und das klassische Profil von Markow. Eine hübsche Farce war das, deren Mosaiksteine hier neu zueinander fanden. Er wollte noch etwas, er würde es nicht verpatzen. Die hatten ihm das da eingebrockt, wie es aussah. Balkan! Löwitsch sah noch nicht auf den Grund des Musters. Gauner waren hier am Werke und seine Ladys feine Damen mit ehrenwertem Hobby. Denen wollte man das Ding anhängen, das andere gedreht hatten, so sah das doch aus. Die nette Operation letzte Nacht sollte ihm vielleicht den Spaß an den Ferien in Bulgarien nehmen. Markow würde ihm dann bei nächster Gelegenheit sagen: »Sehen Sie, Löwitsch, das ist nun unser Fall. Sie haben wertvolle Arbeit geleistet et cetera ...« Pustekuchen! Euch trete ich in den Arsch. Als Löwitsch kurz davor war, dieses Vorhaben in die Tat umzusetzen, tupften sich die Herren die Mundwinkel mit den linnenen Servietten ab und Markow ging.
Löwitsch trat an den Tisch und ließ sich wie der verblüffte Galla auch noch einen Cappuccino kommen: »Schönen Morgen, Herr Professor. Entschuldigen Sie bitte, dass ich schon so früh störe. Ich hatte hier in der Nähe zu tun und da dachte ich, wozu Zeit verschwenden, nicht wahr?« Galla versuchte zu lächeln. – »Welch eine Freude«, kam es geradezu überschwänglich zurück: »Wir werden uns einen schönen Tag machen.« – »Herr Professor!« Löwitsch zog den Titel zum Ende fragend in die Höhe: »Ich muss Sie warnen. Ihre Kidnapper von Sithonia sind hier in der

Stadt.« Galla wechselte die Gesichtsfarbe. – »Ich habe die Kerle gestern Abend wiedergesehen. Frei heraus, lieber Professor, wer sind diese Männer?«
Das war forsch und Löwitsch führte ganz ruhig, mit stetem Blick auf sein Gegenüber, den guten Kaffee zum Munde. – »Schließen Sie eine Verwechslung aus? Diese Ganoven sind doch inzwischen hinter Schloss und Riegel.« Löwitsch fuhr dazwischen, woher er denn das wisse. – »Nachgefragt, Herr Kommissar, nachgefragt in Sofia. Ich habe Telefon«, sagte er, als wäre das etwas ganz Sensationelles. – »Ja, ich auch, das heißt ich *hatte* hier auch eines«, murmelte Löwitsch wie zu sich selbst. – »Wie bitte?« – »Ich musste nur an etwas denken. Herr Professor, sind Sie so reich, dass es sich sogar für Griechen gelohnt hätte, für Sie ein Lösegeld zu erpressen?« – »Was fragen Sie mich das«, empörte sich Galla. »Ich bin das Opfer, ich habe keine Ahnung. Reichtum ist eine Frage der Maßstäbe. Für bulgarische Verhältnisse stehe ich ganz gut da, gewiss. Doch nach Ihren deutschen Maßstäben verdiene ich wie ein kleiner Universitätsangestellter, unter BAT IV, würde ich sagen, ohne Ortszuschlag.«
Der kannte sich aus. Löwitsch war ein paar Klassen besser besoldet, gehörte der A-Klasse deutscher Beamter an. Etwas wie Stallwärme wehte ihn an bei dem Gedanken. Das Wasserradgebäude an der City Nord, wo er seine Tage gewöhnlich zubrachte, tauchte auf wie eine Verheißung.
»Wohin gehen wir?«, fragte Löwitsch den Professor. »Was wollen Sie mir heute zeigen?« Er hätte noch einen Termin vorweg, sie wären doch erst, wenn er sich recht erinnerte, für mittags versprochen. Hübscher Versprecher, fand Lö-

witsch und sagte: »Der Termin heute Mittag ist doch geplatzt. Wenn wir nun schon so jung zueinander gefunden haben, können wir auch ein paar Schritte gemeinsam gehen, vielleicht zum Amphitheater hinauf? Ich könnte mir vorstellen, dass das der richtige Ort wäre für ein paar Ausführungen zur alten Geschichte der Stadt. Was meinen Sie?«

Galla stotterte nicht, sprach nur sehr langsam: »Ich verstehe überhaupt nicht. Ich muss jetzt erst einmal telefonieren. Von meinem Zimmer aus, wo ich sowieso gern noch einmal hinaufwill.« – »Ich werde mitkommen«, sagte Löwitsch bestimmt. – »Ach nein, machen Sie sich bitte keine Mühe, das wäre ganz unpraktisch. Nehmen Sie doch noch ein Getränk auf meine Kosten, Herr Kommissar ...«

Löwitsch fügte sich scheinbar, ging aber, statt hierzuhocken, nach Gallas Abgang in dem geräumigen Erdgeschoss des Hotels umher und versicherte sich, dass alle regulären Ausgänge nach vorn hinaus gingen. Fünfzehn Minuten später noch immer kein Galla. Na ja, telefonieren. Löwitsch gab ihm noch fünf Minuten, bis es ihm zu bunt wurde. Er ließ von der Rezeption aus hochrufen. Weder war besetzt noch ging der Herr Professor an den Apparat. Er müsste aber noch oben sein. Löwitsch bat den Livrierten, Galla festzuhalten, wenn er hier vorbeikäme, und nahm einen der Fahrstühle. Selbstverständlich ging die Zimmertüre nicht auf. Es war eine Schließmechanik mit Steckkarte. Da drin war sowieso niemand mehr. Im Fahrstuhl abwärts fiel ihm hinter der »1« das Wort »Garage« auf. – Prima, Löwitsch. Galla war weg. Er fuhr gar nicht erst hinunter. Dass der

Herr Professor mit dem Auto angereist war, bestätigte ihm der Livrierte.
Löwitsch wählte Markows Büronummer. Nichts. Er wählte Margaritas Mobilnummer. Nichts. – Wochenend und Regenguss, das macht dem alten Leu Verdruss. Oder so ähnlich. Vergiss es! Von Wera hatte er immerhin die Privatnummer auf einem Zettelchen zwischen lauter im Augenblick sinnlosen Visitenkarten. Er würde sie nicht hineinziehen. Ihre kleinen privaten Gespräche, der Disput über ihr Leben in zwei Welten, für den sich Löwitsch von heute aus gesehen entschuldigen müsste, Weras Unterstützung seiner Arbeit – alles in allem ein Gewinn. Für das, was jetzt kam, war sie zu jung. Die meisten Kärtchen und Zettel trugen Frauennamen. Olaf D. und Bernd L. teilten inzwischen eine Leidenschaft. Löwitsch kicherte in seiner gepolsterten Ecke in sich hinein, ein Bier vor sich. Die Betonung von »Frisch Bier« der ansonsten perfekt Deutsch sprechenden Bedienung hatte ihn kurz aufgeschreckt. Der Schemen eines schnauzbärtigen Mannes am Nebentisch irritierte ihn. Sah aus wie General Pinochet im Kreise seiner Lieben. In Löwitschs Kopf ging die Mühle: Frauenhandel? Drogengeschäfte? Illegaler Transfer von diesem und jenem? Im- und Export? Pornovideos mit reinen Thrakerinnen? Nee, nee, nee, das passte hier alles nicht.
Ein Bursche tauchte mit einem Schild zwischen den Tischreihen auf: »Telephone Mr. Lewitsch«. Es war Galla: »Herr Kommissar, entschuldigen Sie vielmals, ein Anruf, ich musste so rasch weg, konnte nicht einmal Adieu sagen. Können wir bitte heute Nachmittag wenigstens einen Kaffee trinken? Sie haben etwas gut bei mir, Herr Lewitsch, doppelt

sogar. Kennen Sie das Restaurant *Zum heiligen Nikolaus*? Ein lauschiger Platz in der schönen Altstadt. Sie kennen die Altstadt sicher schon, lieber Herr Kommissar, vielleicht aber, in aller Bescheidenheit, kann ich Ihnen da noch etwas mehr zeigen als das Amphitheater.«

Löwitsch zahlte und stand benommen auf dem großen Vorplatz unter dem grauen Himmel. Ihn fröstelte. Er musste zu seinen Klamotten. Gleichgültig, ob wieder einer an ihm dran hing. Seine selbst gewählte Unterkunft lag unweit des Tabakkontors. Er umkreiste sie dreimal, bevor er hineinschlich. Die Türen wirkten nicht sehr Vertrauen erweckend. Vor allem die der Dusche am Gang. Er starrte auf den Mann im Spiegel. Blass war der und hatte rote Augen. Er hob beide Schultern und ließ sie kreisen. Das klang fürchterlich und tat weh. Er duschte abwechselnd kalt und heiß. Er nahm ein Taxi in die Altstadt hinauf, kaufte eine Telefonkarte und hängte sich an die Strippe: An Kastner das Okay, sie hatten einen losen 3-Stunden-Takt verabredet. Markow war auch rasch zu haben und er fragte ihn: »Können Sie in den *Heiligen Nikolaus* kommen? – »Warum denn nich'«, kam die lockere Antwort mit einem säschsischen Zischlaut hinten.

Den Schlüssel für sein Holzhaus hatte Löwitsch noch. Er schloss auf, setzte sich kurz an die große Granitplatte des Tisches und wünschte sich Kastner herbei. Der Himmel zog sich zu. Wind bauschte das Laub der Maulbeerbäume und der Kornelkirschen. Plötzlich fielen große Tropfen aus dem dichten Grau. Er stellte sich in den Durchgang mit der schweren schmiedeeisernen Ampel, die im Wind schwankte. Das Geschwätz aus dem *Hebros*-Garten ging in Rufen über und verstummte plötzlich. Löwitsch starrte unwillkürlich auf eine Dachluke, die jenseits der Gartenmauer und der dahinter liegenden Gasse offen stand. Ihm schien, als hantierte dahinter ein langbärtiger Mann mit Fez. Das Fensterchen klappte zu. Der Regen rauschte. Draußen vor dem Tor Schritte, Lachen, eine Frauen- und eine Männerstimme. »Asphaltos«, rief die Frau, wenn Löwitsch recht verstanden hatte, und noch lauter ein Wort, das klang so ähnlich wie Skylla. Die Männerstimme antwortete prustend: »Melampodion, Melampodion.« Griechisch, dachte Löwitsch. Er schlich an die kleine Pforte im Tor und stürzte mit einem Ruck hinaus. Die Türen eines hellblauen Lada klappten zu. Der Wagen fuhr scharf an und spritzte Löwitschs Hosenbeine patschnass.

Der Regen war vorbei. Der Tag kehrte wieder mit blauem Himmel und Wolkenfetzen von blendendem Weiß. Das Traufen von allen Dachrinnen und aus brüchigen Rohren hielt noch eine Weile an, erst schäumend, noch ein Echo des Rauschens, am Schluss tropfend, verebbend in Getröpfel. Löwitsch legte die kaum vierzig Meter um die Ecke zurück, lange genug vor seiner Verabredung. Wieder hatten sie ihm den Überraschungseffekt voraus, denn sie saßen beide schon im Lokal. Ein Schlaks, der flink die Gartenmöbel abtrocknete, begrüßte ihn überschwänglich, dabei hatte Löwitsch hier erst einmal ein rasches Bier genommen. Die Herren hatten noch Teller vor sich, aber Gallas Zigarre war schon heruntergebrannt.

Markow kam ihm entgegen: »Löwitsch, mein Lieber.« – »Aber Herr Kollege«, konterte Löwitsch. »Was führt zu diesem anderen Umgangston?« Markow griente etwas verle-

gen und gewann Zeit: »Offen gesagt, ich habe mir Sorgen gemacht. Ich dachte, wir gehen einander verloren. Und ich bin auch – wie sagt man? – in mich gegangen. Können Sie mir verzeihen? Können wir nicht vielleicht bei einem Gläschen zum Du zurückkehren?« Das alles halb im Stehen, beim Stühlerücken. Nun schmunzelte Löwitsch: »Ach, Herr Kollege, lassen wir es doch dabei. Sie Mistkerl klingt doch viel besser als Du Mistkerl, finden Sie nicht auch? Nur so zum Beispiel, versteht sich.«
Er wollte nicht zurück, er wollte jetzt eine Klärung der Dinge und sonst gar nichts. Er sagte: »Ich weiß nicht, ob wir das zu dritt hinbekommen. Ich bin hier nur Gast. Ich möchte nicht gegen die Landessitten verstoßen. Mein Vorschlag war, sich hier getrennt zu treffen. Doch nun haben wir es einmal so, also nehmen wir es auch so. Woher kennen Sie beide einander eigentlich? Davon war damals, nach unserer fatalen Griechenlandtour, überhaupt nicht die Rede.«
Beide Herren lehnten sich zurück, Galla mit einem besonders gemütlichen Nuckeln an seinem feuchten, halb aufgelösten Stumpen. – »Ja«, fing Markow an, »das ist eine lange Geschichte, die nicht in Amtsstuben gehört, besonders nicht in meine. Sie sagten es bereits: die Landessitten! Professor Galla ist sehr zeitig zu unserem Fall konsultiert worden, genau genommen von Anfang an. Ich habe ihn vom Fundort des Opfers aus direkt angerufen. Ich hatte die Assoziation sofort, die Sie nach kurzer Zeit auch hatten ...«
»Und«, fiel ihm Löwitsch ins Wort, »warum haben wir das nicht mit den anderen Unterlagen zusammen bekom-

men?« – »Ich hatte meine Gründe.« – »So so, Gründe, sehr gut, ausgezeichnet. Sie sind wirklich sehr kooperativ. Warum haben Sie überhaupt um Amtshilfe ersucht, wenn doch alles klar war? Und woher kennen Sie einander denn nun, wenn ich einmal meiner Verwunderung Ausdruck verleihen darf?«

Jetzt sprach Galla: »Wir kennen einander seit einem gemeinsamen Deutsch-Lehrgang.« – »Ach so!«, entfuhr es Löwitsch. Die beiden hatten also, wenn er es sich zusammenreimte, gemeinsam Schweine gehütet in Halle oder Leipzig oder in den sächsischen Elbauen, etwa zeitgleich mit dem Genossen Putin. – »Das ist doch einmal etwas«, sagte er laut. – »Und zur Amtshilfe«, ergänzte Markow, »erstens war die ganz oben verabredet und zweitens haben Sie uns sehr geholfen. Ohne Ihre« – er zögerte und blickte Löwitsch direkt in die Augen – »Arbeit wären wir auf bestimmte Zusammenhänge nicht gestoßen. Sie werden den Vollzug der Haftbefehle noch miterleben.« Er wüsste nur zu gern, wie lange Löwitsch noch bleibe. Laut fragte Löwitsch: »Sind denn schon welche erlassen und gegen wen?« – »Ich muss mir nach Lage der Dinge vorbehalten, Informationen herauszugeben. Es besteht – wie heißt es? – Verdunklungsgefahr.«

»Ah ja!« Löwitsch hatte sich ordentlich Knoblauchbrot kommen lassen und zum Hauptgang Kewabtscheta mit Pommes. Der Hunger war ein gutes Zeichen. Und man wusste ja nicht, was noch kommen würde an so einem langen Tag. Während Knoblauch und Paprika seine Kehle hinunter brannten, fragte er beide, was sie mit der Aktion von letzter Nacht beabsichtigt hätten. Sie schauten ihn betont ratlos an. – »Das war so«, ergänzte er nach dem nächsten Kauen und Schlucken. »Ich bin von drei Herren genötigt worden, in einem Tabakkontor auf dem Fußboden zu übernachten. Es handelte sich um mehr oder minder Bekannte von uns.«.

Markow wusste darauf, dass Gallas Informationen über die Festnahme der Herren Georgi und Kristof nicht stimmten. Galla meinte, seine Wunschvorstellung könnte so stark gewesen sein, dass er sich schließlich eingebildet hatte, man hätte die Typen aus dem Verkehr gezogen. Daher das Missverständnis. Markow krönte diesen Teil des Gespräches mit der Feststellung: »Den Mann, den Sie da beschrieben haben, so einen dunklen, schweren, gibt es in der Petkowstraße überhaupt nicht. Ich lade Sie ein, wir fertigen ein Phantombild an.«

Draußen wurde es dunkler. Der Himmel bezog sich wieder, während man von hier drinnen nur Bäume sah und den Unterbau einer schmalen Terrasse mit zwei, drei Tischen darauf. Galla kramte ein speckiges Lederetui aus seiner Umhängetasche, dem er eine schwarze Brasil im Coronaformat entnahm. Der Schlaks servierte betont höflich den Teller mit reichlich Kewabtscheta und groben Kartoffelschnitzen. In dem Augenblick, als Markow Anstalten zum Aufbruch machte, wollte Löwitsch noch wissen, welchen Schutz er letzthin gemeint habe, vor ihrer kleinen Autofahrt.

»Den regulären. Es war unauffällig jemand in Ihrer Nähe.«

»Der Einzige in meiner Nähe war aber der, den ich nun identifizieren soll. Sie sind doch sicher mit dem Auto da. Lassen Sie uns das gleich nach dem Essen abhaken und

wir, Herr Professor, treffen uns in einer Stunde wieder, ja?« – Löwitsch sprach jetzt leise und akzentuiert.
Direkt vor dem Fenster drehte ihm ein Riese den Rücken zu, als bewachte er das Haus. Er schien mit einem Mann auf der Terrasse zu plaudern. Der stämmige Koch hatte die Schürze abgelegt und war knarzend in die Tür getreten. In Hamburg würde er bei Lage der Dinge spätestens jetzt eine Nachricht an das Mobile Einsatzkommando absetzen. Die Entschuldigung für die fahrlässige Planung des eigenen Einsatzes müsste er nachreichen. Markow blieb noch sitzen. Die mittlerweile kalt gewordenen Kartoffelschnitze fand Löwitsch nicht mehr interessant.
Galla paffte ihm knapp am Gesicht vorbei und knödelte die Sätze zwischen den einzelnen Zügen hervor: »Herr Kommissar, lassen Sie uns das einmal sehen wie folgt. Die Frauen, mit denen Sie zu tun haben, sind doch nicht so harmlos, wie Sie gedacht haben und wie auch ich noch in Solun angenommen habe. Da habe ich noch Spinner gesagt, wenn Sie sich erinnern. Wissen Sie, die Damen sind Laien, beleben alte Rituale wieder, die sie für echt thrakisch halten, glauben an Opfer im Geiste des Sabazios und so weiter. Und da haben sie sich eben mit Leuten eingelassen, die nicht sauber sind. Ach, Herr Kommissar, wir leben in einem kleinen Land. Die Verbindungen sind rasch hergestellt. Nicht wahr, Herr Markow?«
Der nickte beflissen. Markow hatte Respekt vor Galla. Der musste demnach an einem längeren Hebel sitzen in diesem Sofia, das Löwitsch nicht kannte. Galla gab zunehmend den Paten aus der Zentrale und Markow stellte den Provinzbullen dar. Als hätte er Löwitschs Gedanken gelesen,

hielt er sachlich gegen: »Löwitsch, um Ihnen nichts vorzuenthalten, die Frauen unterhielten regelmäßig Kontakt zu Borjan K. Und der war kein kleines Licht. Es ging um Drogen, um Vertuschung anderer Straftaten. Man half sich gegenseitig. Wir wissen noch nicht genau, wer dabei welche Rolle spielte. Devisen wurden gewaschen, es ging um Prostitution. Ja, machen Sie sich mit dem Gedanken vertraut, dass manche der Damen auch zu gewissen Diensten bereit waren oder wenigstens andere dazu genötigt haben. Borjan K. musste nach der Sache mit Olaf D. dran glauben. Seine Kumpane befürchteten, durch den Mord an dem Deutschen flöge ihr ganzer Laden auf. Sie arrangierten die Sache in Batschkowo. Ein bisschen aufwändig schon, aber hübsch ausgedacht, nicht wahr? Die Ladys standen damit unter doppeltem Verdacht und waren zugleich gewarnt.«
Löwitsch spürte, wie ihm etwas heiß den Hals heraufkroch. Plötzlich eine Art Hyperventilation. War es der Koch, der ihm da zur Seite sprang und ihm notfallmäßig korrekt die Hand nah vor den Mund hielt? Waren es die Kerle von draußen, die ihn packten und in irgendetwas einwickelten? Der ihn schulterte, ihn, Löwitsch schulterte wie einen alten Teppich, das musste der Riese sein.
Als er aufwachte, hatte er einen unerhörten Knoblauchgeschmack im Mund und konnte nicht aufstehen. Er lag zwischen muffigen Zweigen, Laub und Spinnweben. Langsam kam er zu sich. Als er sich umsah, erkannte er den Garten des Holzhauses. Es klopfte an das Hoftor. Seine Beine versagten ihm den Dienst. Als er endlich am Tor war, steckte sein Schlüssel von innen. Er drehte zweimal um, bis die Pforte aufging. Es war eine vornehm gekleidete Dame von

der Verwaltung, die offenbar in eines der kleinen Büros im Gebäude wollte. Sie entschuldigte sich auf Bulgarisch, während Löwitsch den Schluckauf nicht unterdrücken konnte. Sie nahm ihren irritierten Blick gleich wieder zurück, aber auch er hatte die beiden leeren Schnapsflaschen auf dem Steintisch ausgemacht. Es war ihm peinlich, obwohl er sich seinen Zustand selbst nicht erklären konnte. Der Magen brannte, das schlecht fixierte Hirn stieß bei jeder seiner Bewegungen gegen die Schädeldecke. Da es dämmerte, musste es zwischen sieben und acht Uhr abends sein. Ihm fehlten mehrere Stunden. Die Verabredung mit Galla ... Er stolperte die Stiege hoch. Alle Türen standen offen. Er schaute in den Spiegel, schüttelte den Kopf und schaufelte wieder und wieder Wasser in Gesicht und Mund.

Nachdem er Hemd und Hose notdürftig zurechtgezupft, abgeklopft und mit dem feuchten Handtuch etwas gereinigt hatte, polterte er zum Tor hinaus. Er riss sich zusammen und schaffte es, nach eigenem Dafürhalten unauffällig, die Telefonbox zu erreichen. Kastner musste Bescheid wissen. Der hatte hoffentlich noch nichts unternommen. Hatte er nicht. Zu viel zu tun? Aber da fast sechs Stunden herum waren, hätte er die erste ernsthafte Anfrage nach seinem Verbleib in Kürze abgesetzt. Ob er wenigstens mit einer der Hübschen angestoßen hätte. – »Fehlanzeige«, ächzte Löwitsch. »Jemand hat mich abgefüllt und in den Dreck geschmissen.« – »Zweite Warnung«, stellte Kastner sachlich fest. »Sie wollen deine Abreise. Weißt du wenigstens, wer?« Löwitsch blieb bei seiner Version: »Ich sage dir noch mal, unser Schlemihl Markow steckt mit drin. Ich hab einen Filmriss, der sich gewaschen hat, aber Markow, der war da irgendwie dabei. Und Galla. Die beiden Kerle haben irgendwas damit zu tun.« Kastner ranzte ihn an wegen seiner Blauäugigkeit: »Du hechelst da hin und her, gehst in die erste und gleich in die zweite Falle.« – »Ja, aber …, die Telefonkarte läuft ab, Kastner, lieber, ich kann doch nicht nur noch den Frauen vertrauen?« – »Doch«, kam es prompt, »sieht ganz danach aus. Nächster Termin, viertel vor elf, bevor du tanzen gehst.« Er hängte ein und kaufte bei der Frau, die gerade ihren Laden schließen wollte, eine nächste Telefonkarte.

Ein Paar Scheinwerfer erfassten ihn auf dem Weg zurück zum Holzhaus. Es war kurz vor elf Uhr abends. Kastner erwartete den nächsten Anruf morgen früh neun Uhr. Das Auto hielt an, die Tür des Fonds öffnete sich und Lidia bat ihn freundlich, zu ihr in das Dunkel zu klettern. Viktoria gab ihm vom Beifahrersitz her ein gedämpftes »Hello«. Eine kurzhaarige Unbekannte lenkte. Es roch nach gut abgehangenem Ostauto. Die Mercedessterne und VW-Zeichen am Innenspiegel klimperten, solange sie auf der Altstadtpiste waren. Die Fahrt verlief fast schweigend, nachdem Löwitsch vergeblich mehrere Anläufe gestartet hatte. »Wo fahren wir hin?« – »Dahin, wo Antworten sind.« – »Werden auch andere Männer dort sein?« – »Darüber müssen wir nicht nachdenken.« – »Wie viele seid ihr eigentlich?« – »Mehr, als du sehen kannst.« – »Gehört ihr eigentlich einem Glauben an?« – »Das ist keine Frage.« – »Habt ihr einen Verdacht, wer Olaf D. umgebracht hat?« – »Der kommt mit.« – »Wer, Olaf oder der Täter?« – »Derselbe.«

Zumindest Löwitschs Zeitgefühl entsprach dem Stand seines Katers. Demnach fuhren sie inzwischen eine halbe Stunde auf die Rhodopen zu. Nun ging es in Kurven aufwärts, die ihm allerdings nicht sehr gut taten. Sie passierten ein lang gezogenes Dorf und hielten schließlich nach weiterem Anstieg vor der hellen Mauer eines offenbar riesigen Anwesens zwischen anderen Wagen. Lidia wies über die Baumwipfel weg auf einen weißlichen Stern im klaren Himmel: »Wega ist mit uns. Nur zwölftausend Jahre, dann steht sie dort, wo heute noch die Kleine Bärin nach Norden weist.« Löwitsch nahm auch das zur Kenntnis. Trotz aller Anteilnahme und Begeisterung nach dem Besuch in Belintasch ging er skeptisch in diese Nacht. Dass er zur Vorbereitung doch den Finger in den Hals gesteckt hatte, musste sich lohnen. – Macht bloß nicht zu viel Heckmeck mit dem alten Löwitsch, Mädels, das kann er leider nicht ab. So etwa sprach seine innere Stimme. Es kam ihm vor, als wäre er zum Hexensabbat auf den Blocksberg gebeten. Flackerndes Licht erleuchtete den Hof der Anlage, in die sie nun eintraten. Ein dumpfes Geräusch deutete er als Musik. Das kleine Gebäude im Innenhof war wohl eine Kapelle. Sie war komplett überwuchert. Nach dem, was er bisher gesehen hatte, handelte es sich um ein Kloster. Offensichtlich aufgelassen. Oder jemand hatte die Mönche ins Bett geschickt. In den oberen Gemächern schien reges Treiben zu herrschen. Er versuchte instinktiv, Männerstimmen auszumachen. Gläser klangen. Gesang. Im Parterre standen Türen offen. Die Räume dahinter waren nicht beleuchtet, dagegen mehrere Abgänge, abwärts führende Treppen. Lidia hatte er verloren, während Viktoria immer wieder in seiner Nähe auftauchte. Jedoch niemand führte ihn in das Gebäude oder stellte ihn anderen Gästen vor. Niemand kümmerte sich um ihn. Er suchte nach einer Bar oder nach dem Ort, wo es Getränke gab. Die Treppe, die er wählte, wand sich tief in den Felsen hinein, aus dem sie gehauen war. Die Rußspuren in Nischen zeugten von Fackeln, die unsichtbar blieben. Die Musik, das Trommeln, das Geräusch jedenfalls, das er dafür hielt, in das sich gelegentlich der helle Klang einer Triangel mischte, schien durch die Wände zu dringen. Auf der Sohle der Treppe zweigte ein kurzer Gang zu einem Raum ab, der halb verschüttet war. Links und rechts halb zerstörte steinerne Bänke. In Italien gab es unter fast jedem Christentempel Mithras-Kultstätten. Das hier erinnerte ihn daran. Nur hatte jemand den obligatorischen Stein mit dem Stiertöter Mithras und dessen phrygischer Mütze geklaut. Er stieg wieder hoch.

Durch den Hof eilten ein paar Besucher in Abendgarderobe, darunter ein paar Herren. Löwitsch erklomm die schwarze, hölzerne Treppe zu dem im ganzen Geviert umlaufenden Gang. In dem Restaurant, aus dem eben der Lärm gekommen schien, war niemand. Die Tafel war wohl gerade aufgehoben worden. Die livrierten Bedienungen hantierten mit Tellern, Flaschen, Gläsern. Es wurde abgeräumt, Stühle und Tische bewegt, gelüftet. Dieser Teil der Veranstaltung war also schon vorbei. Aber er war doch nicht so lange im Keller gewesen, als dass sich in der Zwischenzeit eine so große Gesellschaft hätte auflösen können. Im Hintergrund öffnete sich eine schwarze Flügeltür, hinter der Musik erklang. Eine rau klingende Flöte spielte zu Klavierbegleitung. Löwitsch beschleunigte seine Schritte. Ein Mann stellte sich ihm in den Weg. – »Private«, sagte er auf Englisch: »I am sorry, this is for guests only.« Löwitsch lachte auf, fragte nach Lidia Alexandrowa. Den Namen kannte der Mann nicht und wimmelte ihn weiter ab.

Löwitsch stieg wieder abwärts und nahm eine andere, gusseiserne Treppe Richtung Keller. Sicher würde, wozu er geladen war, im Keller stattfinden, standesgemäß sozusagen, symbolisch in der Höhle. Seine Hände nahmen sofort den starken Eisengeruch des Geländers an. Auch hier Rußspuren. Unten eine offene Eisengittertür. Eine weitere Gittertür führte unter dem Niveau des gesamten Gebäudes hinaus ins Freie. Das Licht flackerte auch hier ohne fühlbaren Luftzug. Er hörte Lachen. Dann sah er den Schatten eines Bären. – »Wow! Hübscher Effekt! Laterna magica!« Löwitsch sprach sich Mut zu. Nun sah er einen Stier auf dieselbe Weise projiziert. Es fehlte auch der Hund oder Wolf nicht, der in verflucht realistischer Bewegung um eine Ecke herum verschwand. Hier schien er am richtigen Ort zu sein. Die Damen hatten etwas vorbereitet wie damals in Belintasch und speziell an den Effekten gearbeitet. Na gut, sein Herz schlug. Aber so haben wir es gern. Löwitsch wollte, wenn er zum Beispiel ins Kino ging, nicht ständig um die Illusion geprellt werden. Die Pranke, die ihn in diesem Augenblick am Bein traf, war dann doch ein wenig zu echt. Er sprang beiseite, sah aber das Tier nicht. Seine Kordhose hatte einen Dreiangel. Zum Glück hatten die Krallen seinen Oberschenkel nur gestreift. Das Knurren eines Hundes oder was immer es auch war, nahm er nun doch ernst,

und umging mit zitternden Knien die folgende Ecke in weitem Bogen.
In einem Gestrüpp öffnete sich ein schmaler, beleuchteter Durchgang. Nach kurzem Innehalten ging er dem Lachen und Kichern nach. Er stolperte über eine Schwelle. Viktoria empfing ihn in einem Raum, den er zu kennen meinte, in den sie ihn schon einmal geführt hatte. Allerdings war das in Smoljan gewesen. Löwitsch erinnerte sich an das Frischholz-Lokal, dieses nächtliche Biotop mit Zaubersprüchen. Viktoria hatte sich in Luft aufgelöst. Ein frisch gezapftes Bier stand vor ihm, das er nicht anrührte. Aber der Kehlkopf fuhr trocken auf und ab und er bat um Wasser. Man stellte ihm eine beschlagene Glaskaraffe und ein Glas auf den Tisch. Eine alte Frau hantierte mit etwas, das er nicht ausmachen konnte. Diesmal hatte er sicher nichts genommen, diesmal war er so wach, wie man nur sein konnte. Alles schien echt zu sein. Er strich mit den Händen unter dem Tisch entlang, legte sie dann auf die blanke Tischfläche. Die Wand schien zu leben wie damals. Blätter entfalteten sich unerhört rasch, als hätte sie jemand vorher zusammengerollt. Er nahm es hin. Balkanzauber!
Zur Probe griff er nach der Hand der Alten, die sie ihm gleich entzog. Aber sie hatte aufgelacht: »Sie trauen der Wirklichkeit wenig zu, nicht wahr? Das ist seltsam für einen Mann in Ihrem Beruf. Es liegt daran, dass Sie das hier alles für Mätzchen halten.« Löwitsch war irritiert, weil ihr Deutsch nicht nur akzentfrei war, sondern auch eine kleine norddeutsche Färbung hatte. – »Wer sind Sie?«, fragte er. »Woher kommen Sie?« Sie antwortete, sie hätte gewartet. – »Ja, sagen Sie mal«, wurde Löwitsch laut. »Ich bin

nicht zu meinem Vergnügen hier.« – »Ich weiß«, sagte sie knarrend sanft. »Ich kenne Sie doch. Wählen Sie den Tanzbaum oder die abgebrochene Brücke? Und womit bewegen Sie sich?« Er wählte ohne Umschweife den Tanzbaum. – »Treffer!« Und er wählte ohne Nachdenken die Zille, den kleinen Kahn. – »Zweimal ins Schwarze!« Sie schlug das Buch auf, das er aus Smoljan kannte, und sagte: »Die Erinnerung, die in Ihrem Fleisch wohnt, rettet Sie. Gehen Sie.« Er schaute in das Buch und trat durch die offene Tür.

Das Licht hatte auf dem kurzen Weg zu einem Rot gewechselt, das unangenehm körperlich war. Wie Blut. Geräusche verstärkten den Eindruck. Feuchtes Wispern, Tröpfeln, ein Stalaktitengefühl wie unter der Erde, in tiefem Rot. Ein Rottopfgefühl, Bangigkeit. – »Mach nicht schlapp, Junge«, sagte Kastners Stimme in Löwitschs Kopf. »Das ist ein ausgezeichnetes, altes Mysterienspiel aus der Zeit, als es noch kein Theater gab. Ich lese dir mal was vor, was ich dazu gefunden habe bei …« Die Stimme verstummte und Löwitsch setzte sich in den Kreis der Frauen. Sie saßen auf Fellen. – »Ihr übertreibt«, herrschte er sie an. Der ganze Chor lachte. Löwitsch bekam ein Glas, das nach gutem, altem Wein duftete, wünschte sich aber wieder Wasser.

»Noch darfst du Nein sagen, Bernd«, erkannte er Lidias Stimme aus der Mitte herüber. Nun begannen die Stimmen nacheinander zu sprechen, ob er sie orten konnte oder nicht, ob er meinte, sie zuordnen zu können oder nicht, Lidia, Viktoria, Elena, Wera, die Messefrau … Sie sprachen alle dasselbe akzentfreie Norddeutsch. »Du bist ein Freund von Olaf. Sagst du. Deshalb bist du hier. Sagst du. Du bist ein Polizist, der Licht ins Dunkel bringen will. Deshalb bist du hier. Sei gegrüßt in der Dunkelheit. Du wirst nur so lange wissen, wie du verstehen willst. Du wirst nur das verstehen, was nützt. Es nützt nur, was hilft. So sei es. Ich habe mit Olaf geschlafen. Ich habe auch mit Olaf geschlafen. Ich habe auch mit ihm geschlafen. Ich habe auch ...« – »So war das. Es war nicht schlecht«, sagt Lidia. »Es war in Ordnung«, sagt Lidia. »Es wäre nicht nötig gewesen«, sagt Lidia. »Er war ein Lügner. Er war ein Schwachkopf. Er war ein hübscher Junge. Er hat mich bezirzt, obwohl ich von Anfang an wusste, wie es ist. Seine Gedichte sind niedlich. Er hat die bulgarische Erde geliebt. Er hat etwas gefunden. Er ist angekommen. Er wollte noch tiefer ankommen. Er wollte eindringen. Ich habe ihm gesagt, wir finden einen Weg. Mein Sohn hatte einen Freund. Mein Sohn ist darüber zugrunde gegangen. Ich habe den Freund getroffen. Ich lernte Dreckskerle kennen. Ich trat in eine Partei ein. Ich war auf Partys. Wir leben in einem kleinen Land. Borjan war ein Sack. Nicht schade um ihn. Nur ich habe ihn wirklich gekannt. Ich war der Kontakt. Ich kenne die Verbindungen. Ich kenne die Quellen. Ich wollte den Kerl tatsächlich einmal heiraten. Meinen Mann hat er bedroht. Mein Mann hat einmal für ihn Kurierdienste übernommen bis in die Schweiz. Die Auswahl der Medikamente war perfekt. Olaf hätte einen sehr, sehr schönen Tod sterben können. Er wäre Orpheus geworden. Sein Wunsch, es war sein ach so kindlicher, grandioser Wunsch. Ich erfülle gern Wünsche. Ich würde wieder mit ihm schlafen. Ich würde ihn gern sterben sehen. Einen lebendigen Tod. Einen erotischen Tod. Schade, dass es mir jemand abgenommen hat. Uns so reinzureiten. Ich habe trotzdem angerufen. Aber wer hat den Kopf? Die hübsche Larve. Wer hat den Schwanz? Der ist vermutlich noch immer schön steif. Der muss doch zu finden sein. Bernd, jetzt weißt du, was du wissen musst. Mehr kannst du von mir nicht erfahren. Ich wollte töten. Ich wollte zerreißen. Ich wollte eine echte Bassaride sein. Ja, ja, ja, wir sind die wilden Schwestern ein für alle Mal. Ich bin es, ich bin es, ich bin es. Wir haben es beinahe getan. Wir hatten getanzt und waren so weit. Wir fressen das rohe Fleisch. Das ist widerlich. Ach, das ist schön. Hackfleisch. Hackfleisch aus Theseus. Hackfleisch aus dir, lieber Bernd. Es ist Liebe. Liebe zum Hackfleisch. Du hast zwei Herren getroffen und ihre drei Wächter. Von ihnen wissen wir auch. Drei Köpfe. Du bist nahe dran. Nimm die drei ernst. Die Drei großgeschrieben. Mehr weiß ich nicht. Vielleicht weißt du schon mehr. Sage es nicht ...«

Löwitsch hielt es nicht mehr aus. Er verließ den Raum ohne Gruß, während die Stimmen weitersprachen. Er musste den dröhnenden Schädel retten. Er dachte: »Das ist doch alles Schwachsinn.«

Er nahm den nächsten beleuchteten Gang und näherte sich der Quelle des ständigen Dröhnens. Unvermittelt stand er auf einer Tanzfläche. Es war eine metallisch getönte Diskothek, wie er sie im Keller des Hotels in Smoljan gesehen hatte. Sie war rappelvoll. Die Musik übte Druck auf seine Ohren und sein Zwerchfell aus. Er hielt auf eine dunkle Ecke zu, kotzte, spülte den Mund aus und ging tanzen. Der alte Löwitsch tanzte, mitten im Geschiebe. Wera lag in seinem Arm. Nun war es Viktoria. Kora war auch da, die er eben noch vermisst hatte. Sie tanzte allein. Ihr schwingender Rock war aus den rotweißen Marteniza-Kordeln gemacht. In Löwitschs Kehle kratzte es. Er ging zum Tresen und rief nach Bier. Schweiß pappte das Hemd an Rücken und Brust. Es drängte ihn hinaus. Eine hölzerne Wendeltreppe führte in einen Tanzbaum hinauf. So etwas hatte er noch nie gesehen. Oben im Baum saßen Musiker, fiedelten und bliesen sich die Seele aus dem Leib. Aus dem Efeu um das rückwärtige Tor des Anwesens herum brachen Sperlinge aus, eine Unmenge an Sperlingen, die als leuchtende Bälle in die Nacht hinausflogen. Lidias Umriss vor dem mondlosen, kräftigen Sternenhimmel war das Letzte, was er zu erkennen meinte.

Die kurzhaarige Fahrerin des Wagens forderte ihn auf einzusteigen. Löwitsch starrte während der Fahrt abwechselnd in das schwache Licht, das die Scheinwerfer auf den unebenen Asphalt warfen, und auf das schlanke Wikingerboot, das das Lenkrad zierte. Er ließ sich in der Nähe seines Zimmers absetzen. Gott segnete das Morgengrauen des siebten Tages dieser Woche, die nun schon seine vierte in Bulgarien war. Die Straßen waren leer, weil Löwitsch keinem begegnen wollte.

27

Löwitsch hatte keine vier Stunden geschlafen. Er rasierte sich und duschte ausgiebig. Die Wäsche wurde knapp und heute war Sonntag. Das Hemd von gestern Abend stank. Er schlüpfte in ein T-Shirt, ein Werbegeschenk, mit einem gelben E auf der Brust, dem Eurosymbol verwandt. Er hängte sich das Sakko um die Schultern und ging. In der Türe steckte ein Couvert mit seinem Namen. Darin befanden sich lediglich Durchschläge in kyrillischer Schrift. Er steckte sie in die Innentasche seines Sakkos. Kastner erreichte er zu Hause. Löwitsch versetzte sich in das Fuhlsbütteler Klinkerhäuschen. – »Alles klar«, trompetete er. »Ich werde jetzt sofort gut frühstücken.« – »Ja und?«, fragte Kastner empört. »Neue Erkenntnisse?« Löwitsch gab sich großartig: »Ich glaube ja, aber das ist auf die Schnelle nicht zu vermitteln. Ich fasse es in einer Mail zusammen und schicke es noch heute.« Kastner wollte wenigstens eine Richtung wissen: »Hier machen sich zweieinhalb Mann Sorgen um dich.« – »Wer ist denn die halbe Portion?« – »Na, mein Mutterherz zählt eben ein halbes Mal extra. Also?« Löwitsch gab die Kurzfassung und während er dazu sortierte, was er in der Runde der Frauen gehört hatte, ergab es alles zusammen einen klaren Sinn, den er gestern noch nicht entsprechend wahrgenommen hatte: »Die Frauen wollten D. auf dessen eigenen Wunsch hin töten. Dann hat es jemand anderes getan. Klingt unglaubwürdig? Ach,

Kalle, hier sind alle glaubwürdig und unglaubwürdig zugleich, die Männerbande genauso wie die der Frauen, wenn auch auf sehr verschiedene Art. Was soll ich tun? Ich muss mir etwas Praktisches ausdenken, um zu klären, wer lügt und wer die Wahrheit sagt, ohne dass sie mich hintenherum weiter am Nasenring halten.« Er lachte. Kastner wollte wissen, warum. – »Weißt du, gestern hat ein Bär mir eins mit der Tatze versetzt.« – »Schlimm?« – »Nö, aber man ist es ja nicht gewohnt. Also, ich schreib dir auf, was ich weiß, und ich sage dir dann auch, wie ich es angehe.« Kastner schlug vor: »Sechs bis sieben Uhr heute Abend, ja?« Löwitsch fand das sehr gut.

Er kam an der hochgeschlossenen Mauer eines Restaurants vorbei. Da ein Schild zum Brunch ab zehn Uhr lud, unterquerte er den schwarzen Holzbogen. Die Anlage war ein Park und darin eingebettet lag eine weitere Variante des legendären Balkangrills. Er ließ sich ein Telefon zeigen, erreichte Wera, die erstaunlich munter klang, entschuldigte sich für letzte Nacht, worauf sie nur fröhlich lachte, und lud sie ein. Ein Stündchen würde sie brauchen. Was für ein Tag! Er fand einen guten Platz, wurde äußerst zuvorkommend bedient, schlürfte einen Cappuccino und war zufrieden.

Wera hatte sich sonntäglich herausgeputzt, aber die Schatten unter den Augen zeugten davon, dass sie beide tatsächlich auf derselben Party gewesen waren. – »Na«, fragte er, »wann warst du zu Hause?« – »Um fünf vielleicht.« Zwischen wiederholten Gängen zum Buffet fragte er sie über die Nacht aus. – »Kommt ihr öfter dort zusammen?« – »Ja.« – »Und wem gehört das Anwesen?« – »Was meinst du?« – »Das Haus.« – »Das ist öffentlich, ganz normal.« – »Ganz normal?« – »Ja. Ein Restaurant.« – »Und die Art, also die Art, wie ihr da zusammenkommt und auf Fellen sitzt und dass da Wölfe, Bären und andere Viecher frei herumlaufen, das ist auch normal?« Sie schaute ihn mit jenem Blick an, den er bereits an ihr kannte und der leichten Zweifel an seiner Zurechnungsfähigkeit ausdrückte: »Was für Bären?« Löwitsch war versucht, seine Jeans herunterzulassen. Die roten Striemen auf seinem Schenkel waren keine Halluzination. Sie glaubte ihm, hatte aber keine lebenden Tiere außer Vögel, Fledermäuse und Spinnen bemerkt. – »Diese Tiere«, lachte sie auf. »Die sind nicht normal. Aber das Gespräch im Gewölbe, das schon.« So säßen sie öfter, beim Kamin, hörten Musik und sprächen über ihre Belange. – »So durcheinander und so … mystisch?« – »Nein«, antwortete sie, »normal eben, wir tauschen uns aus.«

»Mein Gott, mein Gott!« Löwitsch war kurz davor, auszuflippen: »Ich war doch nüchtern! Und Lidia und Viktoria zumindest, die habe ich doch vorher erlebt im Auto, die waren doch auch sehr normal. Aber alles, was ihr mir gesagt habt, von der Tötung, von Olaf D., von dem Dritten zum Schluss, auf mich hat das so gewirkt, eben nicht ganz normal, sondern … mystisch. Wie eine Versammlung von Hexen in der Unterwelt.« Wera lächelte unbestimmt und schön. Sie war blass. – »Und«, fragte er, »alle sprachen auf einmal perfekt meine Sprache. Obendrein im norddeutschen Slang, wie kam das? Habt ihr das vorher einstudiert?« Wera wiegte den Kopf wie zur Bestätigung. Sie sagte aber nichts. Sie trank ihren blassen Joghurt. Sie müsste bald fort,

sagte sie. – »Wohin?«, fragte er. – »Mein Freund kommt nachher aus Sofia. Wir haben so wenig Zeit füreinander.« Wera zögerte beim Gehen und tat zugleich so, als habe sie nur zufällig mit Löwitsch gesprochen, offenbar wegen der Gesellschaft, die plötzlich in einen Teil des Lokals hereinströmte. Gäbe es ein passendes Gewässer in der Nähe von Plowdiw, hätten die Herrschaften gut in eine Marina gepasst. Man trug legere Pullis, helle Hosen und Kleider, leichtes Schuhwerk. Die auffällig perfekten Gebisse der Damen und Herren strahlten mit ausgestellter Fröhlichkeit in den Raum. So wie das Gold der Ketten, Kettchen und Ringe an den Hälsen und Handgelenken. – »Die Connection«, stieß Wera hervor. – »Connection!«, wiederholte sie leise zischend. »Freunde von Borjan K.« Und schon war sie die Stufen hinauf. Wie klein die Welt hier war.
Er winkte die Bedienung noch einmal auf einen Kaffee heran, setzte sich in einen Winkel ein wenig abseits und holte das Couvert heraus, um etwas zu tun zu haben. Junger Chemiker, stand mit Kugelschreiber auf Deutsch oben auf dem ersten von mehreren eng auf Bulgarisch beschriebenen Typoskriptseiten, die er als Abhörprotokoll identifizierte. Was zum Teufel sollte er mit … Mein Gott, junger Chemiker! Haha. Er würde die Kokelei allerdings besser in sein brandgefährdetes Holzhaus verlegen. Was sollte er hier den Kriminellen beim Prasdnik zuschauen und sich obendrein lächerlich machen? Beim raschen Blick hinüber zu der Gruppe erkannte er ihn wieder: Einer der Herren, die da einander zuprosteten, den Arm um die Schulter der Damen mit betontem Dekolleté gelegt, war ein schlanker, nicht mehr ganz junger, aber sehr ansehnlicher Gentleman.

Immer wenn Löwitsch sich im Verstehen der Ereignisse ein Stück weiter wähnte, tauchte dieser Herr auf, ging durch die Szenerie, ohne dass seine Anwesenheit in ihr begründet wäre: einmal als falscher Olaf D., einmal als Lidias Mann. – »Wer's glaubt, wird selig«, nuschelte er halblaut. Welche Rolle spielte er diesmal? Ihn zu fragen schien kein guter Weg. Aber in die einschlägige Datei zu schauen, das ließe sich doch machen. Markow hatte ihn eingeladen wegen der schwarzen Kerle und den müsste er sowieso noch etwas fragen.

In seinem Haus hielt er die Streichholzflamme unter den ersten Bogen. Anstreichungen wurden sichtbar, die ihm nichts nützten. Dass sie da waren, zeugte nur von der Richtigkeit seiner Deutung des Hinweises. Auf dem zweiten Blatt stand nun in denselben flüchtigen lateinischen Buchstaben am Rand: Rila? Das berühmte Kloster kannte Löwitsch von Fotografien und hatte immer gedacht, wenn der Zufall ihn jemals nach Bulgarien verschlagen sollte, dann wollte er es gern besuchen. Auf der folgenden Seite eine weitere Frage: Tarnowo? Eine Stadt irgendwo mitten in Bulgarien. Auf der letzten Seite war es dann offenbar geklärt: Tarnowo! Kloster! Welches? Kein Wort mehr. Wer ist hier abgehört worden, liebe Wera? Warum steht das nicht darauf in der Zitronen-Kinder-Tinten-Schrift? Ist das deine Schrift? Dass er solche polizeilichen Unterlagen auf diese Art zugesteckt bekam, war nach Lage der Dinge einzusehen. Markow würde ihn nur mit dem Nötigsten versorgen. Ob der nun Dreck am Stecken hatte oder nicht, der wollte ihn außer Sichtweite, außer Landes haben.

Er setzte eine kurze Mitteilung an Kastners Anrufbeantworter ab. Unversehens rückte die Zeit für den Chat näher. Mal sehen, was ihn heute davon abhalten sollte. Viktoria war nicht im Café. Nachdem sein Netzzugang freigeschaltet und das Portal seines Providers erschienen war, nervte ihn das Fenster mit dem Schriftzug irgendeines Reisebüros, das er nur zusammenschieben, aber nicht beseitigen konnte. Reisen für allein stehende Herren mit galanter Begleitung vielleicht? Das schloss er aus den Engelsflügeln auf zarten Farbtönen. In Löwitschs Mailbox schien alles in Ordnung, das hieß, es war nichts angekommen. Sein Patensohn schickte ihm Liebesgedichte an seine Flamme. Das war süß. Das Pop Up des Reisebüros kam wieder und sagte fett: »This is your perfect Travel Agent.« Er legte es zum zweiten Mal auf die Leiste. Beim dritten Mal nahm er wahr, wie die Firma hieß: »Victoria.« Er drehte sich um, doch Viktoria war nach wie vor nicht da.

Dann erschien die erste Nachricht von Kastner: »Logg dich ein, alter Junge.« Das tat er. Er schrieb zunächst einmal, dass alles o.k. sei, was mit »Gratuliere!« quittiert wurde. Dann fing er an zu tippen und unterbrach den Sermon jeweils nur, wenn Kastner nachfragte und er ihm notgedrungen den nächsten Batzen senden musste. Das Rätsel um die Herren also, die beiden Abenteuer mit den schweren Jungs wie auch die Spekulationen über Markows und Gallas Doppelrollen. Die Seance mit den Damen mit den deutlichen Hinweisen, aber dem Rätsel am Schluss. Den Hinweis auf Tarnowo lieferte er obendrauf mit dem Kommentar: »Muss wohl doch noch mal eine Inlandsreise antreten, Früchte auffangen, die in meinen Schoß wollen.« – »Achte aber aufs Reisebüro«, antwortete Kastner. So konnte Löwitsch nachlegen, dass hier gerade eines werbe, das Victoria heiße. »Die … war sein Schicksal!«, gab Kastner zurück. Ganz am Schluss kam aber doch die klare Ansage: »Mitteilung Günther, du bist nur noch drei Tage Polizist, wo du bist. Sonst Stilllegung!« Die Nennung des Vornamens vom Chef bedeutete gelbrot.

Als er auf die Straße trat, kam Viktoria ungewöhnlich schnell des Weges. Sie winkte ihn heran und bat ihn unmissverständlich mitzukommen. Er hockte sich auf die Rückbank des blauen Lada. Von der Beifahrerseite lächelte Kora blass. Die rasante Fahrt endete in der bekannten Straße mit den schmiedeeisernen Zäunen und Toren. Zerberus kam aus dem Haus, grüßte ihn flüchtig und stieg in das Auto, mit dem sie gekommen waren. Lidia kam mit einladender Geste auf ihn zu, führte Viktoria und ihn in ein dämmriges Zimmer aus einem vergangenen Jahrhundert. Tee stand selbstverständlich schon bereit. Kora war nicht mit hereingekommen. Sie sei unpässlich, sagte Lidia.

Aber der Jargon war insgesamt ein anderer: »Bernd, mehr als drei Tage können wir dir nicht mehr geben.« Löwitsch stand innerlich stramm. Was hatte es mit den kommenden Tagen auf sich? Seinem fragenden Gesicht begegnete sie damit: »Wir können nicht mehr für deine Sicherheit garantieren.« – »Aber Leute«, fiel er ihr ins Wort, »Lidia, meine Liebe, ich bin Polizist, ich kann auf mich selbst aufpassen. Es gibt Gründe, dass ich noch einmal verreisen muss. Wisst ihr, wie man am schnellsten nach Weliko Tarnowo kommt?« – Aus Lidias überschattetem Gesicht schoss ein kurzer Blitz hervor. Viktoria richtete sich auf dem Plüschhocker auf. Lidia antwortete lapidar: »Nimm dir einen

Mietwagen. Du wirst sicher morgen früh fahren. Verabrede dich mit Viktoria, sie wird das für dich organisieren. Oder magst du lieber Markow fragen?« Löwitsch fühlte sich auf den Schweif getreten und ging unwillkürlich auf den Ton ein: »Was, bitte, meinte euer hübscher Verein in der Seance letzte Nacht mit dem Dritten?« – »Welche Seance, Bernd?«, fragte Lidia streng. »Du meinst unsere mehr als faire Ansprache an dich? Du weißt jetzt mehr als genug und offenbar bist du auf dem richtigen Weg, auch wenn wir ihn falsch finden oder, sagen wir, fatal. Ich habe versagt, ja, Bernd, ich habe versagt. Das geht dich jetzt nichts an, aber besonders wegen Kora tut es mir Leid. Du wirst die drei finden. Wollen wir uns dem Spiel überlassen und sagen, es sei der dritte Mann?« Löwitsch fingen die Ohren an zu brennen, während ein Frösteln nach der Nierengegend griff. »Apropros Mann! Lidia, wer ist bitte der Mann, der den Olaf D. gab, bevor er zu deinem Mann mutierte?« – »Ein ausgezeichneter Geschäftsmann, Bernd!«, sagte sie. »Er ist ein großer Mann in diesem Land und er ist tatsächlich mein Mann. Ich hatte Glück. Ich habe Glück«, verbesserte sie sich, wodurch ihm die Zeitform im Satz davor erst auffiel.

Löwitsch war schon wieder bedient. Da konnte man präzise fragen und dann kamen solche Antworten. Immer dieses Schwingen im melancholischen Ungefähren. Alles geht im Kreis. Das Dritte, ha, das Dritte ... Tertium non datur! Löwitsch war für heute mit seinem Latein am Ende. Immerhin hieß es, Viktoria würde ihn morgen zu einer Mietwagenfirma bringen.

28

Dass ihm jemals Bulgarien etwas bedeuten könnte, hatte er nicht geahnt. Die Suche nach Kopf und Gemächt eines Mannes, dieses Phantom, von dem er bestimmte Eigenschaften und Verhaltensweisen allmählich an sich selbst bemerkte. Wenn das so weiterginge, würde Löwitsch bald sein erstes Gedicht schreiben. Er würde bald aus der Leber und dem Vogelflug lesen wie die antiken Seher. Er würde die Träume deuten, die eigenen, die der Frauen, wahrscheinlich im Dunst von Räucherstäbchen. Und Zungenreden auf Bulgarisch mit Plowdiw-Dialekt! Vielleicht war dieser ganze Zinnober ohnehin nur ein Traum.
Was er dagegen nüchtern zu berichten hätte, war wieder vergleichsweise schmal. Dimitar hatte ihn um sieben geweckt, unten gewartet und in die Petkowstraße gefahren. Margaritas Schreibtisch war nicht besetzt. Er fragte Markow nach ihr. Sie käme später. – »Herr Löwitsch, Sie wollten doch die Kartei sehen wegen der Kidnapper?« Er bat ihn, sich vor einen Karteikasten mit abgegriffenen Fotos zu setzen, und stellte ihm ungefragt einen Kaffee hin. Markow stand neben ihm und tat aufmerksam. Löwitsch ging ihn an: »Sie wissen doch, dass es sinnlos ist. Wir verplempern hier nur wertvolle Zeit, Herr Kollege.« Markow reagierte nicht direkt, sondern entgegnete: »Warum sind Sie eigentlich noch im Lande? In Hamburg gibt es doch alle Hände voll zu tun, entnehme ich den Nachrichten.«

Löwitsch traute seinen Augen nicht, als er den Dunklen vor sich sah. Das Foto war allerdings nicht so angenagt wie die anderen. – »Markow, was soll das Spiel? Das haben Sie doch gestern hier hineingesteckt.« Dieser ging nicht darauf ein, fragte, ob er einen Treffer hätte. An dem Foto klemmte eine nicht minder neue Karteikarte mit irgendwelchen Angaben. – »Also, Löwitsch, ist das der Mann, der Sie beschattet und anschließend ins Tabakkontor gesperrt hatte?« – »Ja, Markow, ja, das ist Ihr Mann, das ist ein Profi.« – »Falsch, Löwitsch«, erwiderte er. »Ein Profi schon, aber nicht aus meiner Truppe. Milen Slatow – Körperverletzung, bewaffneter Raubüberfall, das Übliche. Türsteherkarriere im Rotlichtmilieu. Verbindungen zu Borjan K. sehr wahrscheinlich.« – »Fein, Kollege«, gab Löwitsch zurück. »Geben Sie mir noch ein paar Happen. Aber dann nehmen Sie den hier bitte hoch und zeigen ihn mir in der Zelle oder noch besser, nehmen Sie mich mit zum Einsatz, morgen, denn der Typ fühlt sich wahrscheinlich vollkommen sicher unter Ihrem Schutz.« – »Löwitsch, passen Sie bitte auf, bei allem Verständnis, passen Sie bitte auf, dass Sie meine Truppe und mich nicht weiter beleidigen. Wir sind Ehrenmänner.«
Die beiden anderen Kriminellen waren nicht in der Datei. Deren Namen wusste man ja seit der Nummer in Griechenland. Warum sie auf freiem Fuß waren, fragte Löwitsch doch noch. – »Laufende Ermittlungen«, betonte Markow. »Aber kommen Sie doch bitte gleich mit! Wir haben die Adresse von Slatow. Gehen wir hin. Heben wir gemeinsam das Nest aus.« Löwitsch zögerte mit dem Nein etwas, sagte dann aber doch, er hätte etwas Dringendes zu

erledigen. Margaritas Büro war noch immer leer, als er ging. Er rief Lidia in der Bibliothek an, sie gab ihm eine Mobilnummer von Viktoria. Lidia sagte noch, sie drücke ihm die Daumen, was immer er in Tarnowo zu tun hätte. Es sei eine schöne Stadt, wenn auch für einen Tagesausflug etwas weit. Löwitsch erwiderte nichts, bekam auf die Frage nach Kora die Auskunft, es ginge ihr schon wieder besser. Wera war nicht zu erreichen. Löwitsch packte seine Sachen.

Viktoria kam mit einem großen Peugeot. Als sie auf einer ihm unbekannten Ausfallstraße Gas gab, fragte er nach dem Rental Car. Sie nickte und sagte mit starkem Akzent: »Travel Agent Victoria, Service Tirnovo, Fasten Seatbelts.« – »Wie weit ist es denn?« – »About two hundred kilometres?« – »Nicht zu viel für einen Tag?« – »No«, sagte sie bestimmt. Die Reise führte durch das Tal der Rosen, wo die Blumen wegen des Öls gezogen werden, dann ins Balkangebirge hinauf. Sie hielten bei einer prächtigen russischen Kirche, die zur Erinnerung an den russisch-türkischen Krieg hier stand. Auf einem kahlen Berg protzte schon von weitem ein Betonmonstrum, das Viktoria der »Communist Party« zuschrieb. Auf dem höchsten Punkt der Straße, am Schipkapass, nahmen sie einen Imbiss. Löwitsch verzichtete auf den Weg hoch zum Aussichtsturm.

Die Ankunft in Weliko Tarnowo, zu der Löwitsch nach einem Traum gerade rechtzeitig erwachte, markierte ein überdimensionaler Kreisverkehr. Als sie die lange Straße bergauf in die Altstadt rollten, fragte er Viktoria nach dem Kloster: Monastir? Sie zuckte die Schultern. Er versuchte zu beschreiben, was ein Kloster sei. Sie nickte: »Da, da,

Monastir.« Aber »mnogo« kam es dann auf Russisch. – »Mnogo Monastir?« – »Da, da!« Sie landeten bei einer Touristeninformation und erhielten eine wunderschöne Karte mit fünfzehn Klöstern in einem Radius von etwa fünfzehn Kilometern um die Stadt herum. Die Lage der schönsten kringelte die freundliche Dame mit dem Kugelschreiber ein. – »Super, super! Super!!«, rief Löwitsch immer lauter. »Was sollte das? Wer hat ihn hier verarscht?«

Von einem orientalisch verbauten, mehrstöckigen Café aus, in dem die vornehmen Damen von Tarnowo versammelt schienen, telefonierte er. Zunächst sein Okay an Kastner. Wera war nicht zu erreichen. Aber Lidia. Sie sollte sagen, warum sie auf den Ortsnamen so seltsam reagiert habe. Sie sollte ihm den Namen des Klosters sagen: »Lidia, Lidia, ich beschwöre dich. Das gibt ein Unglück. Ich grase hier alle Klöster ab, und wenn es Wochen dauert. Ich finde, was auch immer. Ich werde es finden. Hilf mir, Lidia, hilf mir! Wir können Freunde sein, bleiben, werden, ja, richtige Freunde werden. Aber jetzt kommt es drauf an. Bitte lüfte das Geheimnis. Was ist los?« Sie sagte: »Ich kann nicht«, und legte auf.

Am Tisch zurück, schlabberte er den lauwarmen Cappuccino und sagte zu Viktoria: »Viktoria, bystro! Avanti! Fasten seatbelts! Dalli, dalli!« Sie jagten auf einer steilen Holperstraße aus der Altstadt hinaus und passierten schließlich eine Holzbrücke. Nun fuhren sie am Fluss entlang, der unter der Stadt sein Tal ausspülte. Travel Agent Viktoria wiederholte mit Fingerzeig offenbar den Namen: »Jantra.« Über ihnen lag ein gigantisches Mauerwerk, das Viktoria »Zarevez« nannte, offenbar eine Zarenburg. Sie schwärm-

te dafür, wie dieses Ding da oben in einer Light Show aussehe. – »Na wunderbar!« Löwitsch war gerade nicht empfänglich für Abschweifungen.
Sie fanden auf eine gepflasterte Straße, die wieder zum Sandweg wurde. Dann verließen sie den Fluss, holperten durch den Wald. Viktoria hatte die Route bestimmt. Löwitsch hatte nur auf eines der Klostersymbole auf der Touristenlandkarte gewiesen, das näher als andere lag. Das Auto war schick, alles Ton in Ton. Aber vielleicht war es nicht für diesen Parcours ausgelegt. Löwitsch starrte auf die geborstene Erde, die Steine und Sandbrocken und Wurzeln vor ihnen, auch wirkte der Weg zu schmal für die Limousine, Viktoria aber jagte die Piste rücksichtslos hinauf. Bis sie vor einer Mauer in einer Staubwolke zum Stehen kamen. Das erste Kloster. Sehr groß und sehr neu, zumindest sah es so aus. Es gab einen Parkplatz und es gab einen Fuhrpark mit landwirtschaftlichen Maschinen. Wein wuchs zwischen hier und dem Fluss. Niemand war zu sehen. Löwitsch schwankte benommen im menschenleeren Hof. Sein Bauch sagte: Das ist es nicht, du weißt, das ist es nicht, fahr weiter, Löwitsch, weiter, weiter. Er trat in die Kirche, deren Inneres wie erwartet aussah und roch. Er machte auf dem Absatz kehrt und stieß Viktoria halb aus dem Gebäude. Sie ließ es geschehen, öffnete das Auto schon vom Klostertor aus. Löwitsch fiel erst jetzt auf, dass sie allein waren, mit Ausnahme der Mönche, die sicher irgendwo hinter den Mauern arbeiteten oder faulenzten.
Viktoria gab Gas, als gelte es zu entkommen. Sie fuhren wieder Richtung Stadt zurück, passierten, kaum aus dem Wald heraus, marode Anlagen am Fluss, einen Speicher aus

bröckelndem Lehm im ausgeblichenen Fachwerk. Der Jantrafluss hatte alle paar Meter große Äste und ganze Bäume aufgetürmt und sie abgewaschen zu Skeletten. Sie fuhren flussaufwärts, ließen die Holzbrücke rechts oberhalb liegen. Wie hatten sie die vorhin passieren können? Gewaltige Pfeiler stützten eine sehr alte, graufeucht angenagte Konstruktion, an der ein paar helle, neue Kabel verliefen, Stromzufuhr für die Häuschen, die sich den Hang hinaufzogen. Oberhalb davon hörte die Mauer der gigantischen Zarevez-Burg gar nicht mehr auf. Sie bogen vom Fluss ab, gerieten wieder in den Wald, erreichten eine Schnellstraße. Die führte zurück auf den Kreisel vor der Stadt. Jetzt wies er Viktoria an, den Weg zu nehmen, den sie vorhin gekommen waren.
Einige Kilometer weiter lockte ein unübersehbares Schild zum nächstgelegenen Kloster. Das hatte er vorhin offenbar verpennt. Während sie hinunterruckelten auf die Talsohle zu, hielt er den Zettel mit den Kokelspuren in der Hand und las die Hinweise noch einmal: »Junger Chemiker – Verwandlung – Tarnowo? – Tarnowo! Welches Kloster?« Löwitsch war begeistert, als hielte er ein aussagefähiges Dokument in der Hand. Er hätte Wera fragen sollen, worum es darin ging. Aber er hatte es gestern vergessen. Unerwartet überfiel ihn die Sorge um Margarita. Doch der Jagdinstinkt war stärker. In einem dieser gottverdammten Klöster hier lag der Schlüssel zu dem Gebäude, in dem er seit Wochen herumtappte. Sie gelangten an das Flüsschen und parkten in einer Reihe mit drei Bussen. Auf der gegenüberliegenden Seite erhob sich malerisch das Kloster über seinen Mauern.

Ein Steg führte auf den Bogen einer kleinen Pforte zu. In dem einfachen, schönen Hof verbeugten sich eben drei Schwarzgewandete voreinander, um daraufhin gemessenen Schrittes in drei Richtungen auseinander zu gehen. Löwitsch holte einen der Herren ein. Leider verschlug es ihm die Sprache. Sein strapaziertes Gehirn zählte ihm Sprachen auf: Bulgarisch und Griechisch, Latein und Kirchenslawisch, Türkisch und Thrakisch. Nur wie er den Mann anreden sollte, war ihm im Augenblick entfallen. Der Schwarze schaute ihn freundlich an und sagte: »Guten Tag.« Er sagte: »Guten Tag.« Auf Deutsch. – »Oh«, erwiderte Löwitsch. »Das ist schön, dass Sie Deutsch sprechen.« Er stellte sich vor und erklärte ohne Umschweife, dass er an einem Mordfall arbeite. Der Schwarze schien dies für selbstverständlich zu halten. Schließlich fragte Löwitsch: »Ist es möglich, dass ohne Ihr Wissen jemand etwas in Ihrem Kloster verstecken kann, etwas, das sehr kühl lagern müsste?« Jetzt runzelte der Pope die Augenbrauen und sagte: »Nein.« – »Ob ich mich einmal auch innendrin umschauen darf?« Der Schwarze hörte nicht auf die Stirn zu runzeln und wiegte zusätzlich langsam den Kopf, was wohl hieß, er dürfte es nicht. Er war offenbar enttäuscht von seinem Gegenüber, das ihm nicht glaubte. Bevor er sich abwandte, machte er eine Bewegung ins Rund mit der Hand und sagte: »Was allen offen steht, steht selbstverständlich auch Ihnen offen.«
Viktoria hatte sich im Hintergrund gehalten. Nun raunzte Löwitsch sie an: »Warum habt ihr letztens alle so gut Deutsch gesprochen und du jetzt nicht? Warum verstehst du mich manchmal, meist aber nicht?« Sie schaute ihn aus Augen an, die so klar und unschuldig schienen, dass kein

Zweifel blieb. Löwitsch, du spinnst, und laut sagte er zu ihr: »Iswini!« Was nach seiner Erinnerung auf Russisch so viel hieß wie: »Verzeih!«
Er schritt das Gemäuer ab. Er ging in die Kirche hinein. Er inspizierte die Ikonen und alles, was nach großen Monstranzen aussah. Orpheus war ein Religionsgründer. Er konnte Tiere und Pflanzen verstehen und bezaubern. Er war wie Jesus. Löwitschs abendliche Lesestündchen liefen zu einem Bild zusammen: Orpheus – Jesus – Tod – Monstranz. Nichts dergleichen zu sehen. Von den Fenstern her wiesen staubige Lichtfinger ins Leere. Draußen lief er erneut die Mauern entlang und begann, jede Türklinke zu probieren. An den letzten rüttelte er schon. Viktoria schaute ihm mit verschränkten Armen von der Mitte des Hofes zu. Ein Treppchen führte hinauf zu einer Galerie von Türen. Er rüttelte an Nummer eins, an Nummer zwei, aus der dritten trat der Herr von vorhin. Zu Löwitschs Überraschung hielt er ein Mobiltelefon in der Hand, legte den Zeigefinger auf eine Taste und fragte mit wohlklingender Stimme: »Soll ich *wirklich* die Polizei rufen?« Löwitsch war bester Laune: »Bitte, mein Herr, bitte sehr! Dann werden mir die bulgarischen Kollegen bei der Durchsuchung Ihres Klosters helfen!«
In dem Moment hörte man Sirenen von jenseits der Mauern. – »Ach«, staunte Löwitsch, »Sie haben sie schon gerufen?« – »Nein«, antwortete der Schwarze. Drei kräftige Herren in grellen Westen traten in den Hof. Einer hielt ein Köfferchen in der Hand. – »Ach so«, ächzte Löwitsch. »Sie haben einen Arzt bestellt. Sie halten mich für verrückt. Na, dann einen schönen Tag noch.« Löwitschs Magen brann-

te. Es war zwei Uhr, er brauchte jetzt dringend etwas Warmes im Bauch. Der Schwarze stieg mit ihm das alte Holztreppchen hinab und sprach offenbar begütigend auf die Nothelfer ein. In einem weiten Kreis hatten sich jetzt Touristen versammelt. Wo waren die alle vorher gewesen? Löwitsch war kurz davor, gehörig in die Runde zu schnauzen, beantwortete aber stattdessen die Frage des Popen, ob es ihm besser ginge, mit: »Ja.« – »Ich werde die Herren jetzt auf ein Gläschen bitten und ich wünsche von Ihnen keine Störung der klösterlichen Ruhe mehr.« Viktoria war plötzlich bei ihm, nahm seinen Arm und führte ihn hinaus wie einen sehr alten Mann.

Im Restaurant, das sich hinter dem Kloster versteckte und in dem sich die deutschen Rentner tummelten, kamen rasch Kewabscheta und Pommes. Das Magenbrennen hielt leider dennoch an, aber die Nervosität war immerhin weg. Löwitsch legte seiner Begleiterin die Blätter mit dem Abhörprotokoll vor. Wohl war ihm nicht dabei. Ihre Mimik würde ihm sowieso nichts verraten. Sie zog einen Mundwinkel nach oben: »Ne!«, entfuhr es ihr. – »What?«, fragte er, was es sei, worüber sie staunte. – »Eto muj, das sind wir«, sagte sie. Die Kürzel vor den Gesprächssequenzen hatte Löwitsch für Platzhalter nehmen müssen: А, Б, В, Г, Д, Е, Ж, der Anfang des kyrillischen Alphabets. Nun sagte Viktoria zu seinem stillen Vergnügen die Namen: Elena, Rumiana, Wera, Lidia, as, Kora, Galina. Der letzte Namen war neu für Löwitschs Damenverzeichnis und »as« hieß »ich«. Viktoria hatte den Zeigefinger kurz gegen sich gerichtet, während sie mit dem Mittelfinger der linken Hand die Seiten durchging.

Er gab ihr einen Stift in die Hand und sie tat, was er wollte. Ohne zu zögern, schrieb Sie mit der Linken die Namen hin. »Kogda i gde?«, fragte er wieder auf Russisch, wann und wo das Gespräch stattgefunden hätte. Das war den Durchschlägen nicht zu entnehmen. Sie beinhalteten nach dem Augenschein sowieso nur einen Teil dessen, was mitgeschnitten worden war. – »Eleventh September, Plowdiw, Restaurant«, antwortete sie langsam. Sieh einer an! Vor dem Ding hatte er gestanden, als die Damen herauskamen, und Lidia angesprochen. Er hatte sich gemerkt, dass sie damals vor Überraschung geantwortet hatte: »Das hat Ihnen der Teufel gesagt!« »Damals« lag kaum zwei Wochen zurück.

Viktoria gab sich Mühe, ihm etwas mehr zu übersetzen. Für ihre Suche hier ergab es auf den ersten Blick nichts. Die ursprünglich unsichtbaren Hinweise am Rand – von wem sie stammen könnten, wusste Viktoria nicht. Die Art und Weise, wie und wovon die Rede war in dem Gespräch, musste konspirativ gewesen sein. Er fragte sie direkt danach und sie lächelte ganz leicht mit dem durchscheinenden Wasser ihrer Augen, während sie verneinte: »Die Freundinnen kennen sich so lange, da ist es doch normal, dass man nicht alle Sätze korrekt beendet und nicht alles genau beschreibt, wenn man sich austauscht. Außerdem ist da auch viel durcheinander gesprochen worden«, erklärte sie ihm im göttlichen Mischidiom. Und der Ort, nein, es wüsste niemand den Ort außer ... Tarnowo, ja, das wussten sie dann alle, aber mehr nicht. Es war ... Es ging um den Kopf. Nun war es heraus. Mehr wollte sie partout nicht sagen.

Löwitsch war es für den Moment zufrieden und nach dem

zweiten Mokka hatte sich sein Forscherdrang nahezu verdoppelt. Als sie abfuhren, rollten ihnen die nächsten Busse entgegen. Löwitsch las Namen von der Karte ab: Batoschewski, Drjanowski, Uspenie Bogoroditschno, Swati Nikola, Ljaskowo, Kilifarewo, Kapinowo, Preobraschenski, Namen von Klöstern, die Tarnowo wie einen Heiligenschein umgaben. – »Arbanassi«, sagte Viktoria. »Arbanassi Village, very nice. Three monasteries.« – »O.K.«, meinte Löwitsch, schön darf es auch sein. Es war ein Museumsdorf, voller Restaurants und Sehenswürdigkeiten. Eine Kapelle mit einem Tonnengewölbe, über und über ausgemalt, kostete viel zu viel Zeit. Die Fragen, auch an die Damen im einzigen Nonnenkloster, in das sie gerieten und das ihn besonders interessiert hatte, waren ins Leere gelaufen. Er fragte nach eventueller Bekanntschaft mit Lidia Alexandrowa, nach Olaf D., nach diesem und jenem Detail.
Inzwischen war es dunkel geworden, die Klöster schlossen die Pforten. Sie hielten bei einem der vielen leeren Restaurants, das in einer Art lichten Waldes seine Tische und Grillöfen verteilt hatte. Im erleuchteten Gebäude lungerten ein paar Kerle herum, was schon wieder unbehaglich aussah. Löwitsch hatte nur keine Lust, das Lokal zu wechseln, fühlte etwas Balkanisch-Fatalistisches in sich, nahm nach der kalten Gurkensuppe Gegrilltes mit Pilzen, während Viktoria es bei Kartoffelschnitzen mit ein paar Sößchen beließ. Die Kerle waren allesamt beflissene Kellner, deren Mienen sich am Tisch jedes Mal aus grimmiger Düsternis zu einem Strahlen mauserten.
Löwitsch fragte Viktoria nach der Rückfahrt. Sie stellte es ihm frei: »Lidia hat mir … Jedenfalls muss ich diese Wo-

che nicht im Café arbeiten und ich studiere nicht mehr.« – »Warum nicht?« Sie lachte: »Rabota, rabota, no time to study!« Er fiel in das Lachen ein und fragte nicht nach, was Lidia mit ihrem Job zu tun hätte. Klar war, dass sie sie beauftragt hatte. Viktoria wusste den Namen eines Hotels in Tarnowo. Ein Ober kannte die Adresse und zeigte ihnen auf der Karte, wo es lag, nachdem er mit dem wortreichen Vorschlag einer anderen Unterkunft nicht gelandet war. Sie hörten, dass es zu regnen begonnen hatte. Sie gingen zwischen den Tropfen hindurch zum Wagen. Das Hotel hieß *Zum Heiligen Berg* und war ein Kasten, an dem sie früher schon einmal vorbeigefahren waren. Die Zimmer mussten im Voraus bezahlt werden. Viktoria duldete sein Schwenken mit der Kreditkarte nicht und zahlte selbst.
Löwitsch sah aus seinem Fenster die beleuchtete Stadt auf dem Höhenzug gegenüber liegen, einen Vogel mit ausgebreiteten Schwingen aus Licht. Er rief Kastner an, rapportierte, ließ sich an die verbleibenden zwei Tage erinnern. Kastner warnte ihn vor orthodoxer Mystik unter Einfluss von hohen Dosen Weihrauch und vor Viktoria, diesem hoch gewachsenen Siegesengel. Sie lachten. In dem Zimmer würde er es wach dennoch nicht lange aushalten. Deshalb ging er in die Bar. Nicht ohne bei Viktoria geklopft und das Wort »Drink« gerufen zu haben. Sie war am Telefon gewesen und hatte etwas geantwortet wie »moshno«, was russisch für »möglich« oder »kann sein« steht.
Er ging in die kleine Bar. Er hatte seine Mappen dabei, das Protokoll und seinen Olaf D. Es gab sein Kamenitza-Bier. Der Abend meinte es gut mit Löwitsch. Auf der Seite der Durchschläge, die nach Viktorias Ergänzung der Klar-

namen oben lag – Löwitsch ächzte über dem Wort, das seit der Auseinandersetzung um die Stasiakten ein Scheißbegriff war –, fielen ihm die letzten Zeilen auf. Zwar handelte es sich um kyrillische Buchstaben, aber sie bildeten keine bulgarischen Wörter. Es war, wenn er sich nicht täuschte, die Umschrift von einem oder von zwei deutschen Sätzen. Die Sprecherin der Sätze war Lidia – sie hatte das Zeichen Ж in dem Protokoll, was Löwitsch automatisch als »Shenshtshina«, russisch für Frau, übersetzte – und das Satzfragment, das er sich auf die Rückseite einer der anderen Kopien notierte, ging etwa so: »Verrückt war, dass sie ihn liebten und seine Bedingungen akzeptierten, dass sie ihn so liebten, dass sie über alle Konventionen einerseits aber auch über ihre eigenen Bedürfnisse weg …« Das konnte nur Freund Olaf geschrieben haben. Das war sein Größenwahn, vielleicht auf Erfahrungen gepfropft, wenn nicht alles ausgedacht war. – Hirnwichserei, dachte er plötzlich, schüttete das Bier in sich hinein und bestellte sofort ein neues.
Viktoria trat herein in dem Kleid, das sie auch im Balabanowhaus getragen hatte, einer Art Umhang, unter dem Jeans hervorlugten. Erstaunlich, wie vorbereitet sie auf diese Reise war und wie das Kleid mit ihrer Erscheinung kontrastierte und umso mehr wirkte. Die zwei Herren in der Ecke und der Barkeeper registrierten dasselbe mit langen Blicken. Löwitsch fragte, ob sie einen Gin Tonic wollte. Sie nahm an. Viktoria hatte nichts dagegen, weiter zu spekulieren. Er fragte nach den letzten Zeilen. Es kam heraus, dass Lidia bei dem Treffen den Text von D. vorgelesen und übersetzt hatte. Sie hatte öfter deutsche Literatur

vorgelesen, meistens Poesie. – »Ah ja«, kommentierte Löwitsch. Das lief unter Literatur!
Morgen, Dienstag, würden sie es schaffen, die verbleibenden Klöster in Augenschein zu nehmen. Löwitsch war in bester Plauderlaune: »Viktoria, snajetje, why don't we shorten the procedure? Vuj skashitje mnje, where the head is – we get it and return to prekrasni Plowdiw.« Viktoria lächelte mit den Augen. »Ja nje snaju, gdje.« – »O.K., gut«, so sah es aus. »Nje odna idea? Otshen shal!« Sehr schade, hieß das Letzte hoffentlich.
Er wollte sachte mit ihr umgehen. Das Eis sollte weiter schmelzen. Sie sollten ein Team werden von Lidias Gnaden. Das dritte Bier, der zweite Gin Tonic. Schließlich stand er in seinem Zimmer am Fenster, schaute durch die Fäden des Regens auf den leuchtenden Vogel da drüben. Schlafen konnte er nicht. Zwei Zimmer weiter die langen Glieder und die Seen der Augen – das war nicht sein Fall, aber dieses Bulgarien war es partout.
Bei Olaf D. fand er ein Stück mit einem Titel, als wäre es der Beginn einer Erzählung. Es hieß »Die Landkarte«: »An einem Tag, an dem es ihm vorkam, als dröhnte der Himmel von Kampfjets, was über der Großstadt nicht sehr wahrscheinlich war, an einem Tag, der für ihn mit der Abwicklung eines unangenehmen Stapels von Aufgaben begonnen hatte nach kurzer Nacht, die kurz war, weil er nicht anders gekonnt hatte als einen sehr, sehr langen Brief zu schreiben an eine Frau, die er einmal rasend begehrt hatte und die sich überraschenderweise bei ihm gemeldet hatte, nachdem sie ihn nach über sieben Jahren über die Website ausfindig gemacht hatte, obwohl er sich noch nicht er-

klären konnte, wie sie auf seinen Decknamen gekommen war ..., an diesem Tag, nachdem er das knappe Dutzend Briefe in verschiedene Himmelsrichtungen – aus voneinander sehr fern liegenden, aber allesamt geschäftlichen Gründen geschrieben – endlich hatte zum Briefkasten bringen können, der sich vorn an einer Ecke seines hässlichen, unauffälligen und in seinem Kern angenehm stillen, typischen Hamburger Klinkerbauviertels befand, dort, wo das stille Viertel überging in eine weichbildhafte Gegend rund um einen S-Bahnhof, mit zwei Autohändlern auf Brachen an der mehrspurigen Ausfallstraße, einem Second Hand-Großhandel, einer Dönerbude und einer unerhört abweisenden Kneipe namens ›Gulli‹ in einer weiß angestrichenen Baracke, an der ein Schild der schlechtesten Brauerei der Stadt mit ihrem goldenen Schriftzug prangte, an diesem Tag und an dieser Stelle, als die ersten Regentropfen seiner hellen Jacke dunkle Sprenkel beibrachten, da verstand er das erste Mal seine innere Landkarte. Sie bestand aus wenigen Städten, aus ein, zwei Dörfern, aus wenigen, verstreuten Gegenden und aus der Fläche, dem Umriss des einzigen Landes, das sie abbildete, von dem weitere Teile, wenn nicht die größten, jenseits der eigentlichen Karte lagen. Diese Landkarte war es, auf der die Stätten seiner Sucht verzeichnet waren. Am besten betrachtete man sie mit einem Nachtsichtgerät. So sähe man, dass sie mit Wärme gezeichnet war.«
Löwitsch fand die Verschachtelung der Sätze gut. Sie hatte ihn in den Schlaf geschaukelt.

29

Gegen halb fünf Uhr, nachdem der Lärm von ein paar bergauf fahrenden Lkws verebbt war und das Grillenkonzert gleichförmig weiterging, schmeckte Löwitsch seine filzige Zunge. Die Nacht war inzwischen sternenklar. Das Himmels-W stand für die Büste einer Frau, der Polarstern konnte ein heller Reißzahn der Kleinen Bärin sein. Darunter flimmerte Tarnowo. Viktoria würde ihm jetzt bestimmt ausführlicher von Olaf D. erzählen. Endlich war eine der Frauen so weit. Sie waren alle mit ihm im Bett gewesen, wenn diese seltsame Inszenierung einen realen Kern hatte. Sie hatten ihm gemeinsam und mit seinem Einverständnis den Tod und die Auferstehung bereiten wollen. So weit, so gut. Alle hatten Bescheid gewusst. Das Ding war geplant gewesen. Mindestens eine von ihnen hatte nicht dichtgehalten. Er musste Viktoria nach der Verräterin fragen. Wurde sie bestraft? Gibt es sie noch in ihrem Kreis? Und: Wen verdächtigten sie? Wer war der oder die große Unbekannte, der oder die ihnen zuvorkommen und zugleich das ganze Ding so großartig inszenieren konnte?

Vor dem Frühstück meldete er sich bei Kastner, der auf dem Sprung ins Präsidium war. Löwitsch überging die Frage nach dem Rückflug. Sie sprachen kurz über die Paranoia, die in Deutschland grassierte. Jeder arabisch aussehende Mann wäre verdächtig. Wie viele Fehleinsätze sie inzwischen hätten zwischen Jenfeld und Jork. – »Und?«,

fragte Kastner schließlich. »Wirst du fündig?« – »Ja«, hörte sich Löwitsch sagen. »Ja, heute, spätestens morgen. Die Mädels kooperieren. Viktoria gibt mir Häppchen, offenbar in Absprache mit Lidia. Und von unseren schrägen Kollegen ist hier weit und breit nichts zu sehen. Nächste Brieftaube dann mittags!«
Auf dem Weg zum Restaurant wurde ihm eine Nachricht ausgehändigt. Er erkannte die Telefonnummer, bevor er den Namen las: »Please call Mr. Markov, Plovdiv. Urgent!« Viktoria stand am kleinen Buffet und auch er folgte zunächst seinem Bedürfnis nach Kaffee. Er brauchte bis zum Tisch, um zu begreifen, dass Markow wusste, wo er war. – »Viktoria!« Sie schaute von ihrem Tomatensalat auf. – »Viktoria, poshalysta«, wiederholte er die dringliche Ansprache. »Wer außer Lidia weiß, dass wir in diesem Hotel hier sind?« Sie sagte: »Nobody!« Er glaubte ihr. Er traktierte sein Hirn umso mehr, irgendeine Verbindung zwischen Lidia und Markow herzustellen. Wera und auch Margarita kannten die Damen. Aber was sollte das? Warum eine solche Information weitergeben? War Margarita unter Druck?
Er bat Viktoria, Wera anzurufen, sofort. Sie erreichte sie direkt. Löwitsch riss das Telefon an sich: »Wera, geht es dir gut?« – »Ja«, kam es mit leiser Stimme. »Ja, es geht mir gut.« – »Wo bist du?« – »Bei meinem Bruder am Computer.« – »Um die Zeit? Und Markow?« – »Sie haben mich entlassen. Ich schaue hier nach einer neuen Arbeit. Ich brauche rasch Geld.« – »Schöner Mist. Siehst du Margarita?« – »Nein. Sie ist … weg.« – »Was weg?!« – »Sie ist wahrscheinlich auch entlassen worden. Ich weiß nicht, wo sie ist. Ich habe versucht …« Die Leitung war weg. Er ließ

noch einmal wählen, bekam aber nur die Ansage, der Empfänger sei zurzeit nicht erreichbar. Er bat Viktoria, Margaritas Nummer zu wählen. Welche Margarita er meinte? Mandjukowa, die Polizistin. Eine Freundin von Lidia. Sie kannte sie nicht! – »Do you remember that vernissage in Balabanov's House?« Ach, es war zwecklos. Er entschuldigte sich, müsste telefonieren gehen. – »Abfahrt um acht, ja? Und deine Mobilnummer, bitte!«
Margarita hatte immerhin eine Mailbox. Er bat sie um Rückruf unter Viktorias Nummer. Dann atmete er aus, ein, noch mal aus und wählte Markows Nummer. Der ließ einen Schwall los: »Löwitsch, das ist sehr schön, dass Sie zurückrufen. Wir vermissen Sie. Wir haben Slatow festgenommen. Er sagt nichts, aber wir kennen seine Hintermänner. Wir brauchen Sie für die Gegenüberstellung. Sonst geht er uns durch die Lappen. Wann sehe ich Sie?« Löwitsch blieb locker und antwortete nur knapp: »Morgen. Morgen Nachmittag, wenn es passt.« – »Hm, das ist knapp«, meinte Markow, »da müssen wir ein wenig das Gesetz beugen und Slatow kennt sich da aus. Wir bekommen das aber hin, keine Bange!« Löwitsch konnte es sich nicht verkneifen: »Wenn das so einfach ist, wie mich im Urlaub zu finden …« – »Ach, ja, Löwitsch, Urlaub, schön für Sie!« Sie legten beide ganz vorsichtig auf, als hätten Hund und Katz miteinander über das Wetter telefoniert.
Und auf ging es durch die Stadt und durch die Wälder. Sie zogen den Ring von außen nach innen enger um die Stadt. Löwitsch fragte nun vorsichtiger nach, ging mit der Legende vom Freund um, nicht als Polizist. Er schaute in wunderbare Gesichter und hörte immer wieder das glaub-

hafte Bedauern der schwarz gewandeten Herren. Vor allem dank seiner grundsätzlich guten Laune, der Gewissheit, auf dem richtigen Dampfer zu sein, öffnete er Münder und Türen. Wenn es auch nichts ergab. Viktoria hatte inzwischen mit ihm nachzufragen begonnen. Ihnen beiden konnten Popen, Äbte, Mönche, Handwerker oder Gärtner nicht widerstehen. Wenn es auch umsonst war.
Löwitsch war übrigens nach Kastners Warnung dazu übergegangen, mit Taschentuch vor dem Mund in die Kirchen und Kapellen zu gehen. Trotzdem fühlte er sich bunt benebelt vom Weihrauch. Ab und zu schüttelte er den Kopf, um wieder klar zu sehen. Aber es gelang nicht recht. Die vielen Heiligen, Engel, Madonnen und segnenden Weltenherrscher, die er in kürzester Zeit gesehen hatte, schauten am Nachmittag schon hinter jedem Baum hervor.
Gegen fünf Uhr war die Liste sehr kurz geworden. Jetzt wollten sie noch einmal zum Jantrafluss hinunter. Auf der gegenüberliegenden Seite des ersten Klosters, das sie besucht hatten, lag eines, das als touristisch besonders interessant galt. Deshalb hatte Löwitsch es als zweitrangig eingestuft. Er war still geworden. Die Augen fielen ihm zu zwischen den Schlaglöchern auf der Schotterpiste. Obwohl Viktoria immer das kleinere ansteuerte, wenn es keine Alternative gab. Sie würden den Kreis schließen – und dann? Von vorn anfangen? Den verdächtigsten Figuren noch einmal Fragen stellen? Kleinlaut in Plowdiw anrufen und um Hilfe bitten? Aufgrund welchen Verdachts? Er hatte das Abhörprotokoll offiziell nie in die Hände bekommen. Er fragte Viktoria: »Was bedeutet eigentlich Preobraschenski?« So lautete der Name des Klosters, auf das sie gerade durch

dichten Laubwald zufuhren. Die Übersetzung erforderte, dass sie manchmal beide Hände vom Lenkrad nahm: »Transformation? It is from the Bible. God talks to Jesus on a mountain, and Jesus changes colour of his face.« – Ah ja! Das war neu. Kloster der Umwandlung oder Verwandlung.

Seine Augen wollten eben wieder zufallen, als sie unterhalb einer Mauer anhielten, die von gelblichem Weinlaub überwuchert war. Kein Auto, kein Bus. Sie standen allein in der Wärme des Tages, die zugenommen hatte und die sie doppelt spürten, nachdem sie die letzten Kilometer mit laufender Klimaanlage gefahren waren. Das Pflaster im Hof bestand aus glatt getretenen Steinen in der Farbe der darüber liegenden Felswand. Dort klaffte ein Loch, der Eingang zu einer Eremitenklause, wie er tagsüber schon drei inspiziert hatte. Überall rankte Wein in dem Hof, obwohl das Kloster unter einem Westhang lag und die Sonne jetzt schon die gegenüberliegende Seite des Tals beschien. Das Kloster, mit dem sie gestern angefangen hatten, überragte dort hell die Bäume.

Ganz allein waren sie doch nicht: Vor dem bemalten Kirchlein saß ein graubärtiger Alter auf einer niedrigen Bank. Als er sie wahrnahm, erhob er sich und schlurfte ins Innere. Er schaltete das Licht im Kirchlein an und platzierte sich hinter einem Tisch. Löwitsch kaufte ihm drei Kerzen ab, während Viktoria fragte. Er wiegte kaum den Kopf. »Nitschewo«, sagte sie, »nix da.« Eine Kerze gab er Viktoria, die anderen beiden entzündete er im Gedanken an Birgit und an Olaf D., dessen Kopf hier irgendwo auf Erlösung wartete, in dieser ansehnlichen Berglandschaft, die in den vergangenen tausend Jahren offenbar die halbe Christenheit angezogen hatte. Das Licht ging aus, als Löwitsch eben die Fresken anstarrte, diesen und jenen Teufel, diese und jene illustre Szene entdeckte, wie er sie in keinem der Klöster bisher gesehen hatte.

Der Alte wies ihnen die Tür, indem er auf seine stattliche Armbanduhr tippte. Nach einem Prior, einem Klostervorsteher, befragt, hob er nur die Schultern. Viktoria wies auf das Loch oben im Felsen. Wieder zuckten die Schultern und er schlurfte irgendwohin, verschwand in einer der unzähligen Türen. Die anderen schwarz gewandeten Herren ließen sich nicht blicken. Oder es gab sie hier gar nicht. Löwitsch klopfte pro forma die Türen ab und probierte die Klinken – ergebnislos. Sie suchten einen Pfad hoch zu der Grotte. In Batschkowo war man schließlich fündig geworden, ohne zu suchen. Ihr Unternehmen war ohnehin absurd. Aber Nadeln im Heuhaufen zu finden war Löwitschs Metier. Besser gesagt, seiner Nase. Die roch oberhalb des Klosters eine leichte Brise von Vieh. Auf Schaf oder Esel hätte er sich nicht festlegen lassen, Großstädter, der er war. Zur Grotte hinauf führte kein Pfad. Es sah nach einer Kletterpartie aus. Wie wohl die reiferen Eremiten den Weg geschafft haben? Oder wurden sie versorgt bis zu ihrem Tode und der Leichnam dann abgeseilt?

Löwitsch fühlte sich beim Kraxeln beobachtet. Nicht von Viktoria, die schaute ihm aufmerksam zu. Auch sie hatte offenbar etwas gesehen und schaute hoch zu der Felskante. Sie rief: »Kon!« Damit konnte er nichts anfangen. »Horse«, kam es noch einmal. Jugoslawien war nicht weit, die Drehorte der Karl-May-Filme wie der ostdeutschen Western.

Warum sollten nicht Pferde oberhalb des Tals auftauchen, eine Reihe sattellos gerittener Mustangs. In der schlauchförmigen, engen Höhle roch es muffig nach den Strohsäcken, die offenbar schon eine Weile hier herumlagen. Das ewige Lichtlein im Eingang war mit einem gut getarnten Kabel zum Kloster hinunter verbunden. Mehr von mönchischer Klause schien nicht geboten. Weiter hinten lagen Bierflaschen im alten Stroh herum. Angenehm kühl war es und er bildete sich ein, einen Luftzug zu spüren. Aber die Höhle führte nicht tiefer, soweit er ohne Hilfsmittel sehen und ertasten konnte. Er schaute hinaus über das Tal, sah, wie es sich zum Dunst der Donauebene hinab öffnete. Als er über das Lämpchen stolperte, kullerte ein verbrauchtes Teelicht heraus. Das Kabel hatte mit der Lampe gar nichts zu tun. Es verlor sich im Sand und Schmutz auf dem Boden. Dabei war es neu. In seiner Überraschung rief er zu Viktoria hinunter: »Ich habe was. Das Kabel. Das neue Kabel.« Weiter brummelte er zu sich selbst, fing an, an dem Ding zu zerren, ergebnislos. Er hatte kein Licht. Seit Beginn des bulgarischen Abenteuers hatte er keine Zigarren mehr geraucht und keine Streichhölzer gebraucht. Schade. Er tastete sich in die muffige Dunkelheit hinein und fand tatsächlich ein Loch, in dem das Kabel stak, eine Bohrung im nackten, unverrückbaren Fels. – Blödsinn, Löwitsch! Du träumst schon wieder. Die Fünf-Uhr-Schwäche ... Es ging schon auf sechs. Er klopfte doch noch an den Felsen. Das war lächerlich und es tat weh.
Weiter hinauf hatte er es mit seiner städtischen Kleidung und den mokkassinartigen Schuhen nicht versucht. Er mahnte Viktoria zur Eile. Was für ein Pferd sie gesehen

hätte? Sie sagte: »Man and horse!« – »Niedlich«, antwortete Löwitsch, stand unschlüssig im Klosterhof herum, starrte das runde Fresko an der Kirchenmauer an, weil er so etwas noch nie gesehen hatte, realisierte immerhin, dass es etwas mit den Lebensaltern des Menschen zu tun hatte. Unten ein kichernder Sensenmann. Weiter um das Kirchlein herum ging es noch viel lustiger zu. Da flogen lauter Teufel durch die Luft mit Bienenleibern und Insektenflügeln. Er schüttelte den leeren Kopf und schob Viktoria Richtung Auto. – »Fasten seatbelts!«, rief er, legte seinen Gurt an und los ging's. Von der porösen Straße, die sie gekommen waren, führte nur ein schmaler Wanderweg aufwärts, gerahmt von einem Teppich hellvioletter Blüten. Sie mussten also einen Riesenbogen fahren. Die Zeit verging, es würde bald dunkel werden. Schnell war es nach sieben Uhr. Sie hatten die halbe Stadt durchfahren, ihre hässlicheren Teile, eine Ausfallstraße bergaufwärts genommen, an Kasernen vorüber, an einer aufgebockten alten MiG mit ihrer Löwitsch seltsam vertrauten, stumpfen Nase. Sie schaukelten um einen riesigen neuen, kahlen Friedhof herum.

Fassungslos nahm Löwitsch auf, was aus dem Mund seiner Nachbarin kam, während sie souverän das Auto lenkte: »Mars – Luna – Sagittarius; Neptun – Uranus – Capricornus; Pluto – Ophiuchus …« Viktoria fing an, die Planeten am Himmel zu sortieren. Es musste etwas mit dem Sonnenuntergang zu tun haben, der Löwitsch immerzu geblendet hatte in der letzten Viertelstunde. War das nach Art des Deutschsprechens auch eingeübt? Zwischendurch sagte sie Zahlen. – »Die Ekliptik rauf und runter? Schön, sehr schön, ja. Gleich ist es dunkel und wir werden diesen gottverdammten Reiter nicht sehen noch wissen, wo das Kabel hinführt. Ich will es aber wissen. Das ist mein roter Faden. Da hänge ich dran.« Löwitsch keuchte und hustete so, dass es ihm wehtat. Der Magen brannte schon wieder vor Hunger. Aus irgendeinem Grunde war es schon acht Uhr und so gut wie dunkel. Sie hielten mitten im Wald. – »O.K., return! Let's return. Let's make it tomorrow morning.« Ich will es wissen, ich will meine Chance, dachte er noch.

»Arbanassi?«, fragte sie. – »Da, poshalysta«, sagte er und wiegte möglichst bulgarisch den Kopf, obwohl er gestern gelernt hatte, dass Arbanassi anno dazumal von Albanern gegründet worden war, dass man dort noch den alten griechischen Kirchenritus pflegte. Er würde hier noch zum Weißen Elefanten, zum nutzlosen Klugscheißer – so sprach sein Magen. Es war ganz sicher sein Magen, der sprach.

Sie hatten wieder im selben Motel eingecheckt. In der Nacht ging er auf Wanderschaft. Das hatte gar nichts damit zu tun, dass Viktoria auch heute diese warmen Farben getragen hatte. Er hatte während des Trinkens in ihre Augen geschaut in der *Noschten Bar*, wie er es nun richtig aussprach, seitdem sie über seine Einladung in die Noschtena Bar gelacht hatte. – »Bar ist für uns weiblich.« Wie sollte sie es nicht sein, meist unten gelegen? Da kommst du an, in der Bar. Du erreichst die Bar. Du dringst gegen den Tresen vor, der in der Tiefe der Bar liegt. Meist steigst du unter die Erde dazu, besonders hier in diesem Bulgarien, ab ins Souterrain, in die Katakomben im felsigen Untergrund, gelangst unter die Bögen der alten Gewölbe, Kerzen unter

Tropfstein, immer geht es abwärts tief hinein. Selbst die Metallbar in Smoljan war eine solche Höhle.
Mit Viktorias Augen hatte sein Wachsein überhaupt nichts zu tun. Er dachte an seine Ehe. Er musste raus aus diesem Etablissement. Der Nachtportier gab ihm eine von seinen Puri ab, sehr billiges, kratzendes Kraut mit papierenem Deckblatt. Er trat hinaus in die Vollmondnacht und stapfte hustend um den Motelkasten herum. Viktorias Beschwörung der Planeten von gestern wirkte nach: Pluto, wo war der schwarze Mann am hellen Himmel? Er sah ihn nicht, wusste nicht einmal, wo er ihn suchen sollte. Ophiuchus hatte er sich notiert, hatte es sich gemerkt, vielleicht weil es klang wie der Name einer Saurierart. Er stand eine Weile auf der Wiese unterhalb des Hotels, vielleicht drei Kilometer Luftlinie entfernt ihm gegenüber lag die Stadt. Die Grillen setzten ihre Laubsägearbeiten fort, als er sich nicht mehr bewegte. Der Baum, der ihm am nächsten stand, war der größte einer Gruppe von alten Obstbäumen. Löwitsch ging hinüber zu ihm, berührte die Rinde und besah sich die Blätter. Ein stattlicher Kirschbaum. Er setzte sich in das stachlige Gras und zündete die Zigarre noch einmal an. Längliche Wolken zogen am Mond vorüber. Windstöße kamen aus dem Nichts. Der Kirschbaum nahm ihren Angriff entgegen wie ein eleganter Kung-Fu-Kämpfer. Schon bevor eine Bö ihn erreichte, stellte er seine geraden Äste mit den Fingern der Zweige auf, hielt inne, nahm an, parierte und gab wieder ab. Zwischendurch stand er kerzengerade und absolut ruhig. Und wieder und wieder: Die langgliedrigen Hände empor, die Spannung, die Annahme, das Spiel, die Weitergabe. Es war berückend schön. Lö-

witsch hustete: »O.K., o.k., ich gehe ja schon. Ich habe genug gesehen. Ich werde mich um mehr Eleganz bemühen.« Wenn die Vorführung so gemeint war. Er fühlte sich gestärkt. Seit geraumer Zeit nahm er an einem verzweigten Spiel, an einem kämpferischen Tanz teil. Morgen war heute. Mit Viktorias Augen hatte all das gar nichts zu tun. Auch nicht damit, dass sie auf seine Fragen weiter ausgewichen war, schulterzuckend unter dem Hinweis auf ihre Sprachprobleme. Er fand Schlaf. Das Hologramm eines körperlosen Kopfes drehte sich vor dunklem Hintergrund.

30

Sie checkten aus. – »Diesmal endgültig«, feuerte Löwitsch sich an. Heute Morgen hatte das Wasser gerade zum Zähneputzen gereicht, dann schnorchelte die Leitung leer. Ein Zeichen. Sie fuhren wieder aus der Stadt hinaus, an der MiG vorbei, um den Friedhof herum. Sie fuhren so lange, bis sie nach ihrer Meinung so nah wie möglich oberhalb des Klosters anhielten. Auf den letzten hundert Metern hatten die trockenen Grasborsten des kaum benutzten, aber tief ausgefahrenen Weges an den Boden ihrer Limousine geschlagen. Der Wald bestand hier mehr aus Gestrüpp als aus Bäumen, aus stachligen Brombeer- und Wildrosenbüschen, wie Löwitschs Hosen und Hände sofort spürten, als sie einen schmalen Pfad nahmen, der zu ihrer Verblüffung wirklich oberhalb des Klosters endete. Jedenfalls sahen sie den Glockenturm nah genug. Die Höhle musste noch ein Stück voraus liegen. Sie verließen den steilen Abbruch ins Tal, liefen bis dahin zurück, wo eben noch das Auto gestanden hatte. Sie dachten, es wäre die Stelle, waren sich aber auf einmal nicht mehr sicher. Der Weg sah so aus. Spuren gab es sowieso keine, weil das harte Gras alles überwucherte. Viktoria reckte die Nase hoch, als nähme sie Witterung auf. Beide sagten sie nichts, liefen an die fünfzig Meter zurück, bis sie sicher waren, dass sie sich doch nicht getäuscht hatten. Das Auto war weg. Es jetzt zu suchen schien beiden zwecklos.

Immerhin befanden sie sich nur unweit der Stadt. Sie verfolgten weiter ihren Plan. Dass seine Unterlagen damit auch weg waren, war noch nicht in Löwitschs Bewusstsein gedrungen. Er stellte Viktoria eine Frage, die sich ihm bis zu diesem Zeitpunkt nicht aufgedrängt hatte: »Wem gehörte denn eigentlich das schicke Auto?« – »Kirtscho«, sagte sie, »Kirtscho Alexandrew, Lidia's husband.« Löwitsch pfiff vor Überraschung. »Eto otschen interesno! Wirklich sehr interessant! Da sind wir also im Auto des landesweit bedeutenden Identitätswechslers herumgefahren!«

Der Weg war kaum noch auszumachen. Nackter, heller Fels ragte aus dem Boden. Die Rosen- und Brombeerbüsche wechselten sich mit Hecken voll grüner, kleiner Früchte ab. Löwitsch hielt sie für Schlehen. Vereinzelt sah man Schafsdreck. Und einmal frische Pferdeäpfel. Der Boden senkte sich. Die Früchte an den Büschen waren hier blau. Er probierte eine, deren Säure seine Zunge pelzig überzog. Plötzlich gähnte vor ihnen ein Loch, ein vielleicht hundert auf zehn Meter messendes Loch. Ein abgesoffener Steinbruch. Die Felswand gegenüber stand etwa sieben, acht Meter unterhalb in schwarzem Wasser. So würde es unter der Stelle, wo sie sich befanden, auch aussehen. Eine Taube glitt ohne Flügelschlag von einem Ende des Lochs zum anderen. Eine Krähe schwebte ihr nach. Lautlos.

Es musste einen Abstieg geben. Löwitsch hätte Viktoria gern losgeschickt, Abstand und Ausrichtung zu dem talseitigen Höhleneingang zu prüfen. Sie sollten sich jetzt aber nicht trennen. Und sie waren keine zweihundert Meter davon entfernt, das war zu schätzen. Eine Leiter lag einladend im Gebüsch, eine gute, hölzerne Leiter mit runden Sprossen, dafür gemacht, auf Obstbäume zu steigen oder auf Dächer. – »When do you celebrate Transfiguration?«, fragte er Viktoria. Sie schaute ihn groß an: »6th August.« – Da werden sie es wohl präpariert haben. Er fand die Felskante, wo die Leiter stabil genug aufgesetzt werden konnte. Bald standen sie vor dem schmalen, hohen Eingang der Höhle, ihres Gegenstücks auf dieser Seite. Es gab – das war nun doch kurios – einen Lichtschalter, der funktionierte. Das Kabel war dasjenige, das vom Kloster herüberreichte. Der Alte würde sich Fragen gefallen lassen müssen. Steil in dem Berg wurde es feucht, dann sehr kalt. Frostig kalt. In einer ausgehauenen Erweiterung, einer Art Grabkammer, stand eine metallene Bank mit geschwungener Lehne. Jemand musste sie hier drinnen zusammengebaut haben.

»Ikea«, versuchte es Löwitsch mit einem Scherz, den Viktoria nicht verstand, die ihm nur zögernd folgte. Darauf lag etwas wie eine Klarinette, nur einfacher und aus hellem Holz, eine große Flöte. – »Wie die eines Schlangenbeschwörers«, sagte er und deutete mit der Hand die Kobra an. Viktoria sagte: »Moshno!« Sonst war da nichts. Wieder draußen, zitterten sie beide.

Als Löwitsch nach Viktoria ächzend wieder die Kante erreicht hatte, blieb seine Jacke in einem der Sträucher hängen. Sie half ihm heraus und klaubte sich dabei eine schwarze Frucht aus den Dornen. Er sollte es auch zu tun. »Sweet!«, sagte sie. Löwitsch nahm eine. Sie war zuckersüß.

Schnurstracks marschierten sie zurück. An der Stelle, wo sie das Auto vorhin vergeblich gesucht hatten, erwartete sie ihr beigefarbenes Gefährt. Es sah unberührt aus, nur stand es mit der Schnauze andersherum, stadtwärts. Ein Irrtum war ausgeschlossen. Viktoria drückte auf den Schlüssel und die Türschlösser öffneten sich hörbar. Löwitschs Alukoffer lag wie vorher neben Viktorias Sporttasche auf der Rückbank. Sie öffneten, gingen aber noch einmal um das Auto herum, bevor sie sich hineinsetzten. Löwitsch sank in das Polster des Beifahrersitzes, dann setzte sich Viktoria neben ihn. Er öffnete das Handschuhfach, in dem nur das übliche Handbuch lag, selbstverständlich ebenso beige wie alles. Er bat Viktoria, die Motorhaube zu öffnen. Er stieg wieder aus und schaute in den kompakt gefüllten Motorraum, als sähe er dort etwas, dabei sah er nur, dass die Scheibenwaschanlage wohl gefüllt war. Beinahe hätte er den Ölstand geprüft. Er schloss die Klappe wieder und ging um das Auto herum. Er ging auf die Knie und schaute darunter. Er trat aus Verlegenheit gegen alle vier Reifen mit seiner weichen Schuhspitze. Bevor er wieder einstieg, ging er doch noch zur Kofferklappe. Sie war verschlossen. – »Dai mnje kljutsh, poshalysta!« sollte heißen: »Gib mir den Schlüssel, bitte.« Sie konnte aber die Klappe von innen öffnen. Löwitsch schloss sie langsam wieder und sagte: »Alles in Ordnung.« Sie hatten die Ladung an Bord. Er stieg wieder ein.

Er würde gute zweieinhalb Stunden Zeit haben, über die Lösung des Problems nachzudenken. Die Lust, mit dem Alten im Kloster zu plaudern, war ihm vergangen. Er bat um Viktorias Telefon und wählte Kastners Büronummer, während sie bereits unterwegs waren. Kastner ging sofort ran. Löwitsch gab den Stand der Dinge so durch, dass es nicht einmal ein deutscher Muttersprachler verstanden hätte. Kastner antwortete knapp: »Wir machen uns einen Kopf um den Kopf und du meldest dich vor Plowdiw. Falls nicht – wir haben auch Viktorias Nummern. Aber verlass dich nicht darauf, dass wir euch zwei Rüben ausfliegen. Bleib locker. Denk daran, dass das von den Weibern für dich inszeniert worden sein kann! Bis gleich, mein Alter.« Löwitsch hatte ein flaues Gefühl in der Magengegend. Er grämte sich. Was würden die ausrichten können? Ob sie sich schon mal schlau gemacht hatten in Hinblick auf eine mögliche Verstrickung Markows in den Fall? An wen konnte er sich wenden, was wäre der nächste Schritt? Als er sich noch einmal umschaute, war ihm, als wäre da ein Reiter. Bleib mir vom Halse, dachte Löwitsch. Viktoria bremste abrupt. Sie drehte sich auch um. Er bat sie weiterzufahren. Bevor sie den Schipkapass erreichten, hatte Löwitsch schon bemerkt, dass ihnen jemand folgte. Anfangs hatte er noch auf einen Zufall getippt. Sie waren vorübergehend wieder verschwunden. In dem Stau den Berg hinunter, kurz vor der russischen Kirche, hatten sie den Abstand zu gering gehalten und saßen so im zweiten Wagen hinter ihnen. Viktoria hatte es ebenfalls registriert und stellte ihm den rechten Außenspiegel passend ein. Das Auto war ein schwarzer Hai, ein alter 7er BMW. Die zwei Kerle hatten hoffentlich ihr gefräßiges Gefährt voll getankt, sonst könnten sie rasch Pech haben mit ihren sechs Zylindern, dachte Löwitsch. Viktoria verstand ihn schneller, als er erklären konnte. Sie bevorzugte die Geschwindigkeitsübertretung. Die Verfolger blieben auf Distanz, hatten aber ebenso beschleunigt. Hinter einer engen Kurve fuhr Viktoria auf einen Park-

platz, der parallel zur Straße hinter Bäumen lag. Sie warteten fünf Minuten und fuhren weiter.
Kaum waren sie wieder auf der Straße, erschien das schwarze Maul wieder in ihren Spiegeln. – »Kompliment, die Herren.« Viktoria beschleunigte noch einmal, bis sie an einer Verkehrskontrolle anhalten mussten. Es würde wohl um die Geschwindigkeit gehen, das hatte er hier schon öfter gesehen, vielleicht auch um den legalen Besitz der Luxuskarosse, wer weiß. Viktoria musste aussteigen. Der BMW hielt nun direkt hinter ihnen. Die zwei Herren stiegen ebenfalls aus und zeigten den Verkehrspolizisten Ausweise. Löwitsch schwitzte. Noch blieb er sitzen. Vor seiner Nase wurde in Funkgeräte gesprochen. Viktoria verlor ihre Fassung nicht. Löwitsch schätzte ihre Souveränität inzwischen sehr. Nach ein paar Minuten waren sich die Herren offenbar einig geworden. Da schaute sich Viktoria zu ihm um und er sprang aus dem Auto. Zu der beruhigenden Hand, die sofort auf seine Schulter fiel, passte die Stimme, die nach »Passport« fragte. Seinen zu raschen Griff in die Jacketttasche beantwortete wiederum eine beruhigende Geste eines der beiden schweren, schon grauhaarigen Herren. Löwitsch griff nach Pass und polizeilicher Vollmacht, ließ Letztere aber wieder in die Tasche gleiten. Nach weiterem Hin und Her verfrachteten sie Viktoria in einen Polizei-Lada. Einer der beiden Zivilen stieg mit um. Löwitsch wurde nach seinem Führerschein gefragt. Er zeigte ihn. Sie komplimentierten ihn in das Auto, das eben noch Viktoria gelenkt hatte. Sie bedeuteten ihm, er könnte weiterfahren. Der Zivile schaute ihm ins Gesicht wie einem uneinsichtigen Patienten: »Plowdiw?« Als Löwitsch stutzte,

ergänzte er: »Kapitan Markow?« Das Schwarz des Autos hätte Löwitsch darauf bringen können.
Auf dem Fahrersitz des Peugeot lüftete er die Hemdbrust, zog das Sakko aus und setzte mit einem Spurt der kleinen Kolonne nach. Der Termin für die Gegenüberstellung gestern war ihm entfallen gewesen. Und nun war er gar etwas in der Bredouille mit dem Kopf im Gepäck. Die hier wussten offenbar noch nichts von seiner brisanten Ladung. Vielleicht nahmen sie alle echten Thrakerinnen fest. Er hätte irgendwie an Viktorias Telefon herankommen müssen, so ein Mist!
Als er nach anderthalb Stunden Fahrt sicher genug war, dass Markows Truppe mit Viktoria im Gepäck auch nach Plowdiw fuhr, gönnte er sich einen Stopp in einer Stadt mit dem schönen Namen Kalofer. Er tankte, kaufte die Telefonkarte mit den meisten Einheiten und hängte sich, das Auto ständig im Blick, ans Telefon. Keine Lidia, keine Kora, keine Elena, auch bei Wera Fehlanzeige. Mehr thrakische Nummern hatte er nicht. Margaritas probierte er auch. Im Büro ging ein Mann ran und er legte auf. Nun Kastner. Der gratulierte zu dem Solo mit Kopf. Er selbst könnte morgen Mittag in Sofia sein und ihn da herausholen. – »Reicht das? Ist die Kiste dicht? Du hast dir das noch nicht mal aus der Nähe angeguckt?« Löwitsch sagte: »Nein, noch gar nicht. Das ist äußerst ungünstig hier an der Tankstelle!« – »Dann mach das, du Eumel, sobald du ein Plätzchen dafür findest, und dann melde dich wieder.« – »Ja, ja.« Kastner käme selbst, das waren gute Nachrichten.
In der Gegend gab es kaum Wald, nur Walnussbäume und

Felder säumten die Straße. Dunkel gekleidete Männer gingen die Bäume mit langen Stangen ab und ernteten, während die bunt gekleideten Frauen auf den Pferdewagen und Eselskarren warteten. Irgendwann kam ein wenig Buschland und er fuhr rechts ran, um sich erst mal Erleichterung zu verschaffen. Der Verkehr auf der Hauptstraße floss normal. Er öffnete den Kofferraum vom Sitz aus und ging nach hinten. Es war ein anthrazitfarbener Metallwürfel von etwa einem halben Meter Kantenlänge. Verschlossen war er mit einem sehr soliden Zahlenschloss. Pikant! Die Kiste war kühl. Einen Geruch nahm er nicht wahr. Er hatte keine wirkliche Vorstellung, wie das da drinnen aussah, obwohl er wusste, was es war. Dass die Verpackung edel und offenbar dicht daherkam, beruhigte ihn zunächst. Löwitsch drehte ein wenig an den stabilen Zahlenringen des Schlosses. Zuerst drehte er alle sechs auf 6. Nichts. Dann probierte er 1, 2, 3 … vorwärts und rückwärts. Lotto primitiv. Der freundliche Lieferant konnte das doch nicht ernst gemeint haben. Er stellte alles auf 7. Nichts. Der Kofferraum war so steril wie der ganze Wagen. Warndreieck, Wagenheber, Verbandskasten, alles neu und ordnungsgemäß befestigt. Er sicherte nach allen Seiten über den Acker, setzte sich auf den Beifahrersitz, durchforstete das Handschuhfach und alle sonstigen Ablagen. Kein Zettelchen, keine Visitenkarte. Er ging wieder nach hinten und drückte die Klappe zu. Nachdem er den Motor gestartet hatte, ging ihm die einfachste Lösung durch den Kopf: Du fährst nach Sofia, sofort. Du stellst das Auto auf den nächsten Parkplatz, so wie es ist. Du nimmst die nächste Maschine Richtung Westen. Er fuhr wieder auf die Straße auf, die

Burgas am Schwarzen Meer mit Sofia verband. Kein Verkehr, von links nicht, von rechts nicht.
Hier zweigte die Straße Richtung Süden ab, Richtung Plowdiw, das schon angezeigt war. Als er ankam, lenkte er automatisch zum Nebet Tepe hinauf und telefonierte vor dem gewohnten Lädchen mit Hamburg. Anstelle Kastners war der Chef dran: »Löwitsch, das ist fein«, leitete der auf altväterliche Art ein, um gewohnt knapp fortzufahren: »Sie wissen, wie es steht. Sie sind den letzten Tag im Dienst. Mehr war nicht drin. Vier Wochen und drei Tage sind Sie nun da schon unten. Davon vierzehn Tage auf eigene Kappe. Aber noch auf unsere Rechnung. Jetzt ist Schluss. Kurzrapport in drei Sätzen, bitte!« – »Chef«, lenkte Löwitsch ein, »ich weiß. Sagen Sie mir bitte nur, wem von den bulgarischen Kollegen ich trauen kann. Haben Sie was für mich?« Am anderen Ende wurde schwer geatmet: »Lieber! Löwitsch! Das sollten Sie wissen! Woher sollen bitte wir das wissen? Wir haben hier wirklich allerhand um die Ohren.« – »O.K., Chef, ich reise ab, ich stehe ab morgen zur Verfügung.« – »Nein«, kam es zu seiner Verblüffung zurück. »Nein! Sie retten verflucht noch mal Ihre respektive unsere Ehre, wenn Sie verstehen, was ich damit meine! Sie sind in einer Stadt, die weiland schon der Vater Alexanders des Großen erobert hat. Denken Sie an Alexander den Großen. Zerhauen Sie den Knoten, Löwitsch, Mann Gottes, zerhauen Sie den Knoten und kommen Sie heil wieder.«
Dann war Kastner an der Strippe, aber nichts mehr auf der Karte. Als er es mit neuer Karte versuchte, kam schon nach der Auslandsvorwahl das Belegtzeichen. Er parkte direkt vor der Pforte der Bibliothek. Er riss sie auf und hakte die

Türflügel fest, so gut es ging. Er wollte das Auto im Blick behalten. Der Zerberus sprang aus seiner dunklen Ecke, signalisierte sofort, dass er aufpassen werde und dass Lidia nicht da sei. Sein Gesicht sprach Bände. Lidia also auch. Löwitsch fand das ein ziemlich starkes Stück, wenn der Ehemann tatsächlich so einflussreich war. Dann wollten sie dem wohl auch an den Karren fahren. Alman schloss ihm auf. Löwitsch wählte noch einmal die bekannten Nummern, ohne das Auto und Alman aus den Augen zu lassen, schließlich schweren Herzens die von Markow: »Kompliment, Herr Kollege, die Aktion läuft also.« – »Ja, Löwitsch, wir warten nur noch auf Sie. Sie sind doch motorisiert, wo bleiben Sie denn? Sie können jetzt sowohl Slatow als auch die Hauptverdächtigen identifizieren, Ihre Aussage machen und morgen schon in Hamburg sein. Freuen Sie sich?« – »Ja, hm«, machte Löwitsch, »bis gleich.«

Es war schon halb fünf. Wo sollte er das auffällige Auto lassen? Er fragte: »Alman, Automobil Garage?« – »Ja, ich habe.« – »Sofort?« – »Ja, sofort.« Sie schlossen gemeinsam das Hoftor und fuhren hügelab, nachdem Löwitsch sein eigenes Köfferchen ins nahe Holzhaus gebracht hatte. An der Schattenseite des Altstadthügels leitete der Zerberus ihn in eine Sackgasse. Hinter einem verrotteten Zaun verschwand das Gefährt in einer Garage, die so schmal war, dass Löwitsch in seinem jetzigen Zustand lieber den Schlüssel übergab und sich anschließend Telefonnummer und Adresse von Alman aufschreiben ließ. Bis zur Petkowstraße brauchte er keine zehn Minuten, obwohl er zwischendurch eine Bude anlief und vor dem Polizeigebäude noch ausführlich die Finger vom Fett einer Baniza befreite. Ein

Kleinlaster mit aufgebauter Satellitenschüssel stand auf dem Parkplatz und auch die Herumstehenden sahen nach Medienrummel aus. Die finster dreinschauenden Polizisten am Einlass wollten den Ausländer nicht durchlassen. Ein Vorgesetzter, der ihn offenbar erwartet hatte, winkte ihn durch und geleitete ihn weiter.
Drinnen herrschte Chaos. Im Fahrstuhl schminkte sich eine reifere Dame zu einer passablen Moderatorin um. Als er sie oben wieder traf und sie einander vorgestellt wurden, deutete er einen Handkuss an. Sie fühlte sich genötigt zu betonen: »I'm not just the nice face …« Löwitsch kommentierte das nicht weiter. Unversehens hatte er eine Dolmetscherin an der Seite. Markow musste irgendwo im Hintergrund die Fäden ziehen. Das jetzt hatte nichts mit der hier sonst üblichen Anspannung zu tun, sondern mit der Aufgeregtheit eines Schwarms, in dem jeder Praktikant sich wichtig vorkam.
Irgendwo klatschte jemand kräftig in die Hände und Markows Stimme übertönte den Lärm. Er stand in dem Raum, den Löwitsch am Tag ihrer Ankunft kennen gelernt hatte. Man hatte die Tische für die Pressekonferenz umgestellt. Eine Tafel mit Mikrofonen und Wassergläsern, davor zwei Dutzend besetzter Stühle. – Der Scheißkerl, dachte Löwitsch, und schon wurde er zu einem der Plätze bugsiert. »Lewitsch Polizia Gamburg«, prangte vor ihm das kyrillische Schild. Scheißkerl, dachte Löwitsch noch einmal. Er gewahrte, dass Margarita, die offenbar sehr mit ihrer Zigarette beschäftigt war und nicht auf sein Zeichen reagierte, auch einen Platz einnahm und dass neben Markow ein hohes Tier die Stirnfalte machte. So ein Gesicht vergisst du

schon, während du es anschaust, und wenn du es dir tausendmal merken wolltest. Keine besonderen Merkmale. Was hieß Stasi auf Bulgarisch?
Die Show begann. Die Dolmetscherin raunte in sein Ohr. Das war neu, das war gut, eine vertrauensbildende Maßnahme. Das hieß, er durfte und sollte mitbekommen, was lief. Viel war es nicht. Ja, man sei in dem Fall Olaf D. ein gehöriges Stück vorangekommen. Es handele sich um einen ungewöhnlichen Fall. Zur Person des Opfers sage nun der deutsche Kollege etwas in Kürze, der zur großen Freude der hiesigen Behörden einen gewichtigen Anteil zur Aufklärung beigetragen hat. Und schwupp! hörte sich Löwitsch ganz normal reden. Ein paar Sätze zur Hauptperson fielen ihm ein, wurden übersetzt, dann übernahm wieder das hohe Tier, dann Markow. Margarita sagte nichts, sondern kritzelte, soweit er sehen konnte, eifrig etwas in den Block vor sich. In dem Moment flackerten die Lampen, die Kameras fielen aus und es war duster. »Keine Panik«, raunte die Dolmetscherin simultan zu Markows Stimme, »es gibt ein Notstromaggregat.« Schwaches Licht vom Fenster her, Bewegung im Raum, auch Löwitsch nutzte die Lage, indem er, instinktiv gebückt, als müsste er im Kino durch den Projektorstrahl laufen, zu Margaritas Ohr huschte: »You're allright?«, fragte er. Sie fragte auf gewohnte englische Art zurück. Dann hustete sie: »Alles gut. Erschöpfung, es war Erschöpfung, Exhaustion.« Löwitsch fragte, ob alle Frauen verhaftet wären. Was sie dazu dächte, fragte er sie. Sie sagte wörtlich: »I think, it shows the effectiveness of our police.« – »Na, danke schön«, sagte Löwitsch zu sich selbst, dankte ihr auf Englisch und gab es

auf. Hier lag ein klarer Fall von Gehirnwäsche vor oder er hatte sich im Tabakkontor schwer geirrt.
Man hörte ein entferntes Rumoren, dann flammten die Neonröhren wieder auf. Die Fernsehleute brauchten etwas länger, zehn Minuten später ging alles hübsch weiter. Man gehe von insgesamt zwölf Täterinnen aus, davon wäre die Hälfte minder schwer belastet. Es wäre ein Kreis von so genannten »reinen Thrakerinnen«, der mit dieser gut vorbereiteten Aktion zerschlagen worden sei. Es habe sich um eine kriminelle Vereinigung gehandelt. Mystische und eugenische Vorstellungen seien hier eine fatale Mischung eingegangen. Er nannte Borjan K. und andere, Löwitsch nicht weiter bekannte Namen. Drogen und Prostitution hätten auch eine Rolle gespielt. Löwitsch schweifte ab, während die Frauenstimme weiter in sein Ohr wisperte. Beim Wort »Bassarides« und bei der Erwähnung von »Orpheus« versuchte er noch einmal, Details aufzuschnappen. Die antiken Worte wurden deutlich in Gänsefüßchen gesetzt. Es gab Nachfragen. Die Journalisten lachten mehrmals. Gallas Name fiel nicht. Markow musste Löwitsch zweimal ansprechen, bevor er reagierte: Ja, da wäre diese Homepage gewesen, auf der Olaf D. als Orpheus gewisse Kurse angeboten hätte. Das seien unverdächtige Schreibkurse gewesen, übrigens auf Deutsch. Später, als es um die Alibis ging, fragte Löwitsch laut: »Ja, was ist denn mit den Alibis?« Markow ging darauf ein: »Die Alibis sind durch vielfache Bestechung erkauft worden.« Löwitsch nickte ein »Aha« in seine Richtung und überlegte nur noch, wie er hier wieder heil herauskäme. Er könnte jetzt den Kopf liefern und abreisen, basta! Aber er würde den Teufel tun.

Der Spuk war vorbei. Als hätte Markow nichts Besseres zu tun, stand er schon bei ihm, Siegermiene. »Na, mein lieber Löwitsch?« Dieser blieb kurz angebunden: »Ja, ich gehe dann mal. Bin verabredet.« – »Nein«, kam es mit deutlicher Geste. »Sie sagen mir jetzt, ob Slatow der Gesuchte ist. Und dann lade ich Sie zum Essen ein.« Schon hatte Markow ihn untergehakt. Er nutzte seinen Heimvorteil weidlich aus.
Zunächst Slatow. Er war tatsächlich der Dunkle und Löwitsch hatte vorausgesehen, wie es ablaufen würde. Markow übersetzte die Frage des Untersuchungsrichters, ob er Anzeige erstatten würde. – »Vergessen Sie es!« Markow empört: »Freiheitsberaubung, das ist auch bei uns ein Delikt. Und Sie als Kollege …« Löwitsch wiederholte sein Statement. Der Typ ging als freier Mann. Löwitsch dachte irgendwie noch: Ein guter Mann. So einen kann man immer gebrauchen.
Er fragte Markow, mit wem sie essen würden. – »Wir fahren allein«, lautete die Antwort. Das Lokal, zu dem es ging, kannte Löwitsch. Es war das Grillrestaurant namens *Janett*. Seine erhöhte Aufmerksamkeit nahm heute auch die Skulptur im Entrée wahr, die er beim ersten Besuch ignoriert hatte. Sie stellte einen Minotaurus dar, den Kopf schon halb abgetrennt durch seinen Bezwinger Theseus. Vor Wochen hätte Löwitsch noch nicht gewusst, wer der Mann mit dem Schwert war. Was hatte nun der Name des Lokals mit dieser netten Anspielung zu tun? War Janett ein Pseudonym für Ariadne? Man hatte sie halb im Efeu platziert, der allseits die Zäune, Mauern und Felsen überwucherte. Markows gute Laune war nicht zu bremsen: »Fassen Sie zu, essen Sie, Löwitsch! Wir haben allen Grund zum

Feiern. Der Fall ist gelöst. Und Sie haben einen Löwenanteil daran, Sie und Ihr Kollege.«

Löwitsch legte beide Hände an die dicke Tischkante, drückte sich und den schweren Stuhl, auf dem er saß, zurück und starrte Markow unverwandt an. Dessen Lachen ging in einen leichten Schluckauf über. Löwitsch fühlte sich nicht wohl und versuchte es gerade darum: »Wir sind allein, Markow. Schenken Sie mir jetzt reinen Wein ein. Dann ist es gut und ich fahre ab. Wenn nicht, haben Sie mich am Hals, mich und meine Leute. Wir, Markow, wir glauben Ihnen nicht. Wir halten das alles für eine Farce. Ich stehe in ständigem Kontakt mit Hamburg. Die Fakten sprechen eine andere Sprache. Sie werden leicht Geständnisse aller Frauen bekommen, wenn Sie die nicht ohnehin schon haben. Geplant war eine Tötung auf Verlangen, wenn Sie diesen Terminus kennen. Gospodin Markow, was liegt noch gegen die Frauen vor? Warum entlassen Sie sie nicht alle wieder, machen ihnen später den Prozess, wenn es passt, aber suchen vor allem weiter nach den Tätern? Soll ich es Ihnen sagen? Sie decken die Täter! Wen auch immer. Deshalb das ganze Spektakel, um mich loszuwerden. Nun heraus mit der Sprache! Ich vergesse es auch gern wieder, es bleibt unter uns. Ich gebe Ihnen das Wort eines Ehrenmannes.« Er hatte Markow bewusst zitiert und verkniff sich jede zynische oder ironische Betonung. Er hatte versucht, trotz der Anspannung eine Vertrauen erweckende Stimmlage zu treffen.

Markow runzelte die Stirn eins ums andere Mal. Vielleicht war das mit dem Gospodin, mit dem Genossen, zu viel gewesen. Auch musste er abwägen, welchen Vorteil die Ko-

operation, welchen Nachteil das Schweigen haben würde. Löwitschs Bluff war nicht der Kern der Sache. Alles, was in Hamburg zum Fall vorlag, war vorbehaltlos übermittelt worden. Und wegen der Turbulenzen seit dem 11. September hatte es keine aktiven weiteren Nachforschungen gegeben. Für Hamburg war das eine derzeit fern liegende Bagatelle. Das diplomatische Interesse, so vorhanden, würde sich nicht an der Person Olaf D.s festmachen, höchstens an der Löwitschs, falls es dazu Grund geben sollte.
Die Stirn blieb über der Nasenwurzel tief gekerbt, als Markows Gesicht über dem Weinglas näher kam: »Gut, Gospodin Löwitsch, ich erzähle Ihnen eine alte Geschichte, eine Sage. Stellen Sie sich vor, Sie lebten noch in der Zeit der Könige und Fürsten an einem Hof, sagen wir, so groß wie der von Weimar zur Zeit Goethes, aber älter, viel älter. Stellen Sie sich vor, Sie wären bei Hofe und stünden dem Landesherrn recht nahe, sagen wir, Sie wären so etwas wie sein erster Leibwächter. Nun gäbe es da noch einen Berater, einen klugen Mann, der keine offizielle Stellung einnähme, aber eine umso wichtigere Rolle spielte. Den würden Sie auch gut kennen, sogar noch besser, weil Sie vielleicht in seiner Nähe wohnten und, nehmen wir mal an, eine Nichte von ihm geheiratet hätten. Dieser Onkel Ihrer Frau sitzt in den wichtigen Besprechungen mit dem Fürsten, er gibt seinen Kommentar ab und beeinflusst Entscheidungen. Er spielt Schach mit dem Fürsten. Lassen wir ihn hoch spezialisiert sein, sodass er gerade von einigen Hobbys seines Herrn eine Menge versteht. Vielleicht wäre Astrologe ein guter Vergleich. Der Fürst hielte es leider sehr mit der Astrologie, ausgerechnet vor den wichtigsten Ent-

scheidungen. Der Fürst wäre nun vielleicht einmal den Sternen gefolgt in einer wichtigen Sache, er hätte aber seinen kundigen Berater erst kurz zuvor eingeweiht. Es wäre eine heikle, sehr private Sache gewesen, die etwas sehr, sehr Störendes, den kleinen Staat nahezu aus dem Gleichgewicht Bringendes betraf und nach Meinung des Fürsten respektive der Sterne auf gar keinem anderen Wege zu beseitigen gewesen war. Der Fürst unternahm in diesem Fall nämlich etwas, das weit über den Rat des Weisen hinausging. Es hatte vielleicht sogar eine Auseinandersetzung gegeben. Und der Leibwächter, nun, der hätte einerseits den Rauch mitbekommen und die Feuer nicht gesehen, wüsste jedoch andererseits viel, sagen wir ruhig zu viel, dürfte aber nichts unternehmen. Löwitsch, was würden Sie tun? Was ist Ihr Rat als ein weit gereister Freund des Fürstenhauses, dem das Metier des Leibwächters nicht ganz fremd ist?«

Während der weitschweifigen Rede, die ihn eher an Tausendundeine Nacht als an Goethes Weimar erinnerte, war der Angesprochene etwas abgedriftet. Er war durch Galerien von filigranen Säulen gewandelt und durch Gärten. Er hatte turbantragende Männer unter Eselsrückenpforten einander etwas zuflüstern sehen hinter vorgehaltener Hand. Kostbare Scheiden von Krummsäbeln blinkten vor seinem inneren Auge mit ihrem Edelsteinbesatz. Löwitsch hatte sich als Kind stark mit dem kleinen Muck identifiziert.

Er schreckte hoch und sah Markows Gesicht über dem erhobenen Weinglas. Ihm war, als säße plötzlich der rundliche ältere Mann mit ihnen beiden am Tisch, der ihm in den letzten Wochen mehrfach begegnet und darum nicht

eben lieb geworden war: »Gut, Herr Kollege, der Berater heißt ...« – Markow zischte ihn an: »Keine Namen!« – »... der Leibwächter sind Sie selbst. Wer ist der Fürst?«
Der Hauptgang kam, verschiedene Sorten Fleisch vom Grill, Spieße, Hackbällchen, Gemüse, Kartoffeln, Reis, Salate, Schälchen mit Joghurt und anderen Soßen und Tunken. Markow schwieg, wiegte den Kopf und begann mit gutem Appetit zu essen. Löwitsch starrte auf die leeren Plätze an dem für sie beide viel zu großen, schweren Tisch. Er sah eine orientalische Männergesellschaft, Herren mit Knebelbärten, Herren, die zu teuren Anzügen breite, farbige Krawatten trugen und ihre Mobiltelefone wie Prachtdolche und Achselhalfter auf den weißen, immer frischen Hemden unter weiten Gewändern. Andere Herren standen hinter diesen Herren und machten den Mundschenk, waren tatsächlich aber Leibwächter mit den FBI-Schnürchen hinterm Ohr, steckten nur eben in Pluderhosen und bestickten Stiefeln aus hellem Leder. Löwitsch war mit dem Bein an Markows Bein gestoßen und hochgeschreckt. Eine Musik hatte begonnen, die erstaunlich war für ein Restaurant, raue Flötentöne und eine tragische Geige oder Leier. Markow erklärte ihm, es handelte sich um sehr gute Musiker, die Kaval und Godulka spielten, die traditionellen Instrumente. – »Kennen Sie Spassow, Thedosii Spassow, nein? Ich lasse Ihnen eine CD zukommen.« Löwitsch schlingerte. Er musste pinkeln und entschuldigte sich.
Er stieg in dem Labyrinth abwärts und fand eine bombastische Toilette. Er stieg wieder herauf und stieg und stieg, bis er beim kopflosen Minotaurus anlangte. Er verließ den Hof, lief an der weißen Mauer entlang, wählte am nächs-

ten Automaten, der die Farbe der Telefonkarte trug, die Nummer des Zerberus, dessen Stimme beruhigend klang, und beschwor ihn: »Alman! Ten minutes!« Alman verstand und wiederholte: »Zehn Minuten, sehr gut!« Zu einer Kollegin in Hamburg: »Gruß an Kastner, Löwitsch wohlauf! Nächster Anruf morgen acht Uhr Sofia!« Als die Telefonkarte aus dem Schlitz schnipste, las er: »Enjoy your holiday with BulFon.« Er stolperte und rutschte die Stolpersteine hinunter auf seinen Ledersohlen, holte seinen Koffer, warf den Schlüssel endlich in den Briefkasten und eierte über den Berg hinunter Richtung Garage. Er schleppte schwer, musste schließlich durch Gebüsch an einem steilen Hang hinabrutschen und kam schweißtriefend zu dem Zaun, hinter dem sich aus dem Dunkel Alman löste, das Tor öffnete, das Auto herausfuhr und etwas sagte, das bei Löwitsch erst ankam, während er schon die Stadt verließ. Ein Wort davon war »Kismet« gewesen, er hatte ihm Glück gewünscht.
Erst jetzt fuhr er an den Straßenrand und schaute nach dem Container. Es war alles beim Alten. Nur war im Lichtschein der Kofferraumbeleuchtung deutlich zu sehen, dass eine andere Zahl am Schloss eingestellt worden war als die, die er zum Schluss probiert hatte. Zufall ausgeschlossen – es war sein eigenes Geburtsdatum gewesen. Er griff nicht nach dem Deckel, sondern stieg wieder ein und fuhr Richtung Sofia weiter, immer schön rechts und mäßig schnell.
Zur Linken hatten ihn erst noch die Schatten der Rhodopen begleitet. Hätte er dort hinauffahren und im Auto übernachten sollen? Im Morgengrauen den Kopf unter

einem schönen Nussbaum beerdigen und sich verkrümeln? Beim Tanken hatte er sich beobachtet gefühlt. Lkws hatten ihn verfolgt, Autos aller Art hatten sich hinter ihn geklemmt und ihn vorsätzlich geblendet. Sofia begrüßte ihn mit trübem, bläulichem Licht. Die Einfahrt auf der breiten Straße nahm kein Ende. Schließlich Zentrum, Universität, Werbung für Hotels. Gegen elf landete er an einem Kreisverkehr nahe der Universität und in einem Hotel, das groß genug und deshalb noch offen war. Sie wollten ihm das Auto in die Garage bringen, aber er bestand darauf, es selbst zu tun. Jemand musste mitkommen, setzte sich neben ihn und wies ihm den Weg. Die Einfahrt lag in einer Nebenstraße im Rücken des Gebäudes. Der Angestellte benutzte eine Karte, um das Tor zu öffnen. Für ihn hatte er keine. – »Rezeption«, sagte der Mann. Löwitsch ging noch einmal um den hellen, schimmernden Wagen herum und prüfte die Türen, die Kofferraumklappe. – »Jederzeit, Tag und Nacht«, sagten sie an der Rezeption. »Wir holen Ihnen den Wagen gern, Sie können es auch selbst tun mit Begleitung wie eben. Good Night, Sir.«
Er konnte nicht einschlafen. Obwohl das Zimmer klein und angenehm war. Es lag nach hinten hinaus und das Rauschen einer Entlüftung im Hof beruhigte. Die dunklen Dächer überragte eine alte Kuppel. Diese Stadt war groß genug für ihn.

31

Serdika hiess das Hotel, er hatte die Broschüre mit hinuntergenommen zum Frühstück in die kleine Bar. Für Löwitschs rudimentäres Slawisch klang darin das russische Herz an, Serdze. Dies hier war aber ein alter Name für Sofia, nach dem thrakischen Stamm der Serden. – »Sirze, ja, das Herz«, sagte eine Stimme. Die Frau hatte grüne Augen unter kastanienbraunem, schulterlangem Haar. Ihr Lächeln war freundlich und offen. – »Sind Sie aus Deutschland? Geschäftlich in Sofia?« Löwitsch sagte brav: »Ja«, dann: »Nein.« – »Auf Urlaub?« Woher ihr perfektes Deutsch komme. Lachen. »Studium. Ich bin Dolmetscherin.« Löwitsch hörte sich fragen, ob sie Zeit hätte. »Ja, ein Mittagsimbiss gerne.« Sie hatte ein Kärtchen, eine Seite kyrillisch, eine lateinisch bedruckt. Sie schrieb den Namen des Lokals darauf. Sie hieß Zwetelina, was ihm nicht zur Erscheinung passen wollte. Als sie von ihrer Kaffeetasse aufstand, war sie viel kleiner als erwartet, trotz hoher Absätze.

Kastner war vorhin noch unauffindbar gewesen. Jetzt hatte er ihn an der Strippe: »Alle Flüge ausgebucht und wir wollten nicht übers Katastrophenkontingent gehen. Wie sieht der Kopf aus, sag's mir endlich!« Löwitsch erzählte von dem Zahlenschloss und log: »Er ist gut gekühlt und haltbar.« Kastner stutzte, von wegen tiefgefroren, dampfend im Eis: »Tolle Kiste, das – flüssiges Helium? Trockeneis in der Isolierschicht? Das müsste ein Monstrum

sein, aber wenigstens heftig dampfen aus dem Heck. Mein Freund, du hast noch nicht mal reingeschaut. Du Kindskopf! Geh' da runter und kläre das, und logisch lassen die dich allein mit deinem Auto in der Garage. Hast du noch D-Mark? Bist du neu im Leben?« Löwitsch fühlte sich schwach, legte nickend auf, seufzte zu der Kuppel da draußen hin und kippte auf sein Bett zurück.
Später ging er statt in die Tiefgarage hinaus in die fremde Stadt. Das Gebäude mit der Kuppel war die Nationalbibliothek. Die Herren Kyrill und Method thronten davor, ehern über ihren Namen am Sockel. Er umkreiste den Koloss einer byzantinischen Kathedrale und eine vergleichsweise winzige russische Kirche. Er kreuzte Straßen mit gelbem, glattem Pflaster, mit dem die Bannmeile oder das heilige Herz der City markiert waren. Gleich, gleich würde er die Plowdiwer anrufen, nur nicht die Kollegen, er müsste auch die Sache mit dem Auto klären, wusste aber nicht wie. Wie sollte er Lidias Mann ausfindig machen, obwohl … obwohl er den Namen doch wusste … Fuhr hier mit einem quasi geklauten Wagen herum. Schon jetzt, zu Fuß, hatte er das Gefühl, jedem von den vielen Uniformierten besser ausweichen zu sollen. Die Straße beim Nationaltheater hatte er sich an der Rezeption auf dem kleinen Stadtplan markieren lassen und sie rasch gefunden. Er fand sich in großen Städten besser zurecht als in kleinen. Er trat in die Kneipe, in die er von sich aus nicht gegangen wäre. Der Raum war kahl, von zwei Pfeilern geteilt, eine Kantine mit einer freundlichen Riesin am Tresen. Die grünen Augen lächelten ihm entgegen. Sie plauderten, sie empfahl ein einfaches Essen, nur bei der Frage, wie lange

er in Sofia bleiben würde, kam er durcheinander: Noch zwei Tage? Oder fünf? Wie es hier mit dem Altertum sei, mit den Thrakern, fragte er rasch. – »Oh«, sagte sie, »das Nationale Geschichtsmuseum lohne sich sehr.« – Ob sie ihn dahin begleiten würde. – »Ja, gern, aber vor Sonntag habe ich keine Zeit. Sonntagmittag also?« Löwitsch sagte rasch: »Ja.« Und ergänzte: »Sehr schön!« Heute war Donnerstag. Sie traten auf die Straße hinaus, sie wies ihn auf ein kleines Museum nebenan hin, das dem Nationaldichter Iwan Wasow gewidmet sei.

Er setzte sich an einen der fünfzig Tische am Rande eines Parks und nahm einen Cappuccino. Freiberufler, Freistellung, Beurlaubung, Urlaub … Es passte gut, es passte ausgezeichnet. Er ging langsam zurück, er würde nach dem Auto schauen, telefonieren. Er würde eine Lösung finden. Im Zimmer allerdings konnte er sich nur noch auspellen, unter die Decken schlüpfen und einschlafen. Am hellen Nachmittag eines sonnigen Tages.

Gegen halb sieben lief er die Treppen hinunter. Der Magen knurrte wie immer. Im Restaurant im Haus wurde ein Buffet für eine geschlossene Veranstaltung vorbereitet. Löwitsch nahm es als Einladung, dass er das Logo der Firma kannte, die sich hier feiern wollte. Sein T-Shirt, das Werbegeschenk. Es war der Fernsehsender mit dem euroförmigen Symbol. Die Gäste strömten, es gab keine Gesichtskontrolle. Ein starker Herr in blauem Anzug, dunklem Hemd, dunkler Krawatte, dunklem, sauber gestutztem Vollbart und passendem Brillengestell stand im Mittelpunkt der Gesellschaft, begrüßte die Gäste, ging immer wieder auf die Zehenspitzen hoch, was wie Hüpfen aussah. Sekt in beschlagenen Gläsern wurde herumgetragen, nicht gut für den Magen. Löwitsch fragte nach einem Bier, das sofort herbeischwebte. Er würde es ein wenig in der Hand wärmen.

»Nee, ist das Land klein«, brabbelte er in sein Glas. Der Herr, der im Balabanowhaus jene kurze Ansprache gehalten hatte, der Bürgermeister von Plowdiw, er war es, unglaublich. Löwitsch kannte schon Leute in dem Land, vom Sehen jedenfalls. Weitere honorige Gäste trafen ein. Es mehrten sich die Bodyguards im Hintergrund. Ihm war nicht unbehaglich. Gestern auf der Autobahn, das war Einbildung gewesen, Paranoia. Er war jetzt Urlauber, sollte ihn doch jemand ansprechen. Er tauschte ein volles gegen ein leeres Bierglas, das Buffet wurde freigegeben, dann plötzlich: »Das ist doch, nein, das kann nicht sein … Doch, das ist er, das ist der Alexandrew, der Geschäftsmann, der große, der mit den vielen Köpfen.« Der trug wieder den anthrazitfarbenen Anzug, den altmodischen Zweireiher, den Löwitsch schon an ihm gesehen hatte. Er drückte sich um einen der kräftigen Pfeiler herum durch die häppchenbeladenen Tische und die zu vielen Menschen. Kirtscho, ja, Kirtscho Alexandrew, so hieß der Besitzer der beigefarbenen Limousine, die hier in der Hotelgarage stand. Löwitsch wachte schlagartig auf.

Er ging auf Alexandrew zu, wartete eine höfliche Minute und sprach ihn auf Englisch an. Der sah ihn mit einem unbestimmten, geschäftsmäßigen Interesse aus schmalem Gesicht und grauen Augen an und erklärte auf die Namensnennung ohne Umschweife, es müsse sich um eine Verwechslung handeln. Die Umstehenden lachten mit ihm gemeinsam kurz auf. So bekannt musste der echte Alexandrew immerhin sein. Lidias Name sagte ihm allerdings auch etwas: »Of course, wo denken Sie hin, Mr. Lewitsch. Ja, alle sprechen hier auch davon, da, auf dem Bildschirm hinter Ihnen, sehen Sie?« – Es waren Bilder von der Pressekonferenz und Löwitschs Gesicht war deutlich zu erkennen … »Ja, Mr. Lewitsch, auch Sie sind bekannt hier. Fliegen Sie wieder nach Hause nach Hamburg, jetzt, wo der Fall gelöst ist, oder haben Sie hier noch zu tun?« Löwitsch kämpfte gegen einen Schluckauf und verabschiedete sich lieber: »They didn't confirm the flight yet, I just have to wait.«

Er huschte hinaus und suchte den Weg zur Garage. Es gab einen Durchgang im Souterrain. An der Rezeption bat er um die Karte. Er hätte etwas im Auto vergessen. Schon kam jemand mit. Die Limousine stand unverrückt und Löwitschs Panik legte sich etwas. Er stieg ein und ließ den Kofferraum auffedern. Er drehte an den Zahlenringen und hob den Kasten raus. Er war vergleichsweise leicht. Der Boy wollte ihm beispringen, aber Löwitsch dankte. Sie fuhren mit dem Bedienstetenfahrstuhl in seine Etage. Er gab einen großen Lewschein und stapfte in sein Zimmer. Er hockte sich hin. Er drehte wieder auf sein Geburtsdatum. Nichts rührte sich. Er schlug die Unterlagen auf, suchte Olaf D.s Geburtsdatum, drehte – nichts, dann auf 060801 – Bingo! Christi Verklärung! Er ließ den Deckel noch aufliegen. Ein Lüftchen schlug ihm entgegen.

Kastner war mobil zu erreichen: »Du bist jetzt Zeuge! Wo bist du? Köhlbrandbrücke? Ihr habt Säcke geworfen?« – Es war ein beliebter Selbstmörderspot in Hamburg, die

Brücke über den Köhlbrand mit den markanten Nadelöhr-Pfeilern. Um herauszufinden, wohin die Strömung die Leiche verschlagen hatte, waren im Zweifelsfall Experimente notwendig mit mannsschweren Säcken. Zur selben Tide, versteht sich. – »Also, bist du bereit? Ich mache die Kiste jetzt auf.« Kastner gab ein lässiges »Jip!« zurück.
Es roch. Es roch wirklich. Es stank. Es war der angetaute Kopf in einer Plastiktüte und sonst gar nichts. Wirklich ein guter, ein erfreulich stabiler und luftdichter Container. Von wegen Helium oder so! Kein Zweifel, das Ding musste weg. Er würde den Gestank nie mehr aus dem Zimmer bekommen: »Löwitsch, bist du noch da? Was ist los?« – Kastner wurde offenbar auf seiner windigen Brücke nervös und auch Löwitsch ließ sich gehen: »Kacke, mein Lieber, Oberkacke. Ich habe hier was am Hals, das stinkt. Es stinkt nach Leiche, nach alter Leiche. Sag mir, was ich tun soll? Scheiße, Mist, Dreck, mein Gott, Kastner, hol mich hier raus!« – »Junge, bleib locker. Fahr mit dem Ding zum Polizeipräsidium von Sofia. Wenn du willst, ruf ich dich an und sag dir, wo das ist. Ich lasse signalisieren, dass du kommst. Wir machen das sofort. Du gibst ab, erklärst, was nötig ist, trinkst drei Rakija auf mein Wohl – und morgen gibt's ein zweites Frühstück mit Papi in der ›Weinhexe‹, o.k.? Machst du das? He, Löwitsch, sag laut und vernehmlich: Ja! Sonst nehme ich den Helikopter!« Löwitsch hatte das Zahlenschloss verstellt und sich auf die Kiste gesetzt. Er sagte: »Ja, Süßer, mach nur.« Der Hörer war nass, als er auflegte, und außerdem musste er dringend aufs Klo.
Nach einer brennend heißen Dusche rief er sofort wieder Kastner an: »Lasst das mit dem Präsidium.« – »Sag den

Grund und wir blasen ab!« – »Karl, ich weiß den Grund noch nicht genau, aber ich werde nicht einfach hingehen zu denen hier. Lieber, weißt du, lieber verbuddle ich den irgendwo, dass er seine Ruhe hat.« – »Wieso?« – »Mir ist eher danach. Ich lüfte. Ich gehe noch mal raus. Ich melde mich.« – »O.K.«, sagte Kastner. »Frag ihn doch selber, den Kopf, was er will! Es ist doch Orpheus' Kopf und der hat noch weiterorakelt, bis ihm Apollo den Mund verboten hat.« – »Was du alles weißt«, sagte Löwitsch, legte auf und verließ den Raum, in den die Gardinen wehten.

32

Freitag früh sass er im Auto und fuhr herum. Er meinte, hier in der Innenstadt von Sofia fiele das Auto nicht auf. Von den Eselskarren der Zigeuner bis zur S-Klasse gab es hier alles und schlug sich um die wenigen Parkplätze. Einen Platz für die Beerdigung würde er leicht finden. Er hatte schon aus dem Hotelzimmer heraus das nahe Gebirge gesehen. Es begann unmittelbar am Stadtrand und hieß Witoscha. Olaf – so nannte Löwitsch inzwischen den Peugeot nebst Inhalt – stand auf einer gut belebten Geschäftsstraße, die Nase Richtung Witoscha. Löwitsch marschierte los, als bekäme er Geld dafür. Im Hof eines feudalen Hotels ein mittelalterliches Kirchlein, ein Spielzeug-Pantheon, rührend. Gegenüber das Gum, nach Moskaus sowjetischem Großkaufhaus benannt.
Schattenland, sprach es in Löwitsch, da wachsen Asphodelen auf einer Wiese am Eingang der Unterwelt. So sah das hier aus, so verfuhr diese Geschichte mit ihm. Er schnüffelte kurz in den Kofferraum, fand alles in Ordnung, lenkte Olaf zurück zum Hotel und versenkte ihn in der Tiefgarage. Er gestand Kastner den Tagesablauf und der sagte statt zu fragen: »Gruß vom Chef und schönen Urlaub noch. Es gibt einen Termin am siebten Oktober, fällt auf einen Sonntag, es ist an Sauerfleisch gedacht in Haseldorf, wenn's recht ist, nach Wetterlage auch kleine Segelei Richtung Stade, Glücksstadt und so. Wenn du den

einhalten könntest, wäre eigentlich alles gebongt«, sagte Kastner. Es war der Geburtstag vom Chef. Das war gut. Löwitsch nahm einen Imbiss vor dem Kino neben dem Hotel, mit Blick auf die Plakate für den Film »Tomb Raider«. Er fühlte sich das erste Mal in diesem Land vollkommen leer.

33

FRÜH WACH, BEGANN ER, seine Plowdiwer Telefonnummern zu wählen. Wera ging als Erste ran und legte wieder auf. Auf das Gespräch mit Margarita verzichtete er von sich aus. Kora war nicht da. Unter Lidias Privatnummer meldete sich Alman. Wenn er recht verstand, war sie entlassen worden. Er wiederholte immer wieder: »Zalog! Zalog! Garanzia! Warranty! Ona doma.« Das hieße, sie ist zu Hause. »Kaution!«, sagte Löwitsch und Alman wiederholte atemlos: »Kaution, Garanzia, da, da!« Zu sprechen war sie allerdings für keinen. Löwitsch fragte noch nach Viktoria und Alman schrie wieder: »Zalog! Wsjo, alle zu Hause! Kaution, da, da!« Er gab die Neuigkeiten nach Hamburg weiter, aber da wussten sie schon Bescheid.

Das Auto würde gut stehen da unten. Sein kleiner Freund hatte leider gerade keinen Dienst, der ein Extraauge darauf warf. Noch ein Tag fern der schwarzen Magie, Urlaub zur Vorbereitung auf das ganz normale Hamburg. Löwitsch hatte sich Lektüre mitgenommen. Das Sofia-Gedicht von Olaf D. hatte er schon damals auf der Fahrt nach Batschkowo Kastner vorgelesen. »Mensch, Olaf, das hast du nicht schlecht gedichtet!«, seufzte Löwitsch und starrte auf die Zeilen mit den Frauennamen, zu einigen sah er Gesichter. »Darf ich es auch lesen?«, fragten die grünen Augen vom Nebentisch. – »Ach«, entfuhr es Löwitsch, dann gab er ihr die Kopie. Sie las. Er schaute ihr dabei zu. Die grünen

Augen sagten: »Sehr, sehr schön. Ich möchte es gern ins Bulgarische übersetzen.« – »Ja«, sagte Löwitsch irritiert, »die werden das hier im Hotel sicher kopieren können«, aber dann fiel ihm noch ein: »Na ja, Unterlagen« – er verkniff sich den Ausdruck »zu laufenden Ermittlungen« – »sind es schon. Private Unterlagen. Wer eigentlich die Rechte daran hat, da muss ich den Dichter fragen, verstehen Sie? Ich werde es Ihnen von Deutschland aus schicken.« Sie nickte. Ob sie nicht heute Nachmittag in der Stadt noch einen Kaffee trinken könnten? Sie wäre bis gegen zwei Uhr in der Bibliothek. Er fand das einen guten Vorschlag. Er würde warten. – »Bei Kyrill und Method?« – »Bei Kyrill und Method«, wiegte sie den Kopf und lächelte. Zwetelina klang wie Blümchen und passte nicht zu ihr. Sie sagte noch: »Genießen Sie den schönen Zigeunersommer.« So also hieß der Altweibersommer auf Bulgarisch.
Als er »Kyrill und Method« erreichte, trat Zwetelina eben aus der Tür. Sie trug einen dunklen Rock mit einem Blumenmuster. Im Gehen erklärte sie ihm das vergangene Jahrhundert aus Sicht der Bulgaren: »Unser Land hat an der Seite der Deutschen zwei Kriege verloren und mit den Russen einen Frieden.« Er schaute auf ihren Mund, der etwas abschätzige Mundwinkel bekam, wenn sie nach einem Satz auf seine Reaktion wartete. Diese Mundwinkel hatte er hier oft in Frauengesichtern gesehen, allerdings tiefer eingebrannt als in diesem. Sie saßen in einem Gartenlokal direkt neben dem Museum des Nationaldichters. Zwetelina grüßte hier und da. Sie verhandelte mit einer älteren Blonden, die sie aus der Seitentüre des Museums herausgewinkt hatte. Sie wurden eingelassen und kichernd stan-

den sie vor dem schwarzen Spitz des großen Dichters, der ausgestopft auf einem Sockel stand. Sie sollten sich in das Büro setzen.
Die Angestellte schloss nebenan hörbar einen Schrank auf. Als sie wieder auftauchte, trug sie zwei größere Einweckgläser vor der Brust. Was sie vor ihnen abstellte, waren zwei große Laborgläser mit Präparaten. Er schaute Zwetelina an, die ihn anschaute, er schaute fragend, sie nickte: »Herz und Hirn des Dichters Iwan Wasow.« Löwitsch wurde ziemlich blass in diesem Moment. Laut sagte er nichts, nickte nur und murmelte: »Interessant.« Mehr vermochte er nicht. Wussten die etwas? Hatte sie ihn im Fernsehen gesehen? Er konnte kaum an sich halten. Dabei war es nicht der Anblick der Organe. Die beeindruckten ihn eher, prächtig wie sie waren, beide von einer weißlichen Schicht überzogen. Erst nahm er das Glas mit dem Hirn in die Hand und schaute auf die Furchen, hielt es hoch und schaute auf den glatten Schnitt unten am Hirnstamm. Dann nahm er, schon beherzter, das Herz und grinste schief die Frauen an. Vom Herzen hing das weiße Zeug in unregelmäßigen Lappen herunter. Löwitsch dankte, stand auf, verneigte sich, sagte noch einmal: »Sehr interessant.« Er bat Zwetelina, rasch mit ihm zu gehen. Sie schlugen den Weg Richtung Theater ein, das nach dem früheren Träger – oder sagt man Besitzer? – der blassen Organe benannt war. Löwitsch strebte einem starken Kaffee zu. Er hatte seine Begleiterin schon vor der Tür zur Rede gestellt: »Wie sind Sie darauf gekommen?« Sie hatte mit der Antwort nicht gezögert: »Herr Lewitsch, das ist eine große Ehre. Das zeigen wir nicht jedem! Ich dachte, wo Sie sich für Gedichte inte-

ressieren, sogar dieses wunderschöne Sofia-Gedicht Ihres deutschen Freundes bei sich führen, das passt. Tut es das nicht? Wissen Sie, es gibt in unserem Land ältere als die christlichen Traditionen. Ja, es hat etwas Heidnisches, dieses öffentliche Aufbewahren und beinahe Zurschaustellen der Organe eines Toten. Wir sind in einem nicht geringen Aspekt unseres Wesens Heiden. Wussten Sie das nicht? Dann wissen Sie es jetzt!«

Das saß. Löwitsch war begeistert von dieser Art. Nun erzählte er vorsichtig, er wisse, dass es hier Vereine echter Thraker gebe. – »Ach«, ging ihre Stimme hoch, »haben Sie das aus dem Fernsehen? Es gibt gerade eine Affäre um einen Mordfall in Südbulgarien. Moment mal – wo sind Sie her? Der Ermordete kam aus Hamburg wie Sie. Haben Sie etwas mit der Sache zu tun? Sind Sie etwa deshalb hier?«

Sie war so offen, er konnte es sagen, gab eine kleine Zusammenfassung, erklärte ihr ohne Einschränkung die Sache mit dem Dichter Olaf und dessen Orpheus-Identifikation. Sie hing an seinen Lippen. Er sah nicht, wie schön sie dabei war. Sie war unglaublich schön. Sie strahlte vor Aufmerksamkeit und echtem Interesse. Ihr Handy hatte inzwischen mehrfach vergeblich in der Handtasche rebelliert. Ihre kurzen Kommentare richteten Spots auf dunkle Stellen. Löwitsch nahm das alles wohl wahr, aber er sah nicht, wie es aussah von außen, wie sehr er an ihrer Seite noch einmal in Bulgarien ankam. Er war empfänglich für Romantik, wenn sie dunkel war und Lidia hieß, wenn sie ein gehöriges Maß an Unsichtbarem mit sich trug und ihn immer wieder forderte. Er schaute konzentriert in die schwarze Mitte seines Falls, während die Schönheit an seiner Seite saß, ihre deutliche, unmissverständliche Form, die Klarheit, die er in seinem Zustand nicht mehr fand. Schließlich entschuldigte sich Zwetelina und ging doch an das Telefon. Die Zeit für ihre nächste Verabredung war überschritten. Löwitsch bezahlte bei der Bedienung, seine Hände zitterten.

34

Es war Sonntag. In der Garage hatte er einen Geruch wahrgenommen. Auch schien der Behälter sich zu wölben. Trotzdem fuhr er mit den grünen Augen und der kleinen Tochter mit dem Trolleybus wie verabredet zum Nationalen Museum, das sich als ein sozialistisches Monstrum herausstellte. Einer der Paläste Schiwkows. Löwitsch staunte zum zweiten Mal thrakisches Kunsthandwerk an, das noch nicht von griechischer Handelsware beeinflusst war. Sie tranken Kaffee und plauderten und die Geduld und das Interesse der kleinen Tochter vor dem alten, toten Zeug freute Löwitsch, der skeptisch gewesen war.

Bevor er während der Rückfahrt aussteigen musste, schenkte ihm die Tochter einen Apfel. Zwetelina gab ihm einen raschen Kuss auf die Wange und sagte: »Nun sehen wir uns nicht wieder. Morgen bekommen Sie Besuch. Leben Sie wohl!« – Die Türen schlugen zu, die Tochter winkte, er winkte. Er fühlte den Apfel in der Rechten und senkte zögernd die Linke. Zum Hotel war es nicht weit. In seinem Zimmer griff er sofort zum Telefonhörer. Kastner erfuhr, dass er wohlauf war. Als der anfing zu fragen, hängte Löwitsch ihn ab. Der Apparat klingelte sofort wieder. Aus Fairness ging er ran und hörte: »Mr. Lewitsch, hold the line, please.« Die weibliche Stimme klang seltsam, wie nie gehört, obwohl er sie kannte. Es war Kora, die in ihrem klaren Deutsch sagte: »Wir bitten dich, nach Plowdiw zu kommen.« – »Wer bittet?«, fragte er, »wer ist wir?« – »Wir alle, die wir gerade eine schlimme Erfahrung machen. Und wir bitten dich noch um etwas anderes.« – »Was wäre das?« – »Bring ihn bitte mit.« Löwitsch sagte: »Nein. Ich mache dieses Hin und Her nicht mit. Das ist doch die nächste Falle. Nein, mein Mädchen, nimm es nicht persönlich, das wird nichts. Ich werde einen schönen Platz finden. Sag das deiner Schwester Lidia, ja? Ich finde einen schönen Platz hier in den Bergen und ich sage euch, wenn ich wieder in Deutschland bin, wo ihr ihn meinetwegen wieder ausgraben könnt. Verstehst du?« – »Bernd Löwitsch, das ist nicht sehr freundlich von dir. Du spielst mit unserer Schwäche.« – »Nein, ihr spielt allesamt mit mir, alle spielen hier mit mir und nun hab ich meinen Frieden gemacht. Ich komme richtig an, bevor ich abfahre.« – Als er sich eben auf Bulgarisch verabschieden wollte, sagte sie leise: »Dann kommen wir. Do wischdane.« – »Do wischdane.«

Als Erste kam Wera. Sie checkte ein, als er zum Abendessen gehen wollte. Sie sagte nichts. Sie wiegte den Kopf, als er sie ansprach. Sie ging zum Fahrstuhl wie durch ihn hindurch. Nach der Rückkehr aus einem Imbiss um die Ecke hatte die Besetzung am Hoteltresen gewechselt. Er fragte, ob Wera Ljubina angekommen sei. Fehlanzeige. Er ging kopfschüttelnd zum Fahrstuhl. Er schüttelte den Kopf, als er seine Türe mit der Karte öffnete. Er schüttelte den Kopf auf der Bettkante. Er schaltete die Glotze an und schüttelte während des restlichen Abends immer wieder seinen Kopf. – »Wenn du nicht so stinken würdest, Olaf, könntest du auch glotzen.«

35

Am Tag darauf hatte er in die Berge fahren wollen, es hinter sich bringen, aber es war kein Wetter für den Wald. Immerhin kaufte er eine Gartenschaufel. »Made in G.D.R.« stand am Schaft. Mittags ging er ins Kino. Ein Film unter demTitel »Sunshine« war angekündigt. Löwitsch war auf gute Laune aus, also her mit der amerikanischen Schnulze. Was nach dem Namen der jüdischen Familie, deren Geschichte es erzählte, »Sonnenschein« hieß, war eine Familiensaga von István Szábo. Das Schicksal des jüdischen Mannes aus guter Familie, der 1936 in Berlin für Ungarn die Goldmedaille im Fechten holte, hielt ihn auf seinem Sitz bis zum Schluss. Vor der Tür nahm ihn die Beifahrertür eines blauen Lada auf. Viktoria saß am Lenkrad. Es war alles wie immer. Sein Abwarten hatte sich gelohnt. Löwitsch ließ sich auf den durchgesessenen Sitz plumpsen. Er lächelte sie an und sie lächelte zurück, vielleicht etwas von oben herab. Wie erwartet, ging es direkt zum Hotel. Löwitschs junger Freund sprang herzu und fuhr mit ihnen zum Garagentor. Ein Schatten huschte unmittelbar davor beiseite. Plötzlich streckte direkt an der Scheibe ein Zigeunerjunge die Zunge heraus. Zu seiner Freude zuckte Löwitsch zusammen.

Sie fuhren die Rampe hinunter. Sie fuhren zu der Ecke, in der die Limousine matt leuchtete. Viktoria hielt ihm die offene Hand entgegen. Aber er stieg selbst aus, öffnete das

Auto und ließ die Kofferraumklappe aufschwingen. Beide schauten sie auf die Kiste. Viktoria sagte: »Kryobox!« Löwitsch sagte: »No, just a box«, und ergänzte russisch: »Strashno! Schrecklich.« Sie wiegte den Kopf. Sie ging zurück zum Lada und sagte: »Follow me!«, bevor sich der Hotelboy zu Löwitsch in den Wagen setzte, das Tor sich hinter ihnen schloss und sie auf eine der Magistralen auffuhren. Löwitsch hatte den Boy eben noch absetzen wollen, aber der hatte mit einer Geste gezeigt, dass er mitfahren würde. Vielleicht hatte er frei. – »Wo geht die Reise hin, mein Olaf, mein Olaf?« Löwitsch folgte brav dem blau übertünchten Oldtimer.

Kastner zu erreichen, war es zu spät. Sie blieben auf einer der Ausfallstraßen und passierten eine Menge grauer Gebäude, bis Zeichen auftauchten, die wieder Richtung Universität wiesen. Andere Fakultäten, weniger privilegierte vielleicht. Sie fuhren in ein Plattenbaugelände ein, dessen maroden Zustand die paar Birken nicht kaschieren konnten. Das Entree, vor dem sie hielten, wirkte dagegen erstaunlich modern. Der Parkplatz war belebt. Ein kleines japanisches Cabrio fiel ihm auf. Viele der Autos trugen Plowdiwer Kennzeichen. Der Boy, der ihm längst nicht mehr wie ein Hotelpage vorkam, war mit ihnen ausgestiegen. Sie bedeuteten ihm, den Kofferraum zu öffnen. Löwitsch sperrte sich versuchsweise und fragte erst einmal, wie es weiterginge. – »We'll have a celebration in there ...«, sagte der Boy mit Blick auf das Gebäude und mit dem Finger Richtung Kofferraum ergänzte er: »... with him.« Löwitsch öffnete den Kofferraum. – »Lasst uns feiern, Leute«, sagte er laut mit Blick auf Olaf.

Über dem Eingang stand etwas, das er mangels besserer Französischkenntnisse nicht lesen konnte. Der Page setzte die Box ab und übersetzte ihm stolz einen Satz, den Löwitsch so verstand: »Du warst darin, ehe du es betreten, und bleibst darin, wenn du es verlassen hast.« – Löwitsch pfiff und fragte: »Sollten wir da wirklich reingehen?« Kaum war nur eine der Frauen in der Nähe, ging's wieder los mit den Mysterien. Er konnte sich durchaus vorstellen, was sie jetzt mit dem Schädel anfangen würden. Zugleich war er gespannt. Es schlug ihm sogar das Herz im Hals. Er gönnte es ihnen. Hier in Sofia, mit dem Abstand, und nachdem die Frauen auf Kaution wieder draußen waren, fühlte er sich ein wenig wie ein angeheirateter Onkel am Rande des Familienfestes. Man sieht sich nur zu Hochzeiten und Trauerfällen, da ist es dann aber immer richtig nett.

Für 19 Uhr war ein Vortrag »Kosovo and the Media« angekündigt. Auch von »Interkulturellem Diskurs« stand da etwas und von der Universität Frankfurt/Oder, was Löwitsch mit Genugtuung aufnahm. Das Gebäude war nach westlichen Standards renoviert, ziemlich steril. Löwitsch befremdete das Ambiente nach den Erfahrungen mit den Thrakerinnen. Keine Felle, kein Efeu, kein altes Holz und Ziegenleder… Die Gänge nahmen kein Ende. Der Boy hatte die Box geschultert und schritt wacker aus. Viktoria ging hoch erhobenen Hauptes vorneweg. Offenbar war sie auf vertrautem Gelände. Es gab dann doch eine Tür, wo sie Halt machten, ein kleines Büro, aus dem der gelbe Schein einer altmodischen Schreibtischlampe zugleich mit der Stimme Lidias drang. Löwitsch bubberte das Herz. – Alter Affe, sagte er zu sich, und dann in das Halbdunkel hinein: »Schön, dich heil wieder zu sehen, verehrte Lidia.« »Bernd, wir haben uns Sorgen gemacht.« – »Pah, *Ihr?* Ihr wart doch im Gefängnis.« – »Ja«, sagte sie, »ja, das stimmt und das wird es nie wieder geben. Deshalb sind wir jetzt hier.« Die Box verschwand in einem Nebenraum. – »Wirst du es mir erklären?«, fragte Löwitsch. – »Ja«, sagte Lidia, »selbstverständlich. Du bist jetzt endlich nur noch als du selbst bei uns, nicht wahr? Du bist in Sofia durch eine Schleuse gegangen und hast den Polizisten fortgeschickt. Stimmt das?« – »Ja, du beschreibst es gut. Ich möchte gar nicht mehr weg, um ehrlich zu sein.« – »Das wird sich legen«, sagte sie und trat an ihm vorbei auf den Gang hinaus, sodass ihm eine kleine Gänsehaut den Nacken hochlief. Eine der filigranen schwarzen Federn hatte ihn gestreift, aus denen ihr Schal bestand.

Der Nebenraum war naturbelassen, das hieß, er roch und sah aus wie ein Wohnheimzimmer, das Generationen Studierender abgenutzt hatten. Spanplattenmöbel an den Wänden, ein winziger Tisch, ein nacktes Metallgestellbett. Das Plakat einer Rockband ließ eine Ecke in den Raum baumeln. Die Box stand ungeöffnet auf dem Bett.

Der Hotelbursche hatte nun einen Lederschlauch über den Rücken geschnallt, aus dem er ein paar Trinkgefäße füllte. Sie waren von der Art, wie Löwitsch sie in Plowdiw und gestern noch einmal im Museum bewundert hatte. Kunstvolle Amazonenköpfe, deren Haar die Öffnung des Kruges bildete. Daran und am Hinterkopf der Henkel befestigt, verziert mit je einer prächtigen Sphinx. Die Frauen begannen, einander die Gefäße zu reichen und daraus zu trinken. Ihm selbst hielt der Boy ein Rhyton – so hießen die Dinger – hin, das einen Schafskopf nachbildete, an der Tülle mit einem Relief versehen, am Henkel mit einem Löwen. Löwitsch hing erst die Nase hinein und da ihn die Damen, von denen er außer Lidia noch keine wieder erkannt hatte, aufmerksam beobachteten, trank er wie sie. Mit einem Ruck, den Kopf weit in den Nacken gelegt, sodass ihm einiges danebenging von dem schweren, süßen Getränk. Das war bestimmt einen Zacken schwerer als Rotspon. Der Beigeschmack von Honig irritierte. Die Zunge kam gar nicht nach bei all der Würze und Süßigkeit. Es wurde nachgefüllt und einige begannen, die Scheuerleiste mit dem guten Wein zu besprengen. Sie taten es sehr ausführlich. Auch Löwitsch bekam sein Rhyton wieder und fühlte sich Richtung Bett geschoben. Er schüttete also den Wein unter das Bett, wie ihm geheißen. So beschrieb er es sich in seinem Kopf. Jesses! Was ging da vor? War es wieder so weit?

Ein Murmeln hob an, ein Sprechen, ein Singen. Eine Bewegung ging durch alle wie ein sehr, sehr langsamer Tanz. Löwitsch stand abseits mit dem Boy. Als Lidias Stimme sich erhob, schoben sich alle Richtung Tür auf den kahlen Gang hinaus. Ihre Stimme blieb hörbar, auch als sie allein in dem Raum zurückgeblieben war. Es war kein Bulgarisch. Er fragte Elena, die neben ihn geraten war: »What language is it?« – »Who cares?« Mit dieser irritierenden Bemerkung war sie verschwunden. Einer Schlange gleich bewegten sie sich alle im Flur auf und ab. Eine Staffel tief fliegender Militärhubschrauber ließ kurz die Blicke zu den Flurfenstern hinzucken. Dann brach Lidias litaneihaftes Schreien ab. Als ließen sie abrupt die Schultern hängen, gingen die etwa dreißig Frauen schweigend den Gang entlang, zurück durch das ganze Labyrinth, auf und ab durch die Betonflure. Als sie vor dem Gebäude ankamen, löste sich die Schlange in plaudernde Grüppchen auf, eine Frau bot der anderen Zigaretten an und sie ließen ihre Rauchfähnchen in den niedrigen Herbsthimmel steigen.

Rumiana, ja, sie hatten sich nur einmal gesehen, als er noch inkognito war, sie bot ihm lächelnd eine Marlboro an, die er ebenso lächelnd ablehnte. Die Trinkgefäße und der Schlauch waren – das hatte er wahrgenommen – in einem anthrazitfarbenen Behältnis verstaut worden. Ob die echt waren? Plötzlich gab es ein eigenartiges Geräusch. Es klang wie eine Verpuffung und kam aus dem Gebäude. Die Frauen lächelten und plauderten nach einem winzigen Innehalten und bestätigenden Kopfwiegen weiter. Löwitsch rannte los. Sie traten ihm mit beruhigenden Gesten in den Weg, sodass er sie fast umrannte. Er fand schnell zurück. Die Zimmertür lag auf dem Boden des Ganges. Er stieg drüber und schaute hustend in den nun sehr veränderten Raum. Alles war schwarz, die Spinde, der Tisch. Alles stand unversehrt da, war nur wie von einer stumpfen Schicht überzogen. Das Bett lag in Einzelteilen in seiner Ecke und die Fenster waren weg, herausgeflogen. Von der Kiste mit dem Kopf keine Spur. Von Lidia allerdings auch nicht. Die Tür zum Nebenraum war angelehnt und es drang noch immer derselbe Lichtschein heraus. Er schubste die Tür auf und sah hinein. – »Looks nice, doesn't it?«, fand der Boy.

Schulter an Schulter gingen sie die Gänge zurück. Löwitsch war erschöpft. Er bat den Hotelburschen um sein Mobiltelefon und der gab es ihm sofort. – »Ins Ausland«, sagte er, »aber nur ganz kurz!« Kastner freute sich über den Telegrammstil. – »Mann, Bernd, dass du das noch erleben durftest!«, nölte er, sagte dann aber, er werde drüber nachdenken, weil das irgendwie verrucht sei. – »Verrucht? Ist das ein neues Modewort aus dem Hansedrittel?«, fragte Löwitsch. – »Bis nachher!«

Auf dem Gebäude heulte eine Sirene. Es stand nur noch der blaue Lada davor. Viktoria nahm Löwitsch den Wind aus den Segeln mit einem nie von ihr gehörten Lachen. Sie schüttete sich förmlich aus. Es musste sein Gesicht gewesen sein. – »Seitschas tutj w porjadkje«, sagte sie in einer ihrer wunderbaren Sprachen, was Löwitsch zwar wörtlich verstand, aber nicht begriff: »Nun ist alles in Ordnung.«

Als sie wieder auf die Ausfallstraße aufgefahren waren, wies Viktoria mit dem Daumen nach hinten. Löwitsch und der Boy drehten sich um. Zwei schwarze, glänzende Autos bogen auf den Betonplattenweg ab, den ihr Lada eben verlassen hatte. Viktoria sagte: »Plowdiw.« Jetzt kamen ihnen zwei Feuerwehrzüge entgegen und ein Krankenwagen mit vollem Getöse. In dem Gebäude war niemand mehr, definitiv.

Löwitsch verbrachte den Abend im Hotel. Viktoria hatte sich verabschiedet mit dem Hinweis auf morgen. Da sei schönes Wetter. Auch gut! Er telefonierte mit Kastner, der sich anbot, ihn zu holen. Er sagte: »Nein, lass den Quatsch, ich bin im Urlaub. Da muss einen doch keiner holen.« – »Hast du über das Ritual was erfahren können?« – »Das haben sich die Weiber doch ausgedacht. Die wollen mich doch kirre machen. Sind mal da, mal nicht da, reden mal mit mir, behandeln mich dann wieder wie Luft. Das gefällt mir nicht. Das sollten die nicht tun. Dazu kann ich ihnen viel zu leicht an die Karre fahren. Ich brauche doch bloß zu Markow zu gehen und zu sagen: Los, wir nageln sie fest! Nach der Methode Markow, genau nach seinem Muster. Das ist doch schon durch. Ich bin ein guter Zeuge. Ich habe alles gesehen. Ich kenne die Luder!« – Kastner hörte die halbe Stunde zu, fast ohne einen Mucks. Löwitsch legte erschöpft auf, nachdem er ganz leise »Danke« gesagt hatte. Kastner hatte nur gelächelt am anderen Ende.

36

Löwitsch stand am Fenster und holte Luft. Ihm genau gegenüber, über der Bibliothekskuppel, stand ein Stern am Morgenhimmel und rechts oberhalb des Witoscha verblasste gerade Orion. – »Grüß dich, alter Jäger«, sagte Löwitsch laut mit ernster Miene, »heute wird ein schöner Tag!« In diesem Moment klingelte das Telefon. Es war wieder Kora mit leiser, aber sehr akzentuierter Stimme, die ihm einen schönen Morgen wünschte. – »Ja, schöner Morgen, schöner Tag«, erwiderte er rasch. »Wo warst du denn gestern?« – »Auf derselben Party wie du, Herr Löwitsch«, sagte sie frisch. – »Oh, ich hatte dich nur nicht gesehen. Waren viele da, stimmt schon. Wo bist du jetzt?« – »Ganz in der Nähe«, sagte sie. »Ich wollte fragen, ob du mit mir einen Ausflug machst, jetzt, wo alles in Ordnung ist. Einen richtigen Ausflug.« – »Wohin?« Das wollte sie ihm nachher verraten, halb zwölf vor dem Hotel. »Aber bitte pünktlich und mit festem Schuhwerk.« – Von ihrer Art angesteckt, sagte er, das wäre die Erfüllung eines lang gehegten Wunsches. Sie lachte hell und legte auf.

Sie trug einen bodenlangen, hellen Mantel nach Art junger Musliminnen. Bei jedem Schritt allerdings lugten die Kappen und gelben Schnürsenkel kräftiger Stiefel unter dem Saum hervor. Der Tag klarte gerade erst richtig auf, als sie in den Trolleybus stiegen, ein paar Stationen Straßenbahn fuhren, einen Busbahnhof erreichten. Ihm schwante

etwas, denn Rila war eines der möglichen Ziele. Er wies mit dem Finger hinauf und sie lachte einen Glockenton.
Der Bus roch alt und die Fahrt dauerte lange. Die Laune hielt. Obwohl Kora blass war und nie Farbe auf ihre Wangen kam. Obwohl er etwas Übertriebenes in ihrer Fröhlichkeit spürte. In derselben Art und Weise war von der Untersuchungshaft die Rede. Man hätte die Frauen mit Samthandschuhen angefasst. Sie sprach von »den Frauen«. Es wäre ein Drohen mit dem Zeigefinger gewesen, mit frischem Salat und höflichen Wärterinnen. Löwitsch mochte es kaum glauben, doch warum sollte er nicht? Er hielt es nicht für typisch, sondern stellte sich die Behandlung der Damen als privilegiert vor. Markow und Co. hatten ein klares Motiv: Raschen Erfolg vor allzu tief schürfenden Ermittlungen im Umkreis von Professor Galla. Schwamm drüber. Kora sprach von der Aussicht auf einen fairen Prozess. Sie benutzte die Worte »Unschuld« und »beweisen«.
Irgendwo vor den hohen Bergen mussten sie umsteigen. Nun ging es direkt Richtung Rilski Monastir. Löwitsch kannte Fotos davon. Der Bus hielt vor einer hohen, wehrhaften Mauer. Löwitsch war seit Tarnowo Experte. Sie traten durch das Tor. Sie standen vollkommen allein in dem Innenhof, ihr Blick fiel auf die Säulen und Bögen der gegenüberliegenden Kirche. Stille herrschte. Die Klostermauern umschlossen sie hoch. Aber es war hell unter dem nun tiefblauen, gebirgsklaren Himmel. Drei Galerien rotweiß gefasster, weiter Bögen lagen um sie herum und über ihnen. Kora hatte sich in Luft aufgelöst. Ganz oben hielten Holzsäulen die Dachkonstruktion über der letzten Ga-

lerie. Löwitsch drehte sich im Hof herum, nahm aus dem Augenwinkel den alten Turm wahr, das Souvenirlädchen, vor dem und in dem sich nichts rührte, dann nahm er eine der Treppen. Sie lag im Schatten, aber unmittelbar neben ihm brannte die Sonne auf Geländer und Brüstungen. Das Holz der Treppe duftete. Löwitsch erklomm auf den breiten Stufen Galerie um Galerie. Drüben, ihm diagonal gegenüber tauchte Kora kurz in einem Sonnenfleck auf. Als er oben ankam – tausend Mönche hinter tausend Türen rührten sich nicht, gaben kein Zeichen ihrer Anwesenheit –, sengte sich dort eine schwarze Katze das Fell. Es gab kleine, schöne Steinmetz- und Zimmermannszeichen und Ausblicke, goldene oder silberne Schnitte herüber, hinüber, ideale Sichtachsen, etwas jedenfalls, das einen glücklich macht, ohne dass man weiß, wie es funktioniert.

Löwitsch hätte gern Kora in die Ohren geschwärmt, da stand sie vor ihm, den hellen, persischen Mantel über die Balustrade geworfen, in genau dem Kleid aus dem Hotel *Serdika*, in dem sie aber nicht sie gewesen war. Das Lichtblau wie der Himmel, das Tuch auf den Schultern eine Federwolke, die Doc-Martens-Stiefel fest auf der Erde, die hier oben vertreten wurde von breiten, Vertrauen einflößenden Dielen. – »Kora, ich danke dir, dass du mich hierher gebracht hast. Das ist das Schönste, was euer Land zu bieten hat, nicht wahr? Ich wollte hier schon her, da wusste ich kaum mehr als den Namen.« Sie hüpften die Treppen hinab, ja, auch der schwere, reife Herr Löwitsch hüpfte.

Sie gingen zu der außen prächtig bemalten Kirche hinüber und traten ein. Weil sie allein waren und blieben, hörte Löwitsch als Erstes das blecherne Geräusch der Weihrauchfässer, die geschwenkt wurden. Er nahm automatisch das Taschentuch aus der linken Hosentasche, drückte es auf den Mund und atmete flach. Kein Risiko beim byzantinischen Ritus! Ein Grüppchen von Priestern in prächtigen, goldglänzenden Gewändern stand, ging und hantierte in dem Raum hinter der mittleren, offenen Pforte zwischen den großen Ikonen des Weltenherrschers und der Madonna. Auf den schweren Leuchtern brannten die Kerzen wie auch überall sonst um sie herum. Nun begannen die Prächtigen zu singen. Sie wechselten die Positionen. Sie trugen etwas hier hin und legten etwas dort ab. Kora war ganz nach vorn gegangen. Löwitsch traute sich nun auch. Einer der Prächtigen trug eine riesige Kassenbrille. Der kam ihm irgendwie bekannt vor. Er war vergleichsweise klein, wirkte zart unter dem schweren Gewand. Da kam von rechts noch einer mit so einem Kassengestell. Das feiste Gesicht, ah ja … Löwitschs Taschentuch segelte Richtung Erzengel … Löwitsch trat vor, um es zu holen. Da gab der Dicke dem Zarten etwas, der Zarte aber gab es dem Gewaltigen, der, mit dem Rücken zu Löwitsch, sich dem Altar zuwandte, die beiden nickten und verschwanden. Nein, schüttelte Löwitsch den Kopf. Der Prächtige, der in der Mitte stand, schlug die Pforte unter Absingen eines beeindruckenden Basstons zu. »Nein«, sagte Löwitsch zu Kora, »kennst du, ich meine, hast du ihn erkannt? War er das – dein Schwager? Der Zarte da eben, links, war das dein Schwager, ich meine, Lidias Mann?« Kora lächelte und wiegte den Kopf: »Bernd Löwitsch, du brauchst jetzt ein gutes Essen.« Ihre Stimme hatte sich verändert. Dann lachte sie, als lachte sie ihn aus. Sie lief hinaus wie ein Kind. – »Kora«, fragte er, »habe ich Halluzinationen? Siehst du dasselbe?« Aber sie rannte. Sie lief durch die hintere Pforte aus dem Kloster hinaus. Sie standen auf einem geräumigen Platz vor drei Restaurants, vor denen Tische und Bänke auf sonnige Plätze einluden. Forelle wurde angeboten, Pistirwa, ein Wort aus Smoljan. Sie setzten sich und aßen und schauten in das Tal. Nichts rührte sich. Neben dem schweigsamen Mann, der sie schnell und korrekt bediente, gab es nur die Landschaft.

Kora drängte zum Aufbruch. – »Was nun, wohin?« Sie antwortete nicht, sagte nur: »Birs, Gospodin Lewitsch, birs«, und das bedeutete Beschleunigung. Das feste Schuhwerk war gefragt. Sie nahmen einen Pfad, der für Löwitschs Geschmack zu steil war. Sie überwanden einen Grat. Sie mussten durch stachliges Buschwerk, das Löwitsch an die Tour von letzter Woche denken ließ, schließlich standen sie oberhalb einer Böschung und der Blick öffnete sich zu einer seltsamen Szenerie. Kora hielt ihm die Hand auf den Mund. Sie standen vor einem abgesoffenen Steinbruch, ähnlich dem von Tarnowo. Er war tiefer eingeschnitten, schmaler, offenbar schon vor Hunderten von Jahren aufgelassen. Ein kleiner See stand im Grund, ein schwarzer See, der den strahlend blauen Himmel nicht spiegelte. Ein Mann und eine Frau standen an dessen Ufer vor einem einfachen, etwa meterhohen Holzgestell. Beide waren dunkel gekleidet und Löwitsch erkannte sie leicht. Nun sah er sie zu guter Letzt doch noch als Paar. Sie hielten sich bei den Händen. Die jeweils freie Hand hatten sie mit einem weißen Tuch auf den Mund gepresst. Das sah seltsam aus. Auch

der Dicke, der dabeistand, nun nicht mehr im Priestergewand, machte es so. Der Grund dafür lag auf dem Gestell – der nackte, von hier aus schlicht grau wirkende Kopf mit dem wie angeklebten Haar. – Mein Olaf! Der Dichter stank vom Kopfe her, aber mächtig. Kora lächelte. Löwitsch fragte sie leise, warum sie denn nicht dort hinuntergingen. Kora zischte zurück: »Nein!! Du kannst gehen, ich nicht!« – »Warum nicht?« – »Dort unten ist Nacht, hier oben ist Tag.« – »Hm«, seufzte Löwitsch, »hm, verstehe, ja, das ist nicht schön, das da. Eine seltsame Beerdigung. Sie werden den Kopf doch verbrennen?«
Als er es sagte, hatten Alman und ein weiterer kräftiger Mann schon Fackeln entzündet, sie Lidia und ihrem Mann in die Hände gegeben und die setzten nun das Gestell in Brand. Die Fackeln hielten sie dabei konsequent nach unten, was merkwürdig aussah, aber es waren auch keine Fackeln, sondern irgendein pyrotechnisches Zeug, was das Feuer nach unten ausstieß. – »Weißt du«, wollte Löwitsch weiter erklären, »ich müsste eigentlich eingreifen. Ich bin Polizist. So einer ist nie richtig außer Dienst. Was sie dort verbrennen, macht sie nicht nur zu Beteiligten an einem Mordfall, sondern sie vernichten auch Beweismaterial.« Kora grinste direkt in sein Gesicht, als redete er Blödsinn. Er schaute sie an, schaute noch einmal nach unten, wo das brennende Gestell in den See geschoben wurde und sich wie ein Boot sehr langsam auf dessen Mitte zubewegte, er schaute sie wieder an: »Wo sind denn die anderen?« – »Das da geht nur die beiden etwas an. Es war ihr Spiel und das ist aus. Komm, ich zeige dir etwas. Ich habe den Auftrag, dich abzufertigen.« – »Wie bitte? Abfertigen?« – »Ist das

falsch gesagt, wenn einer endlich bekommt, was er will, wenn einer eine Fahrkarte braucht und an einem Schalter steht und wenn er dann endlich eine bekommt? Sagt man dazu nicht, er wird abgefertigt?« – »Doch, ja, das stimmt schon. Aber ich dachte …« – »Pfropfe deinen Menschenkopf nicht auf einen Pferdehals!« Nun lächelte Löwitsch unwillkürlich, denn er verstand tatsächlich nur noch Bahnhof.

Sie gelangten an eine Stelle mit einem Loch im Felsen, einer Röhre, durch die herauf sie deutlich hörten, was der Dicke da unten aus einem Buch vorlas, das er in weit von sich gestreckten Händen hielt und immer wieder auf und nieder schwenkte. Kora gab Löwitsch die Zeilen so wieder, wie sie sie verstand, aber Löwitsch glaubte bei dem, was er zu hören bekam, längst schon wieder an abgekartetes Spiel: »Toren sind sie, ermangelnd des weit ausblickenden Denkens, die da wähnen, es könne entstehen, was nicht schon gewesen, oder es könne vergehen und gänzlich werden zunichte.« – »Willst du noch mehr? Hier: …die Irreligiosen, die der ketzerischen Lehre anhängen, dass alle lebenden Wesen ihren Anfang im Mutterleib nehmen und ihr Ende im Tode erreichen. Gefällt dir das, Bernd Löwitsch, rein professionell betrachtet?«

Er fragte sie: »Wer bist du, Kora? Und wer sind die dort unten?« – »Ich bin Lidias Schwester und dieser Mann ist mein Schwager Kirtscho. Und der Mann mit dem Buch ist ihr Freund Professor Galla, ein ganz alter Freund unserer Familie. Sie haben das Kloster und das Klosterholz gemietet für heute. Wir sind allein hier, Väterchen.« – Löwitsch fühlte seinen Magen: »Dann kann ich ja locker da hinuntergehen. Dann macht ja nichts mehr einen Unterschied. Was kannst du mir noch zeigen wollen?«

Kora nahm seine Hand mit ihren zarten Fingern und zog ihn fort. Sie stiegen zu einer Höhle im Felsen ab, die ebenfalls Ähnlichkeit mit der von Tarnowo hatte. Löwitsch sollte allein weitergehen, Kora wollte draußen warten. In einer hohen, offenen Grotte stand die Eisenbank und, ja, die Flöte lag ebenfalls darauf. – »Fehlt nur noch der Korb mit der Schlange«, höhnte Löwitsch. – »Sag das bitte nicht noch einmal«, kam es von Kora her. Im Boden einer Nische, über der sogar eine kleine Kuppel aus dem Fels gehauen war, lag eine etwa zwei Meter lange Mulde. An der Wand, unter einem alten Fries aus gemalten Stier- oder Ochsenköpfen lehnte ein Metallgitter wie von einer großen Egge, die von Traktoren gezogen wird. – »Was ist das?«, fragte er laut hinaus, bekam aber keine Antwort. »Kora, was ist das?«

Als er die wenigen Meter zum Höhlenausgang zurückgegangen war, wurde es dunkel vor seinen Augen. – »Willkommen, Bernd, geht es dir gut?« Es war Lidias Stimme aus dem Off. – »Schön, Sie kennen zu lernen, Herr Lewitsch«, sagte der Mann und es gab keinen Zweifel, wer das war. Der Schatten, der zwischen Löwitsch und seinem Sichtfeld lag, war nicht schwarz, sondern anthrazitfarben und nahm die Konsistenz eines edlen Anzugstoffes an. – »Wow! Sie können ja zaubern. Haben Sie das mit Olaf auch gemacht?« – »Aber sicher«, sagte der Mann. »Gegen Zauber hilft nur Gegenzauber.« – »Es liegt in unserer Natur«, sagte die Frau, »und er hat es sehr gemocht.« – »In wessen Natur? Wer sind Sie denn?« – »Ach, wir«, sagte die Frau. –

»Ach, wir«, sagte der Mann. – »Danke für die ausführlichen Angaben zur Person. Ich möchte eigentlich nur wissen, was es hier mit dieser Grotte auf sich hat, und dann würde ich gerne gehen. Sie wären mich los, ich hätte dann genug gesehen, verstehen Sie?« – »Die Mulde, geehrter Herr«, sagte der Mann, »die Mulde hat ihren Zweck erfüllt.« – »Der Rost hat seinen Zweck erfüllt«, sagte die Frau. – »Du weißt, Bernd«, fuhr sie fort, »dass ich einen Streit mit meinem Mann hatte, nicht wahr? Mulde und Rost waren schuld.« – »Deswegen sind wir hier«, sagte der Mann, »um auch die letzte Schuld zu beseitigen.« – »Was wollen Sie tun? Vor allem: Was haben Sie getan? Was war hier los am sechsten August?«

»Beruhigend für Sie, dass Sie das Datum geraten haben, nicht wahr? Der eine ging an dem Tag und der andere kam. Ein Tag gewonnener Schlachten. Stets ein Tag, an dem es sich gut in den Bergen sein lässt.« – »Wenn es nicht zu heiß ist und einem etwas auf den Kopf schlägt«, lachte die Frau und Löwitsch hörte das Bittere in dem Hohn. Mag allerdings sein, er wollte es nur so hören, um einen Rest der Person zu bewahren, die ihm in diesem Augenblick abhanden kam.

»Sein Blut ist über mich gekommen. Sie haben den Rost nicht untersucht, Herr Detektiv. Es wären wohl noch Spuren seiner Körpersäfte dran zu finden gewesen. Was ich bekommen konnte, habe ich mir aber genommen. Es stand mir zu.« – »Zu spät, Bernd«, sagte die Frau. »Kora, die liebe Kleine, hat dich hergebracht. Sie wird dich auch wieder fortbringen.« – »Und alles, was Sie erklären können, lieber Herr Lewitsch, draußen in der Welt, es wird Sie weiter von der Glaubwürdigkeit entfernen. Sie sind Ihr einziger Zeuge. Und in Ihrem Kopf sind alle Beweise.« – »Genügt es dir, Bernd?«, schmeichelte die Frau. – »Wollen Sie noch mehr? Wir haben alle Zeit der Nacht«, sagte der Mann. – »Das würde mir zu dunkel«, begehrte Löwitsch auf, wollte dem Mann direkt ans Revers und taumelte plötzlich allein aus der Höhle heraus.

Nichts. Der Himmel war von etwas dunklerem Blau. Und Kora sagte: »Entschuldige, ich musste nur einmal für kleine Mädchen.« – »He«, fragte er, »wo sind Lidia und ihr Mann hin?« – »Niemand außer uns war hier oben«, gab sie zurück. Immer wenn Löwitsch zurückschauen wollte, wies Kora auf Details vor ihnen auf dem Weg, warnte ihn, schien besorgt. Sie kamen zu einer Stelle, wo der kleine See im Steinbruch wieder unter ihnen lag. Kleine Wellen liefen von der Mitte her in Richtung Ufer. Könnte sein, dass es so war. Man hörte einen Knall und der Boden zuckte kurz unter ihren Füßen. Kora schaute nicht zurück, aber ihn konnte sie schwer abhalten. Ein beträchtlicher Teil des Geländes rutschte langsam und in einer großen Staubwolke in den Steinbruch ab. Die Grotte gab es nicht mehr. Kora sagte: »Ein Erdrutsch, weißt du? Ein Erdrutsch.«

Sie passierten den Klosterhof, in dem sich Löwitsch kurz um die eigene Achse drehte. Das hier sah so wirklich aus. Man mahnte sie zur Eile. Die Angestellten wollten offenbar zum selben Bus, mit dem auch sie zurückfahren würden. Es war kaum fünf Uhr und Löwitsch dachte zuerst an einen Fehler der Uhr. Er war müde wie meistens um diese Tageszeit. Ein allgemeines Hallo nahm seinen Anfang und der Bus wich sofort von der Strecke ab, die er bergauf genommen hatte. Sie fuhren Sandstraßen entlang, durch weite Obstplantagen. Baustellen zogen sich zu ihrer Seite hin, die den Anblick verlassener Goldgräberclaims boten. Die Abendsonne tauchte die allerletzten Nester in gnädiges Licht. An jeder Kreuzung schien jemand auf den Bus zu warten, stieg eine aus und einer ein. Der Fahrer erledigte hier und da Botendienste. Manchmal genügte ein gutes Gespräch als Grund für einen minutenlangen Halt. Nach Sofia?

Sofia war weit und als das Abendlicht immer unirdischer wurde, legte Löwitsch seinen Arm um seine Tochter und fragte, ob es wahr sei, was er da gehört hätte. Sie wusste nichts von der Erscheinung, bestätigte aber mit dieser seltsamen Heiterkeit, dass alles so gewesen wäre: »Ja, er hat ihn schlachten lassen und in seinem Blut gebadet. Er hat ein Leben von ihm genommen und auf sich gezogen.« Auf die Frage, was das hieße und wer das bezeugen könnte, sagte Kora, Lidia sei die einzige Zeugin und die sei versöhnt. Das wüsste er doch, er sei doch bei der Umkehr dabei gewesen, in dem Wohnheim. – »Umkehr?« – Ja, die Zeit wäre dort umgedreht worden. Sie, Kora, hätte sich deshalb dort nicht zu erkennen gegeben. So etwas täte ihr selbst nicht gut. Aber die Entsühnung sei für ihre Schwester elementar gewesen nach dem Druck, den Kirtscho ausgeübt hätte. Lidia wäre sonst nie in Untersuchungshaft geraten. Ihr Ehemann hätte es so arrangiert. Löwitsch brabbelte etwas in seine Bartstoppeln, die sich zu seinem Leidwesen schon wieder anfühlten, als hätte er sich heute früh nicht rasiert.

37

Der Chef zog es durch: »Ja, einer meiner vertrautesten Mitarbeiter muss als verschollen gelten, unter ungeklärten Umständen verschollen am Balkan. Obwohl Bernd Löwitsch zuletzt in Sofia als Privatperson unterwegs war und obwohl das Disziplinarverfahren ihn schon erwartet, ist er ein vereidigter Beamter der Freien und Hansestadt Hamburg, bitte sehr!« O-Ton am Telefon mit Vorgesetzten! Ein zweiter Flug für Kastner war sowieso lange bewilligt gewesen. Nur Kastner und der Chef wussten, dass Löwitsch nach Auskunft des Hotelpersonals in seinem Zimmer sein musste. Flugticket und Reservierung für Löwitsch auf morgen waren deshalb mit von der Partie, als Kastner sich früh auf die Reise machte. Der Linienflug über München nach Sofia dauerte fast einen Tag. Kastner hatte in seinem Palm alle verfügbaren Daten – Hotel, Namen und Nummern der Kontaktpersonen aus Plowdiw und Sofia, einschließlich der Behörden vor Ort.

Für den Fall Markow hatte sich in Hamburg allerdings keiner festlegen wollen. Es herrschte diplomatisches Schweigen im Walde. Man traute Kastner für den Notfall »einen kreativen Weg« zu. Er hatte bei ein paar Gelegenheiten in Hamburg mit Balkan-Anekdoten gepunktet.

Gegen fünf Uhr nachmittags stand er vor Löwitschs Zimmer im fünften Stock des Hotels. An der Rezeption hatte sich ein junger Kerl wichtig gemacht, ihn gefragt, was er denn von »Mister Lewitsch« wollte. Er hatte sich nicht abwimmeln lassen und klopfte nun kaum hörbar an der Tür. Nichts. Etwas lauteres Klopfen. Nichts. Kastner schob ihn beiseite, hämmerte und rief: »Extrapost, Herr Löwitsch! Extrapost!« Er presste das Ohr an die Tür und wollte etwas gehört haben. – »Bernd, mach auf, ich bring das Aspirin!« Das Codewort schien zu ziehen. Es mehrten sich die Geräusche. Der Page hörte auch etwas und als die Tür sich öffnete, ein kratzendes Okay von Löwitsch kam und Kastner ihm einen kleineren, blauen Schein zugesteckt hatte, trollte er sich. Kastner hatte richtig getippt. Löwitsch hatte die Sache mit Rakija beendet.

»Hat wenigstens eine von den Ladys mitgetrunken?«, fragte er. – »Nee, ach, Kora doch nicht, nicht die Kleine. Alle anderen sind ja weg.« Wie ein rohes Ei setzte Löwitsch sich sacht auf das Bett und erreichte nach einer Weile die stabile Seitenlage. Kastner rümpfte die Nase über den säuerlichen Odeur. Löwitsch gestand, so schnell sei noch nie etwas aus ihm herausgeschossen wie der Granny Smith heute Mittag. In der Nacht hätte alles noch normale Fließgeschwindigkeit gehabt, die drei oder vier Mal, die er sich übergeben hatte.

Kastner bestand auf Frischluft. Er brachte seinen Freund dazu, unter die Dusche zu gehen. Dann suchte er aus den herumliegenden Sachen das heraus, was ihm halbwegs brauchbar erschien, und half ihm beim Anziehen. Sie schlichen über ein paar Straßen und fanden einen Platz mit Süppchen. Löwitschs Gesicht blieb grau. Dennoch führte er Kastner bis vor das Nationaltheater. Pfefferminztee als Alternative zum Cappuccino. Was auf dem Theaterplakat vor ihnen stand, konnte er nicht übersetzen. Nur, dass um sieben Uhr etwas von Shakespeare gegeben wurde, buchstabierte Löwitsch zu Kastners Freude. Die kyrillische Umschrift des Namens sah witzig aus. – »Gebt mir den Löwitsch auch!«, knödelte Kastner fröhlich.

38

Nur Kastner kaufte Rakija am Flughafen, nebst einer Stange »Victory«. Die zweite Flasche, jedenfalls für den Zoll, ging auf Löwitsch. Der drehte ein Glas mit dunklem Honig in der Hand, drückte es Kastner in die Hand und zog das kleine, grüne Wörterbuch aus der Tasche. – »Brischlján, das ist Efeu«, schüttelte er den Kopf und stellte das Glas wieder zurück. Dann schwankte er, auf seinen Freund gestützt, Richtung Gate. Der Flug war nicht ausgebucht und auf weniges Bitten und die diskrete Andeutung der Umstände hin durfte Löwitsch auf einem Business-Class-Platz schlafen. Ab und zu ging Kastner nach vorn, tupfte ihm die Stirn und redete ihm gut zu.

Dank

Ich danke Ingo Wilhelm und Emil Stojanow dafür, dass sie mich nach Bulgarien gebracht haben.
Ich danke Maria Bogdanowa und Mirela Iwanowa dafür, dass sie mir ihr Land gezeigt haben,
sowie allen Mitarbeitern und Mitarbeiterinnen im Pygmalion Verlag Plowdiw.
Ich danke Hans Thill dafür, dass er rechtzeitig Orpheus erwähnt hat.

Gert Heidenreich
Im Dunkel der Zeit

»Ich hab dich im Visier, Alex. Ich treibe dich vor mir her wie ein Stück Wild.«

Als Kriminalhauptoberkommissar Alexander Swoboda in einem Mordfall zu ermitteln beginnt, ahnt er noch nicht, dass sich hinter der eisernen Maske des Toten das Gesicht seines Schulfreundes verbirgt. Mit einem Mal wird die Vergangenheit der Kleinstadt und ihrer besten Familien wieder lebendig. Und diese Vergangenheit war ganz und gar nicht friedlich und ruhig, sondern mörderisch. Alles schien vergessen, begraben im Dunkel der Zeit. Jetzt kehrt es zurück wie ein Fluch. Swoboda erkennt erst nach und nach, welche Rolle er selbst im Plan des Mörder spielt …

400 Seiten, ISBN 978-3-485-01096-2
nymphenburger

Auch als Hörbuch, gelesen von Gert Heidenreich:
6 CDs, ISBN 978-3-7844-4118-4
Langen*Müller* | Hörbuch

Lesetipp

BUCHVERLAGE
LANGENMÜLLER HERBIG NYMPHENBURGER
WWW.HERBIG.NET

Veit Heinichen im dtv

»Best of Triest!«
FAZ

Gib jedem seinen eigenen Tod
Ein Proteo-Laurenti-Krimi
ISBN 978-3-423-20516-0

Eigentlich hat sich Kommissar Laurenti auf einen ruhigen Triester Sommer eingestellt. Doch nach einem merkwürdigen Yacht-Unfall bekommt er es mit Mord, Geldwäsche und Menschenschmuggel zu tun. »Spannend und lesenswert.« (Kölner Stadt-Anzeiger)

Die Toten vom Karst
Ein Proteo-Laurenti-Krimi
ISBN 978-3-423-20620-4

Ein grausiger Ritualmord auf dem Karst: der zweite Fall für Kommissar Laurenti. »Proteo Laurenti ist ein leidenschaftlicher Ehemann mit Machoallüren, viel Sinn für gutes Essen und ein scharfsinniger Aufklärer im Kampf gegen das Böse. Man möchte noch öfter mit ihm auf Spurensuche gehen!« (Maike Albath in der ›SZ‹)

Tod auf der Warteliste
Ein Proteo-Laurenti-Krimi
ISBN 978-3-423-20756-0

Proteo Laurenti ermittelt in einer Triester Schönheitsklinik. Hier werden nicht nur Gesichter geliftet, sondern auch illegale Operationen vorgenommen – und Schlimmeres ... »In höchstem Maße spannend, amüsant und liebenswert.« (Thomas Meyerhöfer im Bayerischen Rundfunk)

Der Tod wirft lange Schatten
Ein Proteo-Laurenti-Krimi
ISBN 978-3-423-20994-6

Auch in Laurentis viertem Fall führen wieder Spuren in die unruhige politische Vergangenheit Triests. Außerdem stören die Hochfinanz des Balkans und der Geheimdienst Laurentis Kreise ...

Bitte besuchen Sie uns im Internet: www.dtv.de

Ilkka Remes im dtv

»Intelligente Unterhaltung der Extraklasse.«
Jil Malin

Ewige Nacht
Thriller

ISBN 978-3-423-20939-7

Mehrere Geldtransporte werden ausgeraubt. Die Täter gehen brutal und mit äußerster Präzision vor. Drei Menschen sterben. Ein Fall für TERA, die international besetzte Anti-Terror-Einheit in Brüssel, und ihren Spezialisten Timo Nortamo. Die Spur führt zu einem Molekularanthropologen, der einen ebenso teuflischen wie größenwahnsinnigen Plan verfolgt ... »Ein Spitzenthriller.« (Bild am Sonntag)

Das Hiroshima-Tor
Thriller

ISBN 978-3-423-24535-7

In einem Labyrinth aus mittelalterlichen Karten, genetischen Codes und Echos des Kalten Krieges liefert sich Timo Nortamo einen Wettlauf mit den geheimsten operativen Einheiten der Großmächte, die etwas in ihren Besitz bringen wollen, das es eigentlich gar nicht geben dürfte ... »Bestsellerverdächtig! Spitzenklasse!!« (Fritz)

Höllensturz
Thriller

ISBN 978-3-423-24572-2

Drei Frauen werden im äußersten Norden Finnlands ermordet aufgefunden. Sie gehörten der Glaubensgemeinschaft der Laestadianer an. Die Spuren führen in den Nahen Osten ... Johanna Vahtera und Timo Nortamo ermitteln. »Die Zeit der Idyllen ist vorbei, jederzeit kann überall alles passieren. ›Höllensturz‹ ist spannende Unterhaltung vom Feinsten.« (Turun Sanomat)

Alle Titel übersetzt von Stefan Moster

Bitte besuchen Sie uns im Internet: www.dtv.de

Henning Mankell im dtv

»Groß ist die Zahl der Leser, die ganze Nächte mit Mankell verloren – bzw. gewonnen – haben.«
Martin Ebel im ›Rheinischen Merkur‹

Mörder ohne Gesicht
Roman
Übers. v. Barbara Sirges und Paul Berf
ISBN 978-3-423-20232-9
Wallanders erster Fall
Auf einem abgelegenen Hof bei Ystad wird ein altes Paar grausam ermordet.

Hunde von Riga
Roman
Übers. v. Barbara Sirges und Paul Berf
ISBN 978-3-423-20294-7
Wallanders zweiter Fall
In Osteuropa gerät Wallander in ein gefährliches Komplott.

Die weiße Löwin
Roman
Übers. v. Erik Gloßmann
ISBN 978-3-423-20150-6
Wallanders dritter Fall
»Ein fesselnder Politthriller.« (NDR)

Der Mann, der lächelte
Roman
Übers. v. Erik Gloßmann
ISBN 978-3-423-20590-0
Wallanders vierter Fall
»Ein klassischer Mankell.« (Die Welt)

Die falsche Fährte
Roman
Übers. v. Wolfgang Butt
ISBN 978-3-423-20420-0
Wallanders fünfter Fall
Der Selbstmord eines jungen Mädchens ist der Auftakt zur Jagd nach einem Serienkiller.

Die fünfte Frau
Roman
Übers. v. Wolfgang Butt
ISBN 978-3-423-20366-1
Wallanders sechster Fall
»Bücher wie diese machen süchtig!« (Brigitte)

Mittsommermord
Roman
Übers. v. Wolfgang Butt
ISBN 978-3-423-20520-7
Wallanders siebter Fall
Drei junge Leute feiern zusammen Mittsommer. Danach sind sie spurlos verschwunden.

Die Brandmauer
Roman
Übers. v. Wolfgang Butt
ISBN 978-3-423-20661-7
Wallanders achter Fall
Hacker haben es auf die Datennetze der Weltbank abgesehen …

Bitte besuchen Sie uns im Internet: www.dtv.de

Henning Mankell im dtv

Wallanders erster Fall
und andere Erzählungen
Übers. v. Wolfgang Butt
ISBN 978-3-423-**20700**-3
und dtv großdruck
ISBN 978-3-423-**25270**-6

Die Pyramide
Roman · dtv großdruck
Übers. v. Wolfgang Butt
ISBN 978-3-423-**25216**-4

Die Rückkehr des Tanzlehrers
Roman
Übers. v. Wolfgang Butt
ISBN 978-3-423-**20750**-8

Vor dem Frost
Roman
Übers. v. Wolfgang Butt
ISBN 978-3-423-**20831**-4

Tiefe
Roman
Übers. v. Verena Reichel
ISBN 978-3-423-**20978**-6

Der Chronist der Winde
Roman
Übers. v. Verena Reichel
ISBN 978-3-423-**12964**-0 und
ISBN 978-3-423-**21003**-4
und dtv großdruck
ISBN 978-3-423-**25242**-3

Die rote Antilope
Roman
Übers. v. Verena Reichel
ISBN 978-3-423-**13075**-2

Tea-Bag
Roman
Übers. v. Verena Reichel
ISBN 978-3-423-**13326**-5
und dtv großdruck
ISBN 978-3-423-**25260**-7

Butterfly Blues
Ein Theaterstück
Übers. v. Claudia Romeder-Szevera
ISBN 978-3-423-**1µ3290**-9

Das Auge des Leoparden
Roman
Übers. v. Paul Berf
ISBN 978-3-423-**13424**-8

Ich sterbe, aber die Erinnerung lebt
Mit einem Memory Book von Christine Aguga
Übers. v. Verena Reichel u. Katrin Hillgruber
ISBN 978-3-423-**13479**-8

Der Tod des Fotografen
Erzählung
Übers. v. Wolfgang Butt
dtv großdruck
ISBN 978-3-423-**25254**-6

Bitte besuchen Sie uns im Internet: www.dtv.de

Qiu Xiaolong im dtv

»Ein spannender Einblick in das China an der Schwelle zwischen Kommunismus und Kapitalismus […] Oberinspektor Chen macht ebenso süchtig wie Commissario Brunetti.«
Christian von Zittwitz im ›Focus‹

Tod einer roten Heldin
Kriminalroman
Übers. v. Holger Fliessbach
ISBN 978-3-423-20740-9

Shanghai 1990. Aus einem Kanal vor den Toren der Millionenmetropole wird die Leiche einer jungen Frau gefischt. Die Tote war Leiterin einer Kosmetikabteilung und ›Heldin der Arbeit‹. Zur Überraschung aller findet man in ihrem Kleiderschrank Reizwäsche und ein Bündel erotische Fotos … – Oberinspektor Chens erster Fall führt bis in die höchsten politischen Kreise Chinas.

Die Frau mit dem roten Herzen
Kriminalroman
Übers. v. Susanne Hornfeck
ISBN 978-3-423-20851-2

17 rituelle Axtwunden: Ist der Tote, den Oberinspektor Chen im Shanghaier Bund-Park gefunden hat, dem Geheimbund der Triaden zum Opfer gefallen? Kaum im Kommissariat, soll sich Chen jedoch auf Geheiß des Parteisekretärs um eine amerikanische Kollegin kümmern. Gemeinsam sollen sie die hochschwangere Wen finden, deren Mann in New York als Kronzeuge gegen einen gefürchteten Triaden-Boss vor Gericht steht und erst aussagen will, wenn seine Frau in die USA ausreisen darf. Doch die Chinesin ist spurlos verschwunden …

Schwarz auf Rot
Kriminalroman
Übers. v. Susanne Hornfeck
ISBN 978-3-423-20964-9

In einem traditionellen Shanghaier Mietshaus geschieht ein rätselhafter Mord. Eine Frau ist in ihrer winzigen Kammer mit einem Kissen erstickt worden. Als sich herausstellt, dass die ehemalige Rotgardistin einst die Geliebte eines verfemten Dichters war und nach dessen Tod einen vielbeachteten und rasch verbotenen Roman geschrieben hatte, ahnt Oberinspektor Chen, dass die Schatten der Vergangenheit die Tote eingeholt haben …

Bitte besuchen Sie uns im Internet: www.dtv.de

Jasper Fforde im dtv

»Schrill, schräg, abgefahren.«
Fuldaer Zeitung

ISBN 978-3-423-**24379**-7

ISBN 978-3-423-**24430**-5

ISBN 978-3-423-**24464**-0

ISBN 978-3-423-**24568**-5

Bitte besuchen Sie uns im Internet: www.dtv.de

Rosa Montero im dtv

»Rosa Montero glückt das, woran viele scheitern: intelligent zu unterhalten!«
Andreas Steppan im ›Münchner Merkur‹

Geliebte und Feinde
Erzählungen
Übers. v. Astrid Roth
ISBN 978-3-423-**12896**-4
Bittersüße Geschichten über Liebeslust und Liebesfrust, über erotische und andere Verstrickungen.

Ich werde dich behandeln wie eine Königin
Roman
Übers. v. Susanne Ackermann
ISBN 978-3-423-**12969**-5
Tat sie es aus Rache? Oder Eifersucht? Weil er sie nicht wie eine Königin behandelt hatte? – Eine Geschichte von unerfüllten Sehnsüchten und den Verwirrungen der Liebe.

Geliebter Gebieter
Roman
Übers. v. Susanne Ackermann
ISBN 978-3-423-**13105**-6
Der Stellplatz wird ihm gestrichen, das Büro verkleinert, die Kollegen sticheln: Kein Zweifel, der Stern von Art-director César ist im Sinken begriffen. – Ein einfühlsamer, humorvoller Roman über den ganz alltäglichen Machtkampf.

Die Tochter des Kannibalen
Roman
Übers. v. Astrid Roth
ISBN 978-3-423-**20473**-6
Flughafen Madrid. Letzter Aufruf. Wie würden Sie reagieren, wenn Ihr Mann plötzlich spurlos verschwindet? »Ein großer Gesellschaftsroman, der komisch, anrührend und höchst spannend zugleich ist.« (News Kultur)

Zittern
Roman
Übers. v. Susanne Ackermann
ISBN 978-3-423-**20783**-6

Im Herzen des Tartaros
Roman
Übers. v. Astrid Roth
ISBN 978-3-423-**24328**-5
»Du entkommst mir nicht«, raunt die dunkle Männerstimme am anderen Ende der Leitung. Zarza weiß sehr genau, wem diese Stimme gehört … »Daß erstklassige Thrillerautoren nicht unbedingt aus den USA, England oder Skandinavien kommen müssen, beweist Rosa Montero mit diesem hochspannenden Roman.« (Bunte Wochen Zeitung)

Bitte besuchen Sie uns im Internet: www.dtv.de

Gioconda Belli im dtv

»Die große Poetin Nicaraguas, eine der wichtigsten Stimmen in der Literatur Lateinamerikas.«
Abendzeitung

Bewohnte Frau
Roman
Übers. v. Lutz Kliche
ISBN 978-3-423-**11345**-8
Lavinia führt das unbeschwerte Leben einer Frau aus der Oberschicht. Dann aber verliebt sie sich in Felipe, der mit der Untergrundbewegung des Landes zusammenarbeitet …

In der Farbe des Morgens
Gedichte
Übers. v. Dieter Masuhr und Dagmar Ploetz
ISBN 978-3-423-**11565**-0

Zauber gegen die Kälte
Erotische Gedichte
Übers. v. Anneliese Schwarzer
ISBN 978-3-423-**12577**-2

Wenn du mich lieben willst
Gesammelte Gedichte
Übers. v. Dieter Masuhr u. a.
ISBN 978-3-423-**12722**-6

Die Verteidigung des Glücks
Erinnerungen an Liebe und Krieg
Übers. v. Lutz Kliche
Mit Fotos
ISBN 978-3-423-**13015**-8
Zwischen Liebe, Widerstand und Revolution: Gioconda Belli erzählt ihr abenteuerliches Leben. – »Die beste Autobiographie, die ich seit Jahren gelesen habe. Einfach unvergeßlich.« (Salman Rushdie)

Ich bin Sehnsucht – verkleidet als Frau
Gedichte spanisch/deutsch
Übers. v. Angelica Ammar und Dagmar Ploetz
ISBN 978-3-423-**13375**-3

Tochter des Vulkans
Roman
Übers. v. Lutz Kliche
ISBN 978-3-423-**20896**-3
Sofia fühlt sich in ihrer Ehe mit dem patriarchalischen René eingesperrt. Aber die rebellische Frau weiß sich zu wehren …

Waslala
Roman
Übers. v. Lutz Kliche
ISBN 978-3-423-**20937**-3
Faraguas, eine vergessene Welt am Amazonas. Mit dem amerikanischen Journalisten Raphael begibt sich die junge Melisandra auf eine von Leidenschaft und Abenteuern gezeichnete Reise ins Innere des Landes. Mit ihm will sie Waslala finden, den Ort der ewigen Träume …

Bitte besuchen Sie uns im Internet: www.dtv.de